U0115296

文學研究叢書・辭章修辭叢刊

修辭與考辨

王幼華　著

自序

本書收錄的論述主要包括兩類，其一是文章作法與敘事方法的探討，其二是文獻資料疑處的考辨。這些論述是十餘年來研究的部分成果，現在略作修訂後結集出版。

個人於二〇〇二年考入中興大學中文系博士班，二〇〇五年（時年四十九歲）取得中興大學中文系博士學位，之後進入聯合大學客家研究中心，擔任助理研究員。次年轉入華語文學系擔任助理教授，其間孜孜矻矻，勤於著述，以六年的時間，分別取得副教授及教授資格。二〇一二年臺灣語文與傳播學系成立研究所，孫榮光主任希望能夠協助，因此成為兩系合聘教師，二〇一九年改任臺灣語文與傳播學系專任教授。

本書所涉領域較廣，皆為多年來累積的心得，不少論述自覺有超出前人之處，或足以成為定論之作，亦有部分尚待來日周全者，就請方家指正了。

特別感謝陳器文教授，賴芳伶教授，徐志平教授曾經的指導及協助。

二〇一八年十一月於聯合大學八甲校區人社院三〇五研究室

目次

卷一

元代陳繹曾「用事」修辭研究

前言

寫文章引用典故、成語或他人說法的修辭法，在各種文體如詩歌、散文、駢文、賦等十分普遍。歸納出這種修辭方法，最早見於《文心雕龍》的〈事類〉篇，此後名稱各異，如宋代重要的文論陳騤《文則》稱之為「援引」、「載事」，其他各家說法亦有「引證」、「引事論事」、「用典」等。[1]現代的修辭學家如陳望道、黃慶萱、黃永武、陳正治、王希杰、宗廷虎、吳禮權等都將之歸類為「引用」。[2]這個修辭法元代的陳繹曾以「用事」稱之，並做了詳細的歸類和定義，這個修辭的用法，承前啟後，具有很大的影響力。

陳繹曾在《文說》、《文筌》兩書中對「用事」做了分類論述，將之分為九種及十三種，明代曾鼎《文式》承《文說》之說，分為九種，杜浚纂有《杜氏文譜》，此書也是選錄《文說》九種用事法。時代較後的高琦《文章一貫》則依《文筌》分為十三種。另日本林九兵衛的《文林良材》中亦收錄有十四種，皆源出於陳繹曾之作。本文將這四家說法加以整理，以探其本源，解析其分類，比較其增刪，以見

1 如〔明〕歸有光，〈歸有光先生論文章體則〉分為「引證則」，「引事論事則」，〔清〕袁枚《隨園詩話》卷七，六十七，用「用典」，胡適〈文學改良芻議〉認為改良文學要由八事入手，第六點為「不用典」，黃永武《字句鍛鍊法》亦為「用典」，並將用典分為明典、暗典、活典、翻典四種。

2 陳望道，《修辭學發凡》第五編〈積極修辭．八．引用〉說，「文中夾插先前的成語或故事的部分，名叫引用辭。」引用，包括了明引和暗用兩類，其後學者承續此說者頗多（上海，復旦大學出版社，2008，本書為1976重印版再版），頁85。

其在文章寫作及分析的價值。

一　陳繹曾生平與主要著作

（一）元代科舉背景

元世祖在滅宋朝後，以科舉拔舉人才的考試方式便停止了。當時雖有「王鶚獻計，許衡立法」希望恢復科舉，不過沒有施行。直到仁宗時才再度舉行，科舉制度由宋恭帝二年（1276）宋朝滅亡，至元仁宗皇慶二年十月（1313），中斷三十餘年後，才又重新開始實施。[3]至於考試的內容，不取詞章詩賦之美，以務實的經學大義為導向，《元史》志第三十一選舉一說：

> 中書省臣奏，「夫取士之法，經學實修己治人之道，詞賦乃摛章繪句之學，自隋、唐以來，取人專尚詞賦，故士習浮華。今臣等所擬將律賦省題詩小義皆不用，專立德行明經科，以此取士，庶可得人。」帝然之。[4]

由以上的說法可知，考試內容為四書、五經和時務對策，有關經書的解說、注疏，主要以朱熹的章句集註為主。科考，原則上每三年舉辦一次。元代科考另一特色是依種族的不同而有所分別，蒙古、色目人，漢人、南人的科目難易度不同，要求也不同。[5]

3　〔明〕宋濂等撰，《新校本元史并附編二種》，卷八十一，〈志第三十一選舉一〉（臺北，鼎文書局，1979再版），頁2016。

4　〔明〕宋濂等撰，《新校本元史并附編二種》，卷八十一，〈志第三十一選舉一〉，頁2018。

5　〔明〕宋濂等撰，《新校本元史并附編二種》，卷八十一，〈志第三十一科目一〉，頁2018-2021。

由於科考是讀書人改變出身階級，發揮政治抱負的正途，雖在異族統治之下，讀書人仍願意赴考，以求取功名。元朝在未恢復科考前，讀書人只能擔任品級甚低的胥吏及儒學教官，若進士及第出身就可任教高官職，可以進入國家官僚體系的主流。[6]科舉考試的內容與文章做法承續唐、宋以來的方式，這種考試成為讀書人步入仕途，改變階級的道路，所以如何寫好應試文章，成為士子最關心的焦點。因應當時風氣而生陳騤的《文則》、呂祖謙的《東萊博議》、《古文關鍵》等著作，成為具有指標性的論文選輯，也是應試士子重要模擬、學習參考著作。其後黃震《黃氏日抄》、王應麟《玉海·辭學指南》、樓昉《崇古文訣評文》、魏天應《論學繩尺·行文要法》、周密《浩然齋雅談評文》、謝枋得《文章軌範》，元代李塗《文章精義》、王構《修辭鑑衡評文》等著作，一方面討論歷代文學作品的高下、優劣，也夾雜科舉文章的寫作實務，甚或即是以應考實務為主。呂祖謙在《東萊博議》〈序〉中說，此書之作源自於宋寧宗乾道四年（1168）受業於曹家巷，學子問舉業者甚眾，故編纂此書以「佐其筆端」、「則舉子之所以資課試者也」[7]明白揭示纂述此書的目的，陳繹曾的《文說》、《文筌》，也是傳承這個脈絡而來的。

(二) 陳繹曾生平著作

陳繹曾的生卒年據黃麗、楊抱樸〈陳繹曾生卒年、籍貫及仕宦考辨〉，約生於元世祖至元二十四年（1287），卒於元順帝至正十一年（1351）之後，[8]一生皆在元朝統治時期。陳繹曾在四十餘歲之後，

---

6 一甲進士可授從六品官，二甲進士可授正七品，三甲進士可授正八品。見蕭啟慶，《元代的族群文化與科舉》〈第六章元代科舉與江南士大夫之延續〉（臺北，聯經出版社，2008），頁154、155。

7 〔宋〕呂祖謙，《東萊博議》〈序〉（臺北，廣文書局，1981），頁1。

8 黃麗、楊抱樸，〈陳繹曾生卒年、籍貫及仕宦考辨〉，《社會科學輯刊》，遼東學院國際文化交流中心，瀋陽師範大學學報編輯部，（瀋陽市，2007），頁162。

幾度出任文官，擔任翰林院編修，國子監助教等職。[9]生平的資料不多，其中一筆出自《遼史》〈附錄進遼史表〉，「臣王沂、祕書著作佐郎臣徐昺、國史院編修官臣陳繹曾分撰遼史。起至正三年（1343）四月，迄四年三月。」[10]可見他當時的職位是國史院編修官，協助編寫《遼史》。另一筆資料見《元史》〈列傳第七十七．儒學二．陳旅、程文、陳繹曾〉：

> ……既而聞旅卒，集深悼之。同時有程文、陳繹曾者，皆名士。……繹曾，字伯敷，處州人。為人雖口吃，而精敏異常。諸經註疏，多能成誦。文辭汪洋浩博，其氣焜如也。官至國子助教。論者謂二人皆與旅相伯仲云。[11]

《元史》說他有口吃的毛病，但「精敏異常」學問好、文章佳，評價頗高。

陳繹曾有關文章做法的論述有《文說》與《文筌》兩本著作[12]，是對文章做法的論述，論及的範圍很廣。有關《文說》與《文筌》兩書完成的先後，以及其重要性，李長波認為《文說》較早，《文筌》晚出，且認為陳繹曾在元代的修辭學、文學批評上具有重要的位置，《文筌》是他集大成之作，

> 『文筌』と『文說』との関係については、『文說』は『文筌』に先んじて成立したものであり、『文筌』は陳繹曾の詩

9 黃麗、楊抱樸，〈陳繹曾生卒年、籍貫及仕宦考辨〉，頁165。

10 〔元〕脫脫等撰，《遼史》〈附錄進遼史表〉（臺北，鼎文書局，1979），頁1556。

11 〔明〕宋濂等撰，《新校本元史并附編二種》卷一百九十〈列傳第七十七．儒學二．陳旅、程文、陳繹曾〉，頁4348。

12 〔元〕陳繹曾亦以書法知名當代，另有論書法的《翰林要訣》一書。

> 文評、文章做法に関する著作のなかで、集大成的なものであり、『文筌』を抜きにしては、陳繹曾の詩文評や文章做法書に関して語ることはもはやできない。それのみならず、元の時代の修辞學史、文學批評史における陳繹曾の位置づけもできない。[13]

文中認為《文說》是比《文筌》更早成立的，《文筌》這部書是陳繹曾詩歌評論以及文章做法集大成的作品；在元朝的修辭學史、文學批評史上地位重要。《文筌》這本書據作者自序完成於文宗至順三年（1332），共分八卷，內容包括〈古文譜〉七類，〈楚賦譜〉、〈漢賦譜〉、〈詩譜〉、〈四六附說〉、〈唐賦附說〉，此外另有《古文矜式》。《古文矜式》這本書的內容分成〈培養〉與〈入境〉兩類，篇幅不多，所論的主題與《文筌》有重複之處，然而內容大部分不相同，不少是陳繹曾閱讀古文的心得。[14]

科舉之文對許多文士來說是晉身之階，即便是在漠視讀書人的元代，仍為一條出路。陳繹曾在科舉之路蹭蹬許久，為參加考試長期讀書，累積了豐厚的知識，多次進入考場應試，也累積很很多臨場經驗，蒐羅了許多前人的試卷。可惜他在人才濟濟，競爭激烈的江南地區，並未進士及第。[15]他有機會進入朝廷擔任文職的官吏，是因博學多才，名聲在外而受到薦舉的。[16]

---

13 李長波，〈陳繹曾の『文筌』とその周辺：著者、書誌、その他〉，京都大学大学院人間・環境学研究科文化環境言語基礎論講座，2001，http://repository.kulib.kyoto-u.ac.jp/dspace/handle/2433/87666,2016.2.2.22檢索，頁27。

14 〈古文譜〉七類有：養氣法、識題法、式、製、體、格、律。

15 陳繹曾是否曾中進士，歷來說法甚多，然以黃麗、楊抱樸，〈陳繹曾生卒年、籍貫及仕宦考辨〉，頁163-165，一文之說較具說服力。江南人才多，考試競爭激烈可參見蕭啟慶，《元代的族群文化與科舉》〈第六章元代科舉與江南士大夫之延續〉，頁154。

16 蕭啟慶，《元代的族群文化與科舉》〈第六章元代科舉與江南士大夫之延續〉說元代傳統觀念中讀書人作文章，主要目的是闡道翼教，經世濟民的，編寫參加科舉的文章指引，被視為等而下之的枝微末技，不登大雅之堂。是以從事科舉文章的纂述，多少都會做些自我解說。所謂《文筌》在作者的序文中說這本書是「悉書童習之要」，將自己幼年時學習作文的筆札加以整理、編寫而成。他說自己在成童（約十五歲）後跟隨敖君善學習，聽聞了道德之說，便對自己以前的「雕蟲之習」感到悔悟。[17]這本著作之所以稱為《文筌》，典故出自於莊子「得魚忘筌」，書中的內容是協助學子獲取功名，金榜題名的，功名是魚，本書是捕魚的「筌」。筌只不過是工具，人們在獲魚之後，很快便會忘記「筌」，然而談論技術畢竟不是大雅，是壯夫不為的。陳繹曾認為這些作文的原則和方法，是讓人對文章好壞有更深的認識，可以更了解文章寫作之道，所以還是有其價值。[18]由於本書的「實用價值」，明太祖朱元璋第十七子朱權（1378-1448），將《文筌》改名為《文章歐冶》，並讚美陳繹曾說，「演先聖之未發，洩英華之秘藏……然出乎才學，見乎製作規模，又可謂玄遠矣。」指出了前人未說清楚的作文之法，整理了作文章的關鍵之處，這本書的重要在使學習者「知夫文章體製有如此法，庶不失其規矩也。」[19]可見其作的實用性和規範性。

這類科舉指南的書籍，因為需求者眾，所以種類非常繁多，不過

並不遵從儒家傳統取士的標準，較重視個人「成就」而非根據「出身」。見其文頁149。

17 王水照編，《歷代文話》第二冊，陳繹曾，《文筌》〈序〉（上海，復旦大學出版社，2007），頁1226。王水照等所編輯的《歷代文話》所收陳繹曾相關著作，為目前所見較佳的版本，本論文引據依此書收錄作品為依據。

18 〔元〕陳繹曾，《文筌》〈序〉中說在京師時認識了東平王繼志，兩人經常談學論道，有閒暇時講到為文之法，王君認為不知法不知文章要領，就不能了解真正的好文章。他因這番話感動，因此整理了這本書。見頁1226。就本書附錄的亡友石桓彥威與他共著的《詩小譜》二卷來看，陳繹曾長年累月著力於文章做法，因畏懼人譏著力於小道，所以有不少自我寬解的言詞。

19 引見王水照編，《歷代文話》第二冊，王宜瑗，〈解題〉，頁1220。

有簡有詳。據南宋理宗淳祐九年（1249）陳嶽的《太學新編黼藻文章百段錦》序說，「古文之編，書市前後凡幾出矣。務簡者本末不倫，求詳者枝葉愈蔓，駁乎無以議為也。」[20]因為不是「大雅正經」之書，內容本末倒置，枝蔓雜蕪，也難以求全。這類書知名的有無名氏編的，《擢犀策》、《擢象策》、《指南賦箋》、《指南賦經》、《指南論》，以及魏天應《批點分格類意句解論學繩尺》等等。《擢犀策》、《擢象策》皆為元佑、政和、建炎、紹興（約1086-1161）年間的科舉上榜的「時文」，《指南賦箋》、《指南賦經》、《指南論》，則為紹興到淳熙年間（約1131-1189）的時文彙編。這幾編書數量都很龐大，書商得到文章後，會即時的刻版印出，市面上購買的人也非常多。書商以此牟利賺錢，只是所編之書良莠不齊。與陳騤的《文則》、呂祖謙的《東萊博議》、《古文關鍵》等比較起來，深度、嚴謹度差距甚大。然而可以看出發展已到十分成熟的階段，陳繹曾的《文說》與《文筌》繼承這類著作的內容，加以纂輯重整，細加論列，形成一套完整的體製，規模宏富，李長波說是「集大成」之作，是很有道理的。

二　陳繹曾用事的基本主張

（一）詩論中的用事修辭

有關「用事」的討論，在陳繹曾之前已有甚多，然而大多偏於對詩作的討論。如皎然《詩式》〈詩有五格〉，「不用事第一；作用事第二；……直用事第三。有事無事第四……。有事無事，情格俱下第

20 諸子百家，中國哲學書電子書計畫，《太學新編黼藻文章百段錦》。http://ctext.org/library.pl?if=gb&res=4526&by_author=%E6%96%B9%E9%A0%A4%E5%AD%AB，本書已有部分字跡不清，難以辨識。

五。」[21]還在〈用事〉、〈語似用事義非用事〉兩篇辨證了用事與比興、借代修辭方法的差異，指出用事在詩中的多重功能，非僅是準確的引用史實，證明己意而已。[22]

魏慶之《詩人玉屑》卷之七有大篇幅「用事」的討論，魏慶之編纂了由魏晉南北朝到南宋諸家的說法，討論得十分精細，條理分明，對古文做法也有參考價值。如，詩不貴用事的《詩品》，不可有意用事的《卻掃篇》，使事不為事使《蔡寬夫詩話》，反其意而用之《藝苑雌黃》，妙於用事《侯鯖錄》，用事的當《藜藿野人詩話》，用經史中語《漫齋語錄》，皆用古語《東平雜錄》等等。還有自己歸納的〈用其事而隱其語〉、〈事如己出天然渾厚〉、〈用其意用其語〉等等。論用事之病有，誤用事《復齋漫錄》，失事實《遯齋閑覽》，用事未盡善《苕溪漁隱叢話》，率爾用事《西齋話紀》等等。還有自己歸納的〈用事重疊〉。[23]

《詩人玉屑》每則之下都有例句，可以很清楚了解其定義，對「用事」修辭的討論十分成熟、詳備。這樣的歸納有助於詩作的分析和深化，對後世有關文章做法的論述，也有很多啟發。

（二）《文說》和《文筌》的「用事」

「用事」這個修辭法最早出現於《文心雕龍》〈事類〉篇，宋代陳騤《文則》則稱為「援引」、「載事」。南宋方頤孫《太學新編黼藻文章百段錦》中的修辭十七格有「用事」和「援引」兩格。「用事格」舉了兩個用法，用事如不用事，淮陰益辦。[24]「援引格」舉了五

21 見許清雲，《皎然詩式輯校新編》第三卷〈詩有五格〉（臺北，文史哲出版社，1984），頁43。第四卷、第五卷對詩的「用事」，舉了許多詩例說明。

22 許清雲，《皎然詩式輯校新編》第二卷，〈用事〉、〈語似用事義非用事〉，頁20、21。

23 〔宋〕魏慶之，《詩人玉屑》（臺北，九思出版公司，1978），頁146-159。

24 「用事如不用事」舉的是呂祖謙之作〈范山說楚子圖北方〉為例，此文做法是用「近蔽遠明」、「索神察心」的方法，議論范山說服楚王攻打鄭國的故事。見李振

個例子，援引省文，先為○○法，誤引姓名，誤記節次，一矢雙鵰。其後各舉了呂祖謙、何去非、蘇軾、楊萬里之作為範例。[25]然而沒有明確說明用法及定義，使人難以確知其義，這是很大的缺失。陳繹曾在《文說》與《文筌》兩書中不採取「援引」或「引用」的名詞，都將這類的修辭法統稱為「用事」。

兩書中對「用事」這個修辭格的界定，有前文未密，後文轉精，也有同與不同之處。比較兩書用事內容如下，

1 《文說》

據陳繹曾《文說》的自序說，陳文靖公[26]向他問「為文」之法，他歸納了（1）養氣（2）抱題（3）明體（4）分間（5）立意（6）用事（7）造語（8）下字，八項內容，回覆了他的提問。其中第六項為用事法，文章中如何使用「用事」的做法，他舉了九個方法：（1）正用（2）反用（3）借用（4）暗用（5）對用（6）扱用（7）比用（8）倒用（9）泛用。[27]

興、簡宗梧，《新譯東萊博議》(臺北，三民書局，1995)，頁729。何去非〈霍去病論〉見《何博士備論》，「淮陰益辨」之意為用事如韓信點兵多多益善。〈霍去病論〉文中引事、引文甚多，屬於繁例的用法。見〈中國兵學大系〉電子版第四冊之方頤孫《太學新編黼藻文章百段錦》http://www.leeyuri.org/T4-5.pdf 2016.5.20檢索，頁15、16。

25 諸子百家，中國哲學書電子書計畫，《太學新編黼藻文章百段錦》。http://ctext.org/library.pl?if=gb&res=4526&by_author=%E6%96%B9%E9%A0%A4%E5%AD%AB，其中舉例以蘇軾之作最多。見http://ctext.org/library.pl?if=gb&res=4526，2016.5.20檢索。

26 李長波，〈陳繹曾の『文筌』とその周辺：著者、書誌、その他〉，「陳文靖公とは、名は儼、文靖は謚である。元・張養浩「資徳大夫中書右丞議樞密院事陳公神道碑」によれば、延祐三年四月二十六日に没しているので、『文説』はその前に成立したことになろう。しかも、『文説』に「文靖」の謚名を用いるところから推すに、内容は陳文靖の生前に成立したものでも、実際本の体裁を整えたのはその没後になるようである。」頁11。

27 王水照編，《歷代文話》第二冊，〈用事法〉，頁1343。

2 《文筌》

《文筌》的〈古文譜五・漢賦譜〉的用事法，則有十三個：(1)正用 (2) 歷用 (3) 列用 (4) 衍用 (5) 援用 (6) 評用 (7) 反用 (8) 活用 (9) 設用 (10) 借用 (11) 假用 (12) 藏用 (13) 暗用。

寫文章用事之法九種，寫賦則有十三種，加起來共有二十二種，然而其中有四種重複，去其重複共十四種。陳繹曾認為，寫「賦」這個文類要使用「用事」的方法，比寫文章多。[28]兩書的四個相同之處表列比較如下，

表一　《文說》及《文筌》重複的四種用事修辭

出處／名稱	文說定義	文筌定義
正用	1.正用，故事與題事正用者也。	1.正用，本題的正必用之事。
反用	2.反用，故事與題事反用者也。	7.反用，反其意而用之。
借用	3.借用，故事與題事絕不類，以一端相近而借用之者也。	10.借用，事與本說不相干，取其一端近似者而借之。
暗用	4.暗用，用故事之語意，而不顯其名跡。	13.暗用，用古事古論，暗藏其中，若出諸己。

這四個做法的定義除了文字有所不同，內容皆很相類。正用是舉正面的例子來呼應題目，作用在強化題意。[29]反用是舉反面的例子，反襯題意的重要性與正確性。借用是借用故事中一個近似的意義，加

28 《文筌》將講究韻腳的「賦」列入「古文」的做法中，應是採取較寬的定義。

29 這個論述近於陳騤的取喻之法，《文則》丙，「九曰引喻，援取前言，以證其事。」這個用法即為正面用事的例子。王水照編，《歷代文話》第一冊，頁147。

以斷章取義，放大內容，來比附文章主旨。暗用則是化用故事或前人議論，不說明出處，像是自己寫出來的。除此四種另有十四種，《文說》(1) 對用 (2) 扳用 (3) 比用 (4) 倒用 (5) 泛用，《文筌》(1) 歷用 (2) 列用 (3) 衍用 (4) 援用 (5) 評用 (6) 活用 (7) 設用 (8) 假用 (9) 藏用。這十四種的定義詳略不一，相關內容見下節的討論。

除此之外《文筌》內的〈詩譜〉，據陳繹曾說是與亡友石桓共同完成的，[30]〈詩譜・6.事〉有「五故事」一格[31]，也是用事的修辭法。內容如下，

表二　《文說》及《文筌》詩的五種用事修辭

名稱＼內容	定義	出處
正用	的切本題，必然當用。	《文說》及《文筌》
反用	用其事而反其意。	《文說》及《文筌》
借用	本不切題，借用一端。	《文說》及《文筌》
暗用	用其語而隱其名。	《文說》及《文筌》
活用	本非故事，因言及之。	《文筌》

這五個用事法可說是《文筌》十三種修辭法的節要版，其定義也是簡化語意，重新出之。〈詩譜〉中用事的修辭較少，應該是陳繹曾與石桓對作詩的主張，詩的創作以聲情為主，不尚故事，與做文章不同。

除此之外在〈楚賦譜・3.楚賦製〉有「用事」一格，其解釋為，

30 王水照編，《歷代文話》第二冊，《文筌》〈序〉，頁1227。
31 王水照編，《歷代文話》第二冊，頁1308。

「引用古事」[32]。〈唐賦附說・3.唐賦製・排賦〉「用事」一格，其解釋為，「用古事立柱排之。」[33]〈詩譜・3.製〉「用事」一格，其解釋為，「引用古事。」[34]所做的解釋都很簡略。

綜上所述，可以看出陳繹曾認為寫作賦這一個體裁，需要用到的「用事」技巧最多，其次為古文，詩的最少。

三 《文說》和《文筌》「用事」的其他定義

（一）《文說》

除了上述和《文筌》重複的四種，還有下列五種。《文說》中的對用、扳用、比用、倒用四個用法，彼此之間相關性很高，但加以細究，又有所差異，論列如下，

1. 對用，「經題用經事，子題用子事，史題用史事，漢題用漢事，三國題用三國事，韓柳題用韓柳事，佛老題用佛老事，此正法也。」[35]論經書之事引用經書中的故事，論子、史之事引用子、史中的故事，其餘類推，由本身所述的範圍內去找故事，這叫對用。[36]
2. 扳用，「子史百家題用經事，三國題用周漢事，此扳前證後，亦正法也。」論子史百家的題目用經書的故事，論三國的題目用春秋戰國秦漢的故事。這是「扳」用先前的故事來證後來的事例，

32 王水照編，《歷代文話》第二冊，頁1275。

33 王水照編，《歷代文話》第二冊，頁1289。

34 王水照編，《歷代文話》第二冊，頁1305。

35 王水照編，《歷代文話》第二冊，頁1543-1544。

36 成書於南宋紹興十一年（1140）的謝伋《四六談麈》中說，「四六經語對經語，史語對史語，詩語對詩語，方妥帖。」應為陳繹曾「對用」理論之所出，見《歷代文話》第一冊，頁34。

這種做法時間邏輯上很合理，很有說服力。陳繹曾認為對用和扳用是寫文章的「正法」。

3. 倒用，「經題用子史，漢題用三國，此有筆力者能之也。」這是用後世故事來印證前世之事，因為不容易言之成理，所以一定要筆力很強的人才做得到。
4. 比用，「莊子題用列子，柳文題用韓文，亦正用之變也。」論莊子引用列子，論柳宗元用韓愈，因為時代相近，內容有相似之處，可以做對照。陳繹曾認為這是由「正法」中變化出來的，也是寫作方法之一。
5. 泛用，是一種雜用個類書籍的修辭法，「於正題中乃用稗官、小說、俗語、戲談、異端、鄙事為證，非大筆力不敢用，變之又變也。」在文章中引用了各類事例，來作為印證的例子，因為這樣的做法較缺乏說服力，一定要有「大筆力」。

《文說》用事最後一段話，其實也算一種做法，「凡用事，但可用其事意，而以新語融化入吾文，三語以上即不可全寫。」將原有故事裡的意義，加以改寫，融入自己的文章當中，但他認為不宜寫太詳細，以免掩蓋了主旨。「三語」之意出自陳（亮）同甫，「經句不全兩，史句不全三。」[37]這個以意改句，造新句的做法和《文筌》〈古文譜五・漢賦譜〉所列的「暗用」十分類似。「暗用」的定義為，「用古事古論，暗藏其中，若出諸己。」將古代的故事和古人的議論，「暗藏」在文章中，看起來像是自己寫的。另有藏用，「用事而〔不〕顯其名，使人思而自得之。」則是將故事隱藏在文章中，沒有明白說

37 引見元，盛如梓《庶齋老學叢談》卷二，「經句不全兩，史句不全三。不用古人句，只用古人意。若用古人語，不用古人句，能造古人所不到處。至於使事而不為事使，或似使事而不使事，或似不使事而使事，皆是使他事來影帶出題意，非直使本事也。若夫布置開闔，首尾該貫，曲折關鍵，自有成模，不可隨他規矩尺寸走也。」見 https://zh.wikisource.org/zh-hant/%E5%BA%B6%E9%BD%8B%E8%80%81%E5%AD%B8%E5%8F%A2%E8%AB%87/%E5%8D%B72。2016.5.25檢索。

出，讓閱讀者思考，自行領會。比較「暗用」和「藏用」兩者，前者較像將詩、文用改寫的方式呈現出來，藏用則是將故事簡化在文字中。

（二）《文筌》

《文筌》〈古文譜五・漢賦譜〉的「用事」定義是，「引用古事以證題發意」共十三種。除上述與《文說》重出的部分，多出來的用法還有九種，敘述如下。

1.「歷用」是一篇文章中若舉很多例子，要按照時間先後排序「歷用故事，排比先後。」原則是先古後今。
2.「列用」則是廣泛運用各種故事時「廣引故事，鋪陳整齊」，這個做法要注意文辭的鋪陳，須合乎賦的體裁的四六成文，不論故事長短或內容繁簡，都要合乎「整齊」的原則。
3. 衍用，「以一事衍為一節而用之。」將一個故事，敷衍為一節完整的敘述，成為文章中的一個段落。
4. 援用，「順引故事，以原本題之所始。」文章中援引故事，來解釋題目來源。
5. 評用，「引故事，因而評論之。」文章中援引故事，一面敘述一面評論，夾敘夾議。
6. 活用，「借故事於語中，以順道今事。」借用與主題相關的故事，託古寓今，活化古事以論今事。
7. 設用，「以（相）〔古〕之人物而設言今事。」借用古代的人物的事例，對比當前人物所行之事。
8. 藏用，「用事而不顯其名，使人思而自得之。」將事例藏在文字中，不寫出人名，不彰顯事例，讀了以後經過思考，自然會有所領悟。
9. 假用，「故事不盡如此，因取其根，別生枝葉。」運用故事的基本元素，取其一部分，拓展衍論，擴寫其內容或另外展開別的情節。

這九種用事法的條理分明，定義明確，十分能掌握作文章的原則。

（三）用事內容範圍

《文心雕龍》〈事類〉裡所舉的例子，在先秦典籍裡有兩類，其一是人事，周文王制作的《易》「《既濟》九三，遠引高宗之伐，《明夷》六五，近書箕子之貞，斯略舉人事，以征義者也。」這是引用「殷王武丁伐鬼方」、「箕子守艱困，光明不息」的故事。其二是引用成辭（古語、成語）「至若胤征羲和，陳《政典》之訓；盤庚誥民，敘遲任之言。」這是胤侯出兵征討沉迷享樂，不遵職守的羲、和兩個官員時引用了「政典聖訓」，盤庚遷殷的誥語引用賢人遲任的話，「人惟求舊，器非求舊，惟新。」這兩篇都是引用成辭以證明其理者也。劉勰認為到了兩漢之際，崔寔、班固、張衡、蔡邕等人的作品「遂捃摭經史，華實布濩」，引用的範圍廣泛，文章就比前人之作豐富多了，內容也更精彩。其後南宋陳騤《文則》的「援引」定義，則以五經、傳記中的「先民有言」、「人亦有言」、「古人言」為主，這是承續《文心雕龍》〈事類〉其二引用成辭的用法。然而陳騤的論述較無突破前賢，內容及定義也較模糊。

陳繹曾在用事法中的「事」字內容包含甚廣，《文筌》〈漢賦譜〉中的做法，僅述及故事和古語，用語簡省。《文說》中的說法則十分具體包括，故事、故事之語意、經書、史書、子書、佛老、韓柳文、稗官、小說、俗語、戲談、異端、鄙事、新語、新詞等皆可融化入文，可見其活潑多樣。陳繹曾說這些用法都是在強化作品的內容，他在「倒用」中特別提出經題用子、史，漢題用三國「此有筆力者」才能做到。「泛用」中說文章若要用稗官、小說、俗語、戲談、異端、鄙事為證，這是最困難的「非大筆力不敢用」，作文者要有銷納、鎔鑄這些材料的能力，這需要很強的驅遣文字的功夫，才不致枘鑿方圓，文意滯礙。

此外陳繹曾在〈詩譜・十病〉中提醒各種修辭之病，有關於用事歸納了四個，事不實，事牴牾，用事誤差，用事塵俗[38]。這四病雖屬作詩可能犯的錯誤，但在寫文章上也是必須注意的。

陳繹曾的用事分類，應有所本，就其《文筌》在序文中所說，此書是幼時習文的筆札整理編寫而成，然而所用之書皆湮沒無聞，究竟參考了哪些書籍已無法細究。就其時代環境及行文脈絡推測，既有纂輯舊編亦有許多作者獨到之見。

四 後世的幾本纂錄之作

陳繹曾之作流傳甚廣，影響頗鉅，入明之後，朱權將《文筌》改名為《文章歐冶》，使其書愈受重視。《文說》、《文筌》在明代國內及朝鮮、日本，有幾本摘錄，襲用其作的書籍，流傳廣遠，由此可見其作的「典範性」。[39]以下就此四本書加以論述。

（一）明代的三本作品

在朱權之前的曾鼎（1321-1378）著有《文式》二卷，書中收錄了《文說》的用事法九種。[40]生平不詳的杜浚（應後於曾鼎）纂有《杜氏文譜》三卷，此書的內容和《文式》有許多重複之處，此書亦選錄《文說》九種用事法。[41]明代中葉的高琦（1526-？）《文章一

38 王水照編，《歷代文話》第二冊，〈詩譜〉，頁1311-1312。

39 朝鮮光州刊本，刊刻於明嘉靖二十九年（1550），刊刻者為全羅道監司南宮淑，大司諫尹春年等，日本的元祿元年（1688）的京都刊本，是據朝鮮光州刊本重刊的。引見王水照編，《歷代文話》第二冊，王宜瑗〈解題〉，頁1220。

40 王水照編，《歷代文話》第二冊，曾鼎《文式》卷上〈第六用事法〉，頁1543-1544。

41 王水照編，《歷代文話》第二冊，杜浚《杜氏文譜》三卷，頁2456。

貫》二卷，則收錄了《文筌》的十三種用事法。[42]

曾鼎的用事法九種幾乎全部抄錄《文說》，唯一不同的是改「扳用」為「援用」。「扳」與「援」意義不同但字形相近，就陳繹曾「子史百家題用經事，三國題用周漢事，此扳前證後」的定義，「扳」與「援」皆可通。另陳騤（1128-1203）《文則》丙，「……九曰引喻，援取前言，以證其事。」[43]使用的是「援」字，曾鼎或抄錄時未能辨明，用了形近的援字，而非「扳」字。《杜氏文譜》卷之二的用事內容與曾鼎《文式》全同，亦是「援用」。杜浚的《杜氏文譜》全部抄錄曾鼎的《文式》，文字無增減，無差異，較無可論。

高琦的《文章一貫》將《文筌》〈古文譜五・漢賦譜〉的十三種列入〈引用第四〉之中，這節中另摘錄了《捫虱新話》、《麗澤文說》、《文則》等論用事的說法，加以編排敘述。高琦沒有註明陳繹曾原來的歸類是指「漢賦」的用事做法，或者他認為這十三種用事法，應該屬於廣泛的文章做法，非僅漢賦而已。除了摘錄這十三種外，高琦增加了第十四種，

> 有逐段引證者如東坡〈寄韓魏公文〉之類是也。今變其法，或上或下，或錯綜，皆不拘。[44]

〈寄韓魏公文〉是一篇四言押韻的祭文，引用「故事」、人物甚多，頗接近「列用」的做法。高琦認為這是一種逐段用事的做法，然而並未給予恰當的名稱。

---

42 王水照編，《歷代文話》第二冊，高琦《文章一貫》卷下〈引用・用事〉十（四）〔三〕法，頁2177-2178。

43 王水照編，《歷代文話》第一冊，陳騤《文則》，頁147。

44 王水照編，《歷代文話》第二冊，高琦《文章一貫》卷下〈引用・用事〉十（四）〔三〕法，頁2178。

另外明朝末年朱荃宰（？-1643）的《文通》卷之二十三〈援引〉說〈大學・邦畿章〉、〈中庸・尚絅章〉「節節引《詩》起，奇絕。」是一種更特殊的用事法。[45]這兩章是節錄《詩經》中與論旨相關的句子，加以申論引述。

（二）林九兵衛的《文林良材》

王葆心（1867-1944）《古文辭通義》卷十九〈引事實之十種法〉述及山岸緝光編的《漢文正典》（1903）一書中，輯錄了與陳繹曾之作相關的論述。《漢文正典》摘錄了《文林良材》（1701）「引用故事言論」的寫做法，書中這種修辭法有十四種，正用、列用、援用、歷用、衍用、評用、反用、設用、假用、暗用、活用、藏用、對用、倒用。[46]這十四種和《文筌》其中的十三個相同：1.正用2.歷用3.列用4.衍用5.援用6.評用7.反用8.活用9.設用10.借用11.假用12.藏用13.暗用。多出的則為《文說》九種中的「倒用」。十三個相同用法除「活用」定義不同，其餘只有幾個僅文字略有出入，意義皆相類。[47]

比較兩書的用法，《文筌》「活用」的定義為「借故事於語中，以順道今事。」《文林良材》則為，「活潑所引之旨而加以述明也。」《文林良材》把「活」字解說為「活潑」，《文筌》的定義為活用古事，順便道出今事，兩者有所不同。而《文說》的「倒用」是「經題用子史，漢題用三國，此有筆力者能之也。」《文林良材》的「倒用」為「論豪傑而舉非豪傑事類，論文明而舉未開化事類也。」兩者之間略有些出入。

---

45 王水照編，《歷代文話》第三冊，朱荃宰《文通》卷之二十三，頁2991。朱荃宰此書絕大部分亦為編纂前賢之作。

46 《文林良材》為林九兵衛於元祿十四年（1701）編輯出版，共六卷。元祿十四年（1701）為清康熙四十年。

47 王水照編，《歷代文話》第八冊，王葆心《古文辭通義》，頁8051-8053。

以上四本書很明顯的與陳繹曾之作關係密切，其間文字及定義雖略有不同，基本上還是抄錄、承襲他的說法，可見其影響之大。

五　結語

陳繹曾的《文說》、《文筌》在文學本體、寫作方法、文章鑑賞、文體分類上都有所論列，是「視野開闊，框架完整，論述詳備細密」[48]之作。用事的修辭法在先秦的典籍如《詩經》、《尚書》中即已出現，是寫文章普遍使用的技巧。習於科舉應考模式的陳繹曾，綜合了前人的論述，將「用事」做了簡要的分類與定義，讓有志於此的學子有所參照，具有很高的實用價值。一九三二年陳望道的《修辭學發凡》出版，這本被譽為「中國現代修辭學的正式建立」的著作[49]，書中將這類的修辭統稱為「引用」，下分為明引、暗用兩類，並舉例說明。[50]此後的修辭學家大多遵循這個分類法，例如黃慶萱分明引、暗用兩類，明引之後再分 1. 全引 2. 略引，暗用再分 1. 全用 2. 暗用。[51]王勤則分四類依引用形式分為明引、暗引，依語源分為直接引用和間接引用。陳正治則依循成偉鈞等的引用形式分類，將引用分為明引、暗引、化引三類。[52]王希杰《漢語修辭學》則分為明引、暗引、正引、反引四類。[53]這樣的歸類有以簡馭繁的效果，分類也有其明確性。然而在「用事」修辭的論列上，陳繹曾的《文說》、《文筌》歸類細密，理論

48 王水照編，《歷代文話》第二冊，王宜瑗〈解題〉，頁1220。

49 吳禮權，《中國現代修辭通論》（臺北，臺灣商務印書館，1998），頁81。

50 陳望道，《修辭學發凡》第五編〈積極修辭・八・引用〉，頁85。

51 黃慶萱，《修辭學》（臺北，三民書局，1983，四版），頁99-119。

52 引見陳正治，《修辭學》（臺北，五南圖書出版公司，2010），頁175。

53 王希杰，《漢語修辭學》（北京市，商務印書館，2014），頁423。另羅積勇《用典研究》將用典分為明引（顯）與暗用（隱），並詳論其間的引言與引事，是有關用典修辭十分完備的論著。羅積勇，《用典研究》（武漢，武漢大學出版社，2005）。

清晰，例證豐贍，在「用事」修辭的發展史方面，具有很重要的貢獻。

——本文原刊於《臺北大學中文學報》二〇一七年三月第二十一期

徵引文獻

一 古籍文獻（按朝代排序）

〔唐〕皎然 《詩式》 臺北 文史哲出版社 1984
〔宋〕呂祖謙 《東萊博議》 臺北 廣文書局 1981
〔宋〕魏慶之 《詩人玉屑》 臺北 九思出版公司 1978
〔明〕宋濂等 《新校本元史并附編二種》 臺北 鼎文書局 1979
〔元〕脫脫等 《遼史》〈附錄進遼史表〉 臺北 鼎文書局 1979

二 近人專著（按出版時間前後排序）

黃慶萱 《修辭學》 臺北 三民書局 1983 四版
李振興、簡宗梧 《新譯東萊博議》 臺北 三民書局 1995
吳禮權 《中國現代修辭通論》 臺北 臺灣商務印書館 1998
王水照編 《歷代文話》 上海 復旦大學出版社 2007
陳望道 《修辭學發凡》 上海 復旦大學出版社 2008
蕭啟慶 《元代的族群文化與科舉》 臺北 聯經出版社 2008
陳正治 《修辭學》 臺北 五南圖書出版公司 2010

三 期刊論文

黃麗、楊抱樸 〈陳繹曾生卒年、籍貫及仕宦考辨〉 遼東學院國際文化交流中心、瀋陽師範大學學報編輯部 《社會科學輯刊》 瀋陽市 2007

四 網路資料

李長波 〈陳繹曾の『文筌』とその周辺：著者、書誌、その他〉，京都大學大學院人間・環境學研究科文化環境言語基礎論講

座2001　http://repository.kulib.kyoto-u.ac.jp/dspace/handle/2433/87666　2016.2.22檢索

諸子百家　中國哲學書電子書計畫　《太學新編黼藻文章百段錦》　http://ctext.org/library.pl?if=gb&res=4526&by_author=%E6%96%B9%E9%A0%A4%E5%AD%AB　2016.2.5.20檢索

盛如梓　《庶齋老學叢談》　維基文庫　https://zh.wikisource.org/zh-hant/%E5%BA%B6%E9%BD%8B%E8%80%81%E5%AD%B8%E5%8F%A2%E8%AB%87/%E5%8D%B72　2016.5.25檢索

毛批《三國演義》感官敘事論析

前言

傳統小說評點在明、清之際最為盛行，尤其以金聖嘆批《水滸傳》、毛宗崗批《三國演義》、張竹坡批《金瓶梅》、脂硯齋批《紅樓夢》風行一時，影響也最大。小說評點的方法可追溯自於經書的傳、注、疏、釋、紀傳體史書的論贊體例等，其後詩話、詞話以及古文章法析論等的影響更為直接[1]，評點的內容融合了上述諸多方法，可說十分多樣。宋代的劉辰翁首先在《世說新語》將文章理論的形式，轉用於小說評點之中，其後羅燁《醉翁談錄》亦擴大這樣的做法，有許多開創。明代通俗小說的創作因應閱讀市場的需求，達到空前的高峰，相對的小說理論亦有高度的進展，蔣大器、余象斗、熊大木、李贄、葉晝、胡應麟、馮夢龍、金聖歎等人都在這個領域有很多新的開拓。毛氏父子評點的《三國演義》，風行數百年而不墜，其評點法綜合前人成就，建立一套相對性完整的系統，深受群眾歡迎與論者肯定。在其評點法中使用了〈眼中敘〉、〈口中敘〉、〈耳中寫〉、〈意中寫〉等詞語，來解析小說寫作的手法。這種凸顯人物感知器官的敘事法，具有協助讀者知解作品的功能，尤其是〈眼中敘〉、〈口中敘〉兩詞內容最為豐富，運用最為多樣。近二、三十年來法國、美國等學界對「敘事學」進行大量的探討[2]，其中對「敘事視角」裡的視覺、聽

1 譚凡，《中國小說評點研究》〈上篇，第一章 小說評點之源流〉（上海，華東師範大學出版社，2000），頁1-10。

2 見羅鋼，《敘事學導論》〈第五章 敘事情境〉（昆明，雲南人民出版社，1999），頁

覺、人稱等問題提出許多新的論點，引起研究熱潮。相較於這些詮說，毛批的「感官敘事」雖然動機與方法不同，但對解讀作品的認知，在基本上確有相類之處。這種以身體感官為出發點的評點法，在毛批《三國》時已為一種相當純熟的技巧，學者對此研究尚屬陌生，未有較深入的整理、討論。本文以「感官敘事」一詞作為歸納，凸顯其評點意識，以毛批的眼、口、耳、意等感官敘事評點法為核心，逐條排列，論析這種敘事模式在小說中的功能。

一　敘事或敘述

敘事法的歸納分析，較具體的見於唐代的劉知幾《史通・敘事》，劉知幾認為寫得好的國史，最需講究敘事，敘事最重要的原則就是「簡要」，不可冗贅。敘事的省減法有兩種，其一為省句，其二為省字，這樣文章才能得體。基於這個原則，敘事之體的做法有四種：「有直記其才行者，有唯書其事跡者，有因語言而可知者，有假讚論而自見者。」[3]這四種不同的敘事法，基本上是簡擇其人特殊面加以記載，是以「片面顯示全體」的寫做法。劉知幾所論雖是以寫歷史的觀點記述人與事，但亦是對敘事方法的探討。

南宋的陳騤在《文則》一書中，對敘事法也有些不少討論，如：「四、數人行事，其體有三：或先總而後數之……或先數而後總之……或先既總之而後傳總之。」這是指人物的寫法，有三種方式，有先寫這人的定論，再寫其人各項行事，以符合其定論。也有先寫人其各項事跡，最後再做結論，另一種寫法是一開始就對此人定論，中

158-211。申丹，〈新敘事理論譯叢・總序〉，〔美〕J. Hillis Miller，《解讀敘事》（北京，北京大學出版社，2002），頁1-4。及胡亞敏著，《敘事學・導論》（武漢，華中師範大學出版社，2004），頁117。

3　劉知幾撰、浦起龍釋，《史通・敘事》（臺北，里仁書局，1980），頁168-170。

間舉證，最後又回到文章前面的論點。「五、載事之文，有先事而斷以起事也，有後事而斷以盡事也。」[4]這段話的意思是，要敘述某國國君的無道，在文章之前先斷言他是無道之君，後面再補敘事由。也有先敘述某國國富民樂、政治清明，值得讚美，文章最後才將功勞歸給主政國君，領導有方，作為總結。以上兩段都是敘事法的討論。陳騤雖已有很多敘述，但都是筆記式、條列式的，還未形成眉目清楚的定義，撮要式的詞語也未出現。

將敘事法做出比較清楚概括的是元代陳譯曾，他在《文筌》中列有關於敘事方法十一項：正敘、總敘、鋪敘、略敘、直敘、婉敘、平敘、引敘、間敘、別敘、意敘。[5]陳譯曾並對這些詞語作了簡要的界定。例如：正敘是「敘事得文質詳略之中」，總敘是「總事之繁者，略言之。」，鋪敘是「詳敘事語，極意鋪陳。」等。這些敘事法的文本是「散體古文」這個文類，而非如劉知幾的歷史敘事法。這十一項敘事法在文章分析上，提供了很明確的規範性用語。陳譯曾對敘事法的討論，針對的不一定是人物，有時是事件、情節，甚或是對未來的推想，擴大了敘事的範圍，如「意敘」:「略睹事跡，度其必然，以意敘之。」[6]便是推想式的敘事，在時間上屬於未來式。真德秀《文章正宗》書中的〈敘事〉一節，把記人、記事、記遊等文章放在「敘事法」來討論，不侷限於歷史、人物，他所選的諸多文章中，議論、山水、景物也成為重要的部分。[7]因此所謂的「敘事」，已延伸向「敘

4 蔡宗陽，《陳騤《文則》新論‧校補後的《文則》全文》（臺北，文史哲出版社，1993），頁576。

5 陳譯曾，《文筌》〈古文譜三‧式〉（臺南，四庫全書存目叢書编篝委員會编‧集部第461冊，莊嚴出版社，1997），頁97。

6 陳譯曾，《文筌》〈古文譜三‧式〉，頁97。

7 真德秀，《文章正宗‧敘事》由16卷至21卷，所論包括了韓愈的〈平淮西碑〉（20卷），柳宗元的〈永州八記〉（21卷下），韓愈〈燕喜堂記〉、〈畫記〉（21卷上）、〈送李愿歸盤谷序〉（21卷下）等，這些文章雖以人物、事件為主，然山水景物亦不可

述」的範圍，由「事」擴大到「述」。事實上，所謂「敘事」其原意包含了事與述兩方面，敘事法討論的重點是如何敘述「事」，其「敘述」的方式，才是核心所在。往往「事」會因為述的方式、角度不同出現不同的結果。而「事」的範圍如前所述，不只是人物或事件而已，也不僅是過去與現在的時空而已。以綜合以上所論以「敘事」這個詞比「敘述」要妥當合宜的多。

唐宋時期長篇鉅製型的小說尚未出現，唐傳奇及宋話本小說的寫做法，實際上與散體古文相類，小說一類的論述法還未自成系統，尚未獨立出來，還需借重文章論述之法。在毛氏父子之前，論述文章做法知名之作，有宋代的呂東萊《古文關鍵》、謝枋得《文章軌範》，以及明代的唐順之《文編》、歸有光《文章指南》等。這些論述仿皎然《詩式》、司空圖《詩品》、陸棻編的《歷朝賦格》等的方式，將文章做法以「文格」的方式來論列。謝枋得《文章軌範》承緒呂東萊《古文關鍵》的文章格目，分為四十三格，唐順之《文編》有六十九格，歸有光《文章指南》有六十六格，這些文格內容包括甚多，有敘事、修辭、風格、章法、解題、命意、結構等等。[8]如前所述，有關敘事的技巧在宋元之後已逐步擴大範圍，不僅是「事」，也包含了「述」，亦即在論述敘事技巧時將章法、修辭等都納入其中；而專門討論章法、修辭的書籍，也將敘事列為其中重要的類別。因此這三項寫作技巧，有了相互滲透、涵蓋，互為解說的現象。[9]

或缺，而〈永州八記〉主要成就還是在山水的描述。真德秀的敘事文類觀念，較接近現代的「記述文」。見（臺北，四庫全書珍本十一集，商務印書館，1981），頁4-43。

8 王葆心，《古文詞通義》卷十一〈識塗篇七〉（臺北，臺灣中華書局，1964），頁4-6。上述各家「文格」分類，乃王葆心歸納所得。

9 宋代作文章法的論著紛起的原因，元代倪士毅，《作義要訣・自序》說，起因於王安石熙寧四年（1071）更改科舉法，罷考詩賦，以經義論策來取士，此後文章做法成為求取功名之士，特別著意論究的範圍。見（叢書集成新編80，臺北，新文豐出由唐代劉知幾《史通・敘事》之論開始，宋、元兩代的文章理論家，在敘事、修辭、風格、章法、解題、命意、結構上累積了許多成績，架構出寫作的方法論、風格論與解析論，讓明、清兩代的小說評論家有了依據。他們廣泛吸收這些理論，加以轉化運用，作為解讀小說的工具，其後更挪用了書法、繪畫批評詞語，進行評點工作，成為一套豐富的閱讀指引。[10]

二　明、清之際的感官敘事

明代因通俗小說的蓬勃發展，與之相應的理論便更加詳密，評點的內容更為廣泛。在《三國演義》方面的評點，蔣大器、李贄、葉晝都有很多的拓展，陸續建立許多觀念與方法，而這些評點為毛綸、毛宗崗父子所承繼，化用於這部作品上。

(一) 毛批《三國演義》的敘事法

毛宗崗，字序始，號孑庵。茂苑人（即長洲，今江蘇蘇州）。生於明崇禎五年（1632），卒年約在清康熙四十八年（1709）以後。曾

版公司，1984），頁431。若以張雲章序〈評點古文鑰〉說呂東萊的《古文關鍵》，「……且後卷論策為多，又取便於科舉，非有意採集成書，以傳久遠也。」《評點八大家古文鑰》(臺北，廣文書局，1981)，頁1，謝枋得《文章軌範・目錄》第二卷〈重集・放膽文〉說，「千萬人場屋中，有司亦當刮目。」第三卷〈春集・小心文〉說，「場屋程文論，當用此樣文法。」第五卷〈醉集・小心文〉說，「用此法度，有司亦必以異人待之。」(鄭州，中州古籍出版社，1991）其論文的目的即在協助考生寫好文章，獵取功名，揆諸此，倪士毅的說法有其根據。

10 有關敘事的理論在清代有持續的發展，如李紱《穆堂別稿》、唐彪《讀書作文譜》、劉熙載《藝概・文概》皆有所論，章學誠〈論課蒙學文法〉一文有，「蓋其為法，則有以順敘者，以逆敘者，以類敘者，以次敘者，以牽連而敘者，斷續敘者，錯綜敘者，假議論以敘者，夾議論以敘者，先敘後斷，先斷後敘，且敘且斷，以敘作斷，預提於前，補綴於後，兩事合一，一事兩分，對敘、插敘、明敘、暗敘，顛倒敘，迴環敘。」等，諸家對敘事論述的條例愈多，定義愈周延。

仿效金聖嘆刪改《水滸傳》的做法，對流傳許久的《三國演義》進行刪改、增添的工作。在書前「凡例」中批評流行於市面的俗本有「齟齬不通」、「詞語冗長」、「題綱參差不對」、「闕而不載」、「評語唐突」等毛病，自己則使用「古本」，將之校改，務求完美。[11]對本書進行讀法分析與深入批點，題為「聖嘆外書」、「聲山別集」，並偽作金聖嘆的序冠於卷首，以強化此書的價值。在書前的〈讀三國志法〉結尾處批評了《列國志》、《西遊記》、《水滸傳》三書；《列國志》「國多事煩……不能貫串」，不如《三國》自首至尾非常完整，《西遊記》「捏造妖魔之事，誕而不經」，不如《三國演義》的「實敘」，《水滸傳》「無中生有，任意起滅」，裡面所述的角色並不高明，遠不如三國裡人才之盛，所以《三國演義》稱為「第一才子書」當之無愧。[12]毛宗崗的父親毛綸，字德音，號聲山，曾評刻《琵琶記》，論者以為毛綸曾長時間進行《三國演義》的修改，最後由毛宗崗完成。[13]毛氏父子批改的一百二十回本，取代舊本，成為廣為流行的版本。[14]

---

11 據譚凡，《中國小說評點研究》〈下篇，小說評點編年敘録〉說，《三國演義》在毛氏父子時代之前流行的評點版本，有八種之多，見其書頁169-245。毛氏父子所批的本子，題名李卓吾實為葉晝的評本，參見陳薏如，《三國演義評點研究——以毛評為中心》，〈第五章第一節 毛氏修改《三國演義》的貢獻〉，中國文化大學中國文學研究所碩士論文，1991，頁140-156。毛氏父子《四大奇書第一種》120回本出刊於康熙十八年（1679）。

12 《抄繪圖描金銀三國志演義》（毛評本）〈首卷．凡例〉（北京，文物出版社，2004），頁1-2。本書據史樹青的說法，本書出自咸豐年間的抄本，其行格半葉九行，每行二十二字，為皇帝官本通行範例。題為明羅貫中編次，清毛宗崗評定。本書校對甚佳，精心刊印，為本論文論述所據的版本。

13 劉良明，《中國小說理論批評史》（臺北，洪葉文化事業公司，1996），頁287、288。金聖嘆以古本為名，進行《水滸傳》改編的工作，毛氏父子亦以古本為名，刪改《三國演義》。

14 毛氏父子在〈凡例〉、〈讀三國志法〉不斷讚美《三國演義》作品之好、之美，甚至「可繼麟經而無愧耳」。又有許多自我標榜與批判時人、其他版本的文字，如：「今人好為雷同之文，何不取於所批三國志而讀之。」、「何必讀今人臆造之文乎？」、「而俗本每至後人有詩嘆曰，便處處是周靜軒先生，而其詩又甚俚鄙可笑。」、「不毛氏父子批改的《三國演義》體例相當完整，有〈凡例〉、〈讀三國志法〉，每回回目之後有「總評」，正文之間有「夾評」，這些評語除了轉套、襲用李贄、葉晝、金聖歎等人的方法外，大量轉用了前賢對文章做法論述的詞語，並將之巧妙的運用在小說分析上。[15]〈讀三國志法〉最重要的是列有十九種敘事法的統整與條陳，是其評點《三國演義》的理論根基。[16]這十九種敘事法大約可分為三個部分，其一是直接承襲自金聖嘆的論點，[17]其二源自前人文章做法論述，其三為毛氏的自撰。歸納其論述有十九種敘事法，又有十五妙的說法，用以強化及補充其內容。[18]將其內容表列如下：

	評點敘事理論用語	〈讀三國志法〉原文	補充說明	源自金聖嘆評點用語
1	同樹異枝，同枝異葉，同葉異花，同花異果	《三國》一書，有同樹異枝，同枝異葉，同葉異花，同花異果之妙。	本書描寫人物尚可謂：「善避善犯。」	正犯法、略犯法

知其誣毋乃冤古人太甚，今皆削去使讀者不為齊東所誤。」等。除了自我標榜、自我宣揚外，亦有爭奪市場的生意考量在內。

15 參見陳薏如，《三國演義評點研究——以毛評為中心》，〈第四章各評本之間的關係〉，頁118-139。

16 易蒲、李金苓，《漢語修辭學史綱》〈首卷・凡例〉（吉林，吉林教育出版社，1989），頁489-491。

17 金聖嘆，〈讀第五才子書法〉見《水滸傳會評本・上冊》（北京，北京大學出版社，1981），頁15-22。

18 本文整理十五妙即，「有追本窮源之妙」、「有巧收幻結之妙」、「有以賓襯主之妙」、「有同樹異枝，同枝異葉，同葉異花，同花異果之妙」、「有星移斗轉，雨覆風翻之妙」、「有將雪見霰，將雨聞雷之妙」、「有浪後波紋，雨後霡霂之妙」、「有寒冰破熱，涼風掃塵之妙」、「有笙簫夾鼓，琴瑟間鐘之妙」、「有添絲補錦，移針勻繡之妙」、「有近山濃抹，遠樹輕描之妙」、「有奇峰對插，錦屏對峙之妙」、「有首尾大照應，中間大關鎖之妙」、「有橫雲斷嶺，橫橋鎖溪之妙」。另「波瀾層折」亦有「天然有此等波瀾，天然有此等層折，以成絕世妙文」的說法，為第十五妙。

	評點敘事理論用語	〈讀三國志法〉原文	補充說明	源自金聖嘆評點用語
2	星移斗轉，雨覆風翻	《三國》一書，有星移斗轉，雨覆風翻之妙。	呼應有法則，變化無方（不可料）	
3	將雪見霰，將雨聞雷	《三國》一書，有將雪見霰，將雨聞雷之妙。	正文之前有閒文，大文之前有小文	弄引法
4	浪後波紋，雨後霡霂	《三國》一書，有浪後波紋，雨後霡霂之妙。	文前有先聲，後有餘勢，波濤蕩漾	獺尾法
5	寒冰破熱，涼風掃塵	《三國》一書，有寒冰破熱，涼風掃塵之妙。	熱與塵皆人間之喧鬧，寒冰與涼風讓人躁思頓清，煩襟盡滌。是兩種截然不同情境的並敘法。	
6	笙簫夾鼓，琴瑟間鐘	《三國》一書，有笙簫夾鼓，琴瑟間鐘之妙。	使用正敘、帶敘法於「干戈隊裡時見紅裙，旌旗影中常睹粉黛。」	
7	隔年下種，先實伏著	《三國》一書，有之妙。	「善圃者，投種於地時時而發。善奕者，下一閒著於數十著之前，而其應再數十著之後」即伏筆的做法。	
8	添絲補錦，移針勻繡	《三國》一書，有添絲補錦，移針勻繡之妙。	此篇所缺者補之於彼篇，上卷所多者勻之於下卷。前後照應，為補敘法的應用。	
9	近山濃抹，遠樹輕描	《三國》一書，有近山濃抹，遠樹輕描之妙。	如畫家作畫：「山與樹之近者，則濃之重之，遠者，則輕之淡	

	評點敘事理論用語	〈讀三國志法〉原文	補充說明	源自金聖嘆評點用語
			之。」是虛實、省筆等的做法。	
10	奇峰對插，錦屏對峙	《三國》一書，有奇峰對插，錦屏對峙之妙。	由詩歌或散文的對仗法借用而來，有正對、反對、自為對、遙為對等。	
11	首尾大照應，中間大關鎖	《三國》一書，有首尾大照應，中間大關鎖之妙。	小說的結構有：首尾起結照應，前後關合聯絡的做法。此外亦有作者的春秋史筆大義貫串其中。	
12	橫雲斷嶺，橫橋鎖溪	《三國》一書，有橫雲斷嶺，橫橋鎖溪之妙。	做法中「不連敘則不能貫串文之長者，連敘則懼其累墜，故必敘別事以間之。」所述為連敘、別敘的做法。	橫雲斷山
13	正襯、反襯	古史甚多，而人獨貪看三國志者，以古今人才之聚，未有盛於三國者也。觀才與不才敵不奇，觀才與才敵則奇。觀才與才敵而一才又遇眾才之匹不奇，觀才與才敵而眾才尤讓一才之勝，則更奇。	本段雖為明言襯托之法，然所用是正襯與反襯兩類：「才與才敵」是正襯法，「才與不才敵」是反襯法。 第四十五回：「文有正襯與反襯，寫魯肅老實以襯孔明之乖巧，其反襯也。」、「寫周瑜乖巧，以襯孔明之加倍乖巧。是	背面鋪粉（反襯）

	評點敘事理論用語	〈讀三國志法〉原文	補充說明	源自金聖嘆評點用語
			正襯也」。[19]	
14	以賓襯主	《三國》一書，有以賓襯主之妙。	先敘賓後敘主，人有賓主、地有賓主、物有賓主。	
15	波瀾層折	《三國》一書，乃文章之最妙者……有能如是之繞乎其前出乎其後多方盤旋乎其左右者哉？古事所傳，天然有此等波瀾，天然有此等層折，以成絕世妙文。[20]	指敘事法多樣而富轉折，如：敘三國不以三國始，以漢獻帝始。敘三國終，不終於三國，終於晉國。	
16	參差錯落，變化無方	若論三國開基之人，人盡知為劉備、孫權、曹操也，而不知其各有不同……不寧惟是，策之與權，則兄終而弟及，丕之與植，則舍弟而立兄；備之與禪，則父為弟，子為虜，操之與丕，則父為臣，兒子為君。可謂參差錯落，變化無方者矣。[21]	劉備、孫權、曹操三個開國國君，個人背景及因緣有六不同，變化甚多。	
17	總起總結，	《三國》一書，總起總	將《三國》全書視為	

19 見《抄繪圖描金銀三國志演義》〈首卷・讀三國志法〉，頁1-2。

20 這是指《三國》一書的敘述法，敘三國卻不自三國開始，而由漢獻帝開始。三國的滅亡，不寫哪國最後滅亡，反而寫到晉國統一了天下，變化多端，轉折層次甚多。

21 劉備、孫權、曹操三人成為國君的背景各有不同，毛氏父子歸納有六不同，這六不同的寫法可謂，「參差錯落，變化無方」。而寫得不好的作品必然會出現同聲、同貌、合掌的情形。

	評點敘事理論用語	〈讀三國志法〉原文	補充說明	源自金聖嘆評點用語
	六起六結	結之中，又有六起六結。……凡此數段文字，聯絡交互於其間，或此方起而彼已結，或此未結而彼又起，讀之不見其斷續之跡，而按之則自有章法之可知也。[22]	一整篇文章，歸納出整體的敘述綱領，將全書分為六個起結點。	
18	追本窮源	《三國》一書，有追本窮源之妙。	將三國起源之端，做詳細的追索，是追本溯源的小說做法。	
19	巧收幻結	《三國》一書，有巧收幻結之妙。	在情節安排上，故事敘述上：「幻為出人意外，巧為在人意中。」的做法。	

以上表列即為毛氏父子在〈讀三國志法〉對《三國志演義》「讀法」的陳述。其自創的敘事法名詞有：「星移斗轉，雨覆風翻」、「寒冰破熱，涼風掃塵」、「笙簫夾鼓，琴瑟間鐘」、「隔年下種，先實伏著」、「添絲補錦，移針勻繡」、「近山濃抹，遠樹輕描」、「奇峰對插，錦屏對峙」、「首尾大照應，中間大關鎖」等八項。這八項其實亦是包含了許多章法、修辭的技巧，與正敘、帶敘、補敘等敘事法及山水畫的構圖方法，重新經過鎔鑄統合。如「隔年下種，先實伏著」與伏筆、伏線類似，「奇峰對插，錦屏對峙」與正對、反對相類，「近山濃抹，遠樹輕描」源自山水畫法，亦是省筆、虛筆的寫法。毛氏父子受

22 本段說明《三國》有總起總結之法，又詳細敘述全書共有六起、六結，十二個敘事脈絡。

到金聖嘆的啟發，使用了譬喻的手法，歸納出形象化、詩化的標題，以概括《三國志演義》高明的寫作技巧。至於「以賓襯主」與唐順之《文編》中的「借客顯主」、「借客形主」[23]，「總起總結，六起六結」與歸有光《文章指南》中的「總提分應」、「總提總收」[24]，「首尾大照應」與歸有光《文章指南》的「前後相應」[25]等都有明顯的承繼、轉化的痕跡。

其餘各種屬於文章敘事法的論述，見於各章回中，如：

1. 夾敘：第五十二回「忽夾敘陳應、鮑龍二句。」[26]、第九十二回「前寫子龍，此處又夾寫興、苞。」[27]
2. 補敘：第八十三回「百忙中補敘陸遜生平。」[28]、第八十五回「忙中代補寫馬超一邊事，妙甚。」[29]
3. 帶敘：第五十二回「帶敘馬謖為後文歸蜀伏綫。」[30]第八十四回「帶言魯肅、自誇其君，又自誇其臣。」[31]
4. 伏線：第八十一回「預為後文伏筆」、「先為下文伏筆」[32]、第八十五回「早為九十六回伏線。」[33]
5. 暗寫：第五十一回「此處妙在暗寫。」[34]
6. 接敘：第五十三回「以上按下玄德一邊，以下接敘東吳一邊。」[35]

23 王葆心纂，《古文詞通義》卷十一〈識塗篇七〉，頁6。
24 歸有光，《文章指南．論文章體則》（臺北，廣文書局，1977），頁11、12。
25 歸有光，《文章指南．論文章體則》，頁11。
26 《抄繪圖描金銀三國志演義》（毛評本），卷17，頁24。
27 《抄繪圖描金銀三國志演義》（毛評本），卷30，頁7。
28 《抄繪圖描金銀三國志演義》（毛評本），卷27，頁13。
29 《抄繪圖描金銀三國志演義》（毛評本），卷27，頁48。
30 《抄繪圖描金銀三國志演義》（毛評本），卷17，頁21。
31 《抄繪圖描金銀三國志演義》（毛評本），卷27，頁27。
32 《抄繪圖描金銀三國志演義》（毛評本），卷26，頁31。
33 《抄繪圖描金銀三國志演義》（毛評本），卷27，頁41。
34 《抄繪圖描金銀三國志演義》（毛評本），卷17，頁9。
35 《抄繪圖描金銀三國志演義》（毛評本），卷17，頁38。

7. 虛實：第九十二回「興、苞截路用實寫，魏延取城用虛寫，兩樣筆法。」[36]、九十四回「關公在張苞一邊顯聖卻用虛筆。」[37]、第九十九回「王肅表用實寫，楊阜、華歆表用虛寫。」[38]
8. 旁寫：第八十一回「旁寫眾人。」[39]
9. 反襯：第九十八回「為王雙被斬反襯一句。」[40]

以上所列，可見其運用文章敘事方法分析小說的例子。雖然相關內容定義有不夠周延，或意義歧出、重複的現象。然在小說批評發展史上，具有不可抹滅的價值。究其評點的原始動機，未必是想建構一套完整的小說理論，亦無意做精苛的論述；而以市場面、商業面為考量的因素較多。

(二) 明、清各家感官敘事的使用

本文討論毛宗崗評點中的「感官敘事」，所謂「感官敘事」基本上是分析作者借小說中人物的「眼」、「口」、「耳」、「意」四個感知器官，敘述出相關的人物、情節、事件等。這種「感官敘事」使用的不多見，張竹坡評點《金瓶梅》在第五十五回運用到「眼中」、「耳中」、「鼻中」的敘事法，[41]脂硯齋批《紅樓夢》在第五回有「意中

---

36 《抄繪圖描金銀三國志演義》(毛評本)，卷30，頁10。
37 《抄繪圖描金銀三國志演義》(毛評本)，卷30，頁36。
38 《抄繪圖描金銀三國志演義》(毛評本)，卷32，頁30。
39 《抄繪圖描金銀三國志演義》(毛評本)，卷26，頁37。
40 《抄繪圖描金銀三國志演義》(毛評本)，卷32，頁3。
41 《第一奇書(康熙乙亥年)張竹坡評在茲堂本金瓶梅》(臺北，里仁書局，1981)，頁1433、1434。第五十五回，「西門兩番慶壽旦，苗員外一諾送歌童」，「西門和翟謙進了幾重門，門上都是武官把守，一點兒也不混亂。」(西門眼中)、「隱隱聽見鼓樂之聲，如在天上一般。」(西門耳中)、「西門聽言未了，又鼻子裏覺得異香馥馥。」(西門鼻中)

寫」[42]，第七回有「口中文法」[43]，第八十回有「眼中寫出」的敘述法[44]，並不多見。至於影響毛氏父子最多的金聖嘆批《水滸傳》則有較多例子，如第五回：「於老和尚口中述出二賊也」[45]，第十六回：「未了公案，每向後來敘述口中說出。」[46]第二十二回：「無端從酒家眼中、口中寫出武松氣象來，俗筆如何臨描得出。」[47]第四十回：「前回事情，卻於此處薛永口中醒出。」[48]第四十一回：「下文宋江本欲一人自去，卻先於卻先於晁蓋口中作一寬筆。」[49]第四十四回：「極寫石秀眼裡不堪。」[50]第五十二回：「看他用兩只見，便之都從李逵眼中寫出，筆法之妙如此。」[51]第六十五回：「此已算寫實，然亦是眾人口中傳出，妙不可言。」[52]等。金聖嘆用了「口中述出」、「口中說出」、「眼中、口中寫出」、「口中醒出」、「口中作一寬筆」、「眼裡不堪」、「眼中寫出」、「眾人口中傳出」這幾個詞語。另第四十回出自於李贄的評點（袁本眉批）有「口中見」一詞：「劫法場後江州事體在薛永口中見，黃文炳生平並近事又在侯健口中見，行文才不是死述。」[53]

---

42 陳慶浩，《新編石頭記脂硯齋評語輯校增訂本》（臺北，聯經出版事業公司，1984），第5回「遊幻境指迷十二釵 飲仙醪曲演紅樓夢」原批為「如此反位愚痴，正從世人意中寫也。」頁115。

43 陳慶浩，《新編石頭記脂硯齋評語輯校增訂本》，第7回「送宮花賈璉戲熙鳳 宴寧府寶玉會秦鐘」原批為「是醉人口中文法，一段借醉奴口角閒閒補出寧府往事近故，特為天下世家一笑。」頁176。

44 陳慶浩，《新編石頭記脂硯齋評語輯校增訂本》，第80回「美香菱屈受貪夫棒 王道士胡謅妒婦方」原批為「凡迎春之文皆從寶玉眼中寫出。」頁730。

45 《水滸傳會評本・上冊》，第5回，頁144。

46 《水滸傳會評本・上冊》，第16回，頁312。

47 《水滸傳會評本・上冊》，第22回，頁421。

48 《水滸傳會評本・上冊》，第40回，頁754。

49 《水滸傳會評本・上冊》，第41回，頁773。

50 《水滸傳會評本・上冊》，第44回，頁835。

51 《水滸傳會評本・上冊》，第52回，頁974。

52 《水滸傳會評本・上冊》，第65回，頁1200。

53 《水滸傳會評本・上冊》，第40回，頁754。

（袁本夾批）：「此事又在口中見。」[54]等等。

金聖嘆與李贄雖具有開創之功，然而對「感官敘事」的自覺尚屬有限，對這樣的寫作法沒有更深入的發展，張竹坡與脂硯齋則偶有運用，並不常見。毛氏父子承續前賢，在這方面最為著力。「感官敘事」是寫作者高明的文章技巧，以「他者述說」的方法，增加小說的效果。毛宗崗運用評點之法加以凸顯，引導讀者了解創作意圖所在。「感官敘事」是屬於整個毛批方法的一部分，也是非常具有特色的解析法。以下舉毛批《三國演義》「感官敘事」的一些例子，分為眼的敘事、口的敘事、耳的敘事、意的敘事，不憚煩瑣，逐條排列論述。[55]

三　毛批感官敘事舉例

（一）眼的敘事

小說中有關「視覺」方法的運用是很常見的，方法甚多。毛宗崗有關「眼」的敘事大多利用人物之眼，進行敘述，亦有用旁人之眼、眾人之眼的方法，舉例如下：

---

54 《水滸傳會評本．上冊》，第40回，頁761。

55 有關「視角」或「眼光」的敘事，西方有不少學者討論，但其所述範圍較大，並不是單純的「由人物眼中敘出」這樣細緻的敘述，如Roger Fowler，《*Linguistic Criticism*．9 point of view》將敘事視角point of view分為三種，*psychological* point of view（心理眼光或稱感知眼光）、*ideological* point of view（意識形態眼光）、*spatio~temporal* point of view（空間與時間眼光），Roger Fowler稱自己這三種分法受Boris Uspensky的影響，他的*psychological* point of view也是在討論這種視角，他認為是作者的眼光與小說中人物的眼光比較起來，作者比較有距離，小說中人物眼光的敘述較合情理。（New York, OXFORD UNIVERSITY PRESS, 1986），頁127。另弗里德曼（N. Friedman）《小說中的視角》將敘述視角分為八個，熱奈特（G. Genette）《敘事話語》簡化為三個（其中第二類又分三類），都對敘述者眼光與人物的眼光有所討論。引見申丹，《敘述學與小說文體學研究》（北京，北京大學出版社，1998），頁208-222。

1 眼中敘出

在毛氏的用法裡所謂「眼中敘出」是借人物的雙眼，敘述出相關的情節來。由人物的眼中看到了「既成的現象」，就不需要再做多餘的描述。例如：第四十一回「劉玄德攜民渡江　趙子龍單騎救主」，描寫的是劉備帶領了新野、樊城的十餘萬百姓準備到襄陽城，逃避曹操大軍的攻擊。因人數過多，無法逃過各路軍馬的追殺。雙方遭遇後，劉備一方損兵折將，甚至連妻兒都衝散了，是劉備很大的一次挫敗。本次戰爭場面非常混亂而激烈，在描寫上很難周全，故技巧上必須多樣且具說服力（下列楷體字為正文，括弧內為評點文字）：

> 正恓惶時，忽見糜芳面帶數箭，踉蹌而來。（糜芳帶箭，在玄德眼中敘出，極省筆）[56]口言：「趙子龍反投曹操去了也！」……趙雲正走之間，見一人臥在草中，視之乃簡雍也。（借趙雲眼中敘出簡雍，又省筆）[57]……趙雲撥槍上馬，看時前面綁著一個人，乃糜竺也。（糜竺被縛，借趙雲眼中點出，又省筆）[58]

糜芳面帶數箭，是由劉備眼中敘述的，簡雍受傷臥在草叢，糜竺雙手被縛綁在馬上，皆由趙雲之眼敘述出來。糜芳、糜竺、簡雍在混戰中各有遭遇，但非主要情節，故以這樣的手法表現。

2 眼中寫

「眼中寫」是借人物之眼，描述看到其他人物的動態形貌，對方

56 《抄繪圖描金銀三國志演義》（毛評本），卷13，頁41。
57 《抄繪圖描金銀三國志演義》（毛評本），卷13，頁43。
58 《抄繪圖描金銀三國志演義》（毛評本），卷13，頁44。

往往表現出鮮明的動作，令人印象深刻。如：第四十二回「張翼德大鬧長坂橋　劉豫州敗走漢津口」寫張飛則十分傳神：

> 卻說文聘引軍追趙雲至長坂橋，只見張飛倒豎虎鬚，圓睜環眼，手綽蛇矛，立馬橋上。（借文聘眼中寫一張飛。此處按下趙雲只寫張飛。）[59]……俄而曹仁、李典、夏侯惇、夏侯淵、樂進、張遼、張郃、許褚等都至。見飛怒目橫矛立馬於橋上（又描二句，在諸將眼中再寫張飛）[60]……操聞知，急上馬，從陣後來。張飛睜圓環眼，隱見後軍青羅傘蓋、旄鉞旌旗來到。料得是曹操心疑，親自來看。（前者在諸將眼中寫張飛，此又在張飛眼中寫曹操）[61]……
> 「燕人張翼德在此！誰敢來決死戰！」（其聲愈猛）曹操見張飛如此氣概，頗有退心。（又在曹操眼中寫張飛）[62]

本段用文聘、諸將、曹操的眼光來描寫張飛，諸將之眼則有兩次。在這些人的眼光中，看到的是立在長坂橋上的張飛「倒豎虎鬚，圓睜環眼，手綽蛇矛，立馬橋上」、「怒目橫矛立馬於橋上」、「見張飛如此氣概，頗有退心。」作者不直接寫張飛的勇猛，借由不同人，不同眼光來描寫其凶神惡煞式的模樣，使文章更具說服力。這個段落也包括張飛的「眼光」，他在人群中看到「後軍青羅傘蓋、旄鉞旌旗來到」，料想來者必是曹操，而曹操聽說張飛有在千軍萬馬中，取上將首級的能力，這使兩人之間的關係產生微妙的變化，強化了張飛虛張聲勢、曹操畏縮退兵的可能性與戲劇性。

---

59 《抄繪圖描金銀三國志演義》（毛評本），卷14，頁5。
60 《抄繪圖描金銀三國志演義》（毛評本），卷14，頁5。
61 《抄繪圖描金銀三國志演義》（毛評本），卷14，頁5。
62 《抄繪圖描金銀三國志演義》（毛評本），卷14，頁6。

第八十四回「陸遜營燒七百里　孔明巧布八陣圖」：

> 先主曰：「昨夜殺盡，安敢再來？」畿曰：「倘是陸遜試敵，奈何？」正言間，人報山上遠遠望見吳兵盡沿山望東去了。（在蜀人眼中寫出吳兵埋伏之狀，妙在隱隱躍躍不知何兵何將。）[63]
> 先主曰：「此是疑兵。」令眾休動。

此段寫陸遜派淳于丹探出蜀軍虛實後，設好計謀，佈置軍隊準備攻殺蜀軍、活捉劉備。蜀軍剛得一勝，並不知陸遜謀略，眼中只「看到」東吳軍朝東方山上去了，不知他們別有所圖；想利用東南風火攻，求得勝利。因料敵有誤，次日果招致強大的攻擊。

以上兩個有關「眼中寫」的例子，評點者指出寫作者是透過各個人物視覺的敘述法，讓讀者「看到」相關人物的動作形貌。

此外第五十五回「玄德智激孫夫人　孔明二氣周公瑾」，劉備與孫夫人想逃出東吳，卻遭到周瑜派出徐盛、丁奉兩將軍阻擋去路。雙方相遇時，孫夫人在兩人之前大罵周瑜，護衛劉備與夫人的趙雲，在一旁怒氣以對，情勢緊張，這種情勢讓兩將十分遲疑。（在徐、丁二人眼中寫一趙雲，若只寫夫人不寫趙雲便有遺漏。）[64]這一段評語雖用的是「眼中寫」，但綜合全文相關用詞，應該是「眼中旁寫」較正確。

3 眼中旁寫

「眼中旁寫」是在人物雙眼所見的主體之外，旁及其他可見的人、事、物或場景。這些人、事、物或場景具有襯托作用，讓主體更

---

63 《抄繪圖描金銀三國志演義》（毛評本），卷27，頁26。

64 《抄繪圖描金銀三國志演義》（毛評本），卷18，頁25。

加顯豁。如：第五十三回「關雲長義釋黃漢升　孫仲謀大戰張文遠」：

> 韓玄坐在城上，教黃忠出馬。忠引數百騎殺過弔橋，再與雲長交馬。又鬬五六十合，勝負不分。兩軍齊聲喝采。（又在眾人眼中旁寫一筆）[65]鼓聲正急時，雲長撥馬便走。

此段寫關羽與黃忠兩人第二回大戰，廝殺了五、六十回合，勝負不分，雙方參戰軍士眼中看著兩人精彩的表現，甚為讚嘆。在觀看之間沒有忘記「齊聲喝采」，這個「齊聲喝采」亦即「眼中旁寫」。在描述主體視覺之外，旁及眾人的情緒表現，襯托了兩者廝殺的生動、精彩。前節第五十五回所述，護衛劉備與夫人的趙雲，在一旁怒氣以對，讓兩將十分遲疑，對趙雲的描述亦為眼中旁寫。

4 眼中帶寫

「眼中帶寫」見於第五十五回與第七十四回，所謂「帶」指的是「附帶」、「引出」的意思。「眼中帶寫」以主要人物的視覺所及，帶出相關的人、事、物。第五十五回「玄德智激孫夫人　孔明二氣周公瑾」：

> 恰纔行不得五六里，背後陳武、潘璋趕到。……夫人正色叱曰：「你二人倚仗兵威，欲待殺害我耶？」罵得四人面面相覷……軍中又不見玄德，但見趙雲怒目睜眉，只待廝殺。因此四將喏喏連聲而退。（又在陳、潘二人眼中帶寫趙雲）[66]

65 《抄繪圖描金銀三國志演義》（毛評本），卷17，頁34。

66 《抄繪圖描金銀三國志演義》（毛評本），卷18，頁26。

第七十四回「龐令名擡櫬決死戰　關雲長放水渰七軍」：

> 忽聽得于禁移七軍於樊城之北下寨，未知其謀，即報知關公。公遂上馬，引數騎上高阜處望之，見樊城城上旗號不整、軍士慌亂。（又在關公眼中帶寫樊城一筆）[67]

第五十五回由陳武、潘璋眼中帶寫出「怒目睜眉，只待廝殺」的趙雲。四將的目標在擒殺劉備，但眼前目光所及有一位趙雲不好解決。第七十四回則由關公的眼中順帶看到「旗號不整、軍士慌亂」的樊城。關公遠望的是附近于禁佈軍的情勢，襄江水流的情勢。在探明地理與水流情況後，便胸有成竹的認為自己必能借江水之勢獲勝，攻下樊城指日可待。

唐彪《讀書作文譜》說：「帶敘，帶者，或中間，或末後，只將數語帶及之是也。……見于此則可省于彼者則帶之，非無謂也。」[68]認為帶敘法的用途主要是用以前的事，強化眼前的事，所以將之寫出來，或者與描寫的事情在道理上、事例上可以相通，就簡略的敘述出來，在文章中是不可省略的。以其定義，和「眼中帶寫」最大的差異在「時間」的問題，「眼中帶寫」寫的是當下發生的事情，唐彪的帶敘則主要是帶出「以前的事」，這兩個詞語差別就在時間點的不同。

5 眼中極寫

「眼中極寫」是借人物之眼，做一種放大式的，強調式的鋪陳，目的在凸顯所描寫對象的特殊性。如：第五十八回「馬孟起興兵雪恨　曹阿瞞割鬚棄袍」：

---

67 《抄繪圖描金銀三國志演義》（毛評本），卷24，頁35。

68 唐彪，《讀書作文譜》卷七〈文章諸法・21〉，2008.9.7，http://bbs.etjy.com/viewthread.php?tid=105864&extra=page%3D8&page=2。

> 操出馬於門旗下，……。又見馬超生得面如傅粉，脣若抹硃，腰細膀寬，聲雄力猛。白袍銀鎧，手執長鎗，立馬陣前。（借曹操眼中極寫馬超）上首龐德，下首馬岱。操暗暗稱奇……。

曹操「看到」西涼勇將馬超，長相俊美，武功高強，威風凜凜，心中暗暗稱奇，十分讚美眼前的敵將。第六十五回「馬超大戰葭萌關 劉備自領益州牧」所寫的馬超也是如此：

> 次日天明，關下鼓聲大震，馬超兵到。玄德在關上看時，門旗影裏，馬超縱騎持鎗而出。獅盔獸帶、銀甲白袍，一來結束非凡，二者人才出眾。（在玄德眼中極寫一馬超）[69]

劉玄德眼中「看到」的馬超，持槍縱馬而出，頭戴獅盔獸帶，身穿銀甲白袍，器宇非凡，一副英雄氣概，是個難纏的敵手。一是曹操之眼，一是劉備之眼，兩人都對馬超的形象之美觀感相同。評點者指出，作者羅貫中對馬超有著一貫誇耀、炫麗式的鋪陳。

6 眼中虛寫

「眼中虛寫」是借人物之眼，敘述沒有看到的人、事、物，這些人、事、物對當下的人有很深的影響。所謂的「虛」指的是小說內沒有具體寫出來的部分。在第一百十一回有兩個例子，這兩例都是由姜維的眼中看到鄧艾的表現。其一是鄧艾在祁山布了九個寨，這些寨子首尾相顧，佈置嚴密，令姜維大為讚嘆：

> 維回顧左右曰：「夏侯霸之言信不誣矣。此寨形勢絕妙，止吾

69 《抄繪圖描金銀三國志演義》（毛評本），卷21，頁38。

> 師諸葛丞相能之。今觀鄧艾所為，不在吾師之下。」（在姜維眼中、口中寫一鄧艾，然亦未見其人但見其營，尚是虛寫。）」[70]

其二是姜維想攻武城山，再奪南安，正在疑慮之間，鄧艾埋伏的兵士已衝殺下來，讓前軍措手不及，敗下陣來：

> 正疑慮間，忽然山上一聲砲響，喊聲大震，鼓角齊鳴，旌旗遍豎，皆是魏兵。中央風飄起一黃旗，大書「鄧艾」字樣。（又未見其人先見其旗，又祇在姜維眼中虛寫）[71]蜀兵大驚。山上數處精兵殺下，勢不可當，前軍大敗。

這兩段寫姜維並未見到敵方主將鄧艾，只看到所佈的營寨，領受到用兵詭詐的功力，比得上諸葛亮。尤其是看到攻殺而來的敵軍，中央豎起的旗子上寫著「鄧艾」兩字，令人心驚膽戰，印象深刻。所謂「眼中虛寫」正是以姜維之眼的感受為主體，姜維只見鄧艾的行事，沒見到他的實體面貌。

7 眼中補寫

「眼中補寫」是前文未寫之處，或暫時不寫之處，借由後文「他者」的眼中補敘出來。是使敘事更完整，情節更凸出的技巧。如：第二十五回「屯土山關公約三事　救白馬曹操解重圍」，劉備之妻甘夫人於夜間夢到劉備身陷土坑之內，醒來後覺得不祥，便與糜夫人同聲哭泣，關公聞訊前去安慰：

---

70 《抄繪圖描金銀三國志演義》（毛評本），卷36，頁17。

71 《抄繪圖描金銀三國志演義》（毛評本），卷36，頁18。

> 關公曰：「夢寐之事，不可憑信。此是嫂嫂想念之故，請勿憂愁。」正說間，適曹操命使來請關公赴宴。公辭二嫂，往見操。操見公有淚容（前不敘關公下淚，此於曹操眼中補出），問其故。[72]

關公安慰兩位嫂嫂時亦有所感而掉淚，但未敘出。正好曹操來請赴宴，關公臉上有哭過的淚痕，由曹操眼中看出，也由曹操話語中補敘出來。在時間上，是以現在回溯之前發生的情況。下面的例子也相似：

曹操見關公所騎之馬甚瘦，便將呂布所騎之赤兔馬贈與，關公再三拜謝，曹操為他的多禮感到不解與不悅：

> 操不悅曰：「吾累送美女金帛，公未嘗下拜。（公平日之不輕下拜，今在曹操目中補出。）今吾贈馬，乃喜而再拜，何賤人而貴畜耶？」[73]

關公是個自視甚高的人，曹操贈送他許多物品，如包裹鬍鬚的錦囊、十名美女、賜與金帛，不時招請飲宴，都不能使關公拜謝。而今送赤兔馬卻能使關公再三拜謝。關公平日心性之高及武人性格由曹操之語，可以看出。

第五十二回「諸葛亮智辭魯肅　趙子龍計取桂陽」，借魯肅到荊州時，看到孔明治理下的蜀軍，軍容壯盛，暗中佩服孔明的本事：「肅遂不入南郡，逕投荊州。見旌旗整列，軍容甚盛。肅暗羨曰：『孔明眞非常人也。』」（又在魯肅眼中補寫孔明）[74]這是借魯肅之

---

72 《抄繪圖描金銀三國志演義》（毛評本），卷36，頁21。

73 《抄繪圖描金銀三國志演義》（毛評本），卷36，頁21。

74 《抄繪圖描金銀三國志演義》（毛評本），卷17，頁18。

眼，補寫孔明的才幹，說他非常人所能比擬。

8 眼中看

「眼中看」是借人物之眼「看到」的人、事、物等。第三回「曹操煮酒論英雄　關公賺城斬車胄」中，寫到董卓想要收編呂布為手下，派了李肅做說客。李肅帶著黃金千兩，明珠數十顆，玉帶一條，以及最能打動呂布之心的赤兔馬，前去收買他。這匹好馬果然讓呂布大為心動：

> 布便令牽過來看。果然那馬渾身上下火炭般赤、無半根雜毛。從頭至尾，長一丈。從蹄至項、高八尺。嘶喊咆哮，有騰空入海之狀。（從呂布眼中方看出渾身上下好處，層次出落得妙。）

赤兔馬之好，從呂布的眼中「看」了出來。借由他的眼，描述出一匹貨真價實的好戰馬，也述說呂布的喜好。

第二十一回「曹操煮酒論英雄　關公賺城斬車胄」中，曹操在逐步取得政治力量後，想廢掉漢獻帝，獻帝寫了一封血書給國舅董承，希望他結合忠義兩全之士，消滅叛逆奸黨。董承便私下拿著血書，暗中在朝廷內外結合志士。董承去見劉備，盼望他能支持。並出示「義狀」，讓劉備知道朝廷內外，願意起兵勤王的有六人：

> 玄德不勝悲憤。又將義狀出示，上止有六位。一、車騎將軍董承。二、工部侍郎王子服。三、長水校尉种輯。四、議郎吳碩。五、昭信將軍吳子蘭。六、西涼太守馬騰。（忽將前六人於此處歷歷敘明，卻在玄德眼中看出，妙甚。）[75]玄德：曰

---

75 《抄繪圖描金銀三國志演義》（毛評本），卷8，頁5。

> 「公既奉詔討賊，備敢不效犬馬之勞。」承拜謝，便請書名。

這六個人的名單，在劉備的眼中「看出」，之後他也請董承將自己的名字寫上，願意成為反曹操的力量。

第二十六回「袁本初敗兵折將　關雲長掛印封金」一節，關公在曹操營中，劉備在袁紹營中，彼此不知已成敵對。兩軍對戰，關公連殺袁紹數名大將。袁紹派陳震拿著劉備密函去見關公，關公見信大吃一驚，便立即修書一封，準備帶著兩個皇嫂，棄曹而去：

> 關公寫書答云，……故爾暫且羈身，冀圖後會。近至汝南，方知兄信。即當面辭曹公，奉二嫂歸。但懷異心，神人共戮。披肝瀝膽，筆楮難窮。瞻拜有期、伏惟照鑒。（玄德來書從關公眼中看出。關公答書即從關公筆下寫出。敘得參差有致。）[76]

陳震拿到書信後便回到袁紹處，交給劉備。劉備讀信後，回給關公的信寫得十分簡略：

> 備與足下，自桃園締盟，誓以同死。今何中道相違、割恩斷義？君必欲取功名圖富貴，願獻備首級以成全功。書不盡言，死待來命。拜上[77]

關公的信則寫得十分周詳，文情並茂，深為感人。文章的內容，是借由劉備之眼完整「看」出來的。

毛宗崗使用「看」字一詞，與「敘」、「寫」的用法略有不同，不

---

76 《抄繪圖描金銀三國志演義》（毛評本），卷8，頁37。

77 《抄繪圖描金銀三國志演義》（毛評本），卷8，頁37。

是敘述情節，表現情緒，而是「看到」了客觀存在的物體，如書信、赤兔馬等。

9 眼中虛畫

「眼中虛畫」是借人物之眼，對相關人物做一簡單的描述，其目的在陪襯主要人物，沒有具體的描述。如第三回「曹操煮酒論英雄關公賺城斬車冑」一節，董卓要求荊州刺史丁原同意廢帝的主張，丁原不同意，大聲斥責董卓，說他想篡位。董卓大怒說：「順我者生，逆我者亡。」想當場殺掉丁原。但李儒看見丁原背後站了一個人，這人是誰尚未說出，其焦點在此人怒氣沖沖，手持武器，蓄勢待發。

> 生得器宇軒昂，威風凜凜，手執方天畫戟，怒目而視。（先從李儒眼中虛畫一呂布。此處先寫戟。）[78]

作者先在李儒的眼中簡單勾勒呂布的模樣，但沒有詳細而具體的描述，接著又從董卓的眼中「看到」持戟躍馬的呂布，但描述仍很簡短：

> 卓按劍立於園門，忽見一人躍馬持戟於園門外，往來馳驟。（又從董卓眼中虛畫一呂布。前只寫戟，此處添寫馬。）

以上兩段由李儒、董卓兩人眼中「虛畫」呂布形貌，沒介紹他為何站在丁原的身後，甚至連呂布的姓名都未寫出。次日丁原帶兵於城外挑戰董卓，此時對呂布的描述就很詳細：

> 兩陣對圓，只見呂布頂束髮金冠，披百花戰袍，擐唐猊鎧甲，

---

78 《抄繪圖描金銀三國志演義》（毛評本），卷1，頁38。

> 繫獅蠻寶帶，縱馬挺戟，隨丁建陽出到陣前。（又雙從董卓、李儒眼中實寫一呂布。看他先寫狀貌，次寫姓名，次寫粧束。先寫戟，次寫馬，次寫冠帶、袍甲，都做三層出，出落，妙。）[79]

毛宗崗指出這段的寫法十分精彩，前兩段屬於「眼中虛畫」，僅為陪襯之用，但逐步增加其內容。第三段便落實了呂布的描述，將這位心高氣傲，武藝高強的將軍鋪陳得極其威武，色彩鮮麗，氣勢非凡。呂布接著大敗董卓之兵，讓董軍望風披靡，更見其勇武。

以上是有關「眼的敘事」，這些敘事法與詩歌、散文章法上的「直敘」、「帶敘」、「補敘」、「插敘」、「特敘」、「虛敘」等有相類的地方，較大的差異是在「時間點」上。「眼的敘事」都是發生在人物眼前的事情，是「現在式」的敘事法，就算「眼中補寫」雖為補敘之前發生過的人、事、物，但仍以眼前人物的視覺為時間點。

（二）口的敘事

小說中人物的語言，包括有對話、問答、獨白等，毛批中有關「口的敘事」並非討論人物與語言的關係，而是放在敘事的內容上。重點在行文技巧的探討，而非語言的功能。

1 口中敘出

「口中敘出」是借小說人物之口，述出相關的人、事、物，因所敘簡略，大部分具有「省筆」的作用。例子如第八回「王司徒巧使連環計　董太師大鬧鳳儀亭」：

79 《抄繪圖描金銀三國志演義》（毛評本），卷1，頁39。

卓笑曰：「諸公勿驚。張溫結連袁術，欲圖害我，因使人寄書來，錯下在吾兒奉先處，故斬之。公等無故，不必驚畏。」眾官唯唯而散。（張溫事即在董卓口中敘出，省筆。）[80]

第二十六回「袁本初敗兵折將　關雲長掛印封金」也有相同的敘述方式：

關公叱退左右，問乾曰：「公自潰散之後，一向蹤跡不聞，今何為在此處？」乾曰：「某自逃難，飄泊汝南，幸得劉辟收留。（孫乾一向蹤跡，只用他口中一句敘出，極省筆。）[81]……」

第八回董卓殺掉張溫的事，由他談笑風生的敘出。第二十六回孫乾的去處由自己的口中簡單的說出。殺掉張溫的事與孫乾幸運被劉辟收留的事，過程應該很曲折。但都用董卓及孫乾嘴巴簡單的敘述出來，簡單帶過，所以屬於省筆式的寫法。

第四十一回「劉玄德攜民渡江　趙子龍單騎救主」，劉備帶領了新野、樊城的十餘萬百姓離開，準備到襄陽城逃避曹操大軍的攻擊。不過仍然無法逃過各路軍馬的追殺，劉備甚至連妻兒都衝散了，妻兒的下落經由不同的人口中敘出：

……趙雲便問二夫人消息。軍士曰：「恰纔見甘夫人披頭跣足，相隨一夥百姓婦女，投南而走。」（甘夫人下落，則藉軍士口中敘出，又省筆）[82]……甘夫人曰：「我與糜夫人被逐，棄了車仗，雜於百姓內步行。又撞見一枝軍馬衝散。糜夫人與

80 《抄繪圖描金銀三國志演義》（毛評本），卷2，頁44。

81 《抄繪圖描金銀三國志演義》（毛評本），卷8，頁34。

82 《抄繪圖描金銀三國志演義》（毛評本），卷13，頁43。

阿斗不知何往。我獨自逃生至此。」（糜夫人失散借甘夫人口中點出）[83]。

甘夫人的情形，經由軍士之口敘出，糜夫人失散，借甘夫人之口敘出。不一一詳述其過程，利用眾人之口，簡要講述出其間過程，非常具有邏輯性及合理性。毛宗崗讚美這段敘述「寫得參差歷落，妙。」[84]第八十五回「劉先主遺詔托孤兒　諸葛亮安居平五路」也有類似的情形，評者說：「東吳三路兵，卻借探馬口中敘來，省筆之法。」[85]這簡略敘述式的「口中敘出」，在小說中的作用是省略筆墨，減少過度描寫。其他未寫出「省筆之法」的「口中敘出」有：第九十二回「趙子龍力斬五將　諸葛亮智取三城」：「斬董禧在關興口中敘出，殊不費力。」[86]第九十四回「諸葛亮承雪破羌兵　司馬懿尅日擒孟達」：「借司馬懿口中將孔明所料，明白說一遍。不是寫仲達正是寫孔明。」[87]第九十九回「諸葛亮大破魏兵　司馬懿入寇西蜀」：「蜀兵不戰卻借魏將口中敘出」[88]……「司馬懿在祁山一邊事，又借孔明口中敘出。」[89]等等，皆為以省筆技巧寫作的「口中敘出」。

不過「口中敘出」並非完全為省筆的敘事法，第十回「勤王事馬騰舉義　報父讎曹操興師」即是：

一日，夏侯惇引一大漢來見，操問何人。惇曰：「此乃陳留人，姓典，名韋，勇力過人。舊跟張邈，與帳下人不和，手殺

83 《抄繪圖描金銀三國志演義》（毛評本），卷13，頁43。
84 《抄繪圖描金銀三國志演義》（毛評本），卷13，頁43。
85 《抄繪圖描金銀三國志演義》（毛評本），卷27，頁38。
86 《抄繪圖描金銀三國志演義》（毛評本），卷30，頁7。
87 《抄繪圖描金銀三國志演義》（毛評本），卷30，頁46。
88 《抄繪圖描金銀三國志演義》（毛評本），卷32，頁18。
89 《抄繪圖描金銀三國志演義》（毛評本），卷32，頁18。

數十人，逃竄山中。惇出射獵，見韋逐虎過澗，因收於軍中。今特薦之於公。」（典韋來歷只在夏侯惇口中敘出，好。）[90]

曹操應朝廷之命到青州平定黃巾之亂，百餘日之間就攻破主力，招安降服兵眾三十餘萬，勢力大增。也因如此，許多人便來投效。曹操也為增加勢力，廣納天下英雄。只要推薦的人合宜，此人又聲名在外，都願接納。然而只有夏侯惇不按程序來，就把想引薦的人帶來，在曹操之前直接說出這人的來歷，要求任用。這種敘述法並不減省，不能算是省筆法。評者還認為由夏侯惇口中敘出典韋的來歷，是種很好的技巧。

2 口中自敘

「口中自敘」是被問及者，在口中回答對方的問題，自我敘述一番。如：第二十回「曹阿瞞許田打圍　董國舅內閣受詔」：

帝宣上殿問曰：「卿祖何人？」玄德奏曰：「臣乃中山靖王之後，孝景皇帝閣下玄孫，劉雄之孫，劉弘之子也。」（首回已敘過此，又於玄德口中自敘一番）[91]

漢獻帝因曹操的推薦，宣劉備上朝覲見。漢獻帝問劉備的祖先為何人，他回答自己是中山靖王之後，漢景帝的玄孫。評點說：「首回已敘過此」指的是有關劉備的介紹在第一回時已提過，內容相似。不過第一回的內容是作者以全知觀點的敘述，此處則為劉備以第三人稱所做的口中自敘。

90 《抄繪圖描金銀三國志演義》（毛評本），卷3，頁22。
91 《抄繪圖描金銀三國志演義》（毛評本），卷6，頁34。

3 口中說

「口中說」的用法與「口中敘出」類似，借小說人物之口，敘述出相關的人、事、物，大部分具有「省筆」的作用。如第五十三回「關雲長義釋黃漢升　孫仲謀大戰張文遠」，用諸葛亮之口，敘述老將黃忠的厲害，要出戰的關公不可輕敵：

> 孔明曰：「……今長沙太守韓玄，固不足道。只是他有一員大將，乃南陽人，姓黃，名忠，字漢升。（黃忠名字卻用孔明口中說出，敘法變換。）[92]是劉表帳下中郎將，與劉表之姪劉磐共守長沙，後事韓玄。雖今年近六旬，卻有萬夫不當之勇，不可輕敵。

第七十九回「兄逼弟曹植賦詩　姪陷叔劉封伏法」用了去臨淄的使者的說法，報告臨淄侯曹植的情況。曹操死後，曹植日與丁儀、丁廙飲酒，不來奔喪。丁廙且口出狂言，認為曹操應該傳位給曹植，但被讒臣所阻，才讓位給曹丕。「曹植之事不在臨淄一邊敘來，只在鄴使口中說出。筆法甚佳。」[93]

第九十二回「趙子龍力斬五將　諸葛亮智取三城」，大敗安定軍的一戰，除了關興、張苞的力戰外，還靠冒充裴緒的人傳遞假信，讓南安城夏侯楙誤以為真，造成了蜀軍大勝。孔明想攻下天水郡，又重施故技，要假裴緒去騙郡守馬遵，不過這個計策被姜約伯（維）識破了：「賺安定之假裴緒在孔明口中說明，賺天水之假裴緒，又在伯約口中道破。」[94]姜約伯認為南安城已被圍得水洩不通，裴緒如何脫逃

---

92 《抄繪圖描金銀三國志演義》（毛評本），卷17，頁33。

93 《抄繪圖描金銀三國志演義》（毛評本），卷26，頁6。

94 《抄繪圖描金銀三國志演義》（毛評本），卷30，頁13。

得出，且沒有公文書可資佐證，假裴緒是想騙出天水郡大軍，乘虛而入。孔明之計沒有得逞。

以上三段用「口中說出」、「口中道破」、「口中說明」等詞，將重點由相關人物口中說出，其作用亦在「省筆」。

4 口中帶敘

「口中帶敘」見於第四十回、第八十三回，帶敘法是將故事情節裡相關的部分由人、事、物由小說人物口中附帶的說出來。這個方法與「眼中帶寫」不同之處一個是視覺敘述，一個是口中訴說。如第四十回「蔡夫人義獻荊州　諸葛亮火燒新野」：

> 孔融出府，仰天歎曰：「以至不仁伐至仁、安得不敗乎！」時御史大夫郗慮家客聞此言，報知郗慮。慮常被孔融侮慢，心正恨之，乃以此言入告曹操。且曰：「融平日每每狎侮丞相。（平日狎侮，卻借郗慮口中帶敘出來。）[95]又與禰衡相善。」

郗慮常被孔融侮慢，聽家客轉述孔融大逆不道的話，認為是陷害他的大好時機。便去向曹操轉述。且加油添醋的誇大內容，將孔融與禰衡相提並論，增加曹操憤恨之心，達到了借刀殺人的效果。

第八十三回「戰猇亭先主得仇人　守江口書生拜大將」：

> 周泰曰：「目今安東將軍孫桓，乃主上之姪，見困於彝陵城中。內無糧草，外無救兵。請都督早施良策，救出孫桓，以安主上之心。」遜曰：「吾素知孫安東深得軍心，必能堅守（又在陸遜口中帶表孫桓。）[96]不必救之。待吾破蜀後，彼自出矣。」

95 《抄繪圖描金銀三國志演義》（毛評本），卷30，頁20。

96 《抄繪圖描金銀三國志演義》（毛評本），卷27，頁14。

周泰期望陸遜趕快前去拯救孫桓，因為狀況危急，他又是孫權的姪子，若不快救，恐怕擔當不起。陸遜則以為孫桓治軍有方，深得軍心，不致有立即危險；是以打敗眼下的蜀軍最重要。孫桓的處境在陸遜的口中並不是重點，所以只用附帶說出的方式處理。

5 口中補敘

「口中補敘」與「眼中補寫」都是前文未寫，或暫時不寫之處，借由後文他者的口中補敘出來。是使敘事更完整，情節更凸出的技巧。如第四十回「蔡夫人義獻荊州　諸葛亮火燒新野」：

> 京兆脂習伏屍而哭。操聞之大怒，欲殺之。荀彧曰：「彧聞脂習常諫融曰：『公剛直太過，乃取禍之道。』今融死而來哭，乃義人也，不可殺。」操乃止。（脂習諫融語，卻在荀彧口中補敘出來。）[97]

曹操殺了孔融之後，京兆尹脂習伏在他的屍體上痛哭。曹操聽到以後非常生氣，也想把他殺了。荀彧替他說話，引述脂習先前曾勸諫孔融的話。現在孔融被殺，脂習膽敢冒生命危險伏屍痛哭，可見他是個有情義之人，不可殺他。脂習勸諫孔融的話由荀彧口中補敘出來，這是事前發生的事，在事後補敘出來。

第五十一回「曹仁大戰東吳兵　孔明一氣周瑜」：

> 又一探馬飛來報說：「夏侯惇在襄陽，被諸葛亮差人齎兵符，詐稱曹仁求救，誘惇引兵出，卻教雲長襲取了襄陽。二處城池，全不費力皆屬劉玄德矣。」周瑜曰：「諸葛亮怎得兵

97 《抄繪圖描金銀三國志演義》（毛評本），卷13，頁20。

> 符？」程普曰：「他拏住陳矯，兵符自然盡屬之矣。」（探馬口中不敘陳矯，卻在程普口中補出敘事，妙品。）[98]周瑜大叫一聲，金瘡迸裂。

本段由探馬報告了張飛、關公襲奪兩城池的消息。周瑜詫異諸葛亮如何得到兵符的。程普說一定是抓住了陳矯，自然得到了兵符。程普所說的內容，是探馬沒有說到的，由他來補說，事情就合理了，完足了。另第二十一回、第九十二回例子也相同：第二十一回「曹操煮酒論英雄　關公賺城斬車胄」：「操視之，乃關、張二人也。原來二人從城外射箭方回，聽得玄德被許褚、張遼請將去了，慌忙來相府打聽。（此處不說二公吃驚，留在後文雲長口中補出，好。）」[99]第九十二回「趙子龍力斬五將　諸葛亮智取三城」的例子也相同：「崔諒見四面皆是蜀兵，不得已遂降，同歸大寨。孔明以上賓相待。孔明曰：『南安太守與足下交厚否？』諒曰：『此人乃楊阜之族弟楊陵也。（南安太守姓名，在崔諒口中補出。）[100]與某鄰郡，交契甚厚。』……」

毛宗崗的「口中補敘」又有省筆的作用，與口中敘出、眼中敘出相類。第八十四回「陸遜營燒七百里　孔明巧布八陣圖」：

> 卻說陸遜已定了破蜀之策，遂修箋遣使奏聞孫權，言指日可以破蜀之意。權覽畢，大喜曰：「江東復有此異人，孤何憂哉？諸將皆上書言其懦，孤獨不信（諸將上書又在孫權口中補出，省筆之甚。）」[101]。今觀其言，果非懦也。」於是大起吳兵來接應。……退兵未及二日，三處人來飛報：「魏兵曹仁出濡

---

98 《抄繪圖描金銀三國志演義》（毛評本），卷17，頁14。

99 《抄繪圖描金銀三國志演義》（毛評本），卷7，頁8。

100 《抄繪圖描金銀三國志演義》（毛評本），卷30，頁10。

101 《抄繪圖描金銀三國志演義》（毛評本），卷27，頁22。

> 須，曹休出洞口，曹真出南郡。三路兵馬數十萬，星夜至境，未知何意。」遜笑曰：「不出吾之所料。吾已令兵拒之矣。」（前文未敘其事，在陸遜口中補出，省筆之法。）[102]

諸將上書的事在孫權「口中補出」，前文未敘的事，在陸遜「口中補出」，都是省筆或「非常省筆」的寫做法。

6 口中補寫

「口中補寫」的寫作技巧與「口中補敘」相似，都是前文未寫，或暫時不寫之處，借由後文他者的口中補敘出來。是使敘事更完整，情節更凸出的技巧。如第六十五回「馬超大戰葭萌關　劉備自領益州牧」：

> 玄德在關上看時，門旗影裏，馬超縱騎持鎗而出。獅盔獸帶，銀甲白袍，一來結束非凡，二者人才出眾（在玄德眼中極寫一馬超）。玄德歎曰：「人言『錦馬超』，名不虛傳！」（又在玄德口中補寫一馬超）[103]張飛便要下關。

這段文字包含了兩段評語，兩段都由劉備的感知器官表現。第一段是視覺：「眼中極寫一馬超」，第二段則為口述：「口中補寫一馬超」，第二段的補寫在此具有加強的效果，評點者認為作者以劉備之眼、口，重複讚嘆馬超的優異。以下兩回的寫做法都類似。第八十一回「急兄讎張飛遇害　雪弟恨先主興兵」：

102 《抄繪圖描金銀三國志演義》（毛評本），卷27，頁33。
103 《抄繪圖描金銀三國志演義》（毛評本），卷21，頁38。

> 於是公卿都至丞相府中，見孔明曰：「今天子初臨大位，親統軍伍，非所以重社稷也。丞相秉鈞衡之職，何不規諫？」孔明曰：「吾苦諫數次，只是不聽（孔明之諫在孔明口中補出）[104]。今日公等隨我入教場諫去。」

第一百十一回「鄧士載智敗姜伯約　諸葛誕義討司馬昭」：

> 次日辭歸，見司馬昭細言其事。昭大怒曰：「鼠輩安敢如此！」充曰：「誕在淮南深得人心（又在賈充口中補寫諸葛誕平日。）[105]久必為患，可速除之。」

第八十一回評點說「孔明之諫在孔明口中補出」指的是以前曾經發生過的事情，孔明曾經勸諫皇帝很多次，在這裡補充說明以前做過的事。第一百十一回賈充說諸葛誕多年來在淮南，深得人民愛戴，用法相同。而「口中自敘」則是自己敘述有關自己的事情，內涵不同。

「口中補寫」的寫作技巧與「口中補敘」的敘事法，與詩歌、散文做法中的「補敘」相類。李紱《穆堂別稿・卷十四・論文》說：「敘中所缺，重綴於後，為補敘。」[106]是一種不宜直敘，又必須加以說明，才能使情節完整的敘事法。在時間上主要是以過去曾經發生的事為主，是將過去的事引進現在正在進行的情境之中。

7 口中寫

「口中寫」與「眼中寫」的意義，是借人物之口描述看到其他人

---

104 《抄繪圖描金銀三國志演義》（毛評本），卷26，頁30。

105 《抄繪圖描金銀三國志演義》（毛評本），卷36，頁21。

106 李紱，《穆堂別稿・卷十四・論文》（上海，續修四庫全書1422集部・別集類，上海古籍出版社，1995），頁615。

物的動態形貌，對方往往表現出鮮明的動作，令人印象深刻。如第九十三回「姜伯約歸降孔明　武鄉侯罵死王朗」：

> 孔明驚問曰：「此是何人，識吾玄機？」有南安人告曰：「此人姓姜，名維，字伯約，天水冀人也。事母至孝，文武雙全，智勇足備，真當世之英傑也。」（又在南安人口中寫一姜維）趙雲又誇獎姜維鎗法與他人大不同（又在子龍口中寫一姜維）[107]。孔明曰：「吾今欲取天水、不想有此人。」遂起大軍前來。

在第五十三回則較簡略，第五十三回「關雲長義釋黃漢升　孫仲謀大戰張文遠」：

> 玄驚問之，忠曰：「此馬久不上陣，故有此失。」玄曰：「汝箭百發百中，何不射之？」（又借韓玄口中寫一黃忠。）[108]忠曰：「來日再戰，必然詐敗，誘到弔橋邊射之。」

姜維的形象、才能，由南安人及趙雲的口中「寫」出，黃忠百發百中的射箭神技，由韓玄的口中「寫」出。

8 口中虛寫

所謂「口中虛寫」與「眼中虛寫」相類，是借人物之眼，敘述沒有看到的人、事、物，這些人、事、物對當下的人有很深的影響。所謂的「虛」指的是小說內沒有具體寫出來的部分。如第一百十一回「鄧士載智敗姜伯約　諸葛誕義討司馬昭」：

---

107 《抄繪圖描金銀三國志演義》（毛評本），卷30，頁18。

108 《抄繪圖描金銀三國志演義》（毛評本），卷17，頁35。

幸得夏侯霸引兵殺到，魏兵方退，救了姜維。欲再往祁山，霸曰：「祁山寨已被陳泰打破，鮑素陣亡。全寨人馬皆退回漢中去了。」（陳泰打寨在夏侯霸口中虛寫，省筆之法。）[109]維不敢取董亭，急投山僻小路而回。

第一百十三回「丁奉定計斬孫綝　姜維鬥陣破鄧艾」：

艾笑曰：「姜維知大將軍兵到，故先退去。不必追之，追則中彼之計也。」乃令人哨探，回報果然駱谷道狹之處，堆積柴草，準備要燒追兵。（積草燒追兵之計不在姜維一邊實敘，卻在探馬口中虛寫。）[110]眾皆稱艾曰：「將軍眞神算也！」……珝奏曰：「近日中常侍黃皓用事，公卿多阿附之。入其朝不聞直言，經其野民有菜色，所謂『燕雀處堂，不知大廈之將焚』者也。」（西蜀事在吳使口中虛寫一番，妙在有意無意寫來，祇為後文姜維回兵伏綫）[111]休歎曰：「若諸葛武侯在時、何至如此乎？」

陳泰打寨由夏侯霸，姜維積草燒兵由鄧艾，奏報西蜀事由薛珝等人「口中虛敘」一番，沒有將其間曲折據實詳述出來。另有「口中虛述」一詞，在第二十八回：「斬蔡陽兄弟釋疑　會古城主臣聚義」中，相關情節是杜遠下山劫奪劉備兩夫人的車仗，欲對之無理，結果事不成，杜遠被廖化所殺，廖化將二夫人護送交給關公。郭常兒子想偷盜關公赤兔馬，去邀請裴元紹一起行動，裴元紹聽到關公大名，不敢造次。評點說：「前杜遠事只在廖化口中虛述，今郭子事亦只在元

109 《抄繪圖描金銀三國志演義》（毛評本），卷36，頁19。

110 《抄繪圖描金銀三國志演義》（毛評本），卷36，頁39。

111 《抄繪圖描金銀三國志演義》（毛評本），卷36，頁44。

紹口中虛述，皆省筆之法。」[112]杜遠及郭常兒子的事，由廖化及裴元紹口中說來，沒有細寫。此「口中虛述」與「口中虛寫」用法相類。

9 口中極寫

「口中極寫」與「眼中極寫」相似，是借人物之口做放大式的、強調式的鋪陳，目的在凸顯所描寫對象的特殊性。如第五十七回「紫桑口臥龍弔喪　耒陽縣鳳雛理事」：

> 魯肅曰：「肅碌碌庸才，誤蒙公瑾重薦，其實不稱所職。願舉一人以助主公。此人上通天文，下曉地理，謀略不減於管、樂，樞機可並於孫、吳。往日周公瑾多用其言，孔明亦深服其智。見在江南，何不重用？」（借魯肅口極力寫龐統）[113]權聞言大喜，便問此人姓名。

魯肅為了將龐統推薦給孫權，誇大的形容，說他上通天文，下知地理，舉管仲、樂毅、孫武與他相提並論，且說當今之人周瑜、孔明都佩服他。引古今之人為證，極力訴說龐統的了不起。

（三）耳的敘事

毛氏父子提出《三國演義》有關「耳的敘事」技巧，重點在聽到了某些訊息或事件，指出這些訊息或事件對人物與情節的影響。

1 耳中聽出

所謂「耳中聽出」的敘事，是借由聲音表現出某些信息，這信息具有某些意義，「耳中聽出」便是由聽覺的敘述，將這意義的內容描

112 《抄繪圖描金銀三國志演義》（毛評本），卷9，頁23。

113 《抄繪圖描金銀三國志演義》（毛評本），卷19，頁8。

述出來。如：第三十五回「玄德南漳逢隱淪　單服新野遇英主」，水鏡先生司馬徽正在莊內操琴，不料劉備來到，並闖入傾聽：

> 一人笑而出曰：「必有英雄竊聽。」（前不必玄德通名而童子先知，今亦不必童子通報而先生先出。是童子眼中看出一玄德。先生耳中又聽出一玄德。）[114]童子指謂玄德曰：「此即吾師水鏡先生也。」

司馬徽由「琴音」裡聽到「高抗之調」想必是有英雄來到，便因此停了下了，不再彈琴。然而何謂「高抗之調」文中並沒有說明，也未仔細描述，僅以抽象的「高抗」加以形容。這一段評點者指出，作者同時運用了兩種感知敘述法，使得內容更加生動。

2 耳中虛寫

所謂「耳中虛寫」與「口中虛寫」、「眼中虛寫」相類，是借人物之耳，聽到不知道的人、事、物，這些人、事、物對當下的人有很深的影響。小說中的人物聽到的是沒有被描寫出的事件，借由他人之口了解之前發生的情況。如第九十九回「諸葛亮大破魏兵　司馬懿入寇西蜀」：

> 原來司馬懿亦恐中孔明之計，沿途不住的令人傳報。懿正催戰間，忽流星馬飛報，言蜀兵兩路竟取大寨去了。（維化二人劫寨，只在司馬懿耳中虛寫，妙。）[115]懿大驚失色，乃謂眾將曰：「吾料孔明有計，汝等不信，勉強追來、卻誤了大事！」

114 《抄繪圖描金銀三國志演義》（毛評本），卷11，頁36。

115 《抄繪圖描金銀三國志演義》（毛評本），卷32，頁25。

司馬懿因害怕孔明計謀甚多，與之作戰患得患失。此回出戰沿途一直派有探馬飛報蜀軍動向。姜維、廖化兩人遵孔明錦囊妙計，偷襲司馬懿軍營。司馬懿驚恐之餘立刻撤兵。姜維、廖化的行動沒有實際描寫，借由流星馬的口述，司馬懿的耳朵聽到。這是以耳中虛寫的技巧，將其中情狀表現出來的。

3 耳中補寫

「耳中補寫」與「口中補敘」、「眼中補寫」都是前文未寫，或暫時不寫之處，借由後文他者的口中補敘出來，讓聽者了解來龍去脈的技巧。是使敘事更完整，情節更凸出的技巧。如第五十五回：「玄德智激孫夫人　孔明二氣周公瑾」：

> 雲猛省：「孔明吩咐三個錦囊與我。教我，一到南徐開第一個，住到年終開第二個，臨到危急無路之時開第三個。於內有神出鬼沒之計，可保主公回家（孔明附耳吩咐語至此方才補出）[116]。此時歲已將終，主公貪戀女色，並不見面。何不拆開第二個錦囊，看計而行？」遂拆開視之。

劉備過江娶妻後，「樂不思蜀」，趙雲深感苦惱，不知如何處置。突然想到要來江東前，孔明曾在他耳朵邊吩咐了一些事，告訴他遇到困難時打開錦囊，依計行事。孔明附耳之事，前文為描述，此處用「耳中補寫」的方式寫出。

「耳中虛寫」、「耳中補寫」都是以敘事的方法來表現「聽到了」什麼，仍是以人、事、物的描述為主。這與白居易的〈琵琶行〉、歐陽修的〈秋聲賦〉，用譬喻法描述聲音情狀的方式不同，沒有對聲音

116 《抄繪圖描金銀三國志演義》（毛評本），卷18，頁20。

的變化，進行進一步的鋪寫。比較特殊的是第三十五回水鏡先生的表現，司馬徽在琴聲的變化中聽出了英雄的來到，這是一種特殊能力的表現。「耳中聽」與前兩種寫法不同處，是在時間點的不同，「耳中聽出」不屬於過去式，不屬於補敘、省筆的方法，而是當下的觸發，是現在正在發生的情況。

（四）意的敘事

「意中寫」的用法在毛宗崗的評點中很少使用，第五十三回與第九十三回有兩個例子。所謂「意」指的是「念頭」、「想法」，屬於心思的活動。

「意中寫」與「口中寫」、「眼中寫」、「耳中寫」的意義相類，是描述他人的動態形貌，對方往往表現出鮮明的動作，令人印象深刻。如第五十三回「關雲長義釋黃漢升　孫仲謀大戰張文遠」：

> 黃忠收軍入城。雲長也退軍，離城十里下寨。心中暗忖：「老將黃忠名不虛傳。鬭一百合，全無破綻。（又在關公意中寫一黃忠）[117]來日必用拖刀計，背砍贏之。」……雲長吃了一驚，帶箭回寨，方知黃忠有百步穿楊之能。今日只射盔纓，正是報昨日不殺之恩也。（又在雲長意中寫一黃忠）[118]雲長領兵而退。

第九十三回「姜伯約歸降孔明　武鄉侯罵死王朗」：

> 當先一員少年將軍、挺鎗躍馬而言曰：「汝見天水姜伯約乎！」雲挺鎗直取姜維。戰不數合，維精神倍長。雲大驚，暗忖曰：

117 《抄繪圖描金銀三國志演義》（毛評本），卷17，頁34。

118 《抄繪圖描金銀三國志演義》（毛評本），卷17，頁35。

「誰想此處有這般人物？」（又在子龍意中寫一姜維。）[119]正戰時，兩路軍夾攻來。乃是馬遵、梁虔引軍殺回。

第五十三回關公與黃忠對戰，關公表現了兩次內心的活動，第一是認為黃忠名不虛傳，武功高強，很難對付。第二次是想黃忠沒用箭射他身體，只射頭盔是有意知恩圖報。第九十三回則是趙雲初會少年英雄姜維，姜維表現勇武出乎預料，趙雲內心暗自的驚嘆。以上兩回都是描述內心意念的活動。

元代陳繹曾《文筌》中列有「意敘」一體，其定義為：「略睹事跡，度其必然，以意敘之。」[120]陳繹曾的定義具有推測、臆測的心思或想像之意。來裕恂《漢文典》說：「略載事跡，經之以意，若空中樓閣，莫如意匠之所經營。若太史公〈十二諸侯年表〉，是謂意敘。」[121]來裕恂的「意」指的是理念、意圖，作者將自己的理念、意圖借由作品傳達出來。司馬遷所寫的〈十二諸侯年表〉其中帶有批判諸侯因何而盛衰的要旨，將個人觀點寄託於文字中。這兩家對「意」的詮釋與毛宗崗的不同。毛宗崗的「意」指的是「念頭」、「想法」較為單純，三者所言雖同屬心思的活動，但定義及範圍上有所不同。

（五）兩種綜合的感知敘事

兩種感知敘述同時運用的例子頗多，除前述第三十五回（耳中聽出、眼中看出）、一百一十回（眼中、口中虛寫）之外，另舉例如下：

---

119 《抄繪圖描金銀三國志演義》（毛評本），卷30，頁18。

120 陳繹曾，《文筌》，頁97。

121 來裕恂著，高維國、張格注釋，《漢文典》〈第四篇 篇法 第一章 第二節敘事法〉（天津，南開大學出版社，1993），頁223。

1 眼中畫與口中畫

「眼中畫」與「口中畫」以描述人物的外在形象為主。第二十五回「屯土山關公約三事　救白馬曹操解重圍」：

> 卻說顏良敗軍奔回。半路迎見袁紹，報說被赤面長鬚使大刀一勇將（不知其名但言其狀，在河北軍士眼中、口中畫出一關公。）[122]匹馬入陣，斬顏良而去，因此大敗。

這段寫關公斬顏良的描述，關公神勇的模樣，借北軍的「眼中」、「口中」表現出來，如見其形、如見其勇。「畫」字的意義重在外形、外貌的描述。

2 口中敘出與眼中看見

第九十七回「討魏國武侯再上表　破曹兵姜維詐獻書」，用了兩種評點的術語，其一為口中敘出，其二為眼中看：

> 臣近得一員大將……「……有萬夫不當之勇，乃隴西狄道人。姓王，名雙，字子全。臣保此人為先鋒。」叡大喜，便召王雙上殿。視之，身長九尺，面黑睛黃，熊腰虎背（王雙之勇在曹真口中敘出，王雙之形在曹叡眼中看見。）[123]。叡笑曰：「朕得此大將，有何慮哉！」遂賜錦袍金甲，封為虎威將軍、前部大先鋒。

王雙之勇借曹真的「口」中敘述出來，之後王雙出現在大殿，曹

122 《抄繪圖描金銀三國志演義》（毛評本），卷8，頁26。

123 《抄繪圖描金銀三國志演義》（毛評本），卷31，頁38。

叡「看到」他長得身材高大，「面黑睛黃，熊腰虎背」一副猛將模樣，心裡非常高興，給予賞賜並封為將軍。

3 口中寫與耳中寫

「眼中寫」、「口中寫」、「耳中寫」的意義，是借他人之口訴說其他人的動態形貌，對方往往表現出鮮明的動作，令人印象深刻。「耳中寫」是借有人敘述、有人聽到來表現的。第五十四回「吳國太佛寺看新郎　劉皇叔洞房續佳偶」：

> 國太驚曰：「老身不知此事。」便使人請吳侯問虛實，一面先使人於城中探聽。人皆回報：「果有此事。女壻已在館驛安歇。五百隨行軍士都在城中買豬羊果品，準備成親。（在報事人口中、吳國太耳中寫得熱鬧）[124]做媒的女家是呂範，男家是孫乾，俱在館驛中相待。」國太吃了一驚。

劉備要到江東入贅孫家，娶孫權之妹，這件事情原本為周瑜暗害劉備的計謀，所以沒有讓吳國太知道。諸葛亮勸劉備將計就計，前往成婚。此事辦得十分熱鬧，喬國老來向吳國太賀喜。吳國太立即派人前往打聽。在回報訊息人的口中、吳國太耳中，被訴說得非常熱鬧。

以上三個例子是綜合兩種感知器官所做的敘事，其共同性在於事件都發生在同一時間、空間內。人物之間的互動，借由口、眼、耳敘述出來。因為具有共時性，所以時間上顯得較為緊湊，場面較為豐富。

---

124 《抄繪圖描金銀三國志演義》（毛評本），卷18，頁10。

四　感官敘事分析

（一）用語分析

根據上節的舉例，毛氏評點感官敘事評點「眼」的用語中使用了「敘」、「寫」、「畫」、「看」四個詞，「口」則用了「敘」、「寫」、「畫」、「述」、「說」、「道」六個詞，「耳」則用到「敘」、「寫」、「聽」三個詞，「意」則用到「寫」一個詞。根據前節的解讀，這四個感官敘事用語意義，可分述如下：

1.「敘」、「寫」、「述」、「說」、「道」五個字意義大致相同，只是用字有別，這些詞都用在敘述相關的人、事、物。作者使用不同的字，來表示相同的意思。不過就「眼中寫」、「口中寫、」「意中寫」的用法來看，「寫」這個字有所述對象「動作鮮明」、「令人印象深刻」的筆法，與單純的敘述略有不同。

2.「畫」，這個字通常屬於畫面式的描述。以「畫」字來形容文字描述見於宋代的李耆卿，他的《文章精義》上說《左傳》、《史記》敘述戰爭場面非常生動：「敘戰陣堪畫。」[125]明代的袁宗道也有這樣的用法，他的《白蘇齋類集・卷二十二〈論文・上〉》評司馬遷的文章說：「其佳處在敘事如畫。」[126]毛批用「畫」字的地方如：第三回，董卓要求荊州刺史丁原同意廢帝的主張，丁原不同意，董卓大怒想當場殺掉丁原。但李儒看見丁原背後站了一個人，此人：「生得器宇軒昂，威風凜凜，手執方天畫戟，怒目而視。」接著又從董卓的眼中「看到」持戟躍馬的呂布。李儒、董卓兩人眼中「虛畫」了呂布的形貌。第二十五回，顏良敗軍奔回，袁紹借由驚惶的敗軍口中、眼中

125 李耆卿，《文章精義》（臺北，叢書集成新編80，新文豐出版公司，1984），頁429。

126 袁宗道，《白蘇齋類集・卷22〈論文・上〉》（下）（臺北，偉文圖書出版公司，1976），頁622。

的形容裡是位「赤面長鬚使大刀」的勇將，描繪出殺顏良的是關公。以上的手法可以說是炫麗式的人物畫法，不過明清之際，以山水畫的技法作為評點的術語更為多見，如李贄用「皴法」，金聖嘆用「大潑墨法」、「背面鋪粉法」，張竹坡用「點染」，脂硯齋用「畫家筆寫意法」等等，其作用便是形容小說筆法的「繪畫效果」。

3.「看」，屬於人物視覺的接收，沒有情節，不表現情緒，而是「看到」了客觀存在的物體。如：第三回呂布看到赤兔馬、第二十一回劉備看到「義狀」、第二十六回關公看到劉備的信，劉備看到關公的信。

4.「聽」，屬於當下性的聽覺觸發。第三十五回水鏡先生司馬徽正在莊內操琴，不料劉備來到，並闖入傾聽。司馬徽由「琴音」裡聽到「高抗之調」想必是有英雄來到，這個「聽」的寫法很特殊。

綜合以上的說法，這些借由眼、口、耳、意感知器官的描述，其實都是敘事方法。比較特殊之處是評點者「發現」了作者這樣的敘事手法，是非常高妙的。借由人物感官的敘述法，較作者以全知觀點的敘述，要更容易為讀者接受。

(二) 感官敘事的作用

毛氏父子的「感官敘事」在小說中寫作技巧上的運用，可以歸納為以下數點：

1 省筆

在相關論述中直接表明其作為「省筆」之用的有：

(1) 眼中敘出，第四十一回「糜芳中箭在玄德眼中敘出，極省筆。」

(2) 口中敘出，第八回「張溫事即在董卓口中敘出，省筆。」第二十六回「孫乾一向蹤跡，只用他口中一句敘出，極省筆。」第八十五回「東吳三路兵，卻借探馬口中敘來，省筆之法。」

(3) 口中補敘，第八十四回「諸將上書又在孫權口中補出，省筆之甚。」「前文未敘其事在陸遜口中補出，省筆之法。」[127]

(4) 口中虛寫（述），第一百十一回「陳泰打寨在夏侯霸口中虛寫，省筆之法。」[128]第二十八回「前杜遠事只在廖化口中虛述，今郭子事亦只在元紹口中虛述，皆省筆之法。」

(5) 耳中補寫，第五十五回「孔明附耳吩咐語至此方才補出。」第八十四回「諸將上書又在孫權口中補出，省筆之甚。」「前文未敘其事在陸遜口中補出，省筆之法。」

其他未寫出「省筆之法」的「口中敘」有：第九十二回、第九十四回、第九十九回等。第五十三回「口中說出」、第七十九回「口中道破」、第九十二回「口中說明」等，皆為以省筆技巧寫作的感官敘事法。

2 極寫

「極寫」，是一種放大式的、強調式的鋪陳，目的在凸顯所描寫對象的特殊性。如：第六十五回「在玄德眼中極寫一馬超」、第五十七回「借魯肅口極力寫龐統」。

3 帶敘

所謂「帶」指的是「帶出」、「引出」的意思。以小說中人物的感知器官，帶出關鍵性的人物或景點。如：

(1) 眼中帶寫：第五十五回「又在陳、潘二人眼中帶寫趙雲」、第七十四回「又在關公眼中帶寫樊城一筆」。

---

127 《抄繪圖描金銀三國志演義》（毛評本），卷27，頁33。

128 《抄繪圖描金銀三國志演義》（毛評本），卷36，頁19。

（2）口中帶敘：第四十回「平日狎侮卻借郄慮口中帶敘出來。」第八十三回「又在陸遜口中帶表孫桓」。

4 補敘（寫）

「補敘（寫）」是前文未寫之處，或暫時不寫之處，借由後文「他者」的感知器官補敘出來。是使敘事更完整，情節更凸出的技巧。[129]如：

（1）眼中補寫：第二十五回「前不敘關公下淚，此於曹操眼中補出」、「公平目之不輕下，有今在曹操目中補出。」

（2）口中補寫（敘）：第六十五回「又在玄德口中補寫一馬超」、第八十一回「孔明之諫在孔明口中補出」、第一百十一回「又在賈充口中補寫諸葛誕平日。」、第四十回「脂習諫融語卻在荀彧口中補敘出來。」、第五十一回「探馬口中不敘陳矯，卻在程普口中補出敘事，妙品。」、二十一回「此處不說二公吃驚，留在後文雲長口中補出，好□。」、第九十二回「南安太守姓名，在崔諒口中補出。」

（3）耳中補寫：第五十五回「孔明附耳吩咐語至此方才補出。」此外在第八十四回的評點說：「諸將上書又在孫權口中補出，省筆之甚。」、「前文未敘其事在陸遜口中補出，省筆之法。」補敘法亦是省筆的寫作技巧。

5 旁寫

眼中旁寫是在人物雙眼所見的主體之外，旁及其他可見的場面。這個場面具有烘托作用，讓主體更加顯豁。如：第五十三回「又在眾人眼中旁寫一筆。」

---

129 范勝田主編，《中國古典小說藝術技法舉例》說，「補敘法……是使文章的內容完整，結構嚴謹和諧的一種方法。」（杭州，浙江古籍出版社，1989）頁197。

6 虛實（寫）

「虛寫」是借人物感知器官，敘述沒有看到的人、事、物，這些人、事、物對當下的人有很深的影響。所謂的「虛」指的是小說內沒有具體寫出來的部分。如：

（1）眼中、口中虛寫：第一百十一回「陳泰打寨在夏侯霸口中虛寫，省筆之法。」、「在姜維眼中、口中寫一鄧艾，然亦未見其人但見其營，尚是虛寫。」、「又未見其人先見其旗，又祇在姜維眼中虛寫。」、第一百十三回「積草燒追兵之計不在姜維一邊實敘，卻在探馬口中虛寫。」、「西蜀事在吳使口中虛寫一番，妙在有意無意寫來，祇為後文姜維回兵伏線。」

（2）耳中虛寫：第九十九回「維化二人劫寨，只在司馬懿耳中虛寫，妙。」

以上所述的感官敘事法，有「省筆」、「極寫」、「帶敘」、「補敘」、「旁寫」、「虛實」等六種作用。這六種敘事法是依附在人物感官而展開的，與文章做法有所區別。由前所述這些敘述法裡，占最多的作用便是「省筆」，這與劉知幾《史通・敘事》所論「簡要」的原則相符，可謂其來有自了。這些敘事法基本上皆包含在〈讀三國志法〉十九種統整性論述的架構中。由於毛氏父子的刻意使用，強調了這種敘事的特性，掌握了小說特質，使其評點更能讓閱讀者接受，具有更高的說服力。

五　結語

中國傳統的敘事理論在唐代即已萌芽，其基礎來自文章做法的討論，之後歷代皆有所發展。小說敘事法則是由文章做法加上人物敘述法，相互聯結運用而構成的。小說敘事法的論述，在明、清之際達到一個高峰。由以上的論列可知，毛氏的評點夾雜了文章做法與小說做法兩種模式。小說的敘事法與散文、詩歌做法最大不同點在於「人物」，散文、詩歌不適合做太多人物的描述，就算有也僅能做平面的、刻板式的敘述，無法如小說般立體而全面。小說人物的「眼」、「口」、「耳」、「意」或者味覺、嗅覺等感知器官，往往是小說敘事的焦點所在。許多情節、事件、情緒、互動都必須依靠感知器官來敘述，不能以單一或平面的敘事法，否則小說會變得單調，缺乏變化。魏晉以來的筆記小說便是如此，筆記小說的單一敘述視角，無法生動、立體的呈現人物的面貌、語言、情感等，閱讀這樣的作品其實與讀一篇文章差別不大。敘事法愈多樣，愈切合人物，就愈能感動讀者，造成「移情」作用的效果愈佳。李贄評點《水滸傳》有「口中見」一詞，十分準確的指出，由人物的感官出發，才使得小說生動活潑，有血有肉：「行文才不是死述。」[130]可見他已意識到這個效果。毛氏父子雖沒有為這樣的評點建立一套規律或名稱，但自覺的發現並強調這個特點，是故大量的揭出人物的「感官敘事」法。其目的是讓讀者明瞭，為何會如此喜歡閱讀《三國演義》這部小說，而經由評點者的揭示，更能融入且體會小說的佳妙處，這種「視角」的發現與是最值得注意的成就。然而毛氏父子的用語亦有不嚴謹處，如第五十五回的「眼中寫」應為「眼中旁寫」，第十回的「口中敘出」並非省筆的寫法等，這是其理論偶見的罅隙處，也是必須注意的。

——本文原刊於《新竹教育大學語文學報》

二○○九年十二月第十五期

130 《水滸傳會評本・上冊》，第40回，頁754。

徵引文獻

一　古籍文獻（按朝代排序）

〔元〕李淦　《文章精義》　臺北　叢書集成新編80　新文豐出版公司　1984

〔清〕歸有光　《文章指南》　臺北　廣文書局　1977

〔清〕《抄繪圖描金銀三國志演義》（毛評本）　北京　文物出版社　2004

〔清〕袁宗道　《白蘇齋類集》　臺北　偉文圖書出版公司　1976

〔清〕李紱　《穆堂別稿》　上海　續修四庫全書1422集部・別集類　上海古籍出版社　1995

〔清〕《第一奇書（康熙乙亥年）張竹坡評在茲堂本金瓶梅》　（臺北　里仁書局　1981

二　近人專著（按出版時間前後排序）

王葆心纂　《古文詞通義》　臺北　臺灣中華書局　1964

陳慶浩　《新編石頭記脂硯齋評語輯校增訂本》　臺北　聯經出版事業公司　1984

易蒲、李金苓　《漢語修辭學史綱》　吉林　吉林教育出版社　1989

范勝田主編　《中國古典小說藝術技法舉例》　杭州　浙江古籍出版社　1989

來裕恂著　高維國、張格注釋　《漢文典》　天津　南開大學出版社　1993

劉良明　《中國小說理論批評史》　臺北　洪葉文化事業公司　1996

譚　凡　《中國小說評點研究》　上海　華東師範大學出版社　2000

羅　鋼　《敘事學導論》　昆明　雲南人民出版社　1999

申丹譯　〔美〕J.Hillis Miller 著　《解讀敘事》　北京　北京大學出版社　2002

胡亞敏　《敘事學・導論》　武漢　華中師範大學出版社　2004

三　期刊論文

陳薏如　《三國演義評點研究——以毛評為中心》　中國文化大學中國文學研究所碩士論文　1991

四　網路資料

唐　彪　《讀書作文譜》卷七〈文章諸法・21〉　http://bbs.etjy.com/viewthread.php?tid=105864&extra=page%3D8&page=2　2008.9.7檢索。

應試文章的準則與疵病

——以《古文關鍵》為例

前言

什麼是好或不好的文學作品，在漢代如揚雄《法言》[1]，王充《論衡》[2]等即有不少的論述。魏晉南北朝更因純文學的蓬勃發展，各類作品紛出，百花爭豔，同時間對詩文體裁、聲韻、風格、思想、主題、文字好壞的評斷，也因應而生，然而論述者各有所好，出現不同的好惡標準，有著不同的審美標準。曹丕《典論．論文》、陸機〈文賦〉、摯虞《文章流別論》、劉勰《文心雕龍》、鍾嶸《詩品》、顏之推《顏氏家訓．文章篇》等書，各有所陳，諸家各體詩文成為被列舉、被評論的對象。唐代的詩歌最為興盛，有關詩歌的論述蓬勃發展，如皎然《詩式》、司空圖《詩品》、遍照金剛《文鏡秘府》等，這些著作對詩在創作上的問題，提出了很具體的看法和範例，構成相當完整的體系，很多詩論也被轉用到文章的做法上，影響了文章批評的內容。唐代論文章的如王通《中說》[3]、劉知幾《史通》〈載文〉、〈敘事〉[4]、白居易〈與元九書〉[5]、皇甫湜〈答李生第二書〉[6]等，則指出

1 如〈吾子〉、〈問神〉、〈寡見〉、〈君子〉等篇。

2 如〈藝增〉、〈語增〉、〈超奇〉、〈佚文〉、〈書解〉等篇。

3 王通說：「古之文也約以達，今之文也繁以塞。」見《文中子．事君》（《四部備要．子部》卷3）（臺北，臺灣中華書局據問經堂輯本校刊，1966），頁3。

4 劉知幾的《史通》等對文章寫作有許多論點，如卷五〈載文〉：「至於魏、晉以下，則僞謬雷同。榷而論之，其失有五，一曰虛設，二曰厚顏，三曰假手，四曰自戾，五曰一概。」卷六〈敘事〉：「然章句之言，有顯有晦。顯也者，繁詞縟說，理盡於

了許多文章的宜與不宜，對前賢與當代文風有所批判。以上都是以純粹的詩文或當時風行文章提出的意見，沒有涉及科考詩文的利弊得失。到了宋代因王安石推動以經義為科考範圍的政策，士子行文的焦點因而有所轉變，基於實際的需要討論科考詩文的意見多了起來。由文學的評論轉嫁到科舉文章的寫法分析，其焦點是以科考文章的訓練為核心，綜合了前人的詩文觀點，對「策議論辯」文章做法進行精密的標、抹、評、釋。宋代以後這類書籍屢見不鮮，代有新作，著書者的目的在教導後學，羅列行文規範，指出優劣，以便科舉順遂，以文章博得富貴。《古文關鍵》是這些「作文範本」開宗之作[7]，本書提出的許多文章做法的準則與疵病，不僅對「古文」有益，對現代語體文的寫作，亦有很高的指導性。對如何寫好一篇「應用式」的文章，具有參考價值。本文即以《古文關鍵》的做法為主，討論其論述淵源及承前啟後的發展，對其足與不足提出看法。

篇中，晦也者，省字約文，事溢於句外。然則晦之將顯，優劣不同，較可知矣。」等。見劉知幾著，浦起龍釋，呂思勉評，《史通釋評》（臺北，華世出版社，1981），頁148、204。

5 白居易〈與元九書〉：「以康樂之奧博，多溺於山水；以淵明之高古，偏放於田園。」、「至於梁、陳之間，率不過嘲風雪、弄花草而已。」認為作品應該「文章合為時而著，歌詩合為事而作。」見《白氏長慶集》（二）（臺北，藝文印書館，1981，再版），頁1096、1098。

6 皇甫湜〈答李生第二書〉：「夫文者非他，言之華者也，其用在通理而已。固不務奇，然亦無傷於奇也。使文奇而理正，是尤難也。」、「生輕宋玉而稱仲尼、班、馬、相如為文學。案司馬遷傳屈原曰，『雖與日月爭光可矣！』生當見之乎！」見《皇甫持正文集》第4卷（上海，上海古籍出版社，1992），頁69、70。

7 張雲章說真西山《文章正宗》、謝疊山《文章軌範》、迂齋樓標註等著作「皆東萊先生開其宗。」見呂祖謙，《古文關鍵・序》（臺北，百部叢書集成初編95輯，據清同治胡丹鳳輯刊金華叢書本影印，藝文印書館，1966），頁1。本書刊印本非常多，流通全國，內容多少不一，也頗多異字，評點用語很多不同，本論文使用以此版本為主。

一　科考文章著作的出現

（一）考好科舉文章的教本

宋代探討文章做法的著作紛起，如王銍《四六話》、洪邁《容齋隨筆》、陳騤《文則》、李淦《文章精義》、樓昉《崇古文訣評文》、魏天應《論學繩尺・行文要法》、周密《浩然齋雅談評文》等等。這些著作已由純粹討論文學的優劣，轉向科舉文章的寫作實務。元代倪士毅《作義要訣・自序》說，科考應制文章做法論述的受到重視，起因於王安石熙寧四年（1071）更改科舉法，罷考詩賦，以經義論策來取士，讀書人應專治《詩》、《書》、《易》、《周禮》、《禮記》一經，以備考用。此後以闡釋經義成為科考的重點，天下讀書人莫不依命從之，刻意鍛鍊文章，干求功名[8]。以經義取士的理由在於「致用」，經書所包含的道理甚廣，且具有應世的功能，較之詩、賦以詞藻、感性為尚，較有現實意義。這種官家考試，有其一定的規格及要求，應試者必須在既定的格式、時間內表現文辭、識見。據說王安石曾寫有一篇「經義式」作為例子，讓天下士子學習，另一篇張文叔（庭堅）闡釋經義的著名文章〈自靖，人自獻於先王〉，則成為天下士子模仿並遵從的範文。[9]若不依此規矩行文，則不易上第，與功名無緣。在這樣的時空背景與規範下，陳騤的《文則》[10]、呂祖謙的《東萊博議》[11]、

8 見倪士毅，《作義要訣・自序》（叢書集成新編80，臺北，新文豐出版公司，1984），頁431。

9 〈自靖，人自獻於先王〉出自《尚書・商書》，張庭堅此文見於呂祖謙編的《皇朝文鑑・制策、說書、經義》（臺北，世界書局，1962），卷111，頁24、25。

10 陳騤，《文則》（臺北，叢書集成新編（80）新文豐出版公司，1984）。陳騤（1128-1203），年齒輩份均長於呂祖謙，陳騤於紹興二十四年（1154）中進士第一，歷任贛、秀、太平、袁州知府。光宗時，為吏部侍郎，曾應詔疏三十餘條，皆切中時病。寧宗即位，知樞密院事，兼參知政事。後以忤韓侂胄，提舉洞霄宮。死後諡號文簡。

《古文關鍵》[12]、謝枋得《文章軌範》等著作，成為最早具有指標性的論文選輯，對文章寫作實務圈點、評釋有開創之功。《文則・書刻文則後》說陳騤此作為：「舉業合一之資也。」[13]張雲章序〈評點古文鑰〉說呂祖謙的《古文關鍵》：「……且後卷論策為多，又取便於科舉，非有意採集成書，以傳久遠也。」[14]謝枋得《文章軌範・目錄》第二卷〈重集・放膽文〉說：「千萬人場屋中，有司亦當刮目。」第三卷〈春集・小心文〉說：「場屋程文論，當用此樣文法。」主旨相當明顯。李淦的《文章精義》則談及「間架」、「繁簡」、「虛實」、「立大旨」、「筆力」等等作文技巧，其論文的目的即在協助考生寫好文章，獵取功名。[15]宋代經義試題的格律大概可分為兩部分，冒子：破題、接題、小講、繳結。官題：原題、大講、餘意、原經、結尾等，十分繁瑣。其後在元代則不分格律，分為冒題、原題、講題、結題四部分。[16]之後歷朝各代都有所變動，但皆不離原來的宗旨。這樣的考試方式具有兩種意義，其一是表現嚴謹的精神，作為國家的官員，必須服從法令，循規蹈矩，施政時的政令公文，要字斟句酌，不可逸出

11 呂祖謙在《東萊博議・序言》中說此書之作，源自於乾道四年受業於曹家巷，學子問舉業者甚眾，故編纂此書以「佐其筆端」、「則舉子之所以資課試者也。」（臺北，廣文書局，1981）頁1。

12 江枰〈呂祖謙編選《古文關鍵》質疑〉一文以清代徐樹屏冠山堂刻本所收的無名氏跋語，並對其間選錄作品及評語做分析。認為可能是先有相關選本，然後呂祖謙再加以評點，之後再由南宋蔡文子作注才完成的。文見《貴州文史叢刊》第4期，2004年。http://engine.cqvip.com/onlineread/onlineread.asp?ID=11038349

13 陳騤，《文則・書刻文則後》，頁425。

14 《評點八大家古文鑰》（臺北，廣文書局，1981，據崑山徐樹屏刻本），頁1。

15 據王樹林，〈文章精義作者考辨〉，《文學遺產》第6期，2006年。http://cnki50.csis.com.tw/kns50/detail.aspx?QueryID=7&CurRec=79

馬茂軍，〈文章精義作者考辨〉，《文學遺產》第6期，2006年。http://cnki50.csis.com.tw/kns50/detail.aspx?QueryID=7&CurRec=24，兩文的考證，李塗應名為李淦，或李耆卿、李性學，元代江西臨川人，本書原有兩卷，現存一卷。

16 倪士毅，《作義要訣・自序》，頁431。

常軌，建立權威性，如此才可顯現官家的尊嚴。其二人間事務複雜多樣，必須思慮周密，善於應對，才能解決問題。困難度高的文字書寫，其中包含了很多的邏輯思考與情境訓練，能順利通過這樣磨練的人，才算符合國家體制的需要。屬於感性的，馳騁才情的，議論失體的通常都不會被接受。許多臨場的細節出錯，如汙染紙面、字數不足或過多，錯字，未按規格書寫，舉止失態等，都會遭到處罰，甚至逐出場外。在這樣的設計裡，要舉拔的就是馴化、忠耿、臨事也懼的人，而非以文才高低為標準。主導者相信，透過種種的試題設計，就能夠測驗出為國家所用的人才，能知其方，得其體，成為合格的公務人員。這樣的舉才模式在中華民國成立後的國家考試，仍保持這樣的特色，在文章寫作上的要求並無多大改變。此點由以下民國二十年至二十八年，辦理的公務人員高考論文題目可以看出：

年分	題目
20	（1）天下之治天下之賢共理之論、（2）孔子四教說
21	國奢示儉國儉示禮論
22	孟子謂入則無法家拂士出則無敵國外患者國恆亡其理由安在士論之
23	生之者眾食之者寡為之者疾用之者書則財恆足論
24	（1）誠意無訟論（司法官）、（2）德當其位功當其祿能當其官議、（3）天下雖安忘戰必危天下雖強好戰必亡論
25	敷納以言明試以功論
28	儒有委之以貨財淹知以樂好不虧其義劫之以眾沮之以兵見死不更其守說[17]

17 引見曾霽虹著《歷屆高普考試國文試題答案》（臺北，三民書局，1985，15版）。此書張玉衡的序說：「霽虹，余摯友，亦畏友。三十九年同捷秋闈，榮獲吾科魁首。」用語用字彷彿科舉時代，可見當時人們思想中把高考視同如唐、宋代以來的掄才方式，高考及格視同中進士一般。

這些題目基本上與科考的八股文相類，做法亦相似，使用的也是文言文。這種模式一直持續，到這幾年的高等考試改變亦不大。近年的高考作文題目如下：

年分	題目
91	終身學習，日新又新
92行政類	積極任事與奉公守法
93行政類	論禮儀
94	依法辦事的正反價值
95	如何提高自己的創造力和競爭力
96	行政中立與國家利益
97行政類	臺灣需要一個互相尊重的社會

這些題目雖然是用語體文書寫，作答也用語體文，但其題目仍以「議論文」為主，題旨亦不脫離經世致用，義理正大的範圍。其行文要點與科考文章基本精神相類，在做法上有許多準則和不可犯的毛病，要把這樣的文章寫得妥適，通常也有一些要領可以遵循。目前坊間不乏許多參考書籍，指導應試者如何把這種文章寫好，這些書籍所列的方法，大部分源自宋代以來的相關著作，如曾忠華的《作文津梁‧論說文篇》、《作文命題與批改》，陳滿銘的《國文教學論叢》、《作文教學指導》、《篇章結構學》，楊鴻銘《高中語文表達考用專冊》等，其餘有關高普特考的各類作文指導專書，都是代代相承，整理、詮說自這些「文章軌範」的。[18]

(二) 應時而生的《古文關鍵》

呂祖謙（1137-1181），字伯恭。曾祖呂好問（1064-1131）字舜

18 據民國七十七年考試院〈國文試卷評閱要點〉有關論文分數的分配如下，見解30%，文詞20%，結構10%，書法、標點及試卷整潔10%，評分標準可謂有源有本。

徒，南宋初年「以恩封東萊郡侯」，始定居婺州金華（今屬浙江）。當時人多稱其伯祖呂本中（1084-1145，字居仁）為「東萊先生」，呂祖謙則稱為「小東萊先生」。後世則以「東萊先生」稱呂祖謙。隆興元年（1163）進士，同年又考中博學宏詞科。乾道二年（1166）十一月，母親去世，歸葬婺州。為母親守喪期間，以教授學子為業。乾道六年（1170），升任太學博士，並兼國史院編修官、實錄院檢討官。乾道八年（1172），父親因病告歸，並於這年二月去世。呂祖謙為父守喪三年，這三年中仍以教授學子和著述為事，以善撰文、鑑文聞名當代。南宋淳熙二年（1175），由呂祖謙邀請，朱熹與陸九淵等人參加的一次學術會議，即為知名的「鵝湖之會」，此會開書院會講之先聲。淳熙三年（1176），因李燾的推薦，升任秘書省秘書郎，並兼國史院編修官與實錄院檢討官。淳熙八年（1181）七月二十九日病故，享年四十四歲。謝山〈同谷山先生書院記〉說：「乾淳以後學派分而為三，朱學也，呂學也，陸學也。」[19]可見推崇之重。宋孝宗曾命其編纂宋代文集，呂祖謙由中興以前為時間基點「崇雅黜浮，類為百五十卷」，書成之後進呈，皇上賜名《皇朝文鑑》，此書又名《宋文鑑》，知名一時。[20]著作有《東萊春秋左氏傳說》二十卷、《東萊春秋左氏傳說續說》十二卷、《東萊左氏傳博議》二十五卷、《呂氏家塾讀詩記》三十二卷等書。[21]

呂祖謙家學淵源，擅長考場文字的撰寫，二十七歲時以策論文章

---

19 黃百家纂輯、全祖望修定、何紹基等校刊，〈東萊學案〉《足本宋元學案》（下）（臺北，廣文書局，1979，再版），卷51，頁795。

20 陳騤曾「醜詆」呂祖謙所進獻的《皇朝文鑑》《宋史・列傳第152》最後的「論曰」曾對此事有評論：「然騤嘗詆譏呂祖謙，至視趙汝愚、劉光祖為仇，而體仁乃能以朱熹、真德秀為師友，即其所好惡，而二人之邪正，於是可知焉。」對他有「邪」字的負面評價。

21 黃百家纂輯、全祖望修定、何紹基等校刊，〈東萊學案〉《足本宋元學案》（下），卷51，頁795。

考中進士，又考上以文詞為重的博學宏詞科，兼善兩者在當時殊為不易，故名揚一時。有關《左氏春秋》的議論之作，膾炙人口，且曾主編《皇朝文鑑》，對古今文章的分析解讀，精煉老到，深獲讚譽。在其人生經歷中，有很長一段時間在書院中授徒，書院中除了教授學術之外，對科考的文章做法亦有很深著墨，雖有急功近利，非道近術的嫌疑，然對學子來說，博取功名，是最務實的路徑，所以從學的門生甚多。呂祖謙於此所下的功夫，雖遭風議，[22]亦有自省，不過《古文關鍵》成書後影響至為廣遠，天下有志功名的學子莫不奉為圭臬。論者以為「唐宋八大家」成為天下士子行文的典範，即成形於此書，「以古文為時文」的風氣亦由此開端。[23]《文則．書刻文則後》也說：「今之文由古之文也，夫是之謂舉業之一資。」[24]然而這樣的改變是好是壞見仁見智，對此很不以為然者認為，就是因為如此，文章之風敗壞，學子專攻「應試」之文，不求文章的精進，所以南宋以降再也沒有出現古文大師，邵長蘅說：「予常怪南宋至今五六百年，文不逮古，皆王安石腐爛八股壞之。」[25]感慨元、明、清三代古文比不上古人，出不了大家，就是因為王安石以八股文考拔人才之故，作文只求實利，不求境界，故格調低下，這樣的說法也揭出部分事實。

---

22 〈張南軒與先生書〉說：「又曰去年間從學者甚眾，某殊謂未然。若是為舉業而來，先懷利心，豈有利上誘得就義之理。」、「伯恭愛弊精神於閒文字中，徒自損何益。」朱熹曰：「博雜極害事，伯恭日前只向博雜處用功。」見黃百家纂輯、全祖望修定、何紹基等校刊，〈東萊學案〉《足本宋元學案》（下）卷51，頁806。

23 黃強、章曉歷〈推舉唐宋八大家的動力〉，一文認為南宋《古文關鍵》一類的書，是推動唐宋八大家成為典範的主要動力。《楊州大學學報》第1期，2004，http://cnki50.csis.com.tw/kns50/detail.aspx?QueryID=3&CurRec=32，陸德海《明清文法理論研究》第三章〈唐宋派的文法理論與八股文〉言明初的朱右編的《唐宋六家文衡》、唐順之的《六大家文》、《六家文略》、茅坤《唐宋八大家文鈔》皆以《古文關鍵》為本而有所損益（上海，上海古籍出版社，2007），頁83。

24 陳騤，《文則．書刻文則後》，頁425。

25 邵長蘅，〈耐軒遺稿序〉，《邵青門全集．青門賸稿》（臺北，四部分類叢書集成三編，第17集，常州先哲遺書第10函33，藝文印書館，1971），頁8。

二 《古文關鍵》標舉的典範

科考文章的寫作與文學創作不同，文學需要才份，要有足夠的敏感度與豐沛的情感。應用的文章則以語言使用準確，能得體的表達主旨即可。科考文章寫作的時間有限制，必須依題目、格式作文，不能表現個人情感，不得炫耀辭彩，放縱感情。臨場下筆，無法修改已寫成的文辭。是故這樣的作文，基本上是要求應試者戴著腳鐐手銬，跳出一支適宜的舞蹈。此外文學創作在「道學家」的觀點裡，是無用的文字，抒情寫景之文被視為「情累」，是玩物喪志，不可取[26]。寫文章必須以「實用」為準則。呂祖謙亦受時代風氣影響，編纂此書亦有這樣的思想貫串其間。《古文關鍵》一書在「有用文字議論文字是也」[27]這樣的大旨下進行，因為是用來教導學子的，所以用字都很口語化，簡白淺顯，以下將其內容分述如下：

（一）作品典範

本書首先提出韓、柳、歐、蘇四大家的「文字體式」為最高標準，然後告誡學子不可以用蘇軾之語入文，因為天下讀書人都熟讀他的文字，要用只能襲其意，不可用其文字，否則會有因襲之病。其後談及閱讀文章的方法，稱為「總論看文字法」，提出了四項觀察點。前兩點較簡略：「第一看大概主張。第二看文勢規劃。」呂東萊沒有詳細說明何謂「主張」，但可知指的是論述的意見如何，看法為何。「文勢規劃」則為結構與氣勢的表現，這兩者之間的分配，應該得宜。第三看綱目關鍵，則較為明確：「如何是主意首尾相應；如何是一篇鋪敘次第；如何是抑揚開合處。」他的綱目關鍵包含三項內容，其一是「首尾相應」，指的是文章是否有立旨、有收束，前後呼應，

---

26 邵雍著，陳明點校，〈伊川擊壤集・序〉（上海，學林出版社，2003），頁5。

27 呂祖謙，《古文關鍵》，頁1。

文意完整。其二「鋪敘次第」，指的是敘事是否有條理，是否合乎次序。第三「抑揚開合」指的是或褒或貶，或反或正，運用對立與反差的寫做法，是否得恰當。第四看警策句法則包含三個重點，一是「有力處」，是看文章「下句、下字有力處」，「繳結有力處」，「融化屈折剪裁有力處」，二是各段起頭、換段的開始處寫得好不好，「起頭、換頭佳處」承上轉下，過接得宜。三是文章是否扣準題目，「實體貼題目處」文章不離題旨扣得愈密作品愈好。這四樣觀察法，包含了主旨、結構、章法、敘事與修辭等問題，提綱挈領的指出一篇文章好壞的基本原則。[28]

(二) 作家典範

《古文關鍵》另一重要性是對唐代及當代的散文名家，進行概要式、印象式的評論。呂祖謙的論法可分為四個部分，其一是源流法，指出某人的作品出自何人或某部書，這是仿自鍾嶸《詩品》的論述法，如韓愈源出於經書及《孟子》，柳宗元出於《國語》，蘇軾出於《戰國策》、《史記》，歐陽修祖述韓愈，曾鞏則專學歐陽修，秦觀、張籍、晁補之則學蘇軾。其二是標出特色及值得學習處，如韓愈「簡古」、柳宗元「關鍵」、歐陽修「平淡」、蘇軾「波瀾」、王安石「純潔」。其三學習這些作家的作品，要得其優點去其弊端。如學韓愈「不可不學他法度，徒簡古而乏法度，則朴而不文。」學柳宗元「當學他好處，當戒他雄辯，論文字亦反覆。」學習歐陽修「不可不學他的淵源，徒平淡而無淵源，則委靡不振。」學習蘇軾「當學他好處，當戒他不純處。」學習王安石「學王不成遂無氣燄。」其四指出缺陷，如說曾鞏專學歐陽修但是「比歐文露骨」、蘇轍「太拘執」、李焉見「太煩，亦粗」、秦觀「知常不知變」、張耒「知變不知常」、晁補

---

28 呂祖謙，《古文關鍵》，頁1、2。

之「粗率」[29]。以上四點可見出呂祖謙衡文的信心，對前賢的作品提綱挈領，綜合比較，凸顯優劣，建構了一套自己的標準。

（三）做法準則

在「論作文法」中，他認為文字不可過於整齊：「須有數行齊整處，須有數行不齊整處。」[30]文字有變化，這樣便可以文字在氣勢上可以表現出「或緩或急」之感，在意思上可表現出「或顯或晦」的特性，緩急顯晦交錯的使用，要人們看不出來這樣的用法，卻能感受其中的奧妙。整篇文章要有可查知的「綱目」，還要有無形的「血脈」。主體脈絡相通，環環相扣，才是好文章。之後指出「有用的文字，議論文字也」，這裡所謂的「有用」至少有兩個意思，其一是文章內容能夠經世致用，符合國家社會、人心世道所需，才算有用。其二是用心力於議論文的做法，才會對科考有利，才有機會金榜題名。這些做法即在導引學子寫好科考文章。其次談到為文之妙，其妙在「敘事狀情」，而「敘事狀情」可分為以下十四個要領或稱十四格：

編號	敘事狀情要領	所指內容	成功的敘事狀情	失敗的敘事狀情
1	筆健而不粗	文字	健	粗
2	意深而不晦	意念	深	晦
3	意思新、轉處多則不緩	意念	新	緩
4	意常則語新	意念	新	
5	題常則意新	題目	新	
6	句新而不怪	句子	新	怪

29 呂祖謙，《古文關鍵》，頁2、3。此段文字亦見於李塗《文章精義》，然內容上有所出入，如，「韓退之文學孟子，不及左傳，柳子厚文學國語、西漢……子瞻文學莊子，戰國策，楞嚴經……」其後許多評述寫法相類，但觀點不盡相同。

30 李塗，《文章精義》：「文字一篇之中須有數行不齊整處，須有數行齊整處。」意思類似但寫法相反。（臺北，新文豐出版公司編，叢書集成新編80，1985），頁429。

編號	敘事狀情要領	所指內容	成功的敘事狀情	失敗的敘事狀情
7	語新而不狂	文字	新	狂
8	辭源浩渺而不失之冗	文字	辭源浩渺	冗
9	常中有變	章法	有變化	
10	正中有奇	章法	有變化	
11	結前生後	章法	起頭、換頭佳處	
12	曲折斡旋	章法	變化、融化屈折	
13	轉換有力	章法	剪裁有力	
14	反覆操縱	章法	強化說明	

由以上的表列可以看出，「敘事狀情」的要領包括了行文風格、文字使用、句子、意念、章法等五個方面，這五方面有成功的標準，如「新」這一詞包括了意念、文字、題目、句子的創新，其他包括行文風格要穩健、章法要有變化、起承轉合處要銜接得宜、文章重點處要強化、轉換處要有力量等等，如若不然就會發生粗、晦、緩、怪、狂、冗等毛病。

做法則有十七格，這十七格較同時代的陳騤，晚出的李淦之作眉目清楚，可以作如下的分類：

做法	所指內容
遲速	時間
前後、左右、遠近、聚散	空間
一二、次第、本末	順序
彼我	人稱
上下	連絡觀照
離合	波瀾
明白、整齊、的當、緊切、流轉、立意	文辭

這十七格也是整合了前人之作而有的論述，將之作為分析文章的「指標工具」，作為衡文的準則。以上敘事狀情及做法兩部分共三十一格，再包含四個「總看文字法」，在選錄的文章間作為評點用。如：

1. 〈獲麟解〉的題解說：【自少意多，文字立節所以甚佳。其抑揚開合只主祥字，反覆作五段說】，內文舉例：「犬豕豺狼麋鹿，吾知其為犬豕豺【作文大抵兩句短須一句長】狼【承】麋鹿【序】，惟麟也不可知。【前意盡】」[31]。
2. 〈留侯論〉內文舉例：「而世不察以為鬼神【應怪字】，亦已過矣。【說上事出】且其意不在書。【立一句斡旋】」、「千金之子不死於盜賊【句新不陳滯】，何者？」[32]
3. 〈鼂錯論〉內文舉例：「天下治平，無故而發大難之端。【起好是一段起頭，一篇主意關鍵，綱目在此】」[33]
4. 〈上范司諫書〉的題解說：【大率平正，有眼目筋骨，須看他前後貫穿，錯綜抑揚處】，內文舉例：「天子曰然，宰相曰不然，坐乎廟堂之上【語健精神】，與天子可否者，宰相也。」、「當德宗時可謂多事矣！【欲說下先立此句，有力】」[34]

這些用法可供閱讀者參考，藉由置於正文旁邊【】內小字的評點，讀出文章的「做法」，讓人知道其中的奧妙之處。

（四）風格準則

此外又有行文風格的準則，共有十四格，這十四格都是好的文章必須具備的特質，這些風格是來自前人論述的綜合與重組，有所依據，由下表整裡可以看出：

---

31 呂祖謙，《古文關鍵》，卷上，頁2。
32 呂祖謙，《古文關鍵》，卷上，頁33、34。
33 呂祖謙，《古文關鍵》，卷上，頁35、36。
34 呂祖謙，《古文關鍵》，卷上，頁21、22。

分類	體格	源流
風格	豐潤、精妙、端潔、清新、簡肅、清快、雅健、閎大、雄壯、清勁、華麗、縝密、典嚴、簡短	《文心雕龍》〈體性第二十七〉：典雅、遠奧、精約、顯附、繁縟、壯麗、新奇、輕靡[35]
		《詩式》〈詩有七德〉 一識理，二高古，三典麗，四風流，五精神，六質幹，七體裁。
		司空圖《二十四詩品》 雄渾、沖淡、纖穠、沉著、高古、典雅、洗練、勁健、綺麗、自然、含蓄、豪放、精神、縝密、疏野、清奇、委曲、實境、悲慨、形容、超詣、飄逸、曠達、流動
		嚴羽《滄浪詩話》詩之品有九：高、古、深、遠、長、雄渾、飄逸、悲壯、淒婉[36]

這十四格都為文章的正面敘述，然而《文心雕龍注．體性第二十七》八體的「新奇」、「輕靡」都有負面的意思，並非完全可取，與《古文關鍵》用法有差異。十四格中包括了三個「清」字，「清新」、「清快」、「清勁」，可見呂祖謙對「清」這個字十分重視。「雅健」與「典嚴」則與《文心雕龍》〈體性第二十七〉「典雅」相類，「雄壯」與「華麗」則與「壯麗」相類，「精妙」與「簡肅」則與「精約」相類，「華麗」、「典嚴」與《詩式》〈詩有七德〉的「典麗」相類，司空圖《二十四詩品》亦有「典雅」一詞，「縝密」一詞則完全相同，「華

35 劉勰著，范文瀾注，《文心雕龍注．體性第二十七》（臺北，臺灣開明書局，1978，14版），頁8、9。

36 嚴羽著，郭紹虞校釋，《滄浪詩話校釋》（臺北，東昇文化事業公司，1980），頁6。

麗」則與「綺麗」相類，「雅健」、「清勁」與「勁健」相類。其他如「豐潤」、「端潔」、「閎大」、「雄壯」等風格，都是符合官式文章的要求。在選擇行文風格上，表現文學情感、境界或技巧，雖是正面的風格仍不被認可，如：《文心雕龍》〈體性第二十七〉「遠奧」，《詩式》〈詩有七德〉「體裁」、「精神」、「質幹」，司空圖《二十四詩品》「雄渾」、「沖淡」、「高古」、「洗練」、「豪放」，嚴羽《滄浪詩話》「雄渾」、「悲壯」等等。在應試文章還是以合乎端正、嚴肅的風格較佳，不以才情取勝。

以上所列的四十五格對後有不少影響，謝枋得《文章軌範》四十二格，除了做法上的「立意」、「曲折斡旋」、「轉換有力」三格之外，其餘皆與《古文關鍵》一樣。明代唐順之的《文編》列有六十九格，歸有光《文章指南》有六十六格，內容都與之相似，因後出轉精之故，較《古文關鍵》析論更具體、詳細。

三　《古文關鍵》列舉的文病

（一）《古文關鍵》之前的文病說舉例

宋代之前有關文章之病的論述甚多，如揚雄《法言・吾子》：「書惡淫辭之淈法度也。」[37]王充《論衡・藝增》：「世俗所患，患言事增其實，著文垂辭，辭出溢其真。稱美過其善，進惡沒其罪。」[38]說的都是濫用文辭，過度誇飾與事實真相距離甚遠的情形。其後魏晉南北朝、隋、唐以迄於宋，都有這方面的論列。《古文關鍵》「論文字病」共指出十九種文章瑕疵：深、晦、怪、冗、弱、澀、虛、直、疎、

37 揚雄，《法言・吾子》（臺北，百部叢書集成初編19輯・漢魏叢書第3函第10種，藝文印書館，1966），卷2，頁2。

38 王充，《論衡・藝增》（臺北，《四部備要・子部》，臺灣中華書局據明刻本校刊，1966），卷8，頁9。其他如〈語增〉、〈儒增〉篇都有類似的批判。

碎、緩、暗、塵俗、熟爛、輕易、排事、說不透、意不盡、泛而不切。所謂「文字病」的內容，實際上包括了「單字」、「文辭」、「敘述」、「用典」等的問題，是一般人在寫文上容易犯的毛病。[39]然而《古文關鍵》一書的選文都是韓愈、柳宗元、歐陽修、蘇軾等人千錘百鍊的好文章，是寫作文章的範本，雖有所批判，卻沒有很具體將這些「文字病」舉例排列出來，所以難以明確界定出這十九種文病所指為何，如何才算是「深」、「怪」、「晦」等錯誤，無法就其字面推出結論。這十九種文病並非獨創，是綜合各家說法而來的。下列試就宋代以前相關的論述，與《古文關鍵》的文病說作一對照，舉出可對應的說法：

出　處	原　文	文病詮說	《古文關鍵》文字病相近意
陸機〈文賦〉	或託言於短韻，對窮跡而孤興。俯寂寞而無友，仰寥廓而莫承。譬偏弦之獨張，含清唱而靡應。	篇幅太小，不能承載創作者表達的內容。	說不透、意不盡
陸機〈文賦〉	或寄辭於瘁音，徒靡言而弗華。混妍蚩而成體，累良質而為瑕。象下管之偏疾，故雖應而不和。	文辭與所表達的內容不協調，未扣準主題，有偏頗之病。	說不透、意不盡、泛而不切
陸機〈文賦〉	或遺理以存異，徒尋虛以逐微，言寡情而鮮愛，辭浮漂而不歸。猶弦麼而徽急，故雖和而不悲。	思路誤入歧途，尋虛逐微、標新立異。缺乏真感情，文辭虛浮，沒有感染力。	虛、怪

39 《文鏡秘府・西》有〈論病　文二十八病 文筆十病得失〉，所論詩作之病非常詳細，雖然標示「文」及「文筆」，然所指都為詩作的問題，這樣的討論法也可能影響到後世談論文章之病。見弘法大師原撰，王利器校注，《訂補本文鏡秘府校注》（臺北，貫雅文化事業，1991），頁469。

出　處	原　文	文病詮說	《古文關鍵》文字病相近意
陸機〈文賦〉	或奔放以諧和，務嘈囋而妖冶。徒悅目而偶俗，故高聲而曲下，寤《防露》與桑間，又雖悲而不雅。[40]	媚俗求寵，格調不高。	塵俗
《顏氏家訓．文章》	事與才爭，事煩而才損。[41]	以事例入文，運用不當會造成才情的斲傷。	排事
蕭子顯《南齊書．文學列傳》	一則啟心閑繹，托辭華曠，雖存巧綺，終致迂迴。宜登公宴，本非准的。而疏慢闡緩，膏肓之病，典正可采，酷不入情。此體之源，出靈運而成也。[42]	閒適悠遠的文辭雖然有其綺麗精巧之處，只適合宴會場合，其間的問題難以挽救。	緩
蕭子顯《南齊書．文學列傳》	次則緝事比類，非對不發，博物可嘉，職成拘制。或全借古語，用申今情，崎嶇牽引，直為偶說。唯睹事例，頓失精彩。此則傳咸五經，應璩指事，雖不全似，可以類從。[43]	過度使用對偶法，自我拘限。藉古說今，用典太僻，失去焦點，情感盡失。	排事

40 陸機，〈文賦〉《昭明文選．論文》（臺北，文化圖書公司，1977），卷17，頁225-227。

41 顏之推，《顏氏家訓．文章》（臺北，《四部備要．子部》，臺灣中華書局據抱經堂校刊，1966），卷4，頁9。

42 蕭子顯，《南齊書．文學列傳》（臺北，臺灣商務印書館，百衲本二十四史，1988，臺六版），頁478。

43 蕭子顯，《南齊書．文學列傳》，頁478。

出　處	原　文	文病詮說	《古文關鍵》文字病相近意
皎然《詩式》	詩有四不：情多而不暗，暗則蹶於拙鈍；才贍而不疏，疏則損於筋脈。[44]		疏、暗
皎然《詩式》	詩有二要：要力全而不苦澀。[45]		澀
皎然《詩式》	詩有二廢：雖欲廢巧尚直，而思致不得置。[46]	直敘可以讓人易懂，但會失去巧思。	直
皎然《詩式》	詩有四離：雖有道情，而離深僻。[47]	表達的情感不可過於特殊，否則引不起共鳴。	深
皎然《詩式》	詩有六迷：以緩慢而為澹泞；以詭怪而為新奇；以爛熟而為穩約；以氣少力弱而為容易。[48]		緩、怪、爛熟、弱
皎然《詩式》	詩有五格：不用事第一；作用事第二；直用事第	詩中最好不要引用事例，如要用	排事

44 「詩有四不，氣高而不怒，怒則失於風流；力勁而不露，露則傷於斤斧；情多而不暗，暗則蹶於拙鈍；才贍而不疏，疏則損於筋脈。」許清雲，《皎然詩式輯校新編》（臺北，文史哲出版社，1984，臺六版），頁40、41。

45 「詩有二要，要力全而不苦澀，要氣足而不怒張。」許清雲，《皎然詩式輯校新編》，頁41。

46 「詩有二廢，雖欲廢巧尚直，而思致不得置；雖欲廢言尚意，而典麗不得遺。」許清雲，《皎然詩式輯校新編》，頁41。

47 「詩有四離，雖有道情，而離深僻；雖用經史，而離書生；雖尚高逸，而離迂遠；雖欲飛動，而離輕浮。」許清雲，《皎然詩式輯校新編》，頁41。

48 「詩有六迷，以虛誕而為高古；以緩慢而為澹泞；以錯用意而為獨善；以詭怪而為新奇；以爛熟而為穩約；以氣少力弱而為容易。」許清雲，《皎然詩式輯校新編》，頁42。

出　處	原　文	文病詮說	《古文關鍵》文字病相近意
	三；有事無事；第四；有事無事，情格俱下第五。[49]	事例要謹慎，要適宜。	
李翺〈答朱載言書〉	其尚異者，則曰文章辭句，奇險而已。[50]	文章、辭句好表現奇險風格。	怪、晦、深
李翺〈答朱載言書〉	其好理者，則曰文章敘意，苟通而已。[51]	文章喜歡談論道理的，只要求通順而已。	輕易、說不透、意不盡

由以上表列可以看出《古文關鍵》文章疵病的淵源。不過有些用語顯然是相反的。如在「深」字的用法上，皎然《詩式》〈詩有四深〉說：「氣象氤氳，由深於體勢；意度盤礴，由深於作用；用律不滯，由深於聲對；用事不直，由深於義類。」是對深字的肯定，認為在體勢、作用、聲對、義類有深度，是詩的優點。嚴羽《滄浪詩話》的「深」字，也是詩之九品裡被肯定的風格。皎然《詩式》〈詩有四離〉則用了「深僻」這個詞，則為負面的看法，認為詩的文字或意境寫得過於深而僻，會造成閱讀的困難。《古文關鍵》的「深」字顯然是屬於「深僻」，寫得過於難懂是文章的疵病之一。劉知幾《史通》認為文章寫作應該把握尚簡用晦的原則，〈敘事〉篇說：「然章句之言，有顯有晦。顯也者，繁詞縟說，理盡於篇中，晦也者，省字約文，事溢於句外。然則晦之將顯，優劣不同，較可知矣。」他認為「晦」是一種很好的行文方式，是以最少的字表達最多意涵的修辭技巧，比「繁詞縟說」說理顯豁的寫法要高明。《古文關鍵》認為文章應該曉暢明白，不可簡省，以致語意隱晦不清，讓閱讀者難以明瞭作

49 許清雲《皎然詩式輯校新編》，頁43。

50 李翺，〈答朱載言書〉，《李文公集．書四首》卷6（上海，商務印書館，1919），頁41、42。

51 李翺，〈答朱載言書〉，頁42。

者的意思。在以講究實用的寫作觀看來，隱晦當然是不適宜的。

（二）《古文關鍵》文病的影響

《古文關鍵》成書後風行天下，成為讀書應考士子必讀的書籍之一，書中的論點也成為行文的準則，在南宋以後的文章論述造成影響，相似的觀點在文學理論與文章評點裡屢屢可見。李淦的《文章精義》、歸有光的《文章指南》甚至都有整段的引用。[52]尤其李淦的《文章精義》相似處最多，影響最為明顯。以下將其後世相關的論述作一表列：

編號	文病	相類著作	相類句	說明
1	深	1.〔明〕魏禧〈甘健齋軸園稿敘〉	1.魏禧〈甘健齋軸園稿敘〉：文當先去七弊：可深樸而不可晦重。[53]	魏禧以「深樸」為美，反對「晦重」。
2	晦	〔元〕倪士毅《作義要訣》	〔元〕倪士毅《作義要訣》：晦則使人讀之厭。[54]	
3	怪	1.〔元〕李淦《文章精義》 2.〔元〕倪士毅《作義要訣》	1.李淦《文章精義》：學文切不可學怪，句先明白正大，務要十句百句只如一句。[55]	李淦認為學寫文章要先將句子寫得「明白正大」，不可

52 歸有光，《文章指南》有「歸震川先生總論看文字法」，除了一些字有出入外，在作家論方面加入明代的王陽明，說他文章「平正」，詞作學老蘇而理優於韓，此外內容幾乎全同於《古文關鍵》的首段。此處可看出出版者有意混淆兩書為一書的做法。（臺北，廣文書局，1977，再版），頁1-5。

53 魏禧，〈甘健齋軸園稿敘〉《魏叔子文集外編》（上冊）卷之8（北京，中華書局，2003），頁434。

54 倪士毅，《作義要訣》，頁432。

55 李淦，《文章精義》，頁430。

編號	文病	相類著作	相類句	說明
			2.倪士毅《作義要訣》：欲新則類人於怪。[56]	學「怪」，倪士毅說如僅想力求新意，有可能陷入「怪」的境地。
4	冗	1.〔元〕李淦《文章精義》 2.〔清〕閻若璩〈與戴堂器書〉	1.李塗《文章精義》：司馬子長文字一二百句作一句下，韓退之三五十句做一句下……若一二百句、三五十句只說得一句則「冗」矣。[57] 2.閻若璩〈與戴堂器書〉：(1)古文最忌有二，(2)曰冗、曰稺，惟簡可以救冗，惟老可以救稺。[58]	李淦、閻若璩皆認為文字以簡省為要，沒有必要的文字應刪除。
5	弱	1.〔元〕李淦《文章精義》 2.〔明〕魏禧〈甘健齋軸園稿敘〉 3.〔清〕袁枚〈覆家實堂〉[59]	1.李淦《文章精義》：退之是文人之文，間有弱處，然亦宇宙不可無之文也。[60] 2.魏禧〈甘健齋軸園稿敘〉：可和柔而不可靡	李淦未具體指出韓愈文字「弱處」何在。魏禧是指運用柔和筆調為文，不可令

56 倪士毅，《作義要訣》，頁432。

57 李淦，《文章精義》，頁428。

58 閻若璩，〈與戴堂器書〉，《潛邱劄記．雜考之屬》（臺北，欽定四庫全書．子部，臺灣商務印書館，第207冊，1973），頁38。

59 袁枚，〈覆家實堂〉文中引述朱石均侍郎稱讚袁枚所寫的文章，都沒有上述古文十弊。《小倉山房尺牘》卷3（臺北，叢書集成三編第77冊．文學類，新文豐出版公司，1984），頁526。

編號	文病	相類著作	相類句	說明
			弱。[61] 3.〔清〕袁枚〈覆家實堂〉古文有十弊：平弱敷衍襲時文之調，九弊也。	人有「靡弱」之感。袁枚指的是文章沒有力量，只是抄襲、套用時文。
6	澀	1.〔元〕劉祁《歸潛志》 2.〔元〕倪士毅《作義要訣》 3.〔清〕袁枚〈覆家實堂〉	1.劉祁《歸潛志》卷十二：文有六不宜：……四六宜用前人成語，復不宜生澀求異。案不宜生澀，謂宋派四六也。[62] 2.倪士毅《作義要訣》：造做太過則語澀。[63] 3.〔清〕袁枚〈覆家實堂〉：古文有十弊：……艱澀章句欲掩其淺陋，十弊也。[64]	劉祁說作文選用艱深字句，用僻典，以求與眾不同，是不適宜的。袁枚則認為許多人故意使用艱澀章句，只是為了掩蓋本身的淺陋而已。倪士毅認為過度造作的文章，不夠自然，讀起來有滯澀之感。
7	虛	1.〔明〕宋濂〈文原〉	1.宋濂〈文原〉八冥：瘠者將以勝夫腴。[65]	宋濂認為內容貧瘠者勝過內

60 李淦，《文章精義》，頁430。

61 魏禧，〈甘健齋軸園稿敘〉，頁434。

62 「文章各有體，不肯相犯歟，故古文不宜蹈襲前人成語，當以奇異自強……」見劉祁，《歸潛志》（臺北，百部叢書集成第24集，知不足齋叢書，第5函35，藝文印書館，1966），卷12，頁9、10。

63 倪士毅，《作義要訣》，頁432。

64 袁枚，〈覆家實堂〉，頁526。

65 宋濂，〈文原〉（臺北，百部叢書集成第24集，學海類編第14函，藝文印書館，

編號	文病	相類著作	相類句	說明
		2.〔清〕閻若璩〈與戴堂器書〉	2.閻若璩〈與戴堂器書〉：文有三失：……三、王陽明講良知之說，以讀書為禁，其失虛。此明以後文章不能遠追漢、唐、宋、元之故也。[66]	容豐富的，這是虛。閻若璩認為受到王陽明致良知之說的影響，士子不願努力讀書，知識不足，所以明代以後的文章虛洞沒有內容。
8	直	〔元〕李淦《文章精義》	李淦《文章精義》:文章不難於巧而難於拙，不難於曲而難於直，不難於細而難於粗，不難於華而難於質。[67]	直率之文不好寫，所以李淦認為這是難事，《古文關鍵》則認為文章寫得直率，沒有變化，就是一種錯誤。
9	疏	〔明〕宋濂〈文原〉	宋濂〈文原〉八冥：粗者將以亂夫精。[68]	
10	碎	〔明〕宋濂〈文原〉	宋濂〈文原〉八冥：碎者將以害夫完。	
11	緩	〔明〕宋濂〈文原〉	宋濂〈文原〉四瑕：筋骸不束之謂緩。[69]	

1966），頁3、4。

66 閻若璩，〈與戴堂器書〉，頁38。

67 李淦，《文章精義》，頁428。

68 宋濂，〈文原〉，頁3、4。

69 宋濂，〈文原〉，頁3、4。

編號	文病	相類著作	相類句	說明
12	暗	〔明〕宋濂〈文原〉	宋濂〈文原〉八冥：眯者將以損夫明。[70]	「眯」字據《說文》的解釋為：「艸入目中。」造成看不清楚的毛病，會使文意不清。
13	塵俗	1.〔宋？〕張茂獻《文箴》 2.〔明〕宋濂《文原》 3.〔清〕閻若璩〈與戴堂器書〉，文有三失	1.張茂獻《文箴》：文有三病：詞達而調不工，加委巷相爾汝俚鄙猥聞，二病。[71] 2.宋濂《文原》四瑕：……旨趣不超之謂凡。是四者賊文之形也。[72] 3.閻若璩〈與戴堂器書〉：文有三失：……二、李夢陽唱復古之學，不原本六藝其失俗。[73]	張茂獻認為以市井口語入文，宋濂認為識見不足，旨趣平庸。閻若璩認為學習古人卻不原本六經，都有「塵俗」之病。
14	熟爛	1.〔清〕邵長蘅，〈遯庵集序〉 2.〔清〕劉熙載《藝概．文概》，	1.邵長蘅〈遯庵集序〉：文有三病：……有上之咀宋入之糟魄而以為玄醴，其病腐。[74]	邵長蘅的腐語、劉熙載的習語，指的都是文章不可使

70 宋濂，〈文原〉，頁3、4。

71 張茂獻，《文箴》引見王葆心，《古文詞通義》（臺北，中華書局，1964），卷3，頁3。

72 宋濂，〈文原〉，頁3、4。

73 閻若璩，〈與戴堂器書〉，頁38。

74 邵長蘅，〈遯庵集序〉《邵青門全集．青門簏稿》（臺北，四部分類叢書集成三編，第17集，常州先哲遺書第10函33，藝文印書館，1971），頁8。

編號	文病	相類著作	相類句	說明
		文有七戒。	2.劉熙載《藝概·文概》：文有七戒：語戒習。[75]	用的陳腔濫調。
15	輕易	〔清〕袁枚〈覆家實堂〉	袁枚〈覆家實堂〉：古文有十弊：措詞率易頗類牘酬之尺牘，七弊也。[76]	
16	排事	〔元〕李淦《文章精義》	李淦《文章精義》：學楚辭者多未如黃魯質最得其妙，……但做長篇苦於氣短，又句句要用事，此其所以不能如長江大河也。[77]	
17	說不透	〔宋？〕張茂獻《文箴》	〔宋？〕張茂獻《文箴》：文有三病：意到而辭不達，如訟者抱直理，口吶莫伸，一病。[78]	
18	意不盡	〔元〕李淦《文章精義》	李淦《文章精義》：吾謂世之作文務要崎嶇奧隱，辭不足以達意者，皆郇謨之徒也。[79]	李淦以唐代郇謨獻三十字給唐代宗以控訴宰相元載的典故，說明字太少，故作奧隱，費人猜疑，只有寫字

75 劉熙載，《藝概．文概》（臺北，頂淵文化事業，2004），頁46。

76 袁枚，〈覆家實堂〉，頁526。，

77 李淦，《文章精義》，頁430。

78 張茂獻，《文箴》引見王葆心，《古文詞通義》，卷3，頁3。

79 李淦，《文章精義》，頁429。

編號	文病	相類著作	相類句	說明
				的人自己才懂，辭不能達意，並非優點。[80]
19	泛而不切	〔明〕魏禧〈甘健齋軸園稿敘〉	魏禧〈甘健齋軸園稿敘〉：文當先去七弊：可寬博而不可汎衍。[81]	

以上諸書所論，可以看出與《古文關鍵》有所關聯，不過有些論者使用類似的字，但意思又有所變化，如魏禧的「深樸」與「晦重」，「深樸」是好的做法，並非文字病。《古文關鍵》認為文章寫得「直」是一種錯誤，李淦則以為直率之文不好寫，認為是個難事，但有可能寫好。《古文關鍵》的「弱」，李淦用的是「弱處」，魏禧是「靡弱」，意思不盡相同，這些都是需要明辨的。

（三）《古文關鍵》未列出的文病

《古文關鍵》列出了好文章的標準及行文要領，同時也指明疵病所在，然而所論未盡周延，未列出的弊病至少有：

1. 文義失當。如摯虞〈文章流別志論〉：「辨言過理，則與義相失。」[82]《文心雕龍・指瑕第四十一》：「懸領似如可辯，課文了不成義，斯實情訛之所變，文澆之致弊。」[83]

---

80 見《舊唐書・列傳第六十八 元載 王昂 李少良 郇謨附 王縉 楊炎 黎干 劉忠翼附 庾准》。

81 魏禧〈甘健齋軸園稿敘〉，頁434。

82 摯虞，《文章流別志論・賦》（臺北，四部分類叢書集成 續編第16輯，關中叢書第6函31，藝文印書館，1970），頁3。

83 劉勰著，范文瀾注《文心雕龍》，〈指瑕第四十一〉，頁2。

2. 模擬抄襲。如《文心雕龍．指瑕第四十一》:「又制同他文，理宜刪革，若掠人美辭，以為己力，寶玉大弓，終非其有。全寫則揭篋，傍采則探囊，然世遠者太輕，時同者為尤矣。」[84]
3. 修飾過度。摯虞〈文章流別志論〉:「夫假象過大，則與類相遠，逸詞過壯，則與事相違」、「麗靡過美，則與情相悖」[85]，蕭子顯《南齊書．文學列傳》:「次則發唱驚挺，操調險急，雕藻淫艷，傾炫心魂。亦猶五色之有紅紫，八音之有鄭、衛，斯鮑照之遺烈也。」[86]《顏氏家訓．文章》:「趨末棄本，率多浮艷。辭與理競，辭勝而理伏。」[87]
4. 刻求聲韻。《文心雕龍．指瑕第四十一》:「近代辭人，率多猜忌，至乃比語求蚩，反音取瑕，雖不屑于古，而有擇于今焉。」[88] 黃侃在《文心雕龍札記》(札記曰六瑕)說這是:「語音犯忌之瑕。」[89]
5. 引用錯誤。《顏氏家訓．文章》:「自古宏才博學，用事誤者有矣！」「文章地理，必須愜當。」[90]
6. 溺於時尚。李翺〈答朱載言書〉:「天下之語文章，有六說焉。其溺於時者，則曰文章必當對，其病於時者，則曰文章不當對。其愛難者，則曰文章宜深不當易，其愛易者，則曰文章宜通不當難。」[91]
7. 餘韻不足，缺乏回味。陸機〈文賦〉:「或清虛以婉約，每除煩而

84 劉勰著，范文瀾注《文心雕龍》,〈指瑕第四十一〉，頁2。
85 摯虞，《文章流別志論．賦》，頁3。
86 蕭子顯，《南齊書．文學列傳》，頁478。
87 顏之推，《顏氏家訓．文章》，卷4，頁13。
88 劉勰著，范文瀾注，〈指瑕第四十一〉，頁2。
89 劉勰著，范文瀾注，〈指瑕第四十一〉，頁2。
90 顏之推，《顏氏家訓．文章》，卷4，頁14。
91 李翺，〈答朱載言書〉，第6卷，頁41、42。

去濫，闕大羹之遺味，同朱弦之清氾。雖一唱而三嘆，固既雅而不艷。」[92]

以上這些都是寫文章時可能犯的毛病，「文義失當」、「引用錯誤」、「修飾過度」這三項是相當大的問題，應試文章若犯這些明顯的毛病，在閱卷者手中可能當下即被黜落。「模擬抄襲」或可解釋為引用前賢句法或意思，只要轉化得宜還有可能成為優點。文章中使用雙聲、疊韻之詞，若過度就有「刻求聲韻」之病，但穿插得宜，可使文章變得活潑有變化，有聲調之美。「溺於時尚」則很難避免，當時風行的文學潮流與文章做法，通常都為士子學習的對象，敢於超越潮流獨樹一幟，表現獨特文風的畢竟十分冒險。「時尚」之病對應試者來說，確實很難拿捏。文章寫得平鋪直敘，意盡於文，閱讀完了，沒有留下可供尋思的地方，這就是「餘韻不足，缺乏回味」，開口見舌，蘊藉不足之文也是一種毛病。以上所列，都是《古文關鍵》沒有提到的問題，這些其實也都是有意為文者，需要注意的疵病。

四　結語

呂祖謙的《古文關鍵》綜合了前賢對詩文的論述，加上自己對作家作品的意見、文章的標、抹、評、釋，與弟子編纂了這本科舉文章範本。所述及的科舉文做法的準則與疵病，成為這類書籍的主要創構者。本書所論未盡周延，許多「格」的定義不夠明確，如前所言，沿用其法，後出轉精之作甚多。因為天下士子參與科考博取功名的絡繹於途，所以此類書籍市場廣大，相關著作所論也愈來愈細緻，愈來愈功利性。元、明、清三代考題不離經義，文章以八股文為主，出版商

92 陸機，〈文賦〉，頁225-227。

提供的應考範本車載斗量，龔自珍說這類書籍：「坊間刻本，如山如海。」[93]而《古文關鍵》的刊印歷朝歷代不曾間歇，此書之所以歷久彌新，其中最主要的是基本論點相當準確，用語淺白，對學習作文章應科考的士子，很具有參考價值。後世相關論述也混雜了文學與時文的優劣，將之相提並論，互為詮說。自然這種應用文章只是一種基礎訓練，限制很多，不能表現獨特識見，只求穩妥，寫出來的作品相似度很高，有「萬喙相因」[94]之譏，焦循甚至在〈與王欽萊論文書〉內說，科舉之文是「用之一身者也」，應酬交際之文是「用之於當時者也」，而這兩類文章之於文學「皆無足重輕」[95]屬於層次較低的表面文章，只有現實性、工具性，是不值得重視的文章。邵長蘅說：「嗚呼！古文至于明幾亡矣，邵子曰：『古文之亡，帖括亡之也。』。」[96]對此風習很不以為然。然而，一個傑出的作家，需經過學習與模仿的階段，要有嚴格的基本訓練，才能夠逐步寫出優秀的作品，以《古文關鍵》所列出的準則與疵病來說，在今天仍具有很高的指導性，在訓練學子作文上許多基本原則還很相似。前文所引國家考試與作文教學指導的相關著作可以證明，在「應用」文章撰寫上，呂祖謙的忠告仍有實際運用的價值。

——本文原刊於《聯大學報》二〇〇九年六月第六卷第一期

93 龔自珍，〈與人箋八〉《龔自珍全集・附札》（臺北，河洛出版社，1975），頁344。

94 龔自珍，〈與人箋八〉，《龔自珍全集》，頁344。

95 焦循，〈與王欽萊論文書〉，《雕菰集》（臺北，鼎文書局，1977），卷14，頁232。

96 邵長蘅，〈明十家文鈔序〉，《邵青門全集・青門簏稿》（臺北，四部分類叢書集成三編，第17集，常州先哲遺書第10函33，藝文印書館，1971），頁9。

徵引文獻

（按出版時間前後排序）

李　翺　《李文公集》　上海　商務印書館　1919

王葆心　《古文詞通義》　臺北　中華書局　1964

顏之推　《顏氏家訓》　臺北　《四部備要．子部》　臺灣中華書局據抱經堂校刊　1966

呂祖謙　《古文關鍵》　臺北　百部叢書集成初編95輯　據清同治胡丹鳳輯刊金華叢書本影印　藝文印書館　1966

揚　雄　《法言》　臺北　百部叢書集成初編19輯．漢魏叢書第3函第10種　藝文印書館　1966

王　充　《論衡》　臺北　《四部備要．子部》　臺灣中華書局據明刻本校刊　1966

王　通　《文中子》　《四部備要．子部》　臺北　臺灣中華書局據問經堂輯本校刊　1966

摯　虞　〈文章流別志論〉　臺北　四部分類叢書集成續編第16輯關中叢書第6函31　藝文印書館　1970

邵長蘅　《邵青門全集》　臺北　四部分類叢書集成三編第17集　常州先哲遺書第10函33　藝文印書館　1971

閻若璩　《潛邱劄記．雜考之屬》　臺北　欽定四庫全書．子部　臺灣商務印書館　第207冊　1973

龔自珍　《龔自珍全集》　臺北　河洛出版社　1975

劉勰著　范文瀾注　《文心雕龍注》　臺北　臺灣開明書局　1978　14版

黃百家纂輯　全祖望修定　何紹基等校刊　〈東萊學案〉　《足本宋元學案》　臺北市　廣文書局　1979　再版

嚴羽著　郭紹虞校釋　《滄浪詩話校釋》　臺北　東昇文化事業公司　1980

劉知幾著　浦起龍釋　呂思勉評　《史通釋評》　臺北　華世出版社　1981

白居易　《白氏長慶集》　臺北　藝文印書館　1981　再版

倪士毅　《作義要訣》　叢書集成新編80　臺北　新文豐出版公司　1984

曾霽虹　《歷屆高普考試國文試題答案》　臺北　三民書局　1985　15版

陳　騤　《文則》　臺北　叢書集成新编（80）　新文豐出版社　1984

袁　枚　《小倉山房尺牘》　臺北　叢書集成三編第77冊・文學類　新文豐出版公司　1984

蕭子顯　《南齊書》　臺北　臺灣商務印書館　百衲本二十四史　1988　臺六版

弘法大師原撰　王利器校注　《訂補本文鏡秘府校注》　臺北　貫雅文化事業　1991

皇甫湜　《皇甫持正文集》　上海　上海古籍出版社　1992

魏　禧　《魏叔子文集外編》　北京　中華書局　2003

劉熙載　《藝概・文概》　臺北　頂淵文化事業　2004

卷二

清代竹塹流寓文人查元鼎考述

一　前言

有關清代竹塹流寓文人查元鼎的記述與研究，主要有王松《臺陽詩話》上、下卷，王石鵬《臺灣文藝叢誌》〈草草草堂吟草緒言〉[1]，連橫《臺灣通史》〈流寓列傳〉[2]，《臺灣省新竹縣志》〈人物志〉、〈藝文志〉[3]，王國璠修補綴改的《大屯山房譚薈》[4]，陳朝龍《臺灣時報》〈草草草堂吟草小引〉[5]等。最為全面而深入的研究則為黃美娥教授的〈笑看人生麗句寫愁——清代竹塹地區流寓文人查元鼎及其詩作〉一文[6]。然而之前因為史料不足，文獻傳鈔混淆，使得查元鼎的生卒年、生平事蹟、著作內容等都難以確定。本文就黃美娥教授的研究基礎上，增補、考述相關資料，以期能使這位詩人的面目更加彰顯。

查元鼎出身浙江海寧查氏家族，這個家族明、清兩代出現許多知名之士，在科舉、藝文方面表現傑出，著述甚多。洪永鏗等著的《海寧查氏家族文化研究》一書依民國排印本《海寧州志稿》等書的統

1 黃美娥，〈笑看人生麗句寫愁——清代竹塹地區流寓文人查元鼎及其詩作〉，《竹塹文獻》第18期（新竹，新竹文化局，2001），頁7。

2 連橫，《臺灣通史》（臺北，眾文書局，1978），頁1061、1062。

3 《臺灣省新竹縣志》於一九五七年完成，一九七六年由黃旺成、郭輝等監修、纂修印行。

4 黃美娥，〈笑看人生麗句寫愁——清代竹塹地區流寓文人查元鼎及其詩作〉，《竹塹文獻》第18期，頁6。

5 黃美娥，〈笑看人生麗句寫愁——清代竹塹地區流寓文人查元鼎及其詩作〉，頁9。

6 黃美娥，〈笑看人生麗句寫愁——清代竹塹地區流寓文人查元鼎及其詩作〉，頁6-31。

計，兩代共有一四八人著作，三二八種行世。[7]在明、清兩代中進士者二十一人，舉人七十六人，清代秀才有一四四人。其中康熙年間（1662-1727）查慎行（1650-1727）一支表現最為顯赫，有「一門十進士，叔姪五翰林」的佳話。[8]有關查元鼎生平經歷，除查氏族譜、海寧州、縣志的寥寥數語外，資料甚少，在臺灣則以大正七年（1918）出版的《臺灣通史》〈流寓列傳〉的記述較有整體性：

> 查元鼎，字小白，浙江海寧州人。少好學，文名藉甚。以歲貢生屢試秋闈不售。道光間，游幕臺灣，當軸爭延致之。性耿介，嬾於徵逐；稍拂意，輒去不可留。同治元年，彰化戴潮春起事，淡水同知鄭元杰禮聘之。道出後壟，被擄，幾罹於死，平生著作盡沒。元杰與廳紳林占梅、鄭如梁遣人分道求之，卒免於難。繪「竿笠跨犢圖（笠屐跨犢圖）」，徵詩紀事。晚年僑寓竹塹，境益窮，守益堅，日與占梅輩以詩酒為樂。著有《草草草堂吟草》四卷，今存三卷，未刊。卒年八十有三。子仁壽字靜軒，能詩，工篆刻，亦卒於竹塹。著《靜軒詩稿》二卷，今亡。聞有百壽章，為竹人士所得。[9]

這篇短文將其生平大要、性格特徵、經歷及著作有了概括性的敘述，然而其間仍有許多書寫過簡難以確認的部分，歷來困惑許多閱讀者及研究者。如查元鼎的家族世系、輩分，在臺遭遇，字號為少白抑或小白，所得功名為秀才、歲貢生、貢生或舉人？其確切的生卒年為

7 洪永鏗、賈文勝、賴燕波著，《海寧查氏家族文化研究．前言》（香港，中國書畫出版社，2006），頁7。

8 洪永鏗、賈文勝、賴燕波著，《海寧查氏家族文化研究．前言》，頁29。

9 連橫，《臺灣通史》〈卷三十四列傳六，流寓列傳查元鼎〉（臺北，眾文書局，1978），頁1061、1062。

何？主要著作《草草草堂吟草》詩集名稱是否為其所獨創，命名之意何在？查元鼎與其子查仁壽皆擅長篆刻，所遺名作《百壽圖章》、《司空圖廿四詩品圖章》現存情況如何？兩本印譜輾轉流傳的情形，保存情況如何？其子孫在竹塹發展如何等等，都是本文希望探討的內容。

二　查元鼎世系察考

查濟民（1914-2007）主修的《海寧查氏》族譜是根據清宣統元年（1909）重新編纂的《龍山查氏宗譜》續修而成，其間也參考乾隆與道光年間的族譜刻本，加以比對統整，於二〇〇六年出版；是浙江海寧查氏族譜近年最詳備的集成。有關查元鼎的生平資料，非常具有參考價值，足以釐清許多散見臺灣文獻中不確定的記載。[10]

依《海寧查氏》的「海寧查氏字輩排行表」說明，浙江海寧查氏的字輩排定有兩次的擬定。第一次為明代的第六世查繪（雪坡）（明成化二年-嘉靖七年，1466-1528）所列定[11]，查繪自訂本身為六世，以其諸子起始，為第七世，共十六字：

> 秉（7世）、志（8世）、允（9世）、大（10世）、繼（11世）、嗣（12世）、克（13世）、昌（14世）、奕（15世）、世（16世）、有（17世）、人（18世）、濟（19世）、美（20世）、忠（21世）、良（22世）。

10 參見查濟民主修的《海寧查氏》（香港，中國書畫出版社，2006），頁18。查濟民為香港知名的成功企業家，這本族譜有六卷，編輯甚為有條理，十分完善。據本書〈查氏源流〉一節所載，浙江海寧查氏與安徽休寧、婺源查氏自始祖至四十九世為同一宗族，見其書頁19。

11 查繪，字原素，號雪坡，守道安貧，善事父母。見許博霈等原纂，朱錫恩等續纂，民國十一年排印本，《海寧州志稿》卷三十人物志孝友（臺北，成文出版社，1983），頁3564。

後因子孫繁衍昌盛，十六字不符使用，清代中葉的查元偁在道光八年（1828）再擬後十六字：

> 傳（23世）、家（24世）、孝（25世）、友（26世）、華（27世）、國（28世）、文（29世）、章（39世）、宗（31世）、英（32世）、紹（33世）、起（34世）、祖（35世）、德（36世）、載（37世）、光（38世）。[12]

此後海寧查氏家族基本上便以此作為命名依據。查元鼎的排行在前十六字，屬於十七世的「有」字輩，只是未依「有」字命名。這在許多家族來說也非特例，以下依其字輩以直系祖先傳承的序列，簡示如下：

> 查繪，雪坡（6世）→查秉彝，近川（7世）→查志宏，有峰（8世）→查允先，後之（9世）→大臨，彥莊（10世）→一中，二典（11世）→珹，季方（12世）→錫齡，賀年（13世）→順昌，聚百（14世）→慈蔭，遂堂（15世）→世佐，仰山（16世）→元鼎，小白（17世）。

族譜上標示查元鼎的祖父沒有後代，父親查世佐為「入嗣」，查世佐生有兩個兒子，長男為有礽，號再白，次男即元鼎，號小白。[13]查世佐（仰山）的兩個兒子號再白、小白，其兄長查乾初的兒子查晉，號守白，二哥世鳳的兒子查有淦，號元白，都有「白」字。號有「白」字，可見出他們這一輩仰慕清初的知名文學家查慎行，希望子

12 查濟民主修，《海寧查氏》（香港，中國書畫出版社，2006），頁24。

13 據查濟民主修，《海寧查氏》二集（8），南支六世查繪（雪坡公）四支，頁115-1109整理。

孫能儆法祖輩行誼，能以科舉封官進爵，以文學揚名於世。查慎行生於順治七年（1650），卒於雍正五年（1727），原名嗣璉，排行為嗣字輩（12世），字夏重，又字悔餘，號他山，又號查田。康熙四十二年（1703）賜進士出身，後授庶吉士、編修，深受康熙信任。與施閏章、王士禎（查慎行為王氏門下）、宋琬、趙執信、朱彝尊等齊名。詩宗宋代，為清代追步宋詩風格的大家。晚年於家鄉海寧園花里，今袁花鎮龍尾山查家橋，建了「初白庵」居住。「初白」的命名來自蘇軾的〈龜山〉詩「身行萬里半天下，僧臥一庵初白頭」，又自號「初白老人」，學者稱為「初白先生」。[14]十七世有字輩的號「再白」、「小白」、「守白」、「元白」等等都是源自於「初白」。

族譜上的記載，查元鼎出生於嘉慶九年（1804）九月初四日，卒於同治九年（1870）九月二十八日，六十七歲，葬於臺灣。查元鼎是查世佐，仰山的次子，字仲新，號小白，又號紅舫。原名鼎。州庠生。著有《草草草堂詩集》、《軟紅院遊草》。族譜說《軟紅院遊草》未刊行。元配妻子姓陸，生於嘉慶八年六月十九日（1803），卒於咸豐六年十月（1856），側室許氏生於道光四年十一月（1824）卒於同治四年七月（1865）。據族譜的記載查元鼎號小白應最為正確，歷來文獻中寫作「少白」者不少，可以確定為字跡形似而有所訛誤。

查元鼎曾參與臺灣兵備道丁曰建平定戴萬生（潮春）民變，事定之後，報請獎賞。在丁曰建《治臺必告錄》卷八的〈咨部請獎清單〉

---

14 見許博霈等原纂，朱錫恩等續纂，民國十一年排印本，《海寧州志稿》卷二十七人物志儒林，頁3331、3332。查濟民主修，《海寧查氏》人物傳記（香港，中國書畫出版社，2006），頁2072-2074。查慎行三弟查嗣廷，康熙丙戌進士，受隆科多提拔，官運亨通。雍正四年任江西鄉試正主考，雍正為剷除隆科多勢力，藉其出題「譏刺時事」，加以逮捕入獄，家族百餘口皆遭株連，為清代文字獄之一。民國之後著名詩人翻譯家穆旦（1918-1977），本名查良錚。香港知名武俠小說作家金庸（1924-），本名為查良鏞，亦為海寧查家「良」字輩子孫。

中，他是以「貢生」的名義與其他一八二人同樣獲得六品頂戴。[15]這裡的「貢生」指的是秀才，與舉人考試及格的貢士不同。[16]

查元鼎與兩位妻子共生有六子，其子孫繁衍狀況如下列：

來臺第一代

查元鼎，妻（元配）陸氏，（續娶）許氏

來臺第二代

查人傑（出繼兄長有矹），查仁壽，查人鏡（出繼兄長有矹），前三子為陸氏所出

查人寅，查丙馨，查佺，後三子為許氏所出

來臺第三代

查仁壽—查濟森，其餘不詳

來臺第四代

不詳—查奉（鴻）璋

查元鼎原名為查鼎，改名元鼎的原因不詳，然而檢視查氏家族名為查鼎的另有兩位，可能是要避免重出之故。據《海寧州志稿．卷十三典籍八》有一位查鼎，字宏（紅）受，號實園，諸生，著有「《一經堂文集》（見花溪志補）。」[17]這位查鼎在雍正二年（1724）歲試中試，也是秀才。[18]另一位查鼎，字凝之，監生，任監鹽大使潯美場，

15 丁日建，《治臺必告錄》卷八的〈咨部請獎清單〉（臺北，臺銀本，臺灣文獻叢刊17，1959），頁557-559。

16 柏錚編《中國古代官制》，〈科舉制度釋詞〉（北京，北京大學出版社，1989），頁427-446。

17 許博霈等原纂，朱錫恩等續纂，民國十一年排印本，《海寧州志稿．典籍八》（四）（臺北，成文出版社，1983），頁1494。

18 洪永鏗、賈文勝、賴燕波著，《海寧查氏家族文化研究第二章查氏家族科甲之盛》三、秀才記載（香港，中國書畫出版社，2006），頁39。然而字「宏受」，寫為「紅受」。

生卒年不詳。這位查鼎的監生，應該是捐來的名位。

至於查元鼎考上的功名，據《海寧查氏家族文化研究》，查鼎（小白）道光九年（1829）己丑歲試及格（秀才），時年二十六歲，主考官為李宗翰，當時還是嘉興府的「府首」。[19]所謂「府首」又稱「府案首」，當時秀才參加縣考第一名稱縣首，州考第一名稱州首，參加府、院考第一名，就稱府首、院首。查氏家族獲得縣首、州首、府首的人數甚多。[20]不過嘉興府人才濟濟，能考中府守實非易事。故其頗具傲氣，實是其來有自。然而其後查元鼎多次參與省試，都未如願中榜。

查元鼎的四個兒子，除了過繼給查有礽的查人傑、查人鏡，查仁壽（18世）、查人寅（18世）、查丙麐（18世）、查佺（18世），都跟隨他來臺灣在這裡落地生根，尋求發展。查仁壽，出生於道光十二年（1832）六月二日，字桐孫，號靜軒，原名祖庚。因功績得到福建候補縣丞，卒年不詳。查仁壽生一子查濟森。查濟森出生於咸豐十年（1860）八月四日，這是查元鼎來臺的第三代，且在臺灣出生。隨查元鼎來臺的人口，族譜上所記十分清楚，可見當時查元鼎及其子查仁壽等與大陸家族有所聯繫，會與親友通信，也將在臺資料寄回本家。

查仁壽與查佺在臺灣相關文獻裡，有一些他們的記述，查仁壽有兩則。其一是連橫的《雅言》第一一五條：

> 篆刻之技，臺灣頗少。余所知者，臺南有陸鼎、新竹有查仁壽。鼎，山陰人；仁壽，海寧人：皆宦游者。鼎之鐫石，臺南

---

19 洪永鏗、賈文勝、賴燕波著，《海寧查氏家族文化研究第二章查氏家族科甲之盛》三、秀才記載，頁42。

20 洪永鏗、賈文勝、賴燕波著，《海寧查氏家族文化研究第二章查氏家族科甲之盛》三、秀才記載，頁36-43。另參見柏錚編《中國古代官制》，〈科舉制度釋詞〉，頁427-446。

> 尚有；而仁壽有「百壽章」，現為竹人士所藏。夫篆刻雖小道，非讀書養氣者未能奏刀砉然。……。[21]

文中提及臺灣很少有人懂得篆刻的技巧，來臺的宦遊之士，知名的有陸鼎和查仁壽。連橫對篆刻非常推重，很遺憾自己沒有習得這個技巧。他說新竹的查仁壽刻有「百壽章」，這些章為新竹人士所收藏。然而「百壽章」是查仁壽所刻還是出自查元鼎，各家說法不一，詳見下節。

其二是出現在《淡水廳志譔輯姓名》的名單中：

> 校對：監生汪達利（次安・江蘇六合人）、舉人裴坤（幼蘅・閩縣人）、候選從九品查仁壽（靚先・浙江海寧人）、候選鹽大使劉椿（魯生・山東人）、候補從九品余寬（子和・浙江人）、生員李莊（徵之・侯官人）。[22]

《淡水廳志》由道光十三、四年間（1833、1834）開始修撰，歷經李嗣鄴（淡水同知）、鄭用錫、嚴金清（淡水同知）、林豪、楊浚等之手，最後完成於黎兆棠（臺灣兵備道）與陳培桂（淡水同知）的任內。這本志書於同治十年（1871）五月完成並刊行。查仁壽參與了這本重要文獻的校對工作，時年四十歲，也因此留下了姓名，另外可注意的是他又有了「靚先」的字號。

查佺，出生於道光二十八年（1848）十一月九日，原名保申。其後的經歷不詳。丁曰建《治臺必告錄》卷七同治四年（1865）的〈勦滅嘉義二重溝逆巢並會同籌辦防海事宜摺〉中看到他列名於獎賞名

---

21 連橫，《雅言》（臺北，臺銀本，臺灣文獻叢刊166，1963），頁53。

22 陳培桂，《淡水廳志・譔輯姓名》（臺北，臺銀本，臺灣文獻叢刊172，1963），頁7、8。

單中：

> 彙獎人員，由督憲、撫憲核奏……光祿寺署正銜何祥瑞等八員，均著賞給知州銜。從九品銜查佺等三員，均著以從九品選用。[23]

同治四年（1865）三月嘉義二重溝動亂事件，是戴潮春事件的餘波，戴潮春的黨羽嚴辨，仍不服朝廷的血腥鎮壓，集眾再起事。臺灣兵備道丁曰建再度派軍平亂，歷時一個月，嚴辨力戰而死。查佺在此事件立有功勞，報賞時年紀很輕，時年十八歲，然而其後便沒有其他記載。

另外二子查人寅，出生於道光二十二年（1842）三月十九日，字賓谷，號子敬。在臺灣擔任幕僚工作，其後發展不詳。查丙麐，出生於道光二十六年（1846）十二月九日，其後發展亦不清楚。

查元鼎在臺的第四代子孫數目不詳，目前可查知的僅有一位查奉璋（鴻章）。查奉璋（鴻章）根據《臺灣省新竹縣志・教育志》中「日據時期新竹地方非正式設立之重要書房概覽」一節，列有新竹街南門龍王祠，塾師查鴻章之名，其旁的育嬰堂塾師林在榮、林仕州（在瀛），則為查元鼎好友林維丞（薇臣、奕圖，1822-1895）的兒子。[24]查奉璋（鴻章）的事蹟根據總督府公文檔案明治二十九年（1896、光緒二十二年）、明治三十一年（1898）、明治三十二年

---

23 丁曰建，《治臺必告錄》卷七〈勦滅嘉義二重溝逆巢並會同籌辦防海事宜摺〉，頁503。

24 黃旺成監修，《臺灣省新竹縣志・第四部》卷七教育志，本書編纂成於民國四十六年（1957），民國六十五年刊印。「日據時期新竹地方非正式設立之重要書房概覽」說明非正式設立的私塾成立年代約在四十年前，故龍王祠、育嬰堂私塾的成立以民國四十六年（1957）往前推四十年，約為大正七年（1917），然此項記錄不正確。（新竹，新竹縣文獻委員會，1976），頁124。卷九人物志，頁34、35。

（1899）的記載，他字拙齋，童生，所居的住址為新竹城南門口街仔一四九番戶，[25]這個地址即是龍王祠的所在地，應該是他任教私塾的場所，並非住宅。具上述資料可知查奉璋（鴻章）在光緒九年（1883）即在新竹開設私塾，這個私塾推估至少維持到明治末年（約1910）才停止。他是否有子嗣，目前無法得知。推估查奉璋應生於同治年間（約1862-1870），卒於日據大正年間（約1912-1925？）。

有關查奉璋的身世，陳朝龍（子潛，1859-1903）說光緒四年（1878）他掌教東門義塾，查元鼎的子孫查奉璋正好住在隔鄰，因父母雙亡，家境貧困，請求入塾學習，推測陳朝龍便引薦他進入義塾，因此而成為童生。讀書期間查奉璋拿出曾祖查元鼎之作，陳朝龍因此得見其作原貌，之後曾想替他出版，可惜力有不逮。然而查奉璋不知是四位兒子裡哪一位的後代，[26]查仁壽之子查濟森出生於咸豐十年（1860），查奉璋應該是他兄弟的兒子，在家族命名上應該是「美」字輩。所謂「父母雙亡，家境貧困」指的是查家第三代人丁凋零，難以維生。璋為美玉之意，合乎排行輩分命字之意。就姓名看來鴻、奉兩音以臺語讀之十分類似，應為同一個人，陳朝龍不查，將鴻記為奉，將璋記為章，其後轉抄資料，皆犯同樣的錯誤。

查元鼎來臺有四子，原皆隨其居住在竹塹，然到第四代日人據臺以後，子孫的訊息便十分少見。查奉璋等與蔡啟運、張純甫、葉文

25 總督府公文檔案資料為張德南老師二〇一三年七月一日協助調查的結果，特此感謝。個人於新竹文化局文獻室查得《新竹國語傳習所——臺灣總督府公文類纂》「新竹城內外書房調」有「南門外第一百四十二番戶」教師查奉璋，童生，兒童數二十人，開設年為光緒九年（1883）。其次為明治三十一年（1898）「新竹城內外書房現在調」戶籍為「南門外第一百四十九番戶」教師查奉璋，童生，生徒數三十九名。查奉璋學生數一直很多，尤其是明治三十一年（1898）的調查，他的學生人數遙遙領先其他書房。

26 查氏家族另有一位查奉璋，字情田，係嘉慶四年（1799）的秀才，洪永鏗、賈文勝、賴燕波著，《海寧查氏家族文化研究第二章查氏家族科甲之盛》三、秀才記載，頁43。

樞、鄭家珍、戴還浦等竹塹知名漢學家幾乎沒有往來，也沒有參加竹梅吟社、耕心吟社、讀我書社、柏社等詩社活動，檢讀相關資料皆未見其參加聯吟、擊缽、酬唱的作品。由於缺乏在地的參與，文友的切磋，許多訊息便無從知悉，這是十分遺憾的事。根據昭和十年（1935）新竹市的戶口資料，當時全市已無查姓人士居住，[27]臺灣光復後，新竹地區才再出現查姓人士遷入。[28]日據時期的戶口調查於明治三十九年（1906）開始，為統治的必要，登錄資料十分詳細。經查詢全臺日據時期戶籍登記記錄，皆無查丙麐、查濟琛、查奉璋或查鴻章之名。推測當時查奉璋已過世、離臺或不願成為日本國民，故沒有戶籍登記資料。相關資料中有一位查奉璋生於民前九年（1903，光緒28），祖籍安徽，為光復後來臺人士，居住臺北。安徽查氏雖與浙江查氏同源，其姓名也正巧相同，然而可知並非同人。查元鼎後世子孫在臺情形，迄未得知，還待後續努力。[29]

三　查元鼎著作考述

族譜上的記載，查元鼎著有《草草草堂詩集》、《軟紅院遊草》兩本詩集。《軟紅院遊草》未刊行，查元鼎又號紅舫，應與此詩集命名有關。此外他有《百壽印譜》及《司空圖廿四詩品印譜》傳世。其作

27 新竹文化局文獻室藏，昭和十年（1935）新竹市戶口資料影印本。

28 為追索查元鼎的後人，於七月中旬分別致函新竹東區戶政事務所及北區戶政事務所請求協助，七月二十六日獲得回覆，沒有查到相關記錄。特此感謝新竹東區戶政事務所及北區戶政事務所的協助。

29 根據相關資料二〇一三年七月九日查訪新竹市查〇城先生，祖籍為河南，民國三十八年父親來臺，落籍新竹。新竹縣湖口查〇盛先生，民國三十八、九年隨軍來臺，祖籍安徽，亦非查元鼎後裔。另有高雄查忠〇先生，臺北市查美〇講師，臺北大學查〇助理教授皆為臺灣光復後來臺人士之後，皆非查元鼎後裔。另七月十六日電詢「新竹市殯葬管理所」，經協查轄內十二所納骨塔名冊，皆未見有查元鼎以下家族的入塔記錄，不能確知家族是否葬於新竹。

名為《草草草堂詩集》，然而就在臺灣刊行的部分作品，如連橫、王松、王石鵬、陳朝龍、黃美娥等皆以《草草草堂吟草》稱之，故詩集應名為《草草草堂吟草》較為妥適。《草草草堂吟草》原有四卷，陳朝龍說因查元鼎曾孫查奉璋之故，他得到手抄本全卷，然光緒十二年（1886）為桐城馬君借閱，返還後失去首卷，已不全，故有僅存三卷的說法。其後又有散失，所存不多。其作品的數量目前以黃美娥所蒐集的最完整，刊行於《全臺詩》的約近二百首[30]。有關他的詩作總數，〈祭詩〉一詩說自己的詩作累積有千首之多，然而有部分失似乎不合時宜，故有所刪減：

> 詩卷長留天地間，尊稱無佛亦癡頑。瓣香處效南豐祝，斗酒狂躋太白班。
>
> 莫誚稿頻千首著，卻勝錢積一囊慳。鳴春鳴夏都成籍，語涉傷時仔細刪。[31]

詩中說自己因為頻頻寫作，故累積有千首之多。至於作詩的理由是詩作可以流傳千古，價值非金錢可以比擬，李白恣縱詩酒，曾鞏以道入詩，是他模仿傚慕的對象。《軟紅院遊草》一書未見，就其書名來看，應是仿李商隱、溫飛卿、王昌齡等冶遊豔情之作，內容應該是傳統男性走馬章臺，依紅偎翠，故作風流的習氣。這類作品在《草草草堂吟草》亦有不少。《草草草堂吟草》、《軟紅院遊草》應有不少選錄於《海昌（寧？）查氏詩鈔》等集子中，尚待進一步查考。[32]

---

30 施懿玲主編，黃美娥編校，《全臺詩》第六冊，頁293-348。

31 施懿玲主編，黃美娥編校，《全臺詩》第六冊，頁329。

32 參見金文凱，〈論希見稿本《海昌查氏詩鈔》〉一文，文中述及《海昌查氏詩鈔》中收錄有查元鼎的詩作。金文凱將「海寧」誤為「海昌」，這是因為字形類似之故。

（一）《草草草堂吟草》

查元鼎《草草草堂吟草》命名緣由為何，未見作者說明，相關論著迄未有定論。《臺灣詩乘》說：「海甯查小白明經元鼎，咸豐初游幕臺灣，遂居竹塹。沒後詩多遺佚，新竹王石鵬搜其稿，名曰《草草草堂吟草》。」[33]此段話有不少可斟酌處，其一查元鼎道光年二十八年（1848）左右來臺，非咸豐初年。詩集之名及內容為小白晚年自行編定，與王石鵬無關。一般皆以查元鼎流寓臺灣，仕途無著，生活困窘，處境狼狽潦草，故以此為詩集名。以「草、草、草」三個字聯綴，屬於疊字的用法，在修辭上具有很強的效果，目的在更凸出艱苦潦草的情狀。然而這樣的命名的詩集，似非獨創，在同一時代前後，名稱相類的著作有幾本。例如出生於乾隆二十三年的黃純嘏（1758-1823），字錫之，號夢餘，善於丹青亦能作詩。在揚州建有「草草草堂」，與友人在此堂賦詩雅聚，結集有《清嘯軒稿》、《南遊草》、《泰岳紀游》、《草草草堂詩選》等詩集。《草草草堂詩選》詩集在道光二十四年（1844）由子孫、孫婿等聚資刊印，內容「大率中年以後遣興之作」。[34]此外與查元鼎同時代廣東東莞地區，有兩本詩集與一棟園林建築的命名，與此十分相類。

其一為蔡召華的詩作，蔡召華出生於嘉慶二年（1797-？），字清儀，號守白，又號吾廬居士、冷道人。廣東東莞人。道光十六年（1836）附貢生，著有《愛吾廬詩鈔》六卷、《草草草堂草》四卷、《細字吟》六卷、《綴玉集》四卷等；小说有《笏山記》、《駐雲亭》等。《草草草堂草》（殘本）於咸豐六年（1856）成書並刻板印行。這本集子成書的緣由，在這本詩集的作者自序可以見到：

---

33 連橫，《臺灣詩乘》卷四，頁179。

34 引見趙春暉〈李汝珍家世新考〉，《明清小說研究》（南京市，江蘇省社會科學科學院文學研究院，2012）第3期，頁240。《草草草堂詩選》道光年間刻本，國家圖書館藏。

> 癸丑（1853）丁艱，余年已過五十。回憶師言，《細字吟》遂止於此。厥後身經離亂，天時人事，棖觸老懷，有所感遂不能無所發，復有《草草草堂之草》……因併前新、舊兩集，俱付梓人，聊恍老人心眼。[35]

序中說自己《細字吟》寫成之後，已至垂老之境，人間苦難讓他感觸良多，故不得不藉詩篇抒發惆悵。這本殘缺的詩集，目前僅餘四十餘首。蔡召華一生的著作以《笏山記》最為知名，學者陳澧對這本言情小說其評價很高：「國朝說部之書，紅樓外，此為第一。」就《草草草堂草》所餘的作品來看，多為愁悶感懷，記敘離亂之作。[36]

另外一本為何仁山的《艸艸艸詩草》。何仁山（1811-1874），字頤上，號梅士，東莞城北郊新沙坊人。道光十二年（1839）縣學生。林則徐（1785-1850）道光十九年（1839）任兩廣總督，舉行粵秀、越華、羊城三書院觀風試，何仁山被取為第一。道光二十九年（1849）中舉人式第一名。後因抗議縣令丘才穎行事貪酷，間接造成秀才黎子驊自刎，因此參加「紅條罷考案」。事發之後，為逃避追捕，逃難於河田。咸豐七年（1857），英法聯軍攻陷廣州，何仁山與地方士紳組織鄉團，捍衛東莞。晚年主講於東莞寶安書院，著有《鋤月山房文鈔》、《艸艸艸詩草》等。《艸艸艸詩草》目前有手稿本及刻本注釋本流傳，被認為在東莞地區的文學發展史上具有很高的價值。[37]

---

35 蔡召華撰，歐貽宏整理，《蔡召華詩集》（上海市，上海古籍出版社，2001），頁333。本書共收錄《愛吾廬詩鈔》六卷、《細字吟》六卷、《綴玉集》四卷以及《草草草堂草》殘卷。

36 蔡召華撰，歐貽宏整理，《蔡召華詩集》，頁333-353。

37 見《鋤月山房文鈔》、《艸艸艸詩草》前序，這兩本詩文集皆為蔡召華弟子鄧蓉鏡協助刊刻，《艸艸艸詩草》刻於光緒十年，《鋤月山房文鈔》刻於光緒十六年。《鋤月山房文鈔》得名於何仁山自築的書房，《艸艸艸詩草》命名原因未詳。國家清史編此外「草草草堂」也是廣東東莞知名林園「可園」中的一棟建築。「可園」創建人張敬修（1823-1864），字德圃，亦作德父。平定太平軍之亂有功，歷任廣西平樂、柳州、梧州等知府，官至廣西按察使、署理布政史。對金石書畫、琴棋詩賦等頗為愛好，收藏甚富。這座園林始建於道光三十年（1850），至同治三年（1864）基本完成，園成之後常有文人雅士聚會。詩人張維屏、鄭獻甫、簡士良、陳良玉、何仁山等皆常在可園作客聯吟。篆刻名家徐三庚也曾在可園教學，嶺南畫派的鼻祖居巢、居廉曾是他的幕僚。居巢、居廉在可園客居十年之久，開創了嶺南畫派。[38]此外王耀忠輯錄人張敬修、張嘉謨、張崇光、張伯克一門四代刻印及用印為《可園印存》四冊，可見其家族在篆刻治印方面頗具成就。[39]這座可園因藝文雅士的聚集，曾為清代廣東享有盛名的林園，荒廢一段時間後，近年又重新加以改建，恢復舊觀。目前可園大門的左側即為「草草草堂」。此堂之得名是因張敬修為紀念自己的戎馬生涯而闢建，建築十分費心，歷時多年，並非草草而就。《草草草堂序》記載：「歷憶平生督師戰守時，茹塵飯沙，帷灌席莽。偶爾饑，草草具膳；偶爾倦，草草成寐；晨而起，草草盥洗。洗畢，草草就道行之。」說明了參戰時兵馬倥傯的混亂，以此三種潦草的生活情狀，作為命名的緣由。[40]

由以上的資料顯示查元鼎的《草草草堂吟草》命名，並非無所本。黃純嘏所居之處為繁華富庶的揚州，詩畫風流，知名一時。蔡召華、何仁山、張敬修皆為東莞人。何仁山長於張敬修十二歲，蔡召華

纂委員會．清代詩文集彙編編纂委員會：《文獻叢刊．清代詩文集彙編644》（上海，上海古籍出版社，2010）。

38 鄧穎芝，〈東莞可園主人──張敬修〉，頁32。

39 參見王耀忠輯錄：《松蔭軒藏印譜圖錄初稿》（2），http://www.booyee.com.cn/bbs/thread.jsp?threadid=167502等資料，21013年6月20日檢索。

40 參見「東莞可園：水流雲自還適意偶成築」http://big5.huaxia.com/ly/jxla/dl/2013/02/3202203.html，2013.6.16檢索。

（1797-?）年紀長於何仁山十四歲，也比查元鼎（1804）年長七歲。張敬修率領東莞鄉勇與太平天國軍士接戰，立下戰功，名震一時。太平天國之亂由道光三十年開始（1850-1864-1874）同治三年（1864），清廷攻克南京為止，東南半壁江山陷入混亂中。這也在臺灣的查元鼎非常關心的問題，動亂過處浙江海寧查氏家族受難者亦不少[41]。《草草草堂吟草》中的〈哀江南有序〉、〈將軍行〉、〈感賦〉、〈異聞吟有引〉、〈作書寄九弟有淦〉等詩，都是反映、議論這個動亂的作品。張敬修興建的「可園」召來金石、書法、詩文、琴藝各類人才，聚集一處，在藝壇上盛名遠播，查元鼎中年之前皆在東南地區游幕，對此「名園」當有所知。何仁山本即為可園的嘉賓之一，詩集命名為《草草草堂詩草》，由此看來應是其來有自。蔡召華《草草草堂草》之作完成於可園修建時期，詩作充滿滄桑沉鬱之感，張敬修則為紀念軍旅生活，戰事紛擾的情境。

目前所見查元鼎《草草草堂吟草》詩作內容多樣，包括「表達心境、反映時事、往來酬唱、課題詠物」[42]等等，主題及內容十分多樣，風格不拘一體，頗匯諸家之長。詠妓諸作、擬古樂府諸作、〈擬子夜歌〉、〈集連昌宮詞〉等具有浪漫、綺麗氣息。然就其「表達心境」一類的詩作如〈歲暮抒懷〉、〈癸丑元日試筆〉、〈典衣慰家人〉、〈五十初度〉等作品，則充滿不遇的愴然、經濟困窘的苦悶，此類作品則與蔡召華《草草草堂草》同調。綜上所述，首先冠「草草草堂」之名的為黃純嘏，既為建築名亦為詩集名，其後則為東莞地區蔡召華、何仁山的詩集名以及張敬修可園的建築名。然則蔡召華、何仁山的詩集中不知何故，未見提及張敬修的可園，其中緣故還待考論。陳朝龍〈草草草堂吟草小引〉有言，查鼎元文章甚富，然大半佚失於戰

41 見許博霈等原纂，朱錫恩等續纂，民國十一年排印本，《海寧州志稿》卷三十人物志忠義清代相關記述（臺北，成文出版社，1983）。

42 施懿玲主編，黃美娥編校，《全臺詩》第六冊，頁239。

亂遷徙之中，「是編乃其晚年撿拾剩稿，手自抄錄存於家者也。」[43]《全臺詩》中查鼎元有〈同治元年元旦試筆〉之作，同治元年（1862）他五十九歲，這是可以確定年代最晚的詩作，其他詩作是否有晚於此，因無繫年；詩作中亦無法辨讀，故無法判斷。《草草草堂吟草》的成編及定名，應該晚於這個時候。其內容雖多樣，體例、心境皆有不同，然而是在晚年窮困之時編訂，以「草草草」命名，自然有鬱悶、潦倒，不能周全的困頓感。綜上所述，將相關內容整理表列於下：

作者	生卒年	作品、建築	刊刻、結集、建築時間
黃�瑕	（1758-1823）	「草草草堂」、《草草草堂詩選》	道光二十四年（1844）
蔡召華	（1797-？）	《草草草堂草》	咸豐六年（1856）
張敬修	（1823-1864）	「草草草堂」	道光三十年（1850）至同治三年（1864）
查元鼎	（1804-1870）	《草草草堂吟草》	同治元年（1862）至同治九年間（1870）
何仁山	（1811-1874）	《艸艸艸詩草》	手稿本寫定於同治三年（1874）年以前，木刻本於光緒十年（1884）出版

（二）《百壽印譜》及《司空圖廿四詩品印譜》

查氏家族善於書、畫、篆刻治印的很多，如《海寧州志稿》中記載查璇繼著有《印譜》二卷，查濟昌「工詩擅書，能辨古彝器」，查昇「工書法、石刻」，《海寧查氏》族譜中說查仲誥「擅長書畫兼擅篆

43 引見黃美娥，〈笑看人生麗句寫愁——清代竹塹地區流寓文人查元鼎及其詩作〉，《竹塹文獻》第18期，頁9。

刻」。[44]金文凱的〈論希見稿本《海昌查氏詩鈔》〉選錄了查元鼎的詩作，稱讚他工於書翰。此外提到查元鼎堂弟查有礽精於「篆刻書法」，尤其能夠「一寓目」便可鑑別書畫金石的真偽，[45]可見其鑽研之深。由上資料可知，篆刻治印這項文雅的技藝在海寧查氏來說，是家學淵源，代有人出的。

王松（1866-1930）的《臺陽詩話》說：

> 查少（應為小）白能詩，既見於前卷矣。然其餘事，又工篆刻。……其孫奉璋以素紙印成卷帙贈余，余珍如拱璧，時出展玩，猶想見其運腕下刀時也。[46]

《臺灣省新竹縣志卷十一・藝文志》說：

> 竹塹文人之能金石者，乾、嘉間代有其人。最著名者，為道光晚年寓客潛園之查元鼎。……少（應為小）白所做之金石，當時人嘆為觀止。其遺留作品有《百壽圖章》，《司空圖詩品》共二百餘石，古雅可愛，神、妙、能三品具備。其孫奉璋，曾印成卷帙以贈摯友，得之者珍若拱璧。[47]

44 許博霈等原纂，朱錫恩等續纂，民國十一年排印本，《海寧州志稿》卷十三典籍，頁1438、1448、1486（臺北，成文出版社，1983）。查濟民主修，《海寧查氏》（香港，中國書畫出版社，2006），頁2085。

45 金文凱，〈論希見稿本《海昌查氏詩鈔》〉，《文學遺產》2010年第5期（北京，中國社會科學院文學研究所），頁129-132。此「海昌」應為海寧之誤，因「寧」的寫法易誤為「昌」，臺灣文獻中亦多將海寧寫為海昌者。《海昌查氏詩鈔》這本詩集輯錄了浙江海寧查氏家族，由第五世以下十五代人的詩歌作品，時間由明成化年間到清同治末年。此書收錄了詩人二四四人，詩三五三九首。

46 王松，《臺陽詩話》卷下（臺北，臺銀本，臺灣文獻叢刊34，1959），頁70。

47 黃旺成監修，《臺灣省新竹縣志卷十一・藝文志》，頁26、27。目前所見竹塹相關書畫輯印本如蘇秋錄，《竹塹古今書畫錄》，1980，洪惠冠主編，《竹塹先賢書畫專查元鼎的百壽圖章，司空圖詩品圖章已不得見，僅有《百壽印譜》及《司空圖廿四詩品印譜》存世，尚能見到其篆刻治章的功力。兩印譜現存臺灣大學圖書館特藏室，收藏者原為新竹知名文士、書畫收藏家魏清德（1888-1963）。印譜並非查奉璋分送同好、摯友的卷帙，刊印者為李逸樵。兩印譜皆製作精善，印章筆畫遒勁，形構典雅，或方或圓或長或短，頗為多樣，陰刻、陽刻技巧多變，為難得的佳品。李逸樵（李逸樵子）（1883-1945）臺灣新竹人，名祖唐，字逸樵，以字行，又字翊業，別號雪香居士，旌表孝子李錫金之孫。李逸樵與張純甫並稱為日據時期新竹兩大書法家與鑑藏家。[48]據《司空圖廿四詩品印譜》書前魏清德的說明，這本印譜與《百壽章印譜》，是李逸樵子「同時割愛贈余」，時為庚申（大正九年1920）孟春。《司空圖廿四詩品印譜》為線裝本，書名之下有「雪香房逸樵子珍藏」，出刊年月不詳。印章共七十二顆，每顆十六字，錄《廿四詩品》全文共一一五三字。《百壽印譜》書名之下有「逸樵子珍賞」，印章共一百顆，型制不一，各體均備，之前為「石原文庫」珍藏品之一。「石原文庫」為日據時代《臺灣日日新報》負責人石原幸作的收藏品，石原幸作（1872-1938）號西涯漁史、西涯逸人、鼓溪漁人，晚號三癖老人，雅好收藏古物及金石篆刻，本身亦精通篆刻。石原幸作去世後第二年，收藏品在臺北《臺灣日日新報》報社舉行拍賣，主要藏品大多為士林芝山巖的臺北帝國大學預科購得。因收藏品較特殊，其後臺灣大學圖書館以「石原文庫」之名，專門典藏他的文物。[49]根據臺灣大學圖書館特藏室的《百壽印譜》有「西涯珍藏」印一枚，書的封面有

輯——鄭再傳收藏展》1995，張德南編，《竹塹先賢書畫集》1998，黃美娥編，《魏清德舊藏書畫展》，2007。都未見其字、畫、篆刻等留存。

48 《臺灣歷史人物小傳——明清暨日據時期》（臺北，國家圖書館印行，2003），頁179。

49 李中然，〈臺灣大學石原文庫所藏印譜略述：石原幸作及其印譜收藏〉，《大學圖書館》12卷12期（臺北，2008年9月），頁171-190。

「林知義署簽」，書末有魏清德的後記。林知義為新竹知名士紳林鼎梅長子，字問漁，幼名義津，號寒泊，別號遂園未叟，生於清同治十三年（1874）。光緒十七年（1891）臺北府學秀才。日人據臺初期，協助日軍穩定地方，與日本殖民政府關係良好。[50]魏清德後記的年分記載的是大正九年（1920）冬十一月。李逸樵刊印的兩本印譜，在大正九年贈予魏清德，推測魏清德再轉讓《百壽印譜》給石原幸作，之後為臺大購藏。《司空圖廿四詩品印譜》來源為何，與查奉璋有何關係？就印譜來看，並非查奉璋所刊印送給友人的那批作品，王松所得的亦非李逸樵刊印的版本，其間因緣不得而知。李逸樵又為何將兩印譜贈給魏氏，皆尚待考察。[51]

魏清德對兩印譜均寫有附誌，內容大多套用連橫之作，頗多訛誤，然而在《百壽印譜》文章後段敘及一段傳聞的史事，則具參考價值。文中說查元鼎遺世的百壽圖章和司空圖廿四詩品章原作「其石聞皆為謝介石攜去」[52]，這是許多載記中沒有明說的部分。《司空圖廿四詩品印譜》也僅說「百壽章及詩品印譜為竹人所得」。未點名何人所得[53]謝介石（1878-1946）亦為日據時期新竹人知名人士，一生事蹟頗為戲劇化，頗為新竹人所津津樂道。謝介石去到中國大陸後，曾協助張勳進行復辟行動，事敗後住在天津租界地「松島町」。這兩百多個印章（兩印譜章共一百七十二顆）被其攜往中國，下落如何無法知

---

50 見文化部，《臺灣大百科》http://taiwanpedia.culture.tw/web/content?ID=9637，2013日6月16日檢索。另見《臺灣列紳傳》，臺灣總督府（臺北，臺灣日日新報，大正五年4月），頁36-38。曾任五股坑區長、庄長，兼任貴子坑區長。又曾擔任臺灣總督府史料編纂委員會顧問、私立臺灣商工學校講師，臺北市第三高女教務囑託等職，以書法知名於世。著作有《林知義手鈔》一冊，《步禮亭小稿》一卷。

51 兩印譜現存臺灣大學圖書館特藏室，《百壽印譜》保存狀況尚佳，《司空圖廿四詩品印譜》則須整理修補。因礙於特藏室各項規定，遺憾未能進行更詳細的研究。

52 見魏清德《百壽印譜》附誌。

53 見魏清德《司空圖廿四詩品印譜》附誌。

道。魏清德這篇文章寫於大正九年（1920）冬十一月。[54]彼時謝介石已因協助張勳復辟，成為知名人士。民國二十一年（1932）偽滿洲國成立，謝氏受溥儀重用擔任過外交部總長，及駐日本特命全權大使，國營事業董事長等職位。由於當時他顯赫的「成就」，許多臺灣人也追隨他到中國發展，許多新竹鄉親也以他為榮。日本敗戰後被捕入獄，以漢奸罪名判刑十年，一九四八年獲釋，一九五四年病死家中。王石鵬（1877-1942）於〈草草草堂吟草緒言〉言及「笠屐跨犢圖」藏於新竹謝氏家，所說可能即是謝家。[55]謝介石家世居新竹南門，自幼入私塾讀書，查元鼎自己及兒孫輩，頗多以教授私塾維生，南門一代在清末到日據初期可查得的資料中，正式與非正設立的書房、私塾至少有十餘間，[56]查奉璋（鴻章）在南門龍王祠開設私塾，南門龍王祠始建於同治年間，故此私塾存在的時間應在光緒年間到日據的昭和初期。[57]謝介石出生於光緒四年（1878），乙未（1895）讓臺之後學習日語，後就讀第一屆新竹國語傳習所，再東渡日本就讀明治大學。因地緣的關係，對書香世家的查氏家族必知之甚詳。謝介石深受傳統文化影響，能作詩，書法亦佳，查元鼎家族遺留具有藝術價值或市場價值的書畫、篆刻，他會加以收藏，應該是很合理的。然謝介石於昭和十年（1935）返臺後，將舊居出售，「笠屐跨犢圖」及百壽圖章、司空圖詩品圖章，是否確實為其所收藏，攜往中國大陸，其下落究竟如

---

54 見臺灣大學圖書館特藏室「石原文庫」《百壽印譜》。魏清德本身亦擅長書法，間有繪畫創作，收集清代及日人書畫、扇面等甚多，2007年國立歷史博物館編有《魏清德舊藏書畫》一書。

55 引見黃美娥，〈笑看人生麗句寫愁——清代竹塹地區流寓文人查元鼎及其詩作〉，《竹塹文獻》第18期，頁7。王石鵬亦做篆刻，亦有「百壽刻石」。參見http://memory.ncl.edu.tw/tm_new/subject/painting/55.htm，2013.7.10檢索。

56 武麗芳，《日治時期塹城詩社淺探》（臺北，萬卷樓圖書公司，2010），頁29-40。

57 新竹南門龍王祠始建於同治年間，光緒十三年重修。見黃旺成監修，《臺灣省新竹縣志．第四部》卷十一藝文志，頁55。龍王祠原址位於林森路七十一號附近，現已不存。

何，還待來者繼續考索。[58]

此外另一個重點是《百壽印譜》的刻治出自於誰的手筆，諸家說法並不一致。王松、石原幸作，魏德清等都認為《百壽印譜》是查鼎元所作，連橫則有不同的看法。《雅言》第一一五條說：「（陸）鼎之鐫石，臺南尚有；而仁壽有「百壽章」，現為竹人士所藏。」[59]似乎認為「百壽章」是查仁壽所篆刻的，查仁壽，能作詩有《靜軒詩稿》二卷（已佚），也能篆刻。是故《百壽印譜》中是否有查仁壽之作，或者為父子共同的創作，就現在所留的印譜來說，是很難分辨了。

四　在臺行跡

清代由大陸來臺者的官員或僚屬，大部分任期屆滿或機緣不再，便逕行離去，未再居留此地。不過也有些因為種種因素滯留於此，沒有返回故鄉。查元鼎與許多幕僚人士一樣，追隨主官做佐理的工作。若賓主相合，則得沾雨露，生活無虞。若與當道不合，則需另謀出路，或擔任塾師、躬耕壟畝、從事風水、命理等工作，勉強維生。無所遇者或謀生能力不足者，往往容易窮愁潦倒，落寞以終。

（一）入臺之前

查元鼎來臺前的經歷資料不足，故無法確實查知。王松《臺陽詩話》說「吾竹寓賢，有查小白明經（元鼎），海甯人，游幕十閩，為督撫上客。」[60]指出他之前主要在福建地區擔任幕僚工作。現就《草

58 謝介石昭和十年（1935）風光地返回新竹，主要任務是主持日本在「臺灣始政四十年紀念博覽會」項目之一的滿洲國的「滿洲日」活動，並為兒子鄭喆生完婚。在停留的八十天內，將南門的住宅賣掉，故其舊居也轉手他人了。見柯子鏞先生發言，謝嘉梁，《新竹市鄉土史料》（南投，臺灣省文獻委員會，1997），頁171。

59 連橫，《雅言》（臺北，臺銀本，臺灣文獻叢刊166，1963），頁53。

60 王松：《臺陽詩話》卷上，頁8。

草草堂吟草》存稿加以檢視，可以看出確實如此，〈輓臺灣令高南卿司馬鴻飛〉這首詩說：

……移治生韓地，初攄慕藺懷。萍蹤方惜別，萍島又相偕。逆旅叨分俸，冰銜喜晉階。天涯重聚首，樽酒話琴齋。[61]

詩中說在福建時與高司馬有交情，他是位「生原慈似佛」的長者，還曾給予資助，「逆旅叨分俸」一句即是感恩之說。高鴻飛（1797-1853）江蘇高郵人，道光二十一年（1841）進士，翰林院庶吉士，道光二十四（1844）散館，改選福建福鼎縣，次年改晉江縣。道光二十八年（1848）二月，東渡攝彰化縣，旋調攝理鳳山縣，之後奉檄返彰化本任。咸豐二年（1852），調臺灣縣，三年（1853）二月，內地太平天國軍定鼎南京，閩南的天地會會眾連續攻下沿海廈門、漳州等十餘城，臺灣會眾跟著騷動。高鴻飛基於職責，聞南北兩路揭竿起義，便出兵平亂，同年四月二十九日午時於臺灣縣灣裡街，不敵起事民眾，死於亂軍之中。[62]高鴻飛奉調來臺前，都在福建為官。詩中所記可知查元鼎也是在道光二十七年、二十八年（1847、1848）來到臺灣，「萍島又相偕」、「天涯重聚首」講的就是這個因緣。不過看得出來他在福建的游幕生活也不甚得意，生活困難，還需高鴻飛濟助。道光二十七年（1847）九月分巡臺灣兵備道熊一本，因處置郭洸侯事件不當，受命撤回內地酌補[63]，十二月再度回任同職。查元鼎應該就是在熊一本回福建時，跟隨他擔任幕僚，並在十二月或

61 施懿琳主編，黃美娥編校，《全臺詩》第六冊，查元鼎，頁319。

62 徐中幹，《斯未信齋文編》，〈高南卿司馬行狀〉（臺北，臺銀本，臺灣文獻叢刊，1960），頁147-150。

63 「酌補」，是官員因事故如：丁憂、終養、降革、病假，暫時解除原來的官職。一旦事故消失，回復原官或至其他部門任職稱作「補」。見許雪姬，《清代臺灣的官僚體系——北京的辮子》（臺北，自立晚報文化出版社，1993），頁26。

二十八年年初時攜全家渡海來的。[64]

王衢（小泉）是一位查元鼎由年輕到年老的好友，年齡稍小幾歲，兩人酬唱之詩很多。王衢道光二十八年（1848）來臺任下淡水巡檢，咸豐三年（1853）卸任，咸豐八年（1858）任臺灣縣知縣，咸豐十年（1860）任噶瑪蘭通判，同治二年（1863）任鳳山縣縣令。[65]王衢的〈寄查小白〉一詩是首歷敘兩人數十年交情的詩作，詩中曾提及兩人年輕時即相識，當時相攜相與非常投契「我方抱綠綺，君正賦紅蕖……看山必與偕，判花必與俱」，後來各奔前程，三年過後兩人又在福州（榕市）重逢，「分襟三載後，榕市劇愁予。忽報元度來，真長已先趨；掀髯各大笑，有如償夙逋。」[66]再度重逢，同樣的詩酒徵逐，十分相得。查元鼎〈王小泉衢權頭圍貳尹寄詩代柬依韻答之〉則說：「磨盾草飛檄，昔曾溫陵俱」[67]，溫陵即泉州，兩人除了福州，也曾在那兒共事。另〈寄查小白〉詩說曾有消息聽說查元鼎到澎湖暫居「前年得喜信，聞君客澎湖」，查元鼎曾在澎湖居住過一段時間，協助賑災的工作，〈王小泉衢權頭圍貳尹寄詩代柬依韻答之〉有「哀鴻嗷澎島，芻粟輓征途」詩句，所詠的就是這件事，《草草草堂吟草》錄有〈澎湖竹枝詞〉，應該就是當時所作。[68]

由以上的詩作看來，查元鼎在福建的福州、泉州等地擔任幕僚的工作，經歷約有二十年，然而並沒有謀得官職，發展亦不順遂。

---

64 原任分巡臺灣兵備道的熊一本之所以「受命撤回內地酌補」，是因為道光二十六年郭洸侯抗糧事件處理不當，與臺灣知府仝卜年同遭降級處分。見《臺案彙錄甲集》卷二，〈吏部議奏郭洸侯案鎮道府處分摺〉（臺北，臺銀本，臺灣文獻叢刊31，1964），頁159、160。

65 《鳳山縣采訪冊》〈戊部/職官/下淡水巡檢〉，頁213。

66 王衢，〈寄查小白〉，《臺灣詩鈔》卷四（臺北，臺銀本，臺灣文獻叢刊280，1957），頁73、74。

67 施懿玲主編，黃美娥編校，《全臺詩》第六冊，查元鼎，頁313。

68 施懿玲主編，黃美娥編校，《全臺詩》第六冊，查元鼎，頁300~303。

(二)在臺歷程

1 瀛嶠腳蹤

在大陸不得意，生活困難，渡海來臺看看是否能有另一番發展。查元鼎用「饑驅」來形容赴臺只是為了滿足基本需求而已，〈王小泉衢權頭圍貳尹寄詩代柬依韻答之〉說：「舉家同泛宅，海外事饑驅。」[69]〈題馬雲伯貳尹克惇課詩彙編〉說：「掄元慳桂籍，作吏駐蓬萊。同是饑驅客，相憐磊落才。」[70]因科考不遂，謀官無成，只好來臺灣做幕僚，以謀取溫衣食飽。前詩言「舉家同泛宅」是說來臺時是全家同行的，包括了元配妻子陸氏（1803-？）、側室許氏（1824-？）及四個兒子，仁壽（1832-？）、人寅（1842-？）、丙麐（1846-？）、佺（1848-？），一行共七人（不知是否有僕役）。這樣的方式，在當時非常少見。查元鼎來臺時已四十五歲，查仁壽十六歲、查人寅七歲、查丙麐三歲，最小的兒子查佺在那年出生。他一人要供養六口，且後面三子都很年幼，生活上十分艱苦。查元鼎來臺擔任的工作一般稱做「胥吏」，這個工作是在衙門各個科房主管文書、冊籍、帳目等，與主官的關係非常密切。[71]查元鼎的兩個兒子查仁壽、查佺，年長後也在衙門擔任胥吏的工作。查仁壽、查佺應該有參加成為正式官員的考試，故有候選、從九品的職稱。[72]

如前所述，查元鼎是跟隨熊一本來臺，故前十年主要居地在臺南府。熊一本分巡臺灣道的官職只再任了四個月便離職了，接任的為徐宗幹（道光二十八年四月任）、其後為裕鐸（咸豐四年四月任）、孔昭

69 施懿玲主編，黃美娥編校，《全臺詩》第六冊，查元鼎，頁313。

70 施懿玲主編，黃美娥編校，《全臺詩》第六冊，查元鼎，頁321。

71 許雪姬，《清代臺灣的官僚體系——北京的辮子》，頁22。

72 許雪姬，《清代臺灣的官僚體系——北京的辮子》，頁22。胥吏滿五年後，經過考核沒有過失，可以參加考試，按成績錄用為官員。

慈（咸豐八年三月任）、洪毓琛（同治元年三月任）、丁曰建（同治二元年十二月任）、吳大廷（同治五年五月任）。[73]查元鼎在徐宗幹、裕鐸、孔昭慈、洪毓琛手下都擔任過職位，《臺灣通史》說「同治元年，彰化戴潮春起事，淡水同知鄭元杰禮聘之。道出後壠，被擄，幾罹於死，平生著作盡沒。」[74]同治元年（1862）孔昭慈因遭戴潮春會黨圍城，兵敗城破遭到囚禁，後來仰藥自殺。查元鼎應該就在這段動亂不已的時候，離開彰化縣城北上。

查元鼎同治元年（1862）寓居竹塹之前，曾在咸豐年間遊歷噶瑪蘭，由〈楊輔山司馬承澤招赴蘭山阻雨雞籠〉、〈小雨初晴泛舟之蘭岡〉、〈龜山〉、〈仰山書院課士題擬作〉等詩，可以見到他曾應楊承澤之招到噶瑪蘭。楊承澤道光二十八年（1848）署澎湖通判，咸豐三年（1853）任噶瑪蘭通判，[75]這人也是他在大陸時期的舊識。招查元鼎去噶瑪蘭除了遊歷外，也請他在仰山書院為學生上課。另一在臺灣的故友馬克惇也曾與他有所往來〈得故人書感懷一首〉說：「故人傳尺書，來自梅花隴。上言思迢迢，下言髮種種。」[76]接此書時馬克惇還未到臺灣，查元鼎來臺後第二年即道光二十九年（1849），他也來臺灣任下淡水縣丞，之後轉任艋舺縣丞，一直到咸豐三年（1853）卸任。[77]〈題馬雲伯貳尹克惇課詩彙編〉說：「詩筒傳譯使，情勝隴頭梅」，[78]可見昔日交情。「隴頭梅」出自唐代詩人宋之問的〈題大庾嶺

73 劉寧顏，《重修臺灣省通志》卷六〈文教志、教育行政篇〉（南投，臺灣省文獻會，1994），頁44。

74 連橫，《臺灣通史》，頁1061。

75 陳淑均，《噶瑪蘭廳志》卷二（中），〈職官／官秩／噶瑪蘭通判〉（臺北，臺銀本，臺灣文獻叢刊160，1960），頁58。

76 施懿玲主編，黃美娥編校，《全臺詩》第六冊，查元鼎，頁324。

77 《鳳山縣采訪冊》〈戊部／職官／下淡水縣丞〉（臺北，臺銀本，臺灣文獻叢刊73，1960），頁204、205。

78 施懿玲主編，黃美娥編校，《全臺詩》第六冊，查元鼎，頁321。

北驛〉:「明朝望鄉處，應見隴頭梅」[79]，「梅花隴」、「隴頭梅」皆指的是故舊之情。馬克惇請他協助的也是「課詩」方面的文字工作。

據連橫的說法，淡水同知鄭元杰禮聘他協助政務，同治元年（1862）北上，在後壟地區（現苗栗縣後龍鎮）遇到亂民，失去訊息。鄭元杰與林占梅、鄭如梁等出動軍民尋找，還好一家人倖免於難。鄭元杰本籍浙江，出身義首，曾於咸豐元年（1851）任臺灣府臺灣縣知縣，咸豐三年任鳳山縣知縣（1853），同治元年（1862）任淡水撫民同知。當時淡水廳的廳舍即在竹塹，查元鼎便寓居此地，此時他的身分介乎官民之間。雖常與林占梅等地方士紳往返，但似乎並不得意。或許困於「器高位卑」的心態，不願與「俗人」多做往返。〈王小泉衢權頭圍二尹寄詩代柬依韻答之〉自述：「生平性忤俗，惟君鑑區區。……傲骨支嶙峋，空教鬼揶揄。」[80]《臺灣通史》說他「性耿介，嬾於徵逐；稍拂意，輒去不可留」，[81]經常與人多忤，不知逢迎，不知善事主官，所以屢遭挫折。到竹塹後，因為文才甚高，很受到推重，林維丞（薇臣、奕圖，1822-1895），[82]有一首詩讚美他：

> 堂堂旗鼓壯瀛東，多少名流拜下風。萬里波濤供嘯傲，一囊琴劍老英雄。
> 諸侯倒屣爭迎客，海賈求詩願識公。我亦騷壇稱弟子，心香一瓣禮南豐。[83]

查元鼎元出身海寧查氏，名滿天下，本身能寫詩又精擅篆刻，所

79 胡震亨編，《唐詩統籤》第一冊卷五十七，宋之問（三）（上海，上海古籍出版社，2003），頁242。

80 施懿玲主編，黃美娥編校，《全臺詩》第六冊，查元鼎，頁313、314。

81 連橫，《臺灣通史》，頁1061、1062。

82 林亦圖，初名維垣。閩縣人。寄籍淡水竹塹。補弟子員。著有《潛園寓草》二卷。

83 連橫，《臺灣詩乘》卷六（臺北，臺銀本，臺灣文獻叢刊64，1960），頁251。

以慕其名者甚多。「禮南豐」一語說出了查元鼎詩作特色，曾鞏，字子固，北宋建昌南豐人，學者稱南豐先生。查元鼎主要的詩作風格與其祖輩查慎中相似，以宋詩為宗，然就其詩集來看，並非僅有一體。許多旖旎浪漫語，是道學先生不願從事的。林維丞之詩雖十分讚譽，然而實際情況恐非如此得意。《臺灣省新竹縣志》記載他設帳於西門潛園，且主要依教授私塾維生。[84]

就《草草草堂吟草》的詩集來看，查元鼎曾返回福建謀求發展，〈十二月二十六日自安溪返櫂〉說：「歲暮猶行役，塵勞已可知。孤舟游子夢，千里故人思。」[85]指出自己在年終歲暮，仍然奔波於旅途之中，由安溪坐船返航。〈返櫂省門病榻慨古〉引用大量典故，說出了他在福建省城無所遇的苦悶：

> 韓昌黎作送窮文，石季倫因富殺身。地下劉伶改姓金，世人畢竟重錢神。
>
> 奸雄自古忌才名，不敢無辜殺正平。看到文姬歸漢日，阿瞞猶重故人情。[86]

詩中說回到福州尋找故人，但以前詩酒風流之友，現在以錢為重，不再顧念交情。他說就算曹操這樣的奸雄，尚知敬重文人，不敢殺禰衡，還花重金贖回陷於胡人之手的蔡文姬。這首詩充滿憤懣之情，推測沒有結果後，又再度回到臺灣了。

---

84 黃旺成監修，《臺灣省新竹縣志．第四部》卷七教育志，頁32。書中記載查元鼎設帳時間為咸豐年間，應不正確。

85 施懿玲主編，黃美娥編校，《全臺詩》第六冊，查元鼎，頁340。

86 施懿玲主編，黃美娥編校，《全臺詩》第六冊，查元鼎，頁340。

2 滯臺悲情

雖然對自己海外的「豪遊」、「壯行」曾有所期望，然而並未如願，生活狀況窘迫。這在〈歲暮書懷〉詩中有所表露：「處世莫如窮耐久，澆愁除卻酒無功。英雄識字猶餘事，妻子號寒尚古風。」[87]他說舞文弄墨其實不是最重要的事，不能讓妻子吃飽穿暖，只能在窮困中借酒澆愁，實在感到慚愧。〈典衣慰家人〉則故作灑脫，自我解嘲：「有衣可典不為貧，今日油鹽昨日薪。」臺灣動亂不斷，人們的生活都很辛苦，「況是干戈猶未靖，豈宜溫飽更求人。」實在難以再去求人協助，只好以「聖賢自古生憂患，兒女須知耐苦辛。」來勉勵兒女們要忍耐。境況如此，只能無奈地說「客邸漫愁資用絕，高歌閉戶樂天真。」[88]

敘述在臺的情況以〈放言仿白香山體〉一詩最為寫實，他說來臺經歷了十年（咸豐八年，1858？）仍家無恆產：「我無半頃田，亦無一椽屋。海外十年游，中書頭已禿。」經常「三月不知肉」，鄰居中午煮飯「兒女啼枵腹」，妻子沒有完整的衣服穿，要典當頭上的金釵才能煮點粥吃。雖不服老，心有不甘，「我豈老悖哉，戢翼甘雌伏。」[89]但也無計可施。至於他為何離開僚佐的位置，並沒有充分的史料可以說明，〈放言仿白香山體〉的後段略有所指：「君子慎出處，小人競爭逐。所遇非其人，雲雨手翻覆。不灑阮籍淚，不問詹尹卜。」[90]指出自己所遇非人，不能相合，又遭善於翻雲覆雨的小人撥弄，隱約指出離職的原因。雖是如此但自己無意怨天尤人。

在臺灣既不得志，他也有不如歸去的念頭〈嬉春三十首〉說：

---

87 施懿玲主編，黃美娥編校，《全臺詩》第六冊，查元鼎，頁316。

88 施懿玲主編，黃美娥編校，《全臺詩》第六冊，查元鼎，頁329。

89 施懿玲主編，黃美娥編校，《全臺詩》第六冊，查元鼎，頁328。

90 施懿玲主編，黃美娥編校，《全臺詩》第六冊，查元鼎，頁328。

「封侯何處覓，遠客不如歸」[91]，〈和郭雲裳茂才鄉錦見贈元韻〉說：「浮家瀛海外，作計太無聊。西浙縈歸夢，東風阻客橈。」[92]想回去但總有些遲疑，當時大陸東南半壁戰亂頻仍，故鄉都被攻陷，也讓人止步。〈異聞吟〉說因商船來臺，傳言賊人已攻入浙江，海寧也陷落，殺戮甚重，滿目瘡痍「僕家住浙杭，客游瀛嶠，故鄉多難，棖觸于懷，以詩當哭。」[93]寫信給堂弟查有淦的家書〈作書寄九弟有淦〉說「半壁東南猶戰鬥，一家兒女幸團圓。......知是客愁牽兩地，加餐努力報平安。」[94]故鄉戰亂，在臺灣的他們幸運的一家平安團聚在一起，不必擔心遭波及。這樣的狀況下，此地雖也盜賊萌起，但比較起來一動不如一靜。

然而滯留在此地多年，久未有發展令人氣沮。〈感賦〉說：「黃花應笑我，白首未還家。故國正戎馬，年年負物華。」[95]〈歲暮書懷〉：「競爭得失笑雞蟲，溷跡東瀛歲又終。」[96]一年又一年的過去，頭髮都白了，仍「溷跡」在此，頗有老大徒傷悲的感慨。表達這種進退兩難心境的〈五十初度二首〉第一首說：「於今五十猶如此，便到百年更可知。」他年已五十還需倚仗他人為生，無所成就，相信未來就算活到百歲也不過如此了（時在道臺官署任佐吏）。「況是身家羈逆旅，恰逢王國用征帥。」因為臺灣有戰事，他隨之來到這座島嶼，參贊軍務。來此之後，也沒什麼表現，「絕裾溫嶠悔遨遊。」相當後悔來到此地，「功名誤盡文章賤」，功名利祿已不可得，只能販賣一些不值錢的文章罷了。走到窮途末路，幸好自有一股英雄氣概支撐，「途窮賴

91 施懿玲主編，黃美娥編校，《全臺詩》第六冊，查元鼎，頁309。
92 施懿玲主編，黃美娥編校，《全臺詩》第六冊，查元鼎，頁305。
93 施懿玲主編，黃美娥編校，《全臺詩》第六冊，查元鼎，頁330。
94 施懿玲主編，黃美娥編校，《全臺詩》第六冊，查元鼎，頁316。
95 施懿玲主編，黃美娥編校，《全臺詩》第六冊，查元鼎，頁346。
96 施懿玲主編，黃美娥編校，《全臺詩》第六冊，查元鼎，頁304。

有英豪氣，高臥元龍百尺樓。」[97]讓他還能有自信的生活下去，等待時機。不過這種期待轉機的心理，恐怕也是一種自我安慰的抒寫而已。

（三）難以回去的故鄉

查元鼎在臺灣一直是有作客的心態，由以下詩句中可見：「涸跡東瀛歲又終」（〈歲暮抒懷〉）[98]、「浮家瀛海外」（〈和郭雲裳茂才襄錦見贈元韻〉）[99]、「入春寒若此，作客亦何如」（〈嬉春三十首〉）[100]、「頻年底事客東瀛」（〈林漢卿廣文建章以冬至前一日感懷二律見示依韻奉和〉）[101]、「作客來瀛嶼」（〈答楊又溪貳尹可大〉）[102]「移治生韓地，初擴慕藺懷」（〈輓臺灣令高南卿司馬鴻飛〉）[103]等，稱臺灣為瀛海、東瀛、瀛嶼、生韓地，最初沒有把這裡當作安居、終老之處。雖然帶領了全家至此，也很想念家鄉親人，尤其是母親：「馬齒徒長親益老」（〈元日〉）[104]、「老母倚閭望，負米非良策」（〈癸丑元日試筆〉）[105]、「欲報劬勞因負米」（〈五十初度〉）[106]、「老母各天涯」（〈答楊又溪貳尹可大〉）[107]等，其中又以〈古意〉最令人動容「中夜起太息，思親無已時。淚為思親落，親應思子哀。胡為長行役，坐令白髮悲。」[108]這是一位天涯游子，行至暮年，對自己為功名利祿驅使，勞碌奔波，

97 施懿玲主編，黃美娥編校，《全臺詩》第六冊，查元鼎，頁316、317。
98 施懿玲主編，黃美娥編校，《全臺詩》第六冊，查元鼎，頁304。
99 施懿玲主編，黃美娥編校，《全臺詩》第六冊，查元鼎，頁305。
100 施懿玲主編，黃美娥編校，《全臺詩》第六冊，查元鼎，頁309。
101 施懿玲主編，黃美娥編校，《全臺詩》第六冊，查元鼎，頁318。
102 施懿玲主編，黃美娥編校，《全臺詩》第六冊，查元鼎，頁334。
103 施懿玲主編，黃美娥編校，《全臺詩》第六冊，查元鼎，頁319。
104 施懿玲主編，黃美娥編校，《全臺詩》第六冊，查元鼎，頁304。
105 施懿玲主編，黃美娥編校，《全臺詩》第六冊，查元鼎，頁313。
106 施懿玲主編，黃美娥編校，《全臺詩》第六冊，查元鼎，頁316。
107 施懿玲主編，黃美娥編校，《全臺詩》第六冊，查元鼎，頁334。
108 施懿玲主編，黃美娥編校，《全臺詩》第六冊，查元鼎，頁339。此詩擬一十五歲女子千里遠嫁的心情，摹寫其內在的矛盾。然作者以此自況的作意非常明顯。

遠離母親，未能承歡膝下的懺悔之作。

王衢〈寄查小白〉說「往歲過竹塹，握手心始愉，訝君成潘鬢，老我愧頭顱。」王衢寫此詩時自述年紀已五十餘，當時查元鼎應該已六十左右。兩人年輕時就是好朋友，很有雄心壯志，「彼此正年壯，相期到雲衢」，[109]相互期許能有番大作為。不想歷經數十年後，理想未能實踐，彼此都已經年老了。查元鼎最後終究沒有返回故鄉，於同治九年（1870）鬱鬱以終，死後葬於竹塹。與他背景類似同為流寓竹塹的晚輩文友林維丞，在乙未年間寫的〈感懷〉一詩說：

> 卌載客臺陽，滄桑感一場。白頭遭亂世，赤手怕還鄉。
> 有命何妨俟，無才祇自傷。故人如問訊，詩酒尚癲狂。[110]

此詩寫離家四十年，迄未富貴，心懷愧疚，不敢還鄉。這兩位都是具有學問與文才的人，可惜在臺灣的發展都不順遂，最後也沒有回到大陸原鄉。清代許多渡海之人，不論是知識階層或從事農耕漁牧、商販貿易的，最大的夢想就是能起家發財，富貴榮達，然後衣錦還鄉。查元鼎、林亦圖則是未能如願之人，「赤手怕還鄉」一句，傳達出他們相似的境況，為現實的挫敗表現出哀哀之感。

查元鼎為清代臺灣知名的文士，後人查仁壽、查奉璋等則為竹塹地區的塾師，然而皆未積極參與在地詩社的活動。據武麗芳《日治時期塹城詩社淺探》統計的十五個「日治期間新竹地區詩社」中，沒有見到查奉璋的加入。[111]查元鼎雖為潛園座上客，然而相關詩作僅有

109 王衢，〈寄查小白〉，《臺灣詩鈔》卷四，頁73、74。

110 王松，《臺陽詩話》卷上，頁4。

111 武麗芳，《日治時期塹城詩社淺探》（臺北，萬卷樓圖書公司，2010），頁41、212-213。

〈題潛園勝景爽吟閣〉一首。[112]可見查氏家族似乎並不熱衷與地方文士交接。而第四代以後無可稽考，詩文不全、圖章散失，是令人感到遺憾的事。

五　結語

本文依查濟民主修的《海寧查氏》確定了查元鼎的世系源流，檢知了生卒年，元配、側室與六個兒子三代的關係，清楚的釐定了他的家族背景。族譜另記載查仁壽之子查濟森，出生於咸豐十年（1860）八月四日，之後在臺灣這枝的發展便「欠缺不詳」了。推測查元鼎的子孫在光緒年間，便與浙江海寧老家失去聯繫，不再提供在臺訊息。日人據臺後，可查知的亦僅查奉璋一人。查元鼎的著作《草草草堂吟草》及兩本印譜《百壽印譜》、《司空圖廿四詩品印譜》，本文亦做了詳細考證。《草草草堂吟草》的命名緣起主要有兩點，其一與其在臺生活的潦倒、仕途的不遇有關，其二詩集的命名應受到前人如黃純嘏、蔡召華、張敬修的影響。百壽圖章、司空圖廿四詩品圖章等則為謝介石攜去，不知所終。現僅留有李逸樵刊印的印譜倖存，尚可見其風貌。查元鼎四十五歲來臺後，久居僚屬，仕途無發展，生活窘迫，五十九歲以後居住在竹塹，以教學維生。查元鼎詩歌與篆刻皆具高格，享譽士林，所存的作品雖有缺失，然而仍為有清一代竹塹重要的文化資產。其生平事蹟及著作遺佚之處，還待來者繼續補充。

——本文原刊於《聯大學報》二〇一四年六月第十一卷第一期

112 如鄭用錫所創的「竹社」（1851），林占梅所創的「梅社」（1851）、「潛園吟社」（1862）等都未見查元鼎積極參與的記載。

徵引文獻

一　古籍文獻（按出版序號排列）

丁曰建　《治臺必告錄》　臺北　臺銀本　臺灣文獻叢刊17
《臺案彙錄甲集》　臺北　臺銀本　臺灣文獻叢刊31
王　松　《臺陽詩話》　臺北　臺銀本　臺灣文獻叢刊34
連　橫　《臺灣詩乘》　臺北　臺銀本　臺灣文獻叢刊64
徐中幹　《斯未信齋文編》　臺北　臺銀本　臺灣文獻叢刊87
陳淑均　《噶瑪蘭廳志》　臺北　臺銀本　臺灣文獻叢刊160
連　橫　《雅言》　臺北　臺銀本　臺灣文獻叢刊166種
陳培桂　《淡水廳志》　臺北　臺銀本　臺灣文獻叢刊172
諸　家　《臺灣詩鈔》　臺北　臺銀本　臺灣文獻叢刊280

二　近人專著（按出版時間前後排序）

黃旺成監修　《臺灣省新竹縣志》　新竹　新竹縣文獻委員會　1976
連　橫　《臺灣通史》　臺北　眾文書局　1978年
許博霈等原纂　朱錫恩等續纂　民國十一年排印本　《海寧州志稿》　臺北　成文出版社　1983
柏鋍編　《中國古代官制》　北京　北京大學出版社　1989
許雪姬　《清代臺灣的官僚體系——北京的辮子》　臺北　自立晚報文化出版社　1993
劉寧顏　《重修臺灣省通志》　南投　臺灣省文獻會　1994
謝嘉梁　《新竹市鄉土史料》　南投　臺灣省文獻委員會　1997
蔡召華撰　歐貽宏整理　《蔡召華詩集》　上海市　上海古籍出版社　2001

洪永鏗、賈文勝、賴燕波　《海寧查氏家族文化研究》　香港　中國書畫出版社　2006

查濟民主修　《海寧查氏》　香港　中國書畫出版社　2006

施懿玲主編　黃美娥編校　《全臺詩》第六冊，查元鼎　臺南　國立臺灣文學館　2008

《鋤月山房文鈔》、《艸艸艸詩草》　國家清史編纂委員會文獻叢刊清代詩文集彙編644　清代詩文集彙編編纂委員會　上海　上海古籍出版社　2010

武麗芳　《日治時期塹城詩社淺探》　臺北　萬卷樓圖書公司　2010

三　期刊論文（按發表時間前後排序）

黃美娥　〈笑看人生麗句寫愁——清代竹塹地區流寓文人查元鼎及其詩作〉　《竹塹文獻》第18期　新竹　新竹文化局　2001年1月

李中然　〈臺灣大學石原文庫所藏印譜略述：石原幸作及其印譜收藏〉　《大學圖書館》12卷12期　臺北　2008年9月

金文凱　〈論希見稿本《海昌查氏詩鈔》〉　《文學遺產》2010年第5期　北京　中國社會科學院文學研究所

趙春暉　〈李汝珍家世新考〉　《明清小說研究》　南京市　江蘇省社會科學科學院文學研究院　2012第3期

四　網路資料

文化部　《臺灣大百科》　http://taiwanpedia.culture.tw/web/content?ID=9637　2013日6月16日檢索

東莞「可園」：水流雲自還適意偶成築　http://big5.huaxia.com/ly/jxla/dl/2013/02/3202203.html　2013.6.16檢索。

《松蔭軒藏印譜圖錄初稿》（2）　http://www.booyee.com.cn/bbs/thread.jsp?threadid=167502等資料　21013.6.20檢索。

五　其他

新竹市文化局文獻室　《新竹國語傳習所——臺灣總督府公文類纂》影印本

新竹市文化局文獻室　昭和十年（1935）新竹市戶口資料影印本

臺灣大學圖書館特藏室　李逸樵編　《百壽印譜》、《司空圖廿四詩品印譜》

中村忠誠臺灣漢文作品論析

前言

中國的典章制度、傳統經籍及書寫模式，一直被日本廣泛的接受與吸收，且成為其不可分割的立國元素之一。漢文更是日本人民基本的素養，統治階層及知識分子，皆須接受漢文教育，普遍具有良好的讀寫能力。[1]明治四十年（1907）《臺灣教育會雜誌・漢文版》的〈論議漢文統一〉說：

> 日韓清三國，歷世數千年，文明治化，徵之於史，一據漢文以發達焉。曰法政，曰道德，曰理財，曰工藝，凡百事物蓋莫不取範於漢學……何哉？日本傳漢學千五百餘年，國家治教之所藉，國民風氣之所本，莫不資於此。[2]

這雖是當時日本有意成為亞洲霸主，運用漢文作為「統合」、「構接」三國的言論，但也道出實際的情況。日本治臺時期，渡海而來的官民，普遍具有這樣的基礎。在寫作方面，能寫漢詩、散文的人數甚多，重要的公文書、昭告等都是用漢文來書寫。這些作家大多兼能漢

1 劉元滿，〈漢字文化——日本文化系統的重要支柱〉第四章，《漢字在日本的文化意義研究》（北京，北京大學出版社，2003），頁152。

2 又吉盛清編，〈論議・漢文統一〉，《臺灣教育會雜誌・漢文版》，明治40年11月第69號（日本，沖繩縣那霸市ひるぎ社複印出版，1994-1995），頁1。該雜誌於明治35年11月出刊漢文版。

詩、俳句；其中中村忠誠詩作甚少，是比較純粹的散文作家。日治時期的日人漢文創作，與當時中國或臺灣的淵源相同，理論相似，彼此是可以「相看互通」的。事實上來臺的日本文士，頗多為一時之選，如岡本監輔、安原富次、館森鴻、籾山衣洲、中村忠誠、佐倉孫三等，這些作家可以完整的追述其於日本漢學界的門第及創作流派，在日、臺兩地頗有好評。中村忠誠有關臺灣之作，有相當高的質地與價值，就臺灣古典文學發展的脈絡而言，具有重要意義，很有必要加以研究討論的。[3]

中村忠誠（約1852-1921），字伯實，號櫻溪。出身藩學，曾任法衙書記（〈鹿友莊文集序〉），於明治十四年八月（1881）受其師倉田幽谷友人木原老谷推薦，前往埼玉縣師範學校中等師範科任教。[4]任教前後約十年，明治三十二年（1899）四月辭職。同年四月七日來臺，任臺灣總督府國語學校專任教授。明治四十年（1907）因「教學將新，子為最舊，宜請解官」[5]，被改聘為「囑員」即兼任教師，對此項改動甚感挫折，因此提出辭呈，七月十四日離臺。來臺時間約八年三個月左右。返日後續任中學教諭。在臺期間，出版以漢文寫成的《涉濤集》（1903）、《涉濤續集》（1904）及《涉濤三集》

3 中村忠誠的研究較為完整的有：廖振富〈中村櫻溪〈城南雜詩〉的臺灣風土與旅居書寫〉，中興大學臺灣文學研究所，「東亞移動敘事帝國．女性．族群」國際研討會」2008，〈中村櫻溪北臺灣山水遊記的心境映現與創作美學〉，東海大學中文系「臺灣古典散文學術研討會」會議論文2009年。本文後收錄於，《臺灣古典散文學術論文集》，里仁書局（2011年）。李展平〈擬古的異鄉情懷──試論中村櫻溪旅臺山水遊記〉，《臺灣文獻》第61卷2期暨《別冊》第33號，2010等。這兩篇論述各有其偏重之處，廖振富除考證資料豐富外，是以賞析及美感表現為主。李展平以擬古的創作概念，析論中村旅臺山水遊記的表現手法，焦點與本文十分不同。

4 埼玉縣師範成立於一八七八年，一八八六至一八九八年改為埼玉縣尋常師範，一八九八年起再改為埼玉縣師範，直至一九四三年。

5 中村忠誠，〈去臺自述〉，《涉濤三集》（臺北市，發行人，平島辰太郎，明治四十一年〔1908〕7月印行），頁28。此時中村忠誠已返回日本一年左右。

（1908）等三冊。三書收有文章四十三篇，詩十首。內容有遊記、書序、贈序、賦、書信、雜記、賀、銘、贊等文體。作品發表於《臺灣日日新報》、《臺灣時報》、《臺灣教育會雜誌・漢文版》6及國語學校《校友會雜誌》等。另有其他詩文散見各刊物。在日本則有《盤錯秘談》（1891）、《迴瀾餘話》（1893）、《高勾麗古碑徵》、《俗語彙編》、《臺疆節物詩》、《恒語叢》（未完成）等。過世後館森鴻、町田伯武等整理相關作品，出版《櫻溪文鈔》三卷（1927）共八十七篇，內容以遊記、書序、碑文及傳記為主。[7]

一　來臺原因

甲午戰爭後次年，臺灣割讓日本，成為其帝國殖民地。殖民政府為統治需要，於明治三十年（1897）閣議通過，在臺灣設立「國語學校」。這所學校的編制有校長、教授、助教授、教諭、助教諭、舍監、書記等。[8]國語學校主要任務有二，其一是教授臺灣人日語，培

6 中村忠誠與籾山衣洲於明治三十七年（1904）2月第23號起，被聘為《臺灣教育會雜誌・漢文版》編輯委員。

7 就《櫻溪文鈔》序文內容來看，主其事者應為館森鴻。《櫻溪文鈔》選錄其一生重要作品。中村娶妻青鑄氏，曾生一女，不幸於十六歲時過世。無子，過繼族人南氏子忠諒為嗣。見館森鴻，〈中村先生墓誌銘〉《櫻溪文鈔》，頁1。其繼嗣者生於明治四十五年（1912），與他相差一甲子六十歲。參見中村忠誠，〈中村氏桑梓碑〉《櫻溪文鈔》卷三（東京，中村忠諒發行，圓谷印刷所印刷，昭和二年〔1927〕），頁33。

8 就讀時間三至四年。其中教授八人，官等為奏任、助教授六人，官等為判任、教諭十五人，官等為判任、助教諭九人。國語學校的編制經常有變動，一八九九年來臺時教授的員額為八人，次年便減少一人，助教授則增為十人。參見李園會，〈師範學校教育〉第九章，《日據時期臺灣教育史》（臺北，國立編譯館出版，臺南，復文出版社發行，2005），頁125-141。另見謝明如，〈國語學校官制沿革表〉，《日治時期臺灣總督府國語學校之研究（1896-1919）》，臺灣師範大學歷史研究所碩士論文，2006，頁320。

養公私機關團體的業務人才，其二是養成臺灣地區的教育人員。明治三十五年（1902）以後，因師範部的擴大，成為以培養師資為主要目標的教育機構。這些來臺的教師，承擔了很重要的任務，那就是編製服膺日本統治思想的教材，培育將「臺灣逐步日本化」的師資。治臺初期，兼通日語與臺語的人甚少，管理上往往扞格不入。而短時間內要培養統治人才，有緩不濟急的困境。在這個過渡時期，雙方可以互通的是「漢文」及其相關的文化背景，臺灣原為中國領土，主要居民也來自中國；日本則深受中國傳統文化影響，其相似部分，成為彼此可以「構接」之處。[9]因此由「內地」引進精通漢文的教師，成為這段時期的辦法之一。殖民政府向日本國內招募具有這樣背景的教師，因為待遇優厚，發展機會多，有意願者甚多。中村忠誠就是在這樣的時代背景下來臺灣的，他曾自述來到此地有幾個因素：

其一待遇較佳。在日本的教師待遇普遍不高，到臺灣教學則有各項優待。〈居臺九樂八苦〉一文說，國語學校隸屬總督府，是正式的文官。在此為官「加以本俸百分之三十。滿二歲則每年加五，五歲而至五成。」[10]時間久了官等還可以進階。此外吃住免費，「處官舍食官俸，而無稅租」，許多苛細法令都可免除。[11]中村來臺時的職位為「敘從六位」[12]，年薪約八〇〇圓。[13]相對於國內這是很好的待遇，「官俸優」是他感到快慰之事。

其二對新領國土的好奇。臺灣成為新領土，除了異地的風土人情

9 所謂「文化構接」，意為兩種不同的國家或民族，運用彼此相類似的文化背景，進行互相交往或溝通的行為。參見王幼華，〈日本帝國與殖民地臺灣的文化構接——以瀛社為例〉，《臺灣學研究》第七期（臺北，中央圖書館臺灣分館臺灣研究中心出版，2008）。

10 中村忠誠，〈居臺九樂八苦〉，《涉濤三集》，頁25。

11 中村忠誠，〈居臺九樂八苦〉，《涉濤三集》，頁26。

12 館森鴻，〈中村先生墓誌銘〉，《櫻溪文鈔》，頁1。

13 謝明如，〈學校組織、人事與營運〉，《日治時期臺灣總督府國語學校之研究（1896-1919）》第三章，臺灣師範大學歷史研究所碩士論文，頁76。

吸引人之外，日本國內的文武官員、實業家、政治家、旅行者、勞動者，甚或遊手好閒之輩，都有意前往「大展鴻圖」。[14]希望能在這座以武力割取來的島嶼上，尋求發展，開創新事業。

其三首任町田則文校長的邀請。町田則文（波山）於明治二十九年（1896）六月來臺，擔任首任國語學校校長；四年後，明治三十三年（1900）四月離職。町田則文為東京師範第一屆中學師範科畢業，歷任中學校校長、師範學校校長、高等師範學校教授等，資歷豐富。在他擔任埼玉縣師範學校校長時，中村忠誠任教其校，兩人有長官、部屬之誼。[15]另《涉濤三集》曾言他剛到臺灣的夜晚，就去拜訪校長，「夜詣町田校長，則文校長亦嘗受眷於埼玉。」[16]另同文裡，也記述了在臺灣見到許多來自埼玉縣的老友，如杉山文悟、加藤宜正及橋本武教授等。這些人大概都是緣町田校長之故，陸續來到此地的。

由上述三點原因可知，經濟因素、個人生涯發展及長官提攜，是他來臺的原因。不過其中最重要的是，具備了當局最需要的漢文能力。國語學校將漢文納入必修課程，是來自町田則文明治三十年（1897）的建議。因為來就讀的學生，不懂日語之外，漢文程度也參差不齊，與教師溝通上有困難。加入漢文課程，可以使教與學較能順利推動。這個建議對後來學生的學習，有很大的助益。中村忠誠在〈雪窗遺稿序〉說臺灣剛割讓日本，人們心懷反側，言語不通，統治者不諳民情，彼此嫌隙甚大。不過「筆話以通其意，詩賦以言其志」[17]、「土人士率好文學，詩賦風雅。雖言語不通，得談其心志」[18]，如果以寫漢

14 謝明如，〈學校組織、人事與營運〉，《日治時期臺灣總督府國語學校之研究（1896-1919）》，頁8。

15 町田則文離開埼玉縣師範學校校長一職時，中村忠誠曾為他寫有〈送町田波山教授序〉一文，敘述其職掌該校的事蹟，見中村忠誠，〈送町田波山教授序〉，《櫻溪文鈔》卷一，頁32。

16 中村忠誠，〈涉濤紀略〉，《涉濤三集》，頁24。

17 中村忠誠，〈雪窗遺稿序〉，《涉濤三集》，頁3。

18 中村忠誠，〈居臺九樂八苦〉，《涉濤三集》，頁26。

字或吟誦詩歌，作為溝通的媒介，效果非常好。[19]吉田彌平《町田先生傳》說町田則文在教師的招聘上，費了很大的苦心，「特別是為教育使用漢字之人民，不能不學習漢文。」[20]因此特別聘任了位階、勳等皆高的岡本輔監[21]、中村忠誠、安原富次[22]等先生。中村忠誠的渡海來臺，便是在這樣的機緣下產生的。

二　學術與文風淵源

中村忠誠的祖父隸屬上野吉井藩（現群馬縣高埼市吉井町），父親承繼祖父職位擔任內庫監。明治二年（1869）吉井藩響應「版籍奉還」政策，廢藩置縣，改編為東京府士籍。[23]中村忠誠曾在藩學內向倉田幽谷學習。藩學是各個藩主為了教育藩中子弟，因此設立的教育機構。教學內容主要課目是所謂的「傳統儒學」，尤其是根據朱子學說理論詮釋的四書、五經為主；有些會加入算術、醫學、洋學、天文學、地志學等科目，但仍以儒學為主。[24]這漢文教科書和文學選本有

19 中村忠誠於〈戴案記略序〉中稱為「臺疆一知己」的吳德功，與中村忠誠兩人亦須靠筆談才能溝通，見〈讀中村櫻溪先生社濤集書後〉，《吳德功全集・瑞桃齋文集》（南投，臺灣省文獻會，1992），頁114。吳德功許多作品如〈戴案記略序〉等皆發表在《臺灣教育會雜誌・漢文版》。吳德功的古文作品，率多有中村櫻溪的評語。

20 引見謝明如，〈學校組織、人事與營運〉第三章《日治時期臺灣總督府國語學校之研究（1896-1919）》，臺灣師範大學歷史研究所碩士論文，頁83。

21 岡本監輔（韋庵）（1839-1904）著有，《萬國通典》、《千島見聞錄譯著》、《日本維新人物志譯著抄》、《支那遊記》等。他曾在《臺灣教育會雜誌・漢文版》連載〈臺灣史稿〉一文，亦有不少詩作詠臺灣史事。但所識不深，大多為閱讀方志、文獻等資料所得。

22 安原富次一八九六年四月至一八九六年六月在臺。著有《漢文訓讀觀》、《文章軌範讀本箋注》、《和漢譯文法》等書。因腦充血病辭職。

23 參見中村忠誠，〈中村氏桑梓碑〉，《櫻溪文鈔》卷三，頁33。

24 李慶，〈明治初期日本學制的變革〉，《日本漢學史》第一編第四章（上海，人民出版社，2010），頁57。

《千字文》、《百家姓》、《唐宋八大家》、《文章規範》、《古文真寶》等[25]。館森鴻在序《涉濤續集》裡說[26]中村忠誠學術淵源於倉田幽谷（1827-1900），倉田幽谷得之於安井息軒（1799-1876），安井息軒得之於松崎慊堂（1771-1844）[27]。就其所述師承來看，他承續的是江戶時代的漢學脈絡（1603-1867）。安井息軒、松崎慊堂等學者，熟習中國傳統經典，以考證、注釋之學知名於世，在相關的論述裡將之歸於「折衷、考證學派」[28]。館鴻森同文內說中村忠誠「博聞強識，最長考證」，且纂著甚富[29]。江戶時代的漢學，一直與中國有著密不可分的關係，除典籍的研究外，非常重視詩文創作。其中一派以唐宋八大家為尊，學習其文章理論，模擬其做法。如寬政年間（1789-1800年）的三博士：柴野栗山、尾藤二洲、古賀精里等，最為推崇八大家；其後佐藤一齋（1772-1859）、賴山陽（1780-1832）等知名作家的作品，有著很濃的八大家文章風格，在當代十分具有影響力。文久年間（1861-1864）有安井息軒、鹽谷宕陰（1809-1867）、芳野金陵（1803-1878）等承緒文風，名重一時。這種文章的做法，一直到明治、大正年間，仍為主要的書寫範本。[30]中村忠誠的漢學基礎及創作理路，所沿續的便是這個脈絡。[31]安井朝康《櫻溪文鈔序》上說他

---

25 李慶，〈19世紀後期的日本中國研究概況〉，《日本漢學史》第二編第四章，頁167。

26 吳福助、黃哲永主編：《全臺文》二十四，中村忠誠著，《涉濤續集》（臺中，文听閣圖書公司，2007），頁181。

27 參見吉田篤志著，連清吉譯，〈江戶後期的考證學——松崎慊堂的學問〉（臺北，中央研究院，《中國文哲所通訊》，〈日本考證學研究專輯〉第十二卷第一期，2002年3月）。http://www.litphil.sinica.edu.tw/home/publish/newsletter/012-01.htm。2012.7.1檢索。

28 李慶著，〈明治維新前後的日本社會狀況〉，《日本漢學史》第一編第一章（上海，人民出版社，2010），頁4。

29 館鴻森，〈涉濤續集序〉，《涉濤續集》，頁154。

30 牧野謙次郎述，〈德川時代（第三章．第三期）〉，《日本漢學史》，頁226-228。

31 中村忠誠〈答內田中準書〉說，「先師少師事息軒氏，修漢唐古學。」見《櫻溪文鈔》卷二，頁34。

以松崎慊堂為尊：「擺脫明清，一以漢唐為歸。……尤長於敘事，出言簡奥，而事理詳盡。」[32]同書館森鴻（子漸、袖海）的序說：「……猶出入唐宋諸家。」、「尤善記事，整齊閒雅，毫無艱深險薄之習。」[33]〈中村先生墓誌銘〉說：「其文溫粹典雅，有歐曾之風。」[34]這些都是很準確的評語。

與中村忠誠學術、寫作生涯密切相關的，還有「文會（社）組織」。據牧野謙次郎的《日本漢學史》記載，明治初期的知名「文社」有明治五年（1872）創辦的舊雨社（1872-1902、1903），其後有麗澤社（1879-1903）與洄瀾社。洄瀾社於明治七年（1874）十月由川田甕江（1830-1896）創辦，最初名為「盍簪社」；明治十六年（1883）由松平破天荒提議，改稱此名。依明治二十八年（1895）服部愛軒〈創社二十年會刊序〉，列名的會員有中村忠誠、松平破天荒、藤田春堂、齋田竹海、淺見飯峰等十人，推測中村忠誠應是在「是等は皆十年前後の加盟者である。」[35]這些「文社」的出現，源自舊有幕府制度被推翻，承續漢學傳統的藩屬士人，面臨被取代甚或淘汰的威脅，因此產生了凝聚同道，結盟自保的行動。幕末到明治時期，由於西方勢力的入侵與壓迫，國內不得不產生對應與調整，漢學、國學、洋學等流派，進行了相互「軋轢」（牧野謙次郎用語）的辯駁，時間長達數十年。以神道建構日本學術獨立為指標的國學派，受到漢學與佛教的攻擊，很快就喪失了影響力。漢學派則因清朝國力的衰微，不再受到崇敬，洋學派則逐漸的取得優勢，成為主流。[36]這

---

32 安井朝康，《櫻溪文鈔・序》，頁1、2。

33 館森鴻，《櫻溪文鈔・序》，頁4。

34 館森鴻，〈中村先生墓誌銘〉，《櫻溪文鈔》，頁1。

35 牧野謙次郎述，〈明治時代（第三章・第四期）〉，《日本漢學史》，頁322。其後舊雨社與麗澤社因社友凋零，合併為一社。明治三十六年（1903）麗澤社又與洄瀾社合併。

36 李慶，〈明治維新後有關漢學的爭論〉，《日本漢學史》第一編第六章，頁91-94。

些如雨後春筍般的文社、吟社，是幕府解體後，漢學界的反撲運動，是一種「護教式」行動展現；是對保存日本主流文化傳統，也是為了自身生存所做的努力。[37]參與文社的會員具有很強的保守意識，「洄瀾社」的命名來由，就有「迴漢學狂瀾於既倒」的意思。[38]

文社在中國來說，大多是為應科舉考試而產生的，與因應世變，議論時事的士大夫結社，很不相同。入社的讀書人來此鑽研制藝方法，屬文綴詞，揣摩時文風氣，最終目的是為考場連捷，功名得遂。一般在科舉年才會有較密集的聚會，會中主事者出題，社員擬作，然後共同評點、討論。清代臺灣的文社，全都是以這樣形式存在，且通常與文昌祠結合；是所謂士子「會文結社，以為敬業樂群之所」。這類型的文社數量甚多，以彰化縣來說，一縣之內即有十四社。[39]洄瀾社運作方式如同一般詩社，每月均有課題，也藉由報章雜誌向海內外徵文，運作十分穩定。社員作品發表後，社內同仁都會有所評論。中村忠誠說：「如所著《涉濤集》，皆系社中詩有評隲。」[40]這些評論大多十分簡短，絕大部分皆為揄揚、讚譽之詞，縱有批評也十分委婉隱微。

中村忠誠為洄瀾社的中堅分子，曾編有《洄瀾社文卷》（？）、《迴瀾餘話》（1893）等。在臺灣教學時期，亦將其社的徵文啟事、每年月課題目等，發佈在《臺灣教育會雜誌》（1903-1927）「內

37 參見陳瑋芬《近代日本漢學的「關鍵詞」研究——儒學及相關概念的嬗變》第一章（臺北，臺灣大學出版中心，2005），頁19。

38 李慶，〈明治初期日本的中國研究概況〉，《日本漢學史》第一編第五章，頁78。

39 彰化縣於清代有：有拔社、騰起社、振文社、引心文社、螺青社、興賢社、文蔚社、登瀛社、萃升社、達社、景徽社、崑山社、西雝社、玉山社等，引見林文龍，《臺灣的書院與科舉》（臺北，常民文化，1999），頁116。桃園縣龍潭地區在清代算是偏鄉，但仍有崇文社、文光社、拿雲社等文社，見同書頁260。文昌祠頗多宗教科儀，需要具有文字能力者參與，這些人並非全為科考而來，很多僅是參與宗教日常事務。

40 又吉盛清編，《臺灣教育會雜誌．漢文版》第23號，頁22。

外彙報」一欄上。目前可查知的課題有第二十三號（1904年2月25日）、第三十五號（1905年2月25日）、第四十七號（1906年1月25日）、第五十九號（1907年2月25日）等[41]。臺灣性質如同洄瀾社這樣的文社，直到日治時期大正年間才出現，如崇文社（1918）、臺灣文社（1919）、高山文社（1922）等。其創社動機及運作模式，除了是受到殖民政府提倡漢文運動之外，明治年間，日本漢學詩文團體萌起的現象，及介入社會的影響力，也是啟發他們仿效的重要因素。[42]

三　作品分析

中村忠誠來臺灣的工作，便是運用日語對譯漢文、漢詩的專長，教育本地的學生，培養能夠為殖民政府所用的人才。割讓初期，臺灣人民普遍不能接受新政權的來到，武裝反抗的力量此起彼落。因此以教育來改造、來馴化，以利統治，是屬於必要的策略。中村忠誠較為特殊的部分，是以深厚的中國傳統古文訓練，寫出質量俱佳的作品。其作品深受中國傳統文學，尤其是唐宋文影響，內容頗有可論之處。以下就其相關作品做一分析。

41 見又吉盛清編，《臺灣教育會雜誌・漢文版》。洄瀾社月課題刊登方式，可以第三十五號（1905年2月25日）為例。本期有一說明語，「嗟吁！斯文日衰之際，挺然特立，以維持奎運。臺疆文士，其將何感？」有鼓吹漢文寫作的用意。其後將洄瀾社一年要課的題目刊登出來，由一月到十二月，每月兩題，提供讀者，亦有徵稿之意。當年三月題為，1.遊日比谷公園記、2.吾與點解，兩個題目。因為擔心投稿者不知其題目重點為何，亦在文後有重點提示。見其書頁24。

42 民國初年鄭孝胥（1860-1938）於上海與唐晏等組成麗澤文社，張愛玲之父張志沂曾參加其社的活動。鄭孝胥的麗澤文社，應受重野成齋組織的麗澤社影響。明治年間在日本的王韜、黃遵憲、楊守敬等，都曾參加麗澤社的活動。這是日本結社行動倒反影響中國的一個例子。就崇文社、臺灣文社、高山文社等社員所發表的作品來看，其介入臺灣政治、社會等議題的意願很高。

(一) 源自中國的漢文思維與寫作模式

1 仿擬、引用中國文學作品

中村忠誠受中國文學的影響可謂無所不在。首先是文集的題名：在臺灣出版的三本文集，皆題名為「涉濤」。這兩字的由來，根據館森鴻的說法是要到臺灣任職時，東京詩文界設宴、賦詩，來為他送別。緣此，重野成齋引用唐人高適五律〈送柴司戶充劉卿判官之嶺外〉一詩中的：「忠信涉波濤」[43]，題在送別的詩作合集上。中村忠誠再選用其中「涉濤」兩字，來為文集命名。

其次是相關作品中的影響：〈玉山吟社宴會記〉一文，可以看出許多仿擬、化引或直接引用的句子。[44]如：「舟船來往，漁歌互答。」[45]出自范仲淹〈岳陽樓記〉：「漁歌互答，此樂何極。」[46]；「既而餚陳酒至……及宴酣興旺，杯盤狼藉。」[47]出自蘇軾〈赤壁賦〉：「客喜而笑，洗盞更酌，肴核既盡，杯盤狼藉。」[48]另「五聲相和而成樂，五

---

43 高適，〈送柴司戶充劉卿（鄉？）判官之嶺外〉原詩，「嶺外資雄鎮，朝端寵節旄。月卿臨幕府，星使出詞曹。海對羊城闊，山連象郡高。風霜驅瘴癘，忠信涉波濤。別恨隨流水，交情脫寶刀。有才無不適，行矣莫徒勞。」見《全唐詩》第四冊（臺北，復興書局，1967，再版），頁1211。

44 本文「仿擬」的定義引用自黃慶萱的《修辭學》第四章仿擬，「仿擬可分為廣義、狹義兩種。廣義的仿擬指單純對前人作品的模仿。狹義的仿擬指模仿前人作品而意含諷刺。」本文採其廣義的定義（臺北，三民書局，1983，第四版），頁77。黃慶萱《修辭學》第五章引用說，「語文中援用別人的話或典故、俗語等等，叫作『引用』。」「引用」又可分為「明引」與「暗用」兩類。同書，頁99。陳正治則增加了「化引」一類。陳正治《修辭學》說，「化引是變化的引用，就是對引用的事件或話語，經過調整、增刪的變化。」陳正治，〈第十四章引用〉，《修辭學》（臺北，五南圖書出版公司，2003，第二版），頁179。

45 中村忠誠，〈玉山吟社宴會記〉，《涉濤集》，頁124。

46 中村忠誠，〈玉山吟社宴會記〉，《涉濤集》，頁124。

47 曾棗莊、劉琳主編，范仲淹，〈岳陽樓記〉，《全宋文》卷386，第18冊（上海，上海辭書出版公司，2006），頁420。

48 蘇軾，〈赤壁賦〉，《蘇東坡全集》（臺北，河洛出版公司，1975），頁268。

采相雜而成文，五味相和調成其味。」[49]出自李維楨：〈謝肇淛五雜組序〉：「五行雜而成時，五色雜而成章，五聲雜而成樂，五味雜而成食。」[50]其中「漁歌互答」、「杯盤狼藉。」皆為直接引用原文。五聲、五采、五味則與謝肇淛原詩句略有改動，將「雜」改為「相和」。

〈觀擬戰演習〉：「凡十里土壤，遠邇景物，歷歷在一矚之下，莫得遯隱。」[51]、「乃據嵓攀茅以登」[52]數句，出自柳宗元〈始得西山宴遊記〉：「攀援而登，箕踞而遨，則凡數州之土壤，皆在衽席之下」[53]、「尺寸千里，攢蹙累積，莫得遯隱。」[54]這篇文章的寫作視角，使用的文辭，皆在〈始得西山宴遊記〉一文之間。

〈遊屈尺記〉：「桑麻雞犬，隱成一邑落。風光婉約，若展桃源圖。既至，則老幼男女盡出觀之。」[55]出自陶淵明〈桃花源記〉：「土地平曠，屋舍儼然。有良田、美池、桑、竹之屬，阡陌交通，雞犬相聞。……村中聞有此人，咸來問訊。」[56]作者明白標出眼前之景宛如一幅「桃源圖」，是修辭學上「明引」的用法。「心曠神怡，殆乎寵辱皆忘矣。」[57]出自范仲淹〈岳陽樓記〉：「登斯樓也，則有心曠神怡，寵辱偕忘，把酒臨風，其喜洋洋者矣！」[58]。「心曠神怡」是直接引用

---

49 中村忠誠，〈玉山吟社宴會記〉，《涉濤集》，頁125。

50 李維楨，〈謝肇淛五雜組序〉（臺北，偉文圖書出版，1977），頁1。

51 中村忠誠，〈觀擬戰演習〉，《涉濤集》，頁126。

52 中村忠誠，〈觀擬戰演習〉，《涉濤集》，頁126。

53 柳宗元，〈始得西山宴遊記〉，《柳宗元集》（臺北，漢京文化事業出版公司，1982），頁762。

54 同上註。

55 中村忠誠，〈遊屈尺記〉，《涉濤集》，頁129。

56 陶淵明，〈桃花源詩并記〉，《陶淵明詩文彙評》（臺北，明倫出版社，1972），頁338。

57 中村忠誠，〈遊屈尺記〉，《涉濤集》，頁130。

58 曾棗莊、劉琳主編，范仲淹，〈岳陽樓記〉，《全宋文》卷386，第18冊，頁420。

范仲淹的名句，「殆乎寵辱皆忘矣」是化引的修辭法，亦即在本段文句前後增加了一些文字。

〈七星墩山蹈雪記〉文章起始，作者便說正在讀毛注《詩經》，因此引用了《詩經》許多篇章，如：「民亦勞止，汔可小愒……有鳴倉庚，載其好音……周道如砥，其直如矢。……陟彼崔嵬，間關終日……。」[59]本段文字出自以下四首詩：〈大雅・民勞〉：「民亦勞止，汔可小愒。」[60]；〈豳風・七月〉：「春日載陽，有鳴倉庚。」[61]；〈小雅・大東〉：「周道如砥，其直如矢。」[62]；〈周南・卷耳〉：「陟彼崔嵬，我馬虺隤。」[63]。文中「民亦勞止，汔可小愒」、「有鳴倉庚」、「周道如砥，其直如矢」、「陟彼崔嵬」四句來自不同的四首詩，且皆原文照錄。另有描寫七星山桃樹正在開花的，或已結桃子的，化引了「有其華灼灼方開者」[64]、「有其葉蓁蓁既著子者」[65]兩句。這兩句出自〈周南・桃夭〉：「桃之夭夭，灼灼其華。……桃之夭夭，其葉蓁蓁。之子于歸，宜其家人。」[66]另一段「人煙散點，雞犬相聞，有桃源之風趣。」[67]之句，亦出自陶淵明〈桃花源記〉。

〈石壁潭賦並序〉起首便說，與友人們藉一小舟仿效「坡僊之遊」，其間文字、韻腳、格式都按照賦的格律與做法，謹守規矩。他說這篇作品雖脫胎於蘇軾〈赤壁賦〉，但自信可以超過古人「一刷古貌，自開生面」[68]。且認為日本的賦作雖不少，但都不「入調」，想要

---

59 中村忠誠，〈七星墩山蹈雪記〉，《涉濤集》，頁132、133。

60 朱熹注，〈大雅・民勞〉，《詩集傳》（臺北，臺灣中華書局，1978），頁200。

61 朱熹注，〈豳風・七月〉，《詩集傳》，頁90。

62 朱熹注，〈小雅・大東〉，《詩集傳》，頁147。

63 朱熹注，〈周南・卷耳〉，《詩集傳》，頁3。

64 中村忠誠，〈七星墩山蹈雪記〉，《涉濤集》，頁132。

65 同上註。

66 陶淵明，〈桃花源詩并記〉，《陶淵明詩文彙評》，頁338。

67 中村忠誠，〈石壁潭賦並序〉，《涉濤續集》，頁155。

68 同上註。

看到合韻律的作品很難，可見對自己作品的自信。其間引用、化引的文句很多，如「吾與子之所共適」、「傾殘樽以重酌」等。

〈祭殤女幸文〉為作者於明治三十二年，為哀悼逝世週年的女兒中村幸而作的祭文。此篇主要仿擬自兩篇名作：「汝其有知耶？無知耶？」、「吾眼已茫茫，吾齒已豁豁。」、「吾將須汝而存宗祀，孰謂汝先吾而死……」[69]三句，出自韓愈〈祭十二郎文〉：「汝其知也邪！其不知也邪！」、「吾年未四十，而視茫茫，而髮蒼蒼，而齒牙動搖。」、「孰謂少者歿而長者存，彊者夭而病者全乎？」[70]三句，將其化引與重組。「吾德涼福薄，內無期功之親，外無葭莩之戚，煢煢覺立，形影相吊……」，[71]出自李密〈陳情表〉：「外無期功強近之親，內無應門五尺之童。煢煢孑立，形影相弔。」[72]

此外運用仿擬、引用的修辭方式，將中國傳統名篇名作，編綴入文的作品甚多。如：〈移臺灣遊寓詩人文〉：「吐錦心、披繡腸以對，無乃悖天意乎！」[73]出自柳宗元〈乞巧文〉：「駢四儷六，錦心繡口。」[74]；〈竹子湖觀櫻花記〉：「環村皆山」[75]一句，出自歐陽修〈醉翁亭記〉：「環滁皆山也。」[76]；〈記釣魚〉：「余客臺疆，官散責輕，暇則施施漫漫，縱心任意，靡所拘束，採蘭於山，釣鮮於溪，以為娛樂。」[77]出自柳宗元〈始得西山宴遊記〉：「自余為僇人，居是州，恆

69 中村忠誠，〈祭殤女幸文〉，《涉濤集》，頁143-145。

70 韓愈，〈祭十二郎文〉，馬其昶等，《韓昌黎文集校注》（臺北，漢京文化事業出版公司，1983），頁195。

71 中村忠誠，〈祭殤女幸文〉，《涉濤續集》，頁144。

72 李密，〈陳情表〉，《增補六臣注文選》（臺北，華正書局，1979），頁195。

73 中村忠誠，〈移臺灣遊寓詩人文〉，《涉濤續集》，頁182。

74 柳宗元，〈乞巧文〉，《柳宗元集》，頁489。

75 中村忠誠，〈竹子湖觀櫻花記〉，《涉濤續集》，頁158。

76 曾棗莊、劉琳主編，歐陽修，〈醉翁亭記〉卷739，第35冊，頁115。

77 中村忠誠，〈記釣魚〉，《涉濤續集》，頁164。

惴慄。其隙也，則施施而行，漫漫而遊。」[78]；〈登大屯山記〉「冠者五六人，童子六七人，請同遊。」[79]出自《論語》〈先進〉：「莫春者，春服既成，冠者五六人，童子六七人，浴乎沂，風乎舞雩，詠而歸。」[80]；〈木如意銘並小引〉「烈士執之，逆豎頭裂。」[81]出自文天祥〈正氣歌〉：「或為擊賊笏，逆豎頭破裂。」[82]等等。

2 善用典故

中村忠誠文章用典[83]之處，不勝枚舉，亦可見出出入中國經史典籍的功力。籾山衣洲（1855-1919）明治三十一年（1898）以《臺灣日日新報》漢文主筆的身分被招募來臺，明治三十七年（1904）四月因染病，被報社辭退。中村忠誠曾為他寫了一篇〈上兒玉總督乞留用籾山逸也書〉為其聲援，其中引用了張建封、嚴武兩人分別救濟、收留了窮困潦倒的韓愈、杜甫：「昔者唐張建封節度徐州，收窮歸之韓愈；嚴武之帥蜀，救拾橡栗之杜甫，二子得因以免飢寒。」[84]這是史上有名的佳話，希望兒玉總督能效法嚴武、張建封，寬待籾山衣洲，濟其貧病。

〈移臺灣遊寓詩人文〉是中村忠誠勸告遊寓臺灣的詩人文士，要「揮巨翰、灑椽筆」將臺灣的山川風物、民俗風情、奇花異獸，鋪寫成文，正如：「昌黎之於潮，儀曹之於柳……杜陵寓慨於蜀山川，太

---

78 柳宗元，〈始得西山宴遊記〉，《柳宗元集》，頁762。

79 中村忠誠，〈登大屯山記〉，《涉濤續集》，頁161。

80 邱燮友等譯，〈先進〉，《論語》，《新譯四書讀本》（臺北，三民書局，1976，修訂六版），頁155、156。

81 中村忠誠，〈木如意銘並小引〉，《涉濤三集》，頁20。

82 文天祥，〈正氣歌〉，《文文山指南錄》（臺北，臺灣中華書局，1972），頁155。

83 用典的修辭法黃慶萱將之歸為引用，並做了不少討論。然而並未將之做很明確的定義，見其書《修辭學》第五章引用說，頁112-119。本文將中村忠誠用典的寫做法，獨立出一節。

84 中村忠誠，〈上兒玉總督乞留用籾山逸也書〉，《涉濤續集》，頁170。

白展才於夜郎。香山吟秦中而其感加深，玉局有海外文字，而益見其胸中磊塊。」[85]被貶者李白、韓愈、柳宗元、蘇軾，流亡者杜甫，反映秦中人民慘況的白居易，都寫下流傳千古的作品。另如〈服子裁文序〉:「豈昌黎氏所謂窮餓其身，思愁其心腸，而使其鳴其不幸者歟。」[86]用的是韓愈〈送孟東野序〉:「大凡物不得其平則鳴……抑將窮餓其身思愁其心腸，而使其鳴其不幸者歟。」[87]的故事，然而這個典故，文字雷同之處甚多。〈居臺九樂八苦〉:「卉木多奇異，植以墳賁園，嵇含所狀，昌黎河東所詠。」[88]嵇含寫有《南方草木狀》[89]詳細介紹了南方各類的花草樹木，韓愈寫有詠芍藥、杏花、荷花、牡丹、楸樹、榴花、葡萄等之作，柳宗元有敘述親身種植甘樹、木槲花、朮、白蘘荷、海石榴、靈壽木、仙靈毗等的詩文。

3 文友們指出的引用及仿擬

中村忠誠的文章發表後，洄瀾社的文友及臺灣的黃植亭，給予很多短言式、眉批式的評論。評論中往往也會指出了文章出處所在，這種方式是呂祖謙《古文關鍵》的論文四法之一「源流法」的應用。[90]中國傳統的寫作觀中文章能「引經據典」、「步武古人」是被認為學有所本，文有根基的，日本的漢學界也承襲這樣的價值觀。社友認為他主要仿擬及引用的作家有：韓愈、柳宗元、歐陽修、蘇東坡等唐宋八大家。如〈遊屈尺記〉的社友評論：服部愛軒：「蓋善學韓柳。」[91]；

---

85 中村忠誠，〈移臺灣遊寓詩人文〉，《涉濤續集》，頁180。

86 中村忠誠，〈服子裁文序〉，《涉濤續集》，頁139。

87 韓愈，〈送孟東野序〉，馬其昶，《韓昌黎文集校注》，頁136。

88 中村忠誠，〈居臺九樂八苦〉，《涉濤續集》，頁25。

89 參見嵇含（263-306），《南方草木狀》三卷（臺北，臺灣商務印書館，1966）。

90 參見王幼華，〈應試文章準則與疵病——以《古文關鍵》為例〉，《聯合大學學報》第6卷1期，2009年6月。其一是源流法，其二是標出特色及值得學習處，其三要得其優點去其弊端，其四指出缺陷。

91 服部愛軒，〈遊屈尺記評〉，《涉濤集》，頁131。

淺見飯峰：「似學廬陵豐樂亭記。」[92]；松平破天荒：「如讀昌黎送鄭尚書序。」[93]等。〈登觀音記〉日下勺水評曰：「有柳州諸記之概。」[94]。〈送大矢水齋東歸引〉藤波王民評：「假他人言，成一篇好文字。蓋昌黎送李愿序，東坡表忠觀碑，為之粉本。」[95]。〈祭殤女幸文〉鹽谷青山評：「蓋自十二郎祭文得來，而情更悽切。」[96]。〈答客言〉鹽谷青山評：「續進學解筆墨酷肖。」[97]。〈書消寒十詠後〉日下勺水評論：「言短意長，如讀蘇黃題跋。」[98]。〈石壁潭賦並序〉黃植亭評：「……而石壁潭當與赤壁江並傳矣。」[99]；日下勺水：「通篇以坡僊為線索，首尾呼應。」[100]。〈再登觀音山記〉服部愛軒：「宛然柳柳州，有羽化登仙之概。」[101]。〈竹仔湖下礀溪記〉日下勺水：「如讀柳記。」[102]。〈自平頂致雙溪記〉植松果堂：「境既似柳記文亦酷肖。」[103]。〈外溪瀑記〉服部愛軒：「連作亦學柳。」[104]。〈竹仔湖觀櫻花記〉鹽谷青山：「狀物記遊自柳記出，而異文奇趣，從來文家所未染指，臺疆始有此文字蓋亦聖代之餘澤也。」[105]；日下勺水：「柳州諸記，不過一邱一壑之勝伯實則達觀全景，委屈周到，可以充一部臺疆志。」[106]；

92 淺見飯峰，〈遊屈尺記評〉，《涉濤集》，頁131。
93 松平破天荒，〈遊屈尺記評〉，《涉濤集》，頁131。
94 日下勺水，〈登觀音記評〉，《涉濤集》，頁136。
95 藤波王民，〈送大矢水齋東歸引評〉，《涉濤集》，頁142。
96 鹽谷青山，〈祭殤女幸文評〉，《涉濤集》，頁145。
97 鹽谷青山，〈答客言〉，《涉濤集評》，頁147。
98 日下勺水，〈書消寒十詠後評〉，《涉濤集》，頁149。
99 黃植亭，〈石壁潭賦並序評〉，《涉濤續集》，頁156。
100 日下勺水，〈石壁潭賦並序評〉，《涉濤續集》，頁157。
101 服部愛軒，〈再登觀音山記評〉，《涉濤三集》，頁10。
102 日下勺水，〈竹仔湖下礀溪記評〉，《涉濤三集》，頁14。
103 植松果堂，〈自平頂致雙溪記評〉，《涉濤三集》，頁16。
104 服部愛軒，〈外溪瀑記評〉，《涉濤三集》，頁17。
105 鹽谷青山，〈竹仔湖觀櫻花記評〉，《涉濤續集》，頁160。
106 日下勺水，〈竹仔湖觀櫻花記評〉，《涉濤續集》，頁160。

秋葉猗堂：「釣魚採蘭觀櫻等，皆必傳之作，與東坡海外文字可並稱。」[107]。〈記釣魚〉江東評：「句法似二曹，敘法似酈道元，蓋躐柳記而探其源者。」[108]；籾山衣洲：「末段悠然自適，似讀醉翁亭記。」[109]。〈去臺自述〉日下勺水：「曠達之言，蓋脫昌黎進學解來。」[110]。〈雪窗遺稿序〉鹽谷青山：「似六一諸序。」[111]。

其他評論提及引用、仿擬的中國作家作品，從鐘鼎文字、《孟子》、《莊子》、枚乘、張衡、左思、《山海經》、陸雲、六朝短賦、柳宗元，到清代的散文大家汪琬皆有。如：籾山衣洲〈菅功贊〉：「典雅莊重，如讀古鐘鼎文。」[112]。〈去臺自述〉服部愛軒：「後段蓋獲子輿氏行止，非人所能之遺意。」[113]。〈竹仔湖觀櫻花記〉館森袖海：「數語如讀南華。」[114]。〈移臺灣遊寓詩人文〉鹽谷青山：「蓋自七發、晉問等得來。」[115]植松果堂：「似讀兩京三都賦。」[116]。〈登觀音記〉藤波王民：「吾兄近作諸記，媲美漢人，職是之由。」[117]。〈七星墩山蹈雪記〉江東：「斯篇起首數句自山海經，今茲以下自水經注脫化來……優是漢晉以上之文。」[118]〈石壁潭賦並序〉植松果堂：「辭彩絢爛，得六朝諸賦之遺。」[119]〈登大屯山記〉館森袖海：「陸雲之研

107 秋葉猗堂，〈竹仔湖觀櫻花記評〉，《涉濤續集》，頁160。
108 江東，〈記釣魚評〉，《涉濤續集》，頁165。
109 籾山衣洲，〈記釣魚評〉，《涉濤續集》，頁165。
110 日下勺水，〈去臺自述評〉，《涉濤三集》，頁29。
111 鹽谷青山，〈雪窗遺稿序評〉，《涉濤三集》，頁4。
112 籾山衣洲，〈菅功贊評〉，《涉濤續集》，頁176。
113 服部愛軒，〈去臺自述評〉，《涉濤三集》，頁29。
114 館森袖海，〈竹仔湖觀櫻花記評〉，《涉濤續集》，頁160。
115 鹽谷青山，〈移臺灣遊寓詩人文評〉，《涉濤續集》，頁183。
116 植松果堂，〈移臺灣遊寓詩人文評〉，《涉濤續集》，頁183。
117 藤波王民，〈登觀音記評〉，《涉濤集》，頁136。
118 江東，〈七星墩山蹈雪記評〉，《涉濤集》，頁134。
119 植松果堂，〈石壁潭賦並序評〉，《涉濤續集》，頁156。

欲焚。」[120]汪琬〈青鑄舅氏遺研記〉:「矩矱從鈍翁展硯齋記來。」[121]等。

以上諸作皆出自在臺灣所寫的三本書，內文可以看出與中國文學名篇關係密切。中村忠誠在日本編寫的著作，大部分也循這種模式書寫，如〈敬香詩鈔序〉一文引孟子距楊墨的典故來破題，接著用三國袁紹、袁術不和，彼此內鬥，所以會受曹瞞的欺侮，作為論述的主軸。[122]〈茗溪觀月文詩序〉通篇以蘇軾的「赤壁之遊」做貫串，認為此次洄瀾社諸文友，到神田川小赤壁之遊「足嗣東坡遺響」[123]，可以承繼蘇東坡黃州赤壁之遊的風雅。鹽谷青山說〈雲景龍雄傳〉這篇文章是以史筆來書寫，得司馬遷寫《史記》的「龍門神髓」[124]。彪村說〈書賈元助傳〉一文應受柳宗元〈宋清傳〉的影響，闡釋不計小利，樂於助人，以取遠利的意義。[125]

中國文學寫作一直是以尚古為精神，以摹古、擬古為實用。文章能近、肖古人之作，出入其間，被認為是有原有本。文中繁用典故，則是博通廣知，學有根柢。[126]然而這樣的傳統觀念並非一味的食古不化，而是在既有的名篇佳作基礎上，加以變化，如文句的伸縮、意念的提升、視野的擴大、情感的補足、綜合轉出等等。就中村忠誠之作來看，亦深受這樣的影響。許多作品表現了仿擬、引用、連綴的寫做

---

120 館森袖海，〈登大屯山記評〉，《涉濤續集》，頁163。

121 汪琬，〈青鑄舅氏遺研記評〉，《涉濤集》，頁138。青鑄氏之「鑄」從《櫻溪文鈔》用法。

122 中村忠誠，〈敬香詩鈔序〉，《櫻溪文鈔》卷一，頁8。

123 中村忠誠，〈茗溪觀月文詩序〉，《櫻溪文鈔》卷一，頁22、23。

124 中村忠誠，〈雲景龍雄傳〉，《櫻溪文鈔》卷三，頁1-7。

125 中村忠誠，〈書賈元助傳〉，《櫻溪文鈔》卷三，頁6、7。

126 詩文仿效古人風格的如，漢代揚雄模擬《易》作《太玄》，模擬《論語》作《法言》，梁代蕭統所編的《昭明文選》有「雜擬」的專節，收錄許多擬作；其後仿效者甚多，成為詩體的一種。唐代韓愈以復古作為散文革命的號召，其後宋朝的嚴羽、明代的前後七子、清代的桐城派都有尚古、擬古的論調。

法。尤其是「纂組述之」[127]的手法最為常見。在一篇文章中結合幾篇名作或經典的片段加以組合，以拼貼、接續的手法成文。這也是日本開始以漢文寫作以來，共通的現象。然而這樣的做法若新意不足，便常會陷入陳言相襲，拘泥自限的境地。另一值得注意的是，中村忠誠的文章習慣以中國的干支紀年月，如〈玉山吟社會宴記〉：「今茲己亥」、〈觀擬戰演習記〉：「庚子十二月」、〈七星墩山蹈雪記〉：「今茲辛丑二月」、〈石壁潭賦並序〉：「歲壬寅六月」、〈先正傳序〉：「甲辰紀元節」等等，表現符合傳統古文做法的習性。

（二）中村忠誠對文章做法的主張

幕府末期到明治初期，作文之法的教授及研究，主要依據的著作是南宋謝枋得編著的《文章軌範》及明代茅坤編選的《唐宋八大家文鈔》。這兩本書常被當作教學與習作的範本，教授的學者們選注、增補、闡說的著述數量最多。[128]中村忠誠發表的作品，同好們也經常運用文章做法理論，來加以評述。如常藤田春堂評〈觀擬戰演習〉：「先審地勢，奇正互變。部伍不亂，固作戰之要術，即文家之祕訣。」[129]籾山衣洲評〈竹仔湖觀櫻花記〉：「先提起一公案，次捉遊士與延平來……中段狀物之精，化工在手。……而前後呼應，針線自密，可稱老手。」[130]邱倬雲分析〈重登七星墩山記〉此文的做法說：「以一徙志一降為關鍵。而鋪敘諸景。……以王師拔旅順，以王師征戰，為大起大結，收拾極其完密。」[131]服部愛軒評〈涉濤紀略〉：「以埼玉起，以埼玉結，照應自然。中間敘事尤詳悉。」[132]等。「奇正互變」、「前

---

127 中村忠誠，〈石壁潭賦並序〉，《涉濤續集》，頁156。

128 李慶，〈明治初期日本的中國研究概況〉，《日本漢學史》第一編第五章，頁79-83。

129 常藤田春堂，〈觀擬戰演習記評〉，《涉濤續集》，頁128。

130 籾山衣洲，〈竹仔湖觀櫻花記評〉，《涉濤續集》，頁160。

131 邱倬雲，〈重登七星墩山記評〉，《涉濤三集》，頁12。

132 服部愛軒，〈涉濤紀略評〉，《涉濤三集》，頁24。

後呼應，針線自密」、「大起大結」、「照應自然」都是討論文章做法慣見的用語。

然而中村忠誠本身對作文之法，卻有不同的意見，他認為秦漢以上沒有人討論文法的。唐宋大家如韓愈、歐陽修、三蘇父子也不談文法。他認為後世愈講究文章做法，愈寫不出好文章。而「善作文者，不屑屑乎規矩準繩之跡。」主張跳出規矩，「而寓有法於無法之中」。[133]其實寫文章講求「做法」，源自王安石熙寧四年（1071）更改科舉法，罷考詩賦，以經義論策來取士。此後以闡釋經義成為科考的重點，若不依規矩行文，則不易上第。在這樣的時空背景與規範下，陳騤的《文則》[134]、呂祖謙的《東萊博議》[135]、《古文關鍵》[136]、謝枋得《文章軌範》[137]等著作，成為最早具有指標性的論文選集，對文章寫作實務圈點、評釋有開創之功。日本雖曾有科舉制度，但實施不久即難以推行，因而衰亡。中村忠誠所舉的唐宋名家，雖無具體的文章做法專論，但文章之得體和宜、結構的完整、內容的精實，是對各體文類做法琢磨至深之後的呈現；解析其法度，歸納其原則，對學習者有一定的幫助。「文章做法」的教學日本漢學界採取肯定的態度，許多教材對歷來名篇傑作，依循呂祖謙《古文關鍵》、謝枋得《文章軌範》等的分類，分析其「文字體式」及主旨、結構、章法、敘事與

133 中村忠誠，〈文說〉，《櫻溪文鈔》，頁37。

134 陳騤（1128-1203），年齒輩份均長於呂祖謙，《文則》一書之作是「舉業合一之資也。」見《文則》（臺北，叢書集成新編（80）新文豐出版公司，1984），頁425。

135 呂祖謙在《東萊博議序言》中說此書之作，源自於乾道四年受業於曹家巷，學子問舉業者甚眾，故編纂此書以「佐其筆端」、「則舉子之所以資課試者也。」（臺北，廣文書局，1981）頁1。

136 呂祖謙的《古文關鍵》是集錄相關選本，再加以評點、論述，之後再由南宋蔡文子作注，才完成的。

137 謝枋得（1226-1289），以抗元毀家，終以身殉，氣節為世所稱。所著《文章軌範》雖器格較低，論述不夠周全，但普受日本漢學界重視，數百年來皆為主要作文教授與學習的範本。

修辭等，以作為教學與寫作的規範。

（三）無困苦流貶之感

清代來臺的中國文士最喜以韓愈貶潮洲，柳宗元貶永州、柳州、蘇軾貶儋州為例，來自我譬況，以他們的貶謫經歷，寬慰遷調荒僻之地的挫折心境。[138]中村忠誠雖頗仿擬上述三人之作，但文章內少有抑鬱不平的情緒，頗能安於現實。雖他在日本，已為將被潮流淘汰的漢學者，畢竟是自願而來的，適應情況亦佳。鹽谷青山對這點最為敬佩，在〈玉山吟社宴會記〉文後說到，來臺日人離鄉背井，日常生活缺乏家屬、親人陪伴照料，往往會寂寞無聊，苦悶無處發洩；有的耽溺聲色，有的横遭風土病，狀況普遍不佳。然而「吾兄雅懷加以文辭託興，隨遇而安，從容樂命，真高人一等矣。」[139]〈七星墩山蹈雪記〉再次對其安於現況的修養致意：「無不平拂鬱之氣，真高人一等矣。」[140]服部愛軒評論〈記釣魚〉時，將中村忠誠與柳宗元做了對比，認為柳氏在永州、柳州的作品充滿了「悲涼之氣」，因罪被貶謫，所以心中不能「自安」，而「吾伯實雖在窮裔，而俯仰無所愧，胸中皓然，故文亦有自得之意，誰謂古今人不相及邪。」[141]身處窮野之地，因為無所愧疚，反而有自得之意。安井朝康說認識他五十餘年：「未嘗見其疾言遽色，常溫溫而言，怡怡而樂。」[142]館森鴻說他

---

138 如「昔人云，文人之筆，多得山水之助；涉境愈險，則文筆愈奇。韓之潮，柳之柳，蘇之儋耳，是其徵矣。」汪灝，〈赤崁集序〉，王必昌著，《重修臺灣縣志藝文志》（四）（臺北，臺灣銀行經濟研究室，1961）頁450。孫元衡《赤崁集》、陳璸〈新建臺灣朱子祠〉、劉家謀〈海音詩〉、姜宸熙〈送孫武水之臺灣〉、金文焯〈澄臺觀海〉、許南英《窺園留草》等等。

139 鹽谷青山，〈玉山吟社宴會記評〉，《涉濤集》，頁125。

140 鹽谷青山，〈七星墩山蹈雪記評〉，《涉濤集》，頁134。

141 服部愛軒，〈記釣魚評〉，《涉濤續集》，頁165。

142 安井朝康，《櫻溪文鈔・序》，頁2。

是位忠厚之人「與人樂易，不致臧否，又不非議時政。」[143]從這兩位相交多年的敘述可以看出，中村忠誠本即個性溫和、保守，謹言慎行，所以能隨遇而安。此外，作為一位殖民政府的官員，受人敬畏，與遭貶謫的柳宗元心境相較，自然有所不同。

四　日臺漢文構接政策下的教授者

（一）主與隨——倭與漢

日本位於「中國」的東側，史書中由漢代對這些島嶼有了許多記述。《漢書．地理志》開始用「倭」這個詞來命名人種及國家：「樂浪海中有倭人，分為百餘國，以歲時來獻見云。」[144]《後漢書．東夷傳．倭》：「倭在韓東南大海中，依山島為居，凡百餘國。……建武中元二年正月，倭奴國奉貢朝賀，使人自稱大夫，倭國之極南界也。」[145]《說文解字》對「倭」的解釋是：「倭，順貌。」段玉裁注：「倭與委義略同，委隨也、隨從也。」[146]「倭」之意便是追隨主人的隨從，是一種僕役階級的人群。這樣的命名自然是大國意識的顯現，以俯視的角度看待非我族類。由於「東夷」人沒有文字與書寫能力，自始便是被漢人所命名、所記述。[147]直到「唐化運動」開始，中國的典章制

143 館森鴻，《櫻溪文鈔．序》，頁4。

144 班固，《漢書．地理志第八下》卷二十八下（臺北，鼎文出版社，1979），頁1658。

145 范曄，《後漢書．列傳七十五》卷八十五（臺北，鼎文出版社，1979），頁2821。

146 許慎著，段玉裁注，《說文解字注》（臺北，黎明文化事業出版社，1978，四版），頁372。

147 鳥越憲三郎，《中國正史倭人．倭國傳全釋》認為倭人、倭國原皆在中國長江流域一帶，其後分部包括尼泊爾、東南亞各島嶼以及江蘇、安徽、山東、朝鮮半島、日本列島等。以「倭」稱呼這些人，是黃河流域漢人的歧視性用詞。鳥越憲三郎的說法，混雜了史籍所載「東夷」、「獠」的族類分布，並不可取（東京，中央公論新社，2007，四版），頁13-15。

度，被全面的引入「東夷」。至此以後宋、明、清中國與日本之間一直在主／隨，根／葉，源／枝，供／需，創／擬這樣的狀態之間。日本約在唐高宗年代（670-674），某一島區的人嫌棄「倭」的歧視性與不雅，自我命名改稱為日本，以提升國格，但「倭」之名並未消失。[148]中村忠誠在序館森鴻《先正傳》一文仍用「倭魂」這個詞語[149]，來自我定位，鼓吹民族大義。〈竹仔湖觀櫻花記〉稱日本人為「東人」[150]，這是以中國為「中心」，自居為東邊之人的思維模式。這種情況到明治時期有了相當大的改變。因為西方列強的入侵，清國的積弱不振，日本政治、學術界也做出了很多批判與省思，不再維持恭敬追隨者的角色。質疑、去除漢學的言論，使得許多具有深厚基礎的傳統學術，受到空前的挑戰，然而就算對漢學鄙棄，也無法在短時間裡截然的斷絕。因此反漢學的運動雖熾熱，其護衛的行動也很積極。例如以孔教、儒家思想為中心的元田永孚所寫的〈幼學綱要〉(1881)，西村茂樹〈小學修身訓〉(1881)、〈日本道德論〉(1886)仍以儒家的道德仁義為基礎。志賀重昂、三宅雪嶺、陸羯南等提倡的「國粹主義」（1888-）等，強調「日本本來的精神」，雖須去除不合時宜的風俗、習慣、制度，但要由真正的日本出發。[151]而所謂「真正的日本」，便是以儒家為主流的立國思想。日本的漢學者和詩文創作者，在反漢／擁漢的矛盾情結裡，不斷的衝撞、盤繞，尋求解決之道。[152]中村忠誠及其所屬的洄瀾社，在學術表現與文學創作上，明顯趨於保守一派，

---

148 劉昫，《舊唐書》〈日本傳〉，「日本國者，倭國之別種也。以其國在日邊，故以日本為名。或曰倭國自惡其名不雅，改為日本。或云日本舊小國，併倭國之地」。（臺北，鼎文出版社，1981），頁5340。

149 中村忠誠，〈先正傳序〉，《涉濤續集》，頁6。

150 中村忠誠，〈竹仔湖觀櫻花記〉，《涉濤續集》，頁158。

151 李慶，〈19世紀末的國際形勢和日本社會環境〉，《日本漢學史》第二編第一章，頁107-110。

152 參見陳瑋芬《近代日本漢學的「關鍵詞」研究——儒學及相關概念的嬗變》一書相關論述（臺北，臺灣大學出版中心，2005）。

對西來觀念，抱著抵拒、批判的態度。〈先師幽谷倉田先生行述〉說：「明治更始，取法泰西，棄斥古道。」[153]〈佐藤後素遺德碑〉說：「既而海內漸向歐學，講聖道者日寡。」[154]感慨古道、聖道的衰微，社會風潮傾向歐美等西方強權。〈國分寺瓦硯記〉的批評甚為強烈，文中指出當前社會的人：「尚新而惡故，視六經古文若廢物故紙。」不知愛惜，「又將排擠而壞滅之。」盲目追求新事物，放棄了可貴的經典。所以有心者應該「立中流支狂瀾，使天下後世復仰斯文之光者，……。」[155]〈洄瀾餘話引〉說現在斯文已衰，然而：「有吾黨在，不徇時好，不顧世嗤。」自我勉勵「以支落日乎將沒」[156]。對「漢學」進行悲情式、熱血式的護衛行動。縱使如此，作品中時而也表現出漢／倭矛盾，與多面向的情意纏結。仔細論究，其所護衛的應該是「日本（倭）化的漢學」，而非中國漢學。例如《涉濤集》三書中，洄瀾社的社友對其作品的評語，表現出仰慕、企及、超越等的不同層次，又不避諱的將其作品在日臺漢文創作界裡，給予很高的定位：

其一、作品程度與漢人作家相近。藤波王民〈登觀音記〉：「臺島地名，與內地不同，施之文章，特覺雅馴。吾兄近作諸記，媲美漢人，職是之由。」[157]秋葉猗堂〈竹仔湖觀櫻花記〉：「釣魚、採蘭、觀櫻等，皆必傳之作，與東坡海外文字可並稱。」[158]藤波王民說〈登觀音記〉可以「媲美漢人」，猗堂認為釣魚、採蘭、觀櫻等幾篇作品，必然可以是流傳千古之作，甚至和蘇軾貶官海南島的作品並駕齊驅。

---

153 中村忠誠，〈先師幽谷倉田先生行述〉，《櫻溪文鈔》卷三，頁10。

154 中村忠誠，〈佐藤後素遺德碑〉，《櫻溪文鈔》卷三，頁37。

155 中村忠誠，〈國分寺瓦硯記〉《櫻溪文鈔》卷二，頁2。

156 中村忠誠，〈洄瀾餘話引〉《櫻溪文鈔》卷一，頁27。

157 藤波王民覺得臺灣地名「雅馴」，本篇共有十個地名，觀音山、大遯（屯）山、淡水、和尚洲屈尺、三角湧、龜崙、七星山等，大部分是因地形而得名，藤波王民的感覺應是文化差異造成的美感。

158 秋葉猗堂，〈竹仔湖觀櫻花記〉，《涉濤續集》，頁160。

黃植亭對〈石壁潭賦並序〉的評論也說：「……而石壁潭當與赤壁江並傳矣。」[159]斷言這篇作品將與蘇軾〈赤壁賦〉共傳不朽。

其二、作品程度超過漢人作家。如：館森袖海說〈登大屯山記〉：「陸雲之研欲焚。」[160]日下勺水〈竹仔湖觀櫻花記〉：「柳州諸記，不過一邱一壑之勝，伯實則達觀全景，委屈周到，可以充一部臺疆志。」[161]中村忠誠在〈移臺灣遊寓詩人文〉一文，呼籲日本漢文作家能夠提筆為文，「諸公懷繡腸，咳唾珠璣，壓倒元白，自負不卑，其於辭藻，蓋已彬彬矣。」[162]能夠有所自持，寫出壓倒中國唐代元稹、白居易的文章。〈石壁潭賦並序〉說自己作的賦將勝過蘇東坡的〈赤壁賦〉，「可以一刷古貌，自開生面。風神精彩，獨專千古，後人不能效。」[163]語氣豪邁，自信之辭溢於言表。

其三、作品在日、臺漢文界的地位。鹽谷青山〈玉山吟社宴會記〉：「川口濯父云：自臺疆開府，未有真學士遊寓者，其有之，自吾伯實始，余以為知言。」[164]肯定中村忠誠的學術與創作，是來臺日人中第一流的。服部愛軒〈甘藷先生傳〉說：「筆力縱橫，愈出愈妙，山陽氏不得擅美於前也。」[165]中村忠誠這篇文章，一開頭便引了散文大家賴山陽〈蹲鴟子傳〉，指出可疑之處，並認為他長於史筆短於博物。服部愛軒將兩作比較，認為〈甘藷先生傳〉並不遜色。鹽谷青山認為〈七星墩山蹈雪記〉所記的七星山下雪的情形：「假令菊三溪見之，狂喜收入續虞初志中。」[166]松平破天荒說這篇：「如讀國朝文錄

---

159 黃植亭，〈石壁潭賦並序〉，《涉濤續集》，頁156。
160 館森袖海，〈登大屯山記〉，《涉濤續集》，頁163。
161 日下勺水，〈竹仔湖觀櫻花記〉，《涉濤續集》，頁160。
162 中村忠誠，〈移臺灣遊寓詩人文〉，《涉濤續集》，頁182。
163 中村忠誠，〈石壁潭賦並序〉，《涉濤續集》，頁155。
164 鹽谷青山，〈玉山吟社宴會記〉，《涉濤集》，頁124。
165 服部愛軒，〈甘藷先生傳〉，《涉濤續集》，頁179。
166 鹽谷青山，〈七星墩山蹈雪記〉，《涉濤集》，頁134。

中佳篇。」[167]秋葉猗堂讀完〈登大屯山記〉後說：「邦人臺疆文字，有能出此右者乎。」[168]在臺灣的日人，豈有人能寫得比他更好。中村忠誠在〈石壁潭賦並序〉中自信此篇將勝過蘇軾的〈赤壁賦〉之外，「邦人之賦，多不入調，欲求完璧，難矣。」[169]認為日本的漢文作家要達到這篇作品的水平，也是非常困難的。

作為一位日本漢文作家，中村忠誠的學問源自中國傳統經籍，作品承續唐宋諸家的章法，書寫得體，謹守在古文章法、規範之間。然而作者及其文友所關心的，常常是在「定位」的問題，主要論點環繞於肖與不肖前人之作，較之古人孰高孰低等問題。就其作品展現的特質來看，雖偶有自信過度之辭，中村忠誠確實做到追隨師門慊堂、息軒、幽谷一脈相傳的理念，慎步的仿擬先賢名篇大作，然而綜觀其作，尚未如自身或同道所言，已具有超越古人的質地。

（二）陲與陲——倭與臺

「陲」字在《說文》裡的意思是「危」、「遠邊」[170]之意，其後邊陲兩字合而成詞，意指國家的邊疆地區。臺灣明、清兩代與蒙古、新疆、西藏、瓊州等都屬於偏遠地區，政府統治的力量不穩定，文化蘊藉、發展不足。[171]原居的族裔，始終未脫出中國的影響。有清一代臺

167 松平破天荒，〈七星墩山蹈雪記〉，《涉濤集》，頁134。

168 秋葉猗堂，〈登大屯山記〉，《涉濤續集》，183。

169 中村忠誠，〈石壁潭賦並序〉，《涉濤續集》，頁155。

170 許慎著，段玉裁注，《說文解字注》，頁743。

171 清代臺灣文進士約三十六人，文舉人約三〇四人，中進士的光緒年間最多，共二十名。見陳香〈清代臺灣的科舉〉，《臺灣的根及枝葉》（臺北，國家出版社，1998），頁165-215。黃典權列有三十一人，汪毅夫列有三十二人，林文龍列三十四人。尚不如清代廣東潮州一府考中進士有一一六人，見陳澤泓著，〈潮人民性〉，《潮汕文化概說》第四章（廣州，廣東人民出版社，2001），頁299。福建泉州則有二六九人。見陳支平、徐泓總主編，〈明清時期閩南文學〉，《閩南文學》第三章（福州，福建人民出版社，2008），頁148。徐曉望主編的〈明清〉，《福建通史》

灣仍為移墾社會的型態，經濟貧乏，受教育者不多。遊宦之士與在地化的文人，雖累積不少詩文作品，尚不能建構獨特學術流派與創作特色。[172]詩文作品除丘逢甲外，吳子光、施士洁、許南英、洪棄生、連橫、吳德功等都僅能說是一方之士。日本則千餘年來深受中國影響，仿製融通，源遠流長，代有才人，著作豐富。來臺者如久保天隨、神田喜一郎、岡本監輔、中村忠誠、館森鴻、籾山衣洲等，漢學素養深厚，且在日本漢學界，系出名門。[173]以區域發展的狀況來說，日本在文化位置及次第上，屬於「隨主變化」的情況，持續承受與轉化來自中國的影響，較無反饋的能力，雖曾萌發這樣的意圖與論辯，[174]卻仍只有一套雜揉的、缺乏獨立性的體系。日治初期臺灣的詩文創作情況，表現了「隨」與「陲」的文化「相遇」、「疊合」的現象。日本的漢學的西化衝突經驗，給與臺灣很多借鏡。值得玩味的是，此一時期內反對日人據臺的作家，以漢詩文寫出山河易幟之悲與棄民之苦；另一方面急於與新政權建立關係者，亦以漢詩文表達迎接之意，順應時局之變，尋求構接，形成一種特殊的交會現象。

日本通曉漢文的人士來臺，啟發了臺灣詩社與文社的蓬勃發展，

第四卷，則說「清代前期進士福州388，泉州224，漳州114，汀州72，興化61，建寧34，邵武25……。」（福州，福州人民出版社，2006），頁599。可見愈都市化，人口愈多的區域，文教愈發達，中舉人愈多。

172 臺灣知名的家族如竹塹的鄭用錫、林占梅，大龍峒陳維英、板橋林維源、嘉義的賴時輝等都有學術與詩文專著，彰化的章甫、淡水的黃敬亦有學術著作，聚徒甚眾，然而其內容及影響力尚不足。

173 中村忠誠師承之松崎慊堂、安井息軒等人的著作，皆為明治三十五年後中等學校漢文課必修的教材。是養成日本學生漢文能力的基礎，見李慶，〈1895-1918年間的日本漢學概況〉，《日本漢學史》第三編第四章，頁329、330。

174 日本追求「脫漢」的自覺與行動，在江戶中期已有萌發，如賴山陽對漢詩的發展追求個性化、本體化，但仍未能見出效果。彼時木下順庵、祇園南海、荻生徂徠等的「宗唐（明）」，僧六如、菅山茶、市河寬齋等的「宗宋」之爭，並未脫離中國的實際影響。見蔡毅，〈試論賴山陽對中國古典詩歌傳統的繼承和創新〉，《日本漢詩論稿》（北京，中華書局，2007），頁64-66。

尤其是詩社的活動。總督府始政的十餘年間（1895-1911），正是日本漢詩最為盛行的年代（明治三〇年代至末葉〔1897-1911〕）；而日本漢詩寫作潮與文人結社的興盛，來自於對漢學衰微的反撲與掙扎。失去幕府與藩主支持的士人，必須另謀出路，成立私塾與結社是肆應的方式之一。這樣的反撲仍不敵時勢，漢學逐漸失去主流位置，成為社會畸餘勢力。[175]然而島內卻在來臺軍政人員及學者、文士的引入、推動下，複製了這個經驗，且逐步的引起了仿效風潮。在此之前的清領二百餘年間，可查知的詩社不過十四、五個而已。[176]在大正十年（1921）到昭和十二年（1937）這十五、六年間，臺灣詩社大量增加。[177]全島各縣市皆有詩社的存在，其後陸續成立多達三百個左右。而這些不斷出現的詩社，很多都是塾師及其弟子，或是宮廟、神明會、文昌祠等宗教人士改造而成的。[178]明治初期興起的知名「文會（社）」，有舊雨社、麗澤社與洄瀾社等。因散文較詩作更適合發表議論，可以雄辯滔滔，許多報章雜誌上的政論文字，皆用漢文寫作，其影響力亦甚為可觀。[179]臺灣在大正六年（1917）才有詩文並重的崇文社、臺灣文社（1919）[180]、高山文社（1922）等陸續成立。這些社團創社動機及運作模式，雖承續清代中國傳統詩社影響，不過主要還是

175 三浦叶，《明治漢文學史》依三浦叶的觀點明治末年時期漢詩已進入衰微期「詩壇の花衰微の時期」。三浦叶，〈第一期（初年より二十三年頃まで）の漢詩〉，《明治漢文學史》第一章（東京都，汲古書院，1998），頁195、196。

176 見廖一瑾，〈臺灣之詩社〉，《臺灣詩史》（臺北，文史哲出版社，1999），頁33-36。

177 日人據臺五十一年間，可考的詩社有三百個左右，然頗多維持時間甚短，有的僅有塾師及弟子數人。

178 地方士子集結的文社往往與私塾、詩社、吟社混稱，日治時代因詩社形成風潮，許多文社或私塾紛紛改稱為詩社或吟社。

179 牧野謙次郎述，〈明治時代（第五章・初期の漢文）〉，《日本漢學史》，頁315。

180 蔡惠如於首創臺灣詩社聯吟會——「櫟鰲聯吟會」後，認為要挽救漢文於垂危，「於詩而外」應提倡「作文」，櫟社、鰲西吟社諸君子深有同感。於是蔡惠如、林幼春、林獻堂等發起，於一九一八年十月另成立「臺灣文社」。

接受到渡臺日本諸多文士，引入明治年間日本漢學詩文團體萌起的浪潮啟發，在這股時勢鼓盪之間成長。就漢文學的發展來看，臺灣與中國原本是主與陲的關係，割讓日本後，則變成隨與陲的聯繫。臺灣與中國不便多往來，而島內在強權控制下，亦逐漸「脫漢入倭」，改變了風貌。

統治者發現藉由鼓勵「漢詩文」的創作，結合愛好者，可以快速而有效的聚攏臺灣知識者。以共同「發揚漢學，保存國粹」的旗號，可以消弭異／我間的距離，亦劃出可以「言說文對」的空間。明治三十八年（1905）七月一日（第2480號）《漢文臺灣日日新報》始刊，其出刊前的募稿廣告說：「漢文者。同文之命脈。東亞之國粹也。」[181]希望臺人能接續此一將絕的文字，共同來馳騁文場，[182]鼓舞民眾參與的用心非常明白。作為殖民政府的傳聲筒，主事者慎重的召告：日人與臺人同為漢文使用者與書寫者，應在這個共同基礎上，維繫漢文教育與寫作的命脈。這樣的說辭，廣泛的被新起的詩文社團所引用，如瀛社（1909）、南社（1906）、崇文社（1917）、臺灣文社（1919）等，成為冠冕堂皇的；非常有號召力的標語。[183]另就臺灣一八九五年

181 這些用詞的出現，與明治三十一年（1898）成立的「東亞同文會」有關。「東亞同文會」會長為近衛篤麿，會內成員六十人。這個會主要工作表現在建立學院，推廣日華教育。侵華戰爭開始後，隸屬日本政府，學生充為翻譯人員，直接成為作戰體系的一員。「東亞同文會」本質上是運用以同為漢字體系的國家為名號，進行逐步侵華的文化戰略。

182 其後又於六月一號、六月十五號、六月二十三號等刊登消息，見明治三十八年六月十五號《漢文臺灣日日新報》（2035號）附冊第47。

183 臺灣文社成立原因之一，在會員蔡惠如所言，「深慨漢文將絕於本島，倡議設法維持」。崇文社的徵文有許多次與「復興漢文」相關，如，一九一八年九月的〈維持漢學策〉、一九二一年四月的〈漢學起衰論〉、一九二五年七月的〈漢學興廢說〉等等。彼時提倡新思想的《臺灣民報》亦有「獎勵漢文的普及」（2卷25號、1924年12月1日）或是「漢文復興運動」（233號、1928年11月4日）等社論，支持漢文教育與寫作。有關《臺灣民報》支持漢文的理由及內容參看吳文星，《日據時期臺灣社會領導階層之研究》（臺北，正中書局，1992），頁335-339。

至一九〇七年之間的民間私塾、書房，仍有一千七百餘所的狀況來說，中國傳統文學與文化仍是當時的主流。[184]泰半知識分子賴此以維生，漢文教學短期內無法完全廢除，其根深柢固的力量不可忽視。殖民政府認識到，若順應情勢善加引導、利用，反可轉化成維持政權的助力。臺灣民間的舊有漢文根基，經過刻意的誘導，在蘊藏著「漢族遺胤」的；「矛盾兩執」的心態下，蓬勃茁壯的興盛起來。這種情況在日本發動侵華戰爭後有所改變，在臺灣推行的「皇民化」（1936年9月）、「去中國化」等運動，強力改造臺灣，禁漢字、改姓氏、廢宗教、立神社等等，幾年之間影響十分巨大。而臺灣的漢詩文作品，向日本傾斜的狀況愈加明顯。

綜觀日治時代的臺灣詩社、文社的發展，其運作與傳播，事實上是受到殖民政府的政策鼓勵與親附者的推動，而日本漢詩文作家的在臺發展，日本本土詩文大家來臺交流，也使臺灣漢詩文表現了「隨與陲」的接合，夾雜有「漢倭雜揉」的特殊現象。

（三）征服者的心與眼

1 征客與斯民

中村忠誠明治三十二年（1899）四月抵臺，五月二十五日，即參加知名的「玉山吟社」[185]雅集。此次參與者有日人、臺人、清人（章枚叔）三十餘人。因不擅長詩作，但為了記述這次難得的經驗，宴後寫有〈玉山吟社宴會記〉。文中摹寫宴會之間，談笑互發，彼我

184許俊雅，《臺灣寫實詩作之抗日精神研究——1895-1945年之古典詩歌》（臺北，國立編譯館，1997），頁323。

185 「玉山吟社」明治二十九年（1896）成立，社員有，水野遵、土居通豫、館森鴻、伊藤天民、磯貝蜃城、村上淡堂、岡木韋庵、木下大東、中村櫻溪等知名日人，臺人有陳淑程、黃植亭、李石樵等。社員以日人為主，臺紳、文士黃茂清、李秉鈞、翁林煌、蔡石奇、陳洛等人常與會。

無間，詩酒歡樂之狀。其中述及因人人皆醉，醺然陶然，讓他忘了自己是天涯千里之客，而「斯土人士，亦忘其為新版圖之氓也。」[186]事實上征服者與被征服者，種族與種族之間的差異，豈可能在一會之間泯除。與會者的「同樂感」，或書寫出的「無間感」，是彼此為了未來的和諧互惠，共同營造出來的想像而已。作者藉由共通的漢文字，做一風雅的宣示。其中「新版圖」一詞，在作品裡透露了「征客」與「斯民」的差距；也看出作者盼以文字作為「構接」的用心。

同樣使用漢文，中村忠誠仍不免表現出統治者的、征服者的分別意識。[187]三本《涉濤集》四十三篇文章裡，有十四篇是遊記。這些作品除了作者說的「樂山水風月」（〈石壁潭賦並序〉）[188]、「免於無聊憔悴之患，而軀益健。」（〈記釣魚〉）之外[189]，是帶有巡視「領土」，「俯觀」島民的心眼的。一方面巡視，一方面遊賞，婉曲的展現統治者的優越感。[190]日本據臺初期，北臺灣淺山中仍有原住民不願臣服，時常出草獵首。臺北近郊屈尺一帶，之前仍是不平靖的地區，日人入主後，以軍力掃蕩，才逐步穩定下來。〈遊屈尺記〉誇耀這樣的功勳：「一旦歸皇土，榛狉日闢，礮槍收響，土番向化……。」不敢再反抗之後，他們這些臺灣總督府參佐及高等庶僚，才能跋山涉水，探

186 中村忠誠，〈玉山吟社宴會記〉，《涉濤集》，頁124。

187 就其在臺相關著作來看，他與臺灣文士的交往甚少，除了吳德功之外，大多為宴飲酬酢或公務應對之間而已。對於當代臺人的漢文作品，未見有整體性的評說與論斷，保持了相當的距離。

188 中村忠誠，〈石壁潭賦並序〉，《涉濤續集》，頁155。

189 中村忠誠，〈記釣魚〉，《涉濤續集》，頁165。

190 這樣的寫作心態，與清領初期的治臺官員十分相似。如同康熙年間臺灣知縣王兆陞〈郊行即事〉，臺灣海防同知孫元衡〈過他里霧〉，鳳山知縣宋永清〈茄藤社〉，巡臺御史黃叔璥〈漫記〉，乾隆年間的鳳山知縣譚垣的〈力力社〉等。在他們眼中臺灣是新附的領地，人心向背、風土民情、奇山異水都是需要觀察和記錄的。臺灣原是漢番雜處之地，現在歸大唐（中國）統治，不會再有兵災產生。蒙受國恩的「原住者」，以經書內的禮義教化，便會懂得忠信，逐步馴化成為治下良民。

勝討奇，做一番遊賞的。〈後山坡記〉說「後山坡」這個地方，位在臺北城東二里一座小山邱上，聽聞劉銘傳曾來此置酒高會，泛舟觀月，妓樂歌舞，現在只剩荒煙蔓草，十分荒涼。然而現在「臺灣歸皇土，治教休明」，當前總督府的統治聖明可見，遠遠超過前朝。〈重登七星墩山〉一文的開頭即以值得慶賀的「王師拔旅順之寨」做開頭，這次登山是國語學校全校師生的旅行，是一種體力的鍛鍊，也是一種「愛國」的精神教育。登山時遇到風雨，隊伍蒙受無情侵襲，他表現出無畏的豪情。對國家偉大的戰功感到驕傲，甚至說自己已有五十四歲，但若「急事」，他認為仍可以「執銳編伍」來抵禦敵人。

2 鼓舞日式漢文的臺灣書寫

中村忠誠在《涉濤續集》（1904）有篇頗費心力之作〈移臺灣遊寓詩人文〉。「移文」在此的用意在激勵、鼓吹在臺日人，努力以漢文寫作詩文。他說：「歸皇土之初，載筆來遊者甚蕃，或官餘遣懷，或橫槊寓興，有玉山吟社，勃焉而興，一時號為隆昌。」如今似乎愈來愈消沉，頗有萎靡不振的現象，因此他呼籲「發山川之美，揚景物之奇，歌風氣習俗之異，以顯其未顯者，詩人文士之責也。」大家應該秉持文章華國的理念，如前清文士一般，將臺灣山川之美、風俗之異形諸文字，寫出日本傳統教養下漢文作品。如果放棄上天給與的「良材佳料，而徒拘拘焉」，是一種「棄天」的行為。中村並舉了韓愈、柳宗元、杜甫、李白、蘇軾、沈光文、郁永河、孫元衡、張湄等人，以及臺灣府、縣志所載的記述為例，奉勸漢文作者，要寫出勝過前人之作。[191]事實上中村來臺之後，熟讀了大量的臺灣典籍，並引

191 中村忠誠，〈移臺灣遊寓詩人文〉，《涉濤續集》，「臺灣隸清國二百年，有瀛堧之詠，有赤嵌之集，有遊臺之編，有稗海之記，有東吟之社。遊寓文士，歌詠敘述，世不乏人，府縣志冊所載，蔚乎可觀矣。」事實上他也模仿前清官遊之士的寫做法，取用了很多他們敘述過的材料。

述在文中。如〈甘藷先生傳〉引了《閩書》、《臺灣府志》、《臺海采風圖》對甘藷來源的解說與圖示，〈竹仔湖觀櫻花記〉引《淡水廳志》對國姓魚由來的故事。為吳德功《戴案紀略》所寫的序，則談到藍鹿州《平臺紀略》、福康安《臺灣紀略》、《彰化縣志》、林豪《東瀛記事》等。可以看出對臺灣的文獻有深刻的了解，並且透過前人的累積，做著承繼與開展的工作。這樣的目的其實如同政權的取代一般，希望建構一套「日本漢文臺灣書寫」的系統，逐步替換「中國書寫」，將描述此地的文章，納入日本漢文文學的脈絡之中。秋葉猗堂對此文大加讚美：「邦人臺疆文字，有能出此右者乎？」[192]日下勺水說：「括盡一部臺疆地誌之美。」[193]認為本文總結了前清文士的成果，並以激情之語期待來者，能夠寫出超越前賢之作。

3 山水花草的納編與倭魂奮起

由於對花草樹木、蟲魚鳥獸很有興趣，遊記文章中寫了不少臺灣特有的品類。櫻花是日本國的代表性象徵，〈竹仔湖觀櫻花記〉以臺灣土生櫻花為例，比附此地與日本的精神、風氣相通。他說櫻花者，「神州清淑之氣所磅礴鬱積而生也。」所以海外諸邦長有此花者非常少，「而臺疆特有之，豈以其風氣有所相通而然耶？」中村忠誠一方面將日本與櫻花神聖化，一方面驚詫臺灣竟然也能長出這樣具有象徵性的植物，認為必有特殊的涵意，必有相繫的、不可切割的關係。此外又以鄭成功為日本婦人所生，珍貴的櫻花又能在此成長「……而鄭延平以我婦人之出，據以唱義。則櫻花之產於此土者，其豈偶然。」其間有必然的因果關聯，因此慨然嘆到：「余觀此花而知臺灣之歸神州有故矣。」臺灣終究成為日本領土，櫻花生長於此，便是重要的象

---

192 中村忠誠，〈移臺灣遊寓詩人文〉，《涉濤續集》，頁183。

193 中村忠誠，〈移臺灣遊寓詩人文〉，《涉濤續集》，頁183。

徵及脈絡。籾山衣洲評論此文說：「因此花之生臺疆，而斷臺疆之所以歸神州。」[194]附和了這樣的論斷。事實上日本占領臺灣的企圖其來已久，直到乙未年（1895）才達其所願。然而以武力強占他人國土，畢竟有違仁義道德，作為慾力膨脹的帝國子民，合理化國家罪行，塗抹牽扯使其犯行正當化，是「愛國文士」常見的手法。

中村對於漢文寫作的執著，雖有其本位主義的思考，表現了對洋學或新體文學的強烈抵拒；然而由於他素養深厚，文筆暢達，以當時臺灣的環境來看，給予很大的發揮空間。〈上兒玉總督乞留用山衣洲書〉說：「漢人自古尊崇文辭，臺灣人素襲其餘習，故文辭之不美不足以服其心。」[195]要獲得臺人之心，寫出佳美的漢文才能服眾。鹽谷青山在〈登觀音記〉一文的評論說這裡的山水能夠讓伯實來寫，確實幸運，然而：「余更欲倩其掾筆，作一部臺灣徵討史，安得上言總督，能成就之。」[196]日本征討臺灣的過程，日軍戰無不克，大敗清軍、義民，臺灣總督更應該聘請他來撰寫，以褒揚軍威，凸顯國力。最能表現中村忠誠國家意識的作品，應是為館森鴻《先正傳》一書所寫的序文了。

館森鴻於明治三十七年（1904）由《臺灣日日新報》社出版了《先正傳》一書。內容介紹德川幕府末期至明治中興期的能人異士，如坂本龍馬、西鄉隆盛、木戶孝允、大久保利通等，文中特意彰顯他們忠君愛國，力求改革，振興國家的一面。日本在這個時期，國力漸趨強大，向外拓展力量的行動日趨頻繁，許多「浪遊雄飛」之士[197]，不斷向周邊積弱不振的國家進行侵擾。又受到西方帝國宰制東方國

194 中村忠誠，〈竹仔湖觀櫻花記〉，《涉濤續集》，頁160。

195 中村忠誠，〈上兒玉總督乞留用山衣洲書〉，《涉濤續集》，頁170。

196 鹽谷青山，〈登觀音記評〉，《涉濤集》，頁136。

197 這裡指的是「戊辰戰爭（1869-1869）」後，失去幕府、藩主依靠的大批武士階級，不得不自行尋找出路，許多浪人以個人或團體的方式，對外國進行騷擾、干預的行動。而這種行為對近代日本來說，卻是國力延伸，侵略鄰國的先行力量之一。

家，建立殖民地的啟示，有著起而效法的「壯志」。這樣的霸道、侵略行為，被以文字鼓舞、美化為民族英雄的作為。中村忠誠在〈先正傳〉序上提出了「倭魂」兩字，認為書中所介紹的人物：「非有所謂倭魂者，焉能如此。」這些人秉持了可敬的民族精神，才使國家有了今日的局面。而「嗟夫，倭魂之未斬，其誰之力。豈不賴先賢為之倡乎！」[198]他認為館森鴻這本書，便是在倡導這樣的精神，讓它不致磨滅。〈竹仔湖觀櫻花記〉中說：「夫臺疆之闢，實由我浪遊之士！」[199]日本之所以能獲得臺灣這個島嶼，彰顯了帝國的強盛，依靠的便是「先正們」冒險犯難的勇氣，而他們可敬的「倭魂」則是最大的功臣。

五　結語

以臺灣為主體的文學脈絡建構裡，主／隨／陲的位置是變動的，不再只是被書寫、被教導、被納編的角色。日治時期的漢文作家、作品，已經被歸入臺灣文學發展的系譜，並給予適當的論述。中村忠誠的學術與創作系出名門，淵遠流長，身為教師近三十年，他表現了教育者謹守本分，服膺殖民政府政策的職責。作品裡鼓吹臺民附日，以文字張羅據臺的合理性，流露了統治者的意識。有關臺灣諸多作品，在方法上以仿擬、纂組名篇佳作為主，遵循唐宋八大家行文規範，亦步亦趨，「無艱深險薄之習」[200]，做的是繼承與傳遞的工作。這些保守的觀念，是傳統漢學固有的教、學習性，然而這樣的傳統，在不斷西化的時代與思潮下，屢遭挑戰，顯得對應能力不足。中村忠誠晚年曾自述一生作品兩百篇「無一足觀」，然寫作時頗費心血，希望能夠流傳以「資史家之采擇」。代表作品《櫻溪文鈔》

---

198 中村忠誠，〈先正傳序〉，《涉濤三集》，頁170。

199 中村忠誠，〈竹仔湖觀櫻花記〉，《涉濤續集》，頁159。

200 館森鴻，《櫻溪文鈔．序》，頁4。

的八十七篇中，生前編定的僅有六十篇。[201]他認為自己作品的歷史意義大於文學價值。就臺灣來說，中村忠誠作品裡中國古文的「純粹性」，引用的名篇佳句，是構接臺灣知識階層的重要成份。就今日來看，也足以被具有素養的東亞漢文化圈知識分子認知與解讀。其以寓居日人心眼書寫的北臺灣山水之景、花草樹木之奇、宴游之樂等，在那個文化時空裡，不但具有隨／陲遇合的特殊文學意義，在臺灣文學的、歷史的時、空場景上是不可磨滅的文化足跡。

——本文原刊於《臺灣學研究》二〇一二年十二月第十四期

201 館森鴻，《櫻溪文鈔．序》，頁4。

徵引文獻

一　古籍文獻（按出版時間前後排序）

嵇　含　《南方草木狀》　臺北　臺灣商務印書館　1966

《全唐詩》　臺北　復興書局　1967　再版

蘇　軾　《蘇東坡全集》　臺北　河洛出版公司　1975

邱燮友等　《新譯四書讀本》　臺北　三民書局　1976　修訂六版

朱熹注　《詩集傳》　臺北　臺灣中華書局　1978

許慎著　段玉裁注　《說文解字注》　臺北　黎明文化事業出版社　1978　四版

《增補六臣注文選》　臺北　華正書局　1979

班　固　《漢書》　臺北　鼎文出版社　1979

范　曄　《後漢書》　臺北　鼎文出版社　1979

劉　昫　《舊唐書》　臺北　鼎文出版社　1981

柳宗元　《柳宗元集》　臺北　漢京文化事業出版公司　1982

馬其昶　《韓昌黎文集校注》　臺北　漢京文化事業出版公司　1983

黃　暉　《論衡校釋》　臺北　臺灣商務印書館　1983　臺六版

魏徵等　《隋書》　臺北　鼎文書局　1983　臺四版

二　近人專著（按出版時間前後排序）

中村忠誠　《涉濤三集》　臺北　平島辰太郎發行　明治四十一年（1908）

中村忠誠　《櫻溪文鈔》　東京　中村忠諒發行　圓谷印刷所印刷　昭和二年（1927）

牧野謙次郎述　《日本漢學史》　東京　世界堂書店刊行　昭和十三年（1938年）初版　昭和十九年（1944）再版

黃慶萱 《修辭學》 臺北 三民書局 1983 第四版
盧嘉興原著 呂興昌編校 《臺灣古典文學作家論集》 臺南 臺南市立藝術中心 1990
吳德功 《吳德功全集・瑞桃齋文集》 南投 臺灣省文獻會 1992
吳文星 《日治時期臺灣社會領導階層之研究》 臺北 正中書局 1992
又吉盛清編 《臺灣教育會雜誌・漢文版》 明治四十年11月第69號 日本 沖繩縣那霸市ひるぎ社複印 1994-1995
許俊雅 《臺灣寫實詩作之抗日精神研究——1895-1945年之古典詩歌》 臺北 國立編譯館 1997
三浦叶 《明治漢文學史》 東京 汲古書院 1998
陳 香 《臺灣的根及枝葉》 臺北 國家出版社 1998
林文龍 《臺灣的書院與科舉》 臺北 常民文化 1999
廖一瑾 《臺灣詩史》 臺北 文史哲出版社 1999
陳澤泓 《潮汕文化概說》 廣州 廣東人民出版社 2001
劉元滿 《漢字在日本的文化意義研究》 北京 北京大學出版社 2003
陳正治 《修辭學》 臺北 五南圖書出版公司 2003 第二版
施懿琳等 《全臺詩》(一) 臺北 遠流出版社 2004
李園會 《日治時期臺灣教育史》 臺北 國立編譯館出版 臺南復文出版社發行 2005
陳瑋芬 《近代日本漢學的「關鍵詞」研究——儒學及相關概念的嬗變》 臺北 臺灣大學出版中心 2005
曾棗莊、劉琳主編 《全宋文》 上海 上海辭書出版公司 2006
徐曉望主編 《福建通史》 福州 福州人民出版社 2006
中村忠誠 《涉濤集》、《涉濤續集》 臺中 文听閣圖書公司 2007
蔡 毅 《日本漢詩論稿》 北京 中華書局 2007

陳支平、徐泓總主編　《閩南文學》　福州　福建人民出版社　2008
李　慶　《日本漢學史》　上海　人民出版社　2010

三　期刊論文（按出版時間前後排序）

吉田篤志著　連清吉譯　〈江戶後期的考證學——松崎慊堂的學問〉　臺北　中央研究院　《中國文哲所通訊〈日本考證學研究專輯〉》第12卷第1期　2002年3月
謝明如　《日治時期臺灣總督府國語學校之研究（1896-1919）》　臺灣師範大學歷史研究所碩士論文　2006
王幼華　〈日本帝國與殖民地臺灣的文化構接——以瀛社為例〉　《臺灣學研究》第七期　臺北　中央圖書館臺灣分館‧臺灣研究中心出版　2008年6月
王幼華　〈應試文章準則與疵病——以《古文關鍵》為例〉　《聯合大學學報》第6卷1期　2009年6月
劉勝驥　〈中華漢字之發展與整合擬議〉　臺北　遠景基金會季刊第13卷1期　2012年1月

文化構接與應時詩文

——日據時期瀛社的例子

前言

中國在鴉片戰爭之後，國力不如西方列強的情勢漸趨明顯。周邊國家如韓國與日本，都察覺到這樣的狀況，轉而對中國以往強大的形象產生懷疑。日本在明治時期發展的維新運動，使其快速的現代化；長久以來依附中國文化的情形，逐步遭到國內的反省與揚棄。其西化的成果，明顯的表現在軍事力量的成長，且形成亞洲獨強的局面。不過因浸潤已深，知識階級仍具有漢語詩文教養。日本在逐步形成軍事帝國主義思想後，開始將國力向外擴充，滿洲、臺灣、朝鮮都陸續成為其殖民地。臺灣在清朝的統治已達二百一十二年，日本政府除了軍事壓制、政治磨合、社會控制以外，要順利統治此地，必須尋求一個足以構接本地社會精英的媒介，以穩固領導。成立詩社，聚攏在地有力人士，以吟詠詩詞的模式，軟化抵抗意識，形成趨附團體。這種由上而下擴散影響，是日據時期相當成功的「文化構接」[1]模式。北臺灣的「瀛社」即為應時勢而生的團體，此詩社亦成功扮演了統治者與

1　「文化構接」為個人所擬的名詞，在本文中意為兩種不同的國家或民族，運用彼此相類似的文化背景，進行互相交往或溝通的行為。以滿清統治中國，日本統治臺灣作為例子，其文化構接的行動，實為政治統治下的策略之一。「構」一字的使用，表示具有強迫性的、刻意建構的積極力量在內。一九八○年代英國的文化研究學者Stuart Hall曾以文化接合（扣連？）(Articulation）一詞，論述不同民族與國家間的文化接觸現象，然其研究範例及命題未能符合日據時期臺灣的狀況，故以「文化構接」來做本文論述的基礎。

在地者媒合的角色。[2]然這種構接策略，在滿清入關統治中國時，即已充分運用，發揮了很大的功能；詩文運動成為異族統治中國有效的工具。這樣的做法，大同小異的重現在日據時期的臺灣。以瀛社為例，或許可以「看見」日據時期政治與文化相互為用的一個面向。

一　欲力湧起的日本帝國

日本在明治天皇即位後（1868），國內展開了一波又一波的圖強運動，使得國家面貌一新。所謂「明治維新」，基本上就是西化與現代化的運動；這個運動讓日本快速的成長，國家力量膨脹。由於現代化的成功，相對因應遲緩的中國、朝鮮及東南亞諸國，便被日本國內的野心分子視為可以侵略、可以占領的區域。

日本因國力的日益強盛，在國家論述上顯示出一種自信，且積極於國家的自我建構與詮釋。以其想像及誇大的論述，將日本塑造為獨大之國，具有悠久崇隆的歷史；更進一步的，將世界納編於其意志與想像之下。文政六年（1823年）佐藤信淵在《宇內混同祕策》裏宣稱：「皇大御国は天地の最初に成れる国にして、世界万国の根本なり。」（日本是天地間最早成立的國家，是世界萬國的根本。）由此推論皇國號令天下是合理的，日本首先應該併吞滿洲，接著將中國納入日本版圖，進軍印度，最後合併全世界。[3]全世界應該接受日本統

2　日據時期的「櫟社」以繼承漢學，詩文抗日知名，然其社員如蔡啟運、林仲衡、傅錫祺等都與統治者頗多周旋，具有相當強的「應時色彩」。南臺灣的「南社」表現出與執政者以「文化構接」的現象亦很明顯。

3　引見井上清著，〈序說・天皇制の侵略主義と近代帝國主義〉，《日本帝國主義の形成》（東京，岩波書店，1968），頁2。本書有宿久高等的翻譯本：《日本帝國主義的形成》（臺北，華世出版社，1986）。井上清（1913-2001），京都大學人文科學研究所教授，著有《日本女性史》、《日本的近代史》、《日本的歷史》、《天皇・天皇制的歷史》、《部落的歷史和解放理論》及《日本的軍國主義》等。

治，這是合乎情理的。佐藤信淵構築了一個日本國統治世界的說法，並規劃了實踐的步驟及藍圖。然而由於西方帝國主義的興起，向世界各地進軍，掠奪資源，建立殖民地，日本也難逃這樣的命運。英、美列強的入侵，強行建立不平等條約，對日本進行經濟與資源的剝削。[4]為對應這樣的局勢，安政四年（1857）橋本左內提出了「日俄同盟」論，認為應該與俄國乞求結親，發展為脣齒相依的關係。與這個強國結盟後，便可站穩腳步。如此之後，則可視美國為一東藩，思西洋為我屬；而當務之急是占領鄰國，以增強國力。[5]在「近国を掠略すること緊急第一」（以強大國力掠奪弱小鄰國）的觀念指導下，明治元年（186年）參議木戶孝允提出了「征韓論」，並不斷對之挑釁、製造事端，希望很快的併吞韓國。明治五年（1872）制定了遠征臺灣計畫，明治七年（1874）付諸實施，雖並未成功，然已開啟占領臺灣的先兆。[6]明治二十年（1887）中江兆民的《三醉人經綸問答》一文說：「美、俄、英、法、德諸國，都以強大的武力侵略亞洲，日本只有征服中國，才可能成為大國，才擁有強大的軍事力量，而這樣的英雄豪傑是值得鼓勵的。」[7]事實上在清道光二十二年（1842）的鴉片戰爭，中國不敵英國，已讓幕府產生警覺，認為清政府其實已虛有其表，遠非列強敵手，日本應有覺悟。日本國力已經足夠在東亞稱雄，統治及占領鄰近國家是理所當然的。然而什麼是日本帝國主義的精神

4 日本嘉永六年（1853）由培里率領的四艘美國軍艦，來到江戶灣，要求通商，這次行動打開了日本的鎖國政策。日本文久三年（1863）幕府被迫下達攘夷令，長州藩襲擊停泊於下關的美國軍艦，薩摩藩在生麥村殺害英國人，但均遭美、英迅速反擊，此即「生麥事件」，見林明德，〈緒論〉，《日本近代史》第一章（臺北，三民書局，1996），頁12、13。

5 井上清著，〈序說・天皇制の侵略主義と近代帝國主義〉，《日本帝國主義の形成》，頁10、11。

6 此即發生於清同治十三年（1874）臺灣史上著名的「牡丹社事件」。

7 井上清著，〈序說・天皇制の侵略主義と近代帝國主義〉，《日本帝國主義の形成》，頁15。

呢？其內容與具體實踐目標為何？高山樗牛在明治三十二年（1899）的《太陽》雜誌上發表了〈帝國主義與殖民地〉一文，是最具有代表性的。他認為不應該給征服來的屬國之民及異民族、異人種公平的權利，帝國主義者本來就是要征服、統治、控制和剝削其他民族（つまり他国・他民族を征服し、これを支配し従屬させ榨取するのが帝國主義だ)。〈詹詹錄〉說：帝國主義即排外主義、壟斷主義、侵略主義與非人道主義（帝國主義は排他主義なり、独占主義なり、侵略主義なり、非人道主義なり），所以用各種手段對付弱小的鄰國，是正確的做法。他說英國的殖民政策與美國占領下的菲律賓，都非真正的帝國主義。[8]這些說法很明確的指出日本帝國主義的精神與實際做法，由明治中期以後日本對鄰國的侵略行為來看，都是由這些基本教義出發的。日本對殖民地的占領、剝削、鎮壓與非人道措施，都被以上論點合理化、神聖化了。

井上清《日本帝國主義の形成》一文分析日本帝國主義的形成時認為，在經濟上是天皇及軍人擴張領土、搶佔「金銀財寶」慾望的顯現；政治上是因日本飽受歐美各國的壓迫，又無法反擊，因而「企圖通過大力壓制弱小鄰國，來找回受歐美壓迫的損失。」（弱い鄰邦を高壓することで、歐米から壓迫される代價を得ようとする要求と一体になっていた）[9]。現代化成功的日本，將中國、滿洲、韓國、臺灣等地作為其國力擴充的手段，占領並支配這些地方，才可能使日本成為真正的強國。在這樣的欲力驅動下，日本便展開武裝擴張行動，對被征服者進行比西方列強更嚴苛的控制與剝削。甲午戰爭失敗後的清政府，以斷尾求生的方式，割讓國土，謀求一時的苟安。於是被祖國拋

---

8 井上清著，〈序說・天皇制の侵略主義と近代帝國主義〉，《日本帝國主義の形成》，頁18、19。

9 井上清著，宿久高等譯，〈緒論・天皇制的侵略主義與近代帝國主義〉，《日本帝國主義的形成》，頁10。

棄的臺灣，在被統治的五十一年間，無處不留下殖民者強恣的印記。

二　異族統治中國的文化策略

不屬於漢文化系統的「異族」，以武力征服「中原」後，所面對的問題至少包括少數人的統治與文化對峙的兩大問題。漢文化的豐富與強勢，在秦、漢時代即已逐步擴展至周邊民族、國家，包括現在的韓國、日本，和越南、緬甸等中南半島諸國，沒有不受其影響。這些國家早期的歷史、文化，基本上還是由漢文書寫建構起來的，所以這些「異國他族」對漢文化毫不陌生。日文、韓文、越南文等文字的創造，也為漢字系統的異化與改制；且其文字系統裡，「漢字」仍被大量使用。[10]這樣的文化現象可以稱為「同體多枝」，意即其根本源自漢文化體系，然其枝葉發展各有所異。不過所謂「漢文化」，本身是多種文化雜糅的綜合體，不同種族的文化經由「轉譯」的過程，成為漢文化的組成部分。

在漢文化圈裡的「周邊」民族與國家，除了他們本身的固有文化、習俗外，事實上與中國有很多重疊的部分。這個重疊的部分，可以成為相互「構接」的基礎。這個部分也為少數族群統治廣大漢人，經常運用的策略。蒙古人統治中國後，對漢文化十分排斥，輕賤儒學，對中國人引以為傲的詩文傳統態度冷淡。[11]然而元世祖忽必烈

10 魏忠編著，〈中國北方民族古文字〉，《中國的多種民族文字及文獻》第三章，舉出西夏文、契丹文、朝鮮文（吏讀、諺文）都受中國影響（北京，文津出版社，2004），頁79-111。有關日本文字受漢字的影響，見劉元滿，《中國的多種民族文字及文獻》第二章〈漢字文化東漸的過程〉、第三章〈漢字融入日本文化的變異方式〉（北京，北京大學出版社，2003），頁29-109。

11 蒙古人本身無文字，其書寫曾借用回鶻文、索永布文、瓦金德拉文、阿拉伯文、漢文、回鶻式蒙古文、巴思八字等等。影響最大的是十三世紀創制的回鶻式蒙古文。見劉元滿，〈漢字融入日本文化的變異方式〉，《中國的多種民族文字及文獻》第三章，頁112。

（1277-1294）仍需接受漢文化，修正前宋的政治制度，運用相關禮法，以建構國家體系。仁宗（1312-1320）時開科考取士（1315），以朱熹的著作為依據，讓色目人、漢人、南人都學習傳統學術，知識階級能通曉漢文，以作為事務官的基礎。在蒙古人高壓統治下，中國傳統詩文活動並未消失，仍有優秀的表現，如耶律楚材、趙孟頫、虞集、楊載、范梈、揭傒斯、傅與礪、楊維楨、王冕、吳澄、薩天錫等。許多漢化的「胡人」如耶律楚材、薩天錫，亦寫出精彩的作品。詩人結社的活動頗為活躍，如月泉吟社、汐社、賀鑄的彭城詩社、葉夢得的許昌詩社、倪瓚的汾江詩社等，都曾引領一時風騷。蒙古人面對人口眾多，文明較高的漢人，除了採取「以漢治漢」的策略外；為了維持政權穩固，尋求妥適的「構接」模式是必要的。然滿清在入主中原後，建立了少數族群統治的另一模式，與蒙古人建立的元朝不同的是，他們重視文化的控制、詮釋、建構與參與。清初的幾位皇帝，都表現了這樣的政治策略。對思明反清文字的壓制，如順治四年（1647）的「釋函可」案[12]，順治十八年（1661）莊廷鑨《明史》案，康熙時的戴名世《南山集》案，雍正時的查庭嗣試題案、呂留良案，乾隆十六年（1751）的「偽孫嘉淦疏稿」案等，前後一百多起文字獄。《四庫全書》的編纂更是一個中國歷史文獻奪改與刪削的大工程，[13]將傳統中國的「華夷之辨」、歧視北方少數民族的用語，加以去除及重新詮說。畫出一個框架，建構一種新的標準，符合大清帝國的意識型態系統。[14]此外康熙有《御選古文淵鑑》、《御選唐詩》，乾隆有

12 參見劉世南，〈嶺南詩派〉，《清詩流派史》第二章（臺北，文津出版社，1995），頁22、23。

13 王鍾翰：〈四庫禁毀書與清代思想文〉，《清史餘考》：「對《四庫全書》及其編輯，向來評說不一……這是一場全國範圍的思想文化普查運動。」、「使用暴力或強制的行政手段來查禁、取締危害政權穩定和統治秩序的思想文化，在以往任何時代的最高統治者看來都是必然的，正當的。」（瀋陽，遼寧大學出版社，2001），頁200、201。

14 如岳飛的《滿江紅》名句「壯志飢餐胡虜肉，笑談渴飲匈奴血」。「胡虜」和「匈

《御選唐宋文醇》、《御選唐宋詩醇》，這些書前，他們親自作序，並對內容加以評點。還有康熙御選的《全唐詩》、《全金詩》、《四朝詩》、《佩文齋詠物詩選》、《題畫詩》、《千叟宴詩》、《四書文》等。這些選輯意味這是皇帝認可的最高標準作品，足以作為天下人的典範。所謂「參與」，指的是皇帝親自創作，寫作詩、文，以表現自己的漢文素養，讓世人了解他們具有統治的能力與條件。順治皇帝寫詩，康熙、雍正、乾隆都有自己的詩文集出版，這些作品在在顯示異族與漢族文化構接的企圖。皇帝以下的滿族權貴，因上有好之者，下必有隨之者，在詩文上也表現了百花齊放的現象。至於對前朝遺民故臣的懷柔措施，是另一穩定政權的策略，如厚葬明思宗、禮遇降臣、徵召博學鴻辭、開科取士、編纂巨集、尊孔崇儒等等，都是弱化敵意，模糊種族界限，攏絡民心的做法。

清代是個詩社林立的時代，不論滿、漢、蒙、回各種族的王侯、公卿、士大夫，都頗熱衷於文會與雅聚，互相酬唱的詩文不勝枚舉。除了文人的集會結社外，商人團體、婦人之間都有詩社的組織。清代詩社林立是其來有自的，前朝文人、士大夫以詩、文結社的現象，便甚為熱絡。明末清初江浙一帶的幾社、復社最為知名，崇禎六年（1633）兩社領導人集合了匡社、端社等舉辦詩會，詩人聚會於虎丘，人數多達三千餘人。明朝覆亡後詩社組織仍未斷絕，如顧炎武、歸莊等人組成驚隱詩社，寧波有南湖九子詩社，東越有甬上詩社，三吳有松陵詩社，又有西湖七子詩社，嘉興地區有萍社、澹鳴社、彝社、廣敬社、澄社、經社等，杭州有登樓社、輞綠社等。各社之間亦

奴」，《四庫》將之改為「壯志飢餐飛食肉，笑談欲灑盈腔血。」張孝祥的名作《六州歌頭・長淮望斷》描寫孔子家鄉被金人占領：「洙泗上，弦歌地，亦羶腥。」其中「羶腥」犯忌，改作「亦凋零」等等。夏允彝所著《幸存錄》、夏完淳所著《續幸存錄》，遭到禁毀。雍正時曾靜所寫的《大義覺迷錄》亦遭禁毀，未收入《四庫》。

有詩會，時相往返，切磋交流。[15]康熙年間，杭州詩人陸圻、毛先舒等十人，結西泠詩社於湖上，號稱「西泠十子」。顧玉蕊集杭州能詩善文的才女，組成蕉園詩社，較有名者有林以寧、徐燦、柴靜儀、朱柔則、錢雲儀，並稱「蕉園五子」。乾隆時，杭世駿罷官歸故里後，與厲鶚、汪啟淑及故舊、僧友，於杭州淨慈寺結南屏詩社。道光年間（1821-1850），福建人士組織有吟秋詩社、筠心社等，以寫作詩鐘為主的詩社，以擊缽吟詩戰之風知名全國。福州一些知名人士在北京組織了荔香詩社，道光十一年（1831）荔香詩社刻有《擊缽吟》一書。道光二十八年（1848）莫友堂出版《屏麓草堂詩話》，記載福州吟秋詩社等詩鐘社的活動。光緒年間易順鼎、曾廣鈞、陳萬頌、陳伯巖等在長沙組有湘社。同治、光緒年間，福州以作「詩鐘」為主的詩社發展十分蓬勃，其中橋南的可社、水部之瓊社最為知名；其他還有源社、志社、托社、還社、曉社、分社、則社、可社等。[16]曾任臺灣巡撫的唐景崧亦喜好擊缽吟，在臺灣號召成立的詩社也以作「詩鐘」為主，曾編有《詩畸》八卷。清代二百餘年詩風鼎盛，詩作數量遠超過歷朝各代。雖然參加詩社的目的不同，各詩社詩學觀點各異，運作方式各有不同，不過知名文士、詩人幾乎沒有不加入詩社，參與詩會的。有清一代詩社之多，流風之盛不勝枚舉。晚清徐世昌輯的《晚晴簃詩匯》收錄詩人六千一百餘家，超過《全唐詩》二千二百餘家的兩倍。錢仲聯主編的《清詩記事》，收七千多位詩人的作品，[17]數量更多。吳宏一《清代詩學初探》一書中認為，清人詩作之多，風氣之盛

15 霍有明，〈上篇八清初浙江詩社舉要〉，《清代詩歌發展史》（臺北，文津出版社，1994），頁148-154。

16 見鶴汀羽翁引盛興輝，〈詩鍾活動之回顧〉，http://bbs.ykwin.com/archiver/?tid~5099.html，2008.6.23檢索。

17 錢仲聯主编，《清詩記事》（南京，鳳凰出版社，2003）。

其原因有二：「君王的提倡和詩社的林立」[18]，上有好之者與詩社林立，造成了這樣的現象。

三　構接的條件

日本文學的發展一直受到中國的影響，在漢文化圈裡，是一種依附的型態；一如政治的模式，有著宗主國與冊封國、藩屬國的關係。宇野哲人說：「中國自古是我日本文化之源泉，從研究我日本發展軌跡之角度而言，中國文化之研究亦大有必要。」[19]中國文學創作的發展，始終影響著日本諸島。由於長期的輸入與影響，中國文化其實早已轉化為日本文化裡不可或缺的一部分。曾任教於臺北帝國大學十餘年的神田喜一郎，在《日本における中國文學I——日本填詞史話》〈一緒言〉裡談到：「日本漢文學は、わが邦第二の國文學である」（日本漢文學，是我邦第二的國家文學）。日本文學雖不斷的「追隨」漢文學，但也在島上開出了蓊然鉅觀日本式的漢文學。他提出了一個相當有趣的名詞，那就是「二重性格的文學」，具有與他們相類似現象的兄弟之邦，即朝鮮與安南。這兩個國家受到漢文學影響，與日本一樣屬於「二重性格的文學」。日本文學受中國影響是「その本來持つて生れた宿命」（是與生俱有的宿命），這是無法逃避的事實。在日本的中國文學，可以說是中國文學的一個支流：「日本に於ける中國文學、言ひ換へるならば中國文學の一支流」，神田喜一郎坦然的指出這樣的狀況，且認為漢文學在日本文學的發展上或許有「枳橘

18 吳宏一，〈社會風氣的鼓舞〉，《清代詩學初探》第一章第二節（臺北，臺灣學生書局，1986），頁19。

19 宇野哲人著，張學鋒譯，〈一、中國之家族制度〉，《中國文明記》第二部分（北京，光明日報出版社，1999），頁182。

易土の現象もらう」（橘逾淮而為枳的現象）[20]，不如中國本土的純正。神田喜一郎的論點僅是一己之見，陳述的雖是一個無法辯駁的實情，但未必能代表日本漢學界的整體觀點。不過由其所述，在相似的詩文背景下，已說明了兩國以文化構接的可能性。

（一）明治時期日本的漢詩活動

明治時期（1868-1911）日本的漢學，尤其是漢詩的寫作，曾經達到非常鼎盛的狀況。町田三郎說：「明治一代是日本漢學的隆盛期」，他歸納其原因有三點：其一為維新後的教育解放，人民可任意的接受教育。私塾林立，大部分私塾為失去俸祿的武士所設，而這些武士大都教導四書五經。其二為報章雜誌的出版事業勃興，報刊的「文藝版」經常刊出漢詩作品，及對漢詩的評論。這些詩作即時反映生活的現象、詩人的感觸、時勢的變化，很受歡迎。二十年代（1887-1897）詩人結社的情況非常熱烈。第三輔政大臣對詩文頗為喜愛，常有酬唱之作。明治三十年代至末葉（1897-1911），以森春濤、森槐南父子領導的漢詩壇，大受歡迎，發展到了鼎盛時期。[21]

三浦叶《明治漢文學史》曾對明治時代的漢學，做了整體性的論述。有關漢詩的部分，在「維新」之前已有許多詩壇大家，如松平春嶽、鍋島閑叟、伊達藍山等。這些人皆為當時重要政治人物，且擅長作詩，漢學素養甚佳。詩社以「玉池吟社」最為知名，梁川星巖為一代宗師，門徒甚眾。明治時代的漢詩，依三浦叶的觀點可分為三期：

---

20 神田喜一郎，〈一緒言〉，《日本における中國文學I——日本填詞史話》（北京，中華書局，2007），頁9、10。

21 町田三郎著，連清吉譯，〈服部宇之吉及其所編《漢文大系》〉，《日本幕末以來漢學家及其著述》（臺北：文史哲出版社印行，1992），頁195、196。沈慶昊著，金培懿譯，〈關於日本漢文學歷史展開之一考察：與韓國漢文學作比較〉說：幕末時期的「志士」們，甚至將漢詩視為「國詩」。見張寶三、楊儒賓編，《日本漢學初探》，（臺北，臺灣大學出版中心，2004），頁261-262。

第一期始於初年到下谷吟社（大沼枕山）、茉莉吟社（森春濤）領導的二十三年左右，這是「詩壇は蕾が將に開かんする時期」。第二期是明治三十年前後，到星社的時代，本期為「詩壇の花が滿開した時期」。第三期是明治末年時期，這時漢詩已進入衰微期「詩壇の花衰微の時期」。[22]三浦叶用花做比喻，以花蕾初開、花朵盛開、花朵凋謝，來形容明治時期漢詩的發展狀況。文中並對知名的詩人、創作風格、詩社活動、詩文刊物、相關作品等，做了詳細的論述與分析。其中很重要的一點是，他認為明治時期漢詩隆盛的原因之一，始於清國公使館館員和日本文人的交遊。[23]日本的政界人物、漢學學者、詩人，基於崇拜的心理，視與中國文人交往為莫大的光榮。他們與清國的使館人員，酬贈往返，常有詩酒之會，這種情況在明治十一年（光緒四年，1878）到明治二十七年（光緒二十年，1894）十餘年間最為熱絡。來自中國的官員、文士，有何如璋、張斯桂、黃遵憲、廖錫恩、黎庶昌、王韜等；日方的政要名流，有重野成齋、宮本鴨北、勝海舟、依田學海、森春濤等。根據三浦叶的敘述，其交流的方式有：一、求贈題字、墨寶、序文。二、同遊賦詩，相互酬贈。三、酒樓別莊詩會。四、定期或不定期詩會。五、迎送詩會。六、節慶詩會等等。由以上的記述可知，明治時期的漢詩寫作、詩社組織、詩文刊物出版、詩會活動等，是非常蓬勃的。中、日兩方藉由這樣的活動，聯絡情誼，交換訊息。這種異國之間「以詩會友」、「風雅交接」的方式，在漢文化圈中是屢見不鮮的。

(二) 割讓之前的臺灣詩社

臺灣的詩社，始於諸羅縣令季麒光、沈光文等人組成的「東吟

22 三浦叶，〈第一期（初年より二十三年頃まで）の漢詩〉，《明治漢文學史》第一章（東京，汲古書院，1998），頁20。

23 三浦叶，〈第一期（初年より二十三年頃まで）の漢詩〉，頁195、196。

社」(1684)。明朝遺民沈光文加入這個吟社，事實上已表現了願意妥協的意味；季麒光以風雅的方式，收編了這位前朝遺老。這臺灣第一個詩社，除了以文會友之外，也充分展現出「交際功能」的特色。其後近二百年間，臺灣可查知的詩社有鍾毓吟社（1826）、斯盛社（1857）、潛園吟社（1862）、崇正社（1878）、竹梅吟社（1886）、浪吟詩社（1891）、斐亭吟會（1889）、荔譜吟社（1890）、牡丹吟社（1891）等十餘個吟社，以數量來講較之大陸與日本，實為不多，可見出臺灣仍處於墾闢狀態。除了地主與官宦階級外，一般民眾經濟能力、文化內涵，尚未足支撐這樣的風雅行為。除了牡丹吟社，這些詩社大半地域色彩濃厚。結社目的有以文會友、地方精英的交際往返、倡導詩文創作等等。詩社活動比較具有規模，活動較熱絡的時期，應起於光緒十五年（1889）唐景崧在臺南道署成立的斐亭吟會；其後任布政使時擴大規模，在臺北創立牡丹吟社。這兩個吟會及吟社的組成者，主要是遊宦之士與本地士紳。就參與牡丹吟社的名單：唐景崧（1841-1903）、林鶴年（1847-1901）、林景商（林鶴年之子）、施士洁（一八七六年進士）、林仲良、林啟東（一八八六年進士）、郭賓石、黃宗鼎（淡水縣舉人）、邱逢甲（一八八九年進士）等百餘人來看，詩社網羅了在地各階層的精英，與來臺的官員交際、酬唱，相互往來。唐景崧是藉詩社的活動，來凝聚政治、經濟與社會的力量，以文化為媒介，串連人際關係，穩固統治。

組織詩社，酬唱往返，本即為中國傳統的文化現象。然而詩社的組成並不只單純的切磋詩藝，馳騁文才而已，所包含的政治運作、人際關係、利益互惠等等複雜現象，使其作用變得更為多樣。如前所述，在十九世紀的後半，中、日兩國「以詩會友」，以詩社作為政治互動的「柔性策略」，頗為盛行。日人據臺後，以詩社作為構接臺、日關係，作為政治運作的模式，其實是很自然的便成形了。

四 構接的模式

(一)重疊文化的綰合

如前節所言，清領時期臺灣為中國的一省，其政治、經濟、文化為母國文化的移植。如同廣西、貴州、海南島等省份一般，其少數民族苗族、瑤族、黎族等的傳統文化，仍具有一定的力量，然而漢文化才是主流。主政的官員積極的將中國文化與教育輸入臺灣，大量的移民也將原鄉的模式移入，臺灣的中國文化現象，在二百餘年間逐步的構築起來，成為「天朝」文化下的一環。清代臺灣的文學與文化，其實便是由游宦之士與在地的士紳共同塑造的。而這些文化基礎，正與日本統治者的漢學背景有相似的地方。這些「同體多枝」、文化重疊的部分，正是作為彼此構接的成分。

日人據臺第一年（1895），以總督府陸軍軍醫部長身分來臺的森鷗外，與軍醫橫川唐陽曾在征臺之戰的軍伍中，互有酬唱、吟詠之作。森鷗外被郭水潭譽為「日人在臺灣，開端文學的第一人。」[24]次年，日本明治時期領導漢詩壇的森槐南，隨總理大臣伊藤博文來臺視察，其作〈丙申六月巡臺篇．隨行記事〉為七言長篇古詩；森槐南在臺與水野大路、土居香國互有酬唱，伊藤博文亦有〈臺北旅館喜雨〉七絕、〈臺灣巡視中作〉七律等作品。[25]這些作品成為日人描述臺灣最早的漢詩作品。

其後來臺日人中，具有漢學背景的甚多，官員如水野大路、館森袖海[26]、土居香國、中村櫻溪[27]、加藤雪窗、磯貝蛋城等；任職於報

---

24 羊子喬編，〈論述．日僑與漢詩〉，《南瀛文學家——郭水潭集》卷四（臺南，臺南縣立文化局出版，1994），頁370。

25 羊子喬編，〈論述．日僑與漢詩〉，《南瀛文學家——郭水潭集》卷四，頁371、372。

26 沈慶昊著，金培懿譯，〈關於日本漢文學歷史展開之一考察：與韓國漢文學作比較〉一文說：「在明治、大正詩壇，國分青厓被尊為巨匠。……漢文方面的優秀大

社中的有：小泉盜泉、籾山衣洲、木下大東、尾崎秀真等。這些人後來組織有不少詩社：

表一

社名	成立年代	主要人物	說明
玉山吟社	1896	加藤雪窗、水野大路、土居香國、白井如海、伊藤天民、岡本葦庵、館森袖海等二十餘人成立，其後章太炎、臺人李石樵、陳淑程、黃植亭等加入。	章太炎有〈寄梁啟超〉、〈餞歲〉、〈玉山吟社席上即事〉等詩作流傳。[28]
淡社		館森袖海、中村櫻溪、小泉盜泉、尾崎泉、日下峰蓮、伊藤壺溪。	據郭水潭的說法：館森袖海、中村櫻溪、小泉盜泉曾與省人共組詩社，時間介於玉山吟社、穆如詩社之間，因文獻不足，年代難以確定。[29]尾崎泉、日下峰蓮、伊藤壺溪這三位的詩人的名字則出現於1910年《臺灣日日新報》第3567、3573、3574、3713、3721、

家，則有日下勺水……館森袖海、松平天行……等。」見張寶三、楊儒賓編，《日本漢學初探》，頁264。

27 中村忠誠，字櫻溪，明治三十二年（1899）來臺，臺北帝國大學教授，著有《涉濤集》一集、續集及三集，於文言文造詣甚高，其〈玉山吟社會宴記〉記載與臺南縣知縣磯貝蜃城、《新報》主筆木下大東、清客章太炎於「城外江濱亭」賦詩同樂的景況，文章清雅，甚為可觀。見黃哲永、吳福助主編，〈全臺文〉（臺中，文昕閣圖書出版社，2007），頁124、125。

28 春暉，〈太炎詩補遺〉，《臺北文物》四卷四期（臺北，臺北市文獻會出版，1956），頁139。

29 羊子喬編，〈論述．日僑與漢詩〉，《南瀛文學家——郭水潭集》卷四，頁395。

			3722號，瀛社活動之中。
穆如詩社	1899	兒玉源太郎、籾山衣洲、館森袖海、內藤湖南、中村櫻溪、小泉盜泉、尾崎秀真。	以兒玉總督為首的吟社，為日人統治階級的組合。
南雅社	1930	久保天隨、尾崎秀真、西川宣南、豬口鳳庵、伊藤壺溪、山口透、小松吉久、三屋清蔭、魏清德等。	因久保天隨來臺任教臺灣大學，乃集合同好成立。魏清德為唯一的臺人。[30]

這些詩社有些純粹為日本人，有些則有臺灣本島人與來自大陸的文人加入。事實上民國八年（1919）五四運動之前，中國文學就是傳統文學，語體文尚未普及，新文學也尚未形成氣候。日人與臺人的文化背景都是傳統文學，詩詞歌賦就是創作主流。日人的語言、文化與臺人有很多差異，但在漢文詩歌創作上卻有共同的認識，共同的源流，日人的創作亦一直深受中國文化影響。因此藉由詩文的媒介，有著足以綰合彼此的背景與可能。創刊於明治二十九年（1896）六月十七日的《臺灣新報》，其〈社說〉使用的是漢文，具有勳六等的臺灣士紳李春生寫有〈祝臺灣新報發刊〉及隨筆一篇。[31]在七月十一日第五號便有了「文苑欄」的設計，刊有土居香國的〈續征臺集〉六首詩作，志賀遮莫的〈志懷三章〉七言律詩三首。[32]十月三日第三十號，

30 羊子喬編，〈論述．日僑與漢詩〉，《南瀛文學家──郭水潭集》卷四，頁396。

31 《臺灣日日新報》附冊第四十八《臺灣新報》（臺北，五南圖書出版公司，1995，影印本），頁72。《臺灣新報》創刊於一八九六年六月十七日，為最早發行報紙，臺灣總督府所發布的政令皆刊載於此報。次年《臺灣日報》發行，發行量二千五百四十一份。《臺灣新報》則有四千八百十一份。兩報彼此不合，互相攻詰。一八九八年兩報合併，改名《臺灣日日新報》，成為最大報紙，亦為總統府的喉舌之報。見井出季和太著，郭輝編譯，《日據下之臺政．卷一第四章第四節刊物》（臺北，海峽學術出版社，2003），頁74。

32 《臺灣日日新報》附冊第四十八《臺灣新報》，頁80。志賀遮莫為志賀祐五郎（1863-1919）的筆名，曾任《東京日日新聞》記者，明治三十年任《臺灣日日新

有陳洛的〈龍山寺觀月會跋〉(駢文)[33];十月六日第三十二號,有「無底湖子林隆」的〈訪土居香國志詞宗賦呈〉、土居香國〈龍山寺官紳大會席上卒賦呈諸公〉[34]等詩作。黃美娥〈日治時代臺灣詩社林立的社會考察〉一文,引《臺灣新報》說,割臺次年(1896),臺人與日人所寫的漢詩都已出現在該報「文苑欄」。是年九月十三日、二十二日,民政局長水野遵與土居香國等,與臺紳陳洛、李秉鈞、劉廷玉、黃茂清等「官紳同宴」,吟詩作對,其樂融融。[35]

創刊於明治三十一年(1898)五月六日,代表官方喉舌的《臺灣日日新報》,亦闢有「文苑欄」,專門刊載來臺日人與臺灣文人的傳統詩作。其第一號即刊出鄭幼佩寫的〈北郭園啟吟社序〉,這篇文章頗費心思,內容甚長。主旨談到新竹知縣櫻井勉治竹二年後「百廢俱舉,民胥賴之。」有意重振詩風,組織吟社。鄭幼佩非常感奮,認為北郭園將如范仲淹的〈岳陽樓〉、歐陽脩的〈醉翁亭〉一樣「亦自此傳矣」,不僅將知名於世,亦將流傳千古。[36]此外另有岡本韋庵的〈臺灣史詩〉七言四首,並附漢文解說。內容說的是清代中葉臺灣墾闢的故事,有敘事有議論,是以風雅治事的用世詩。[37]五月八日第三號頭版則有〈平樂文讌〉的新聞,內容報導苑裡參事蔡啟運、新竹縣參事吳朝宗,兩位秀才鄭毓臣、曾省三,以及梁鈍庵、林紹堂等,到大稻埕平樂遊酒肆,並招來李石樵、翁星樵、陳淑程等,同席飲宴。蔡啟運是聞名的詩人,為鹿苑吟社、櫟社、竹梅吟社發起人及重要詩人。

報》主筆,具有日本儒學家傳背景,另著有《政治小說枯骨の扼腕》。

33 《臺灣日日新報》附冊第48《臺灣新報》,頁133。

34 《臺灣日日新報》附冊第48《臺灣新報》,頁138。

35 黃美娥,《古典臺灣——文學史・詩社・作家論》(臺北,國立編繹館,2007),頁185-187。

36 明治三十一年(1898)五月六日《臺灣日日新報》第1號(臺北,五南圖書出版公司,1994,影印本),頁13。

37 明治三十一年(1898)五月六日《臺灣日日新報》第1號,頁13。

梁鈍庵詩名甚壯，鄭毓臣、曾省三、翁星樵、陳淑程等都有文名。《臺灣日日新報》其後有「詞林」專欄，刊出日、中作家的作品。其中有專屬日人「募集句合」、「三昧句」、「俳句」等，可以見出該刊對日本傳統文學的重視。

明治三十一年（1898）五月二十《臺灣日日新報》，「文苑欄」刊出題為〈比志島將軍送別會〉的詩作。比志島為混成守備隊第三旅團長。這個課題參加者有日人磯貝蜃城、石母田石佛等，臺人有羅秀惠、蔡國琳、蔡夢熊、陳脩五、趙鍾麒、陳渭川、陳雨臣、曾馥笙、李嘯耕等。蔡國琳、趙鍾麒為浪吟詩社的成員[38]。就表面現象看來，日本殖民政府與臺灣的上層階級某些人士已達成默契，藉由相互拜訪、聚會宴飲、同題賦詩，呈現一種官紳趨合、同志共樂的氣氛。這些詩作大大的讚美了比志島將軍，說他如同班超、馬援、狄青等名將，來臺平定亂軍。如李嘯耕：「智勇冠群英」、曾馥笙：「赫赫威名留絕島」、蔡夢熊：「鯤身鹿耳掃欃槍」，功勞勳業俱盛。這組詩可以解讀出的涵義包括有：國家認同的轉換，以中國歷史人物讚美異民族的「挪置」；在臺精英階層的妥協傾向。來臺日人與臺人共同用傳統漢詩表達「平亂」將軍的勳勞，間接否定了臺民抗日的意義，準備好接受殖民政府的統治。

就以上排列論述的資料來看，日、臺雙方以「漢語詩文」作為溝通彼此意志的媒介，短短三、四年間，已出現綰合平穩、順利的氣象。當然這些都是《臺灣新報》與《臺灣日日新報》所呈現「官方製造」的訊息，實際上如臺中的櫟社詩人群、彰化的洪棄生等，都表現有不妥協的、抵抗異族宰制的精神。[39]

38 明治三十一年（1898）五月二十日《臺灣日日新報》第17號，頁128。

39 相關論述可參見，施懿琳，〈日據時期鹿港正氣詩研究〉（臺北，臺灣師範大學國文研究所碩士論文，1986）。許俊雅，《臺灣寫實詩作之抗日精神研究1895-1945年之古典詩歌》（臺北，國立編譯館，1997）。

（二）瀛社的出現

二百餘年來，主政的官員皆由朝廷派任，軍隊也由外省調來；臺灣的控制力量來自於流動的官宦，這些官宦最終的權利來自於北京朝廷。臺灣本地的上層結構，由地主、商人及有功名的讀書人構成，這些人組成了區域性的地方力量，這些力量包括經濟、軍事（鄉勇）和社會等等層面。臺灣的權力運作，經常是流動官員與地方力量的衝突與調和。能將其間矛盾處掌握得宜，便能有效的管理；否則便容易出現掣肘與對抗的情形。日本統治者的情形其實很類似，他們既是異族，也必須面對少數人統治多數人的問題。除了軍事鎮壓以外，要如何順利的與地方力量結合，減少抵抗意識，甚或將反抗意識轉化為助力，這是必須妥善處理的問題。如何在臺民中選擇可資運用的人物及團體，給予一定的「惠寵」，建立一個典範式的模式（Patronage system）；再藉由這樣的團體溝通彼此間的關係，吸引更多趨附性的團體。[40]具有很強「交際功能」的詩社，無疑的是當時最好的媒介。詩社可以很快形成一個互動性強的人際網絡，結合臺灣的社會領導階層，進行政治意志溝通的活動。前文所言滿清入關，以少數民族統治人數眾多的漢人，運用了文化構接的方式，成功的協助了政權的穩定。雖與日人據臺的時空背景未盡相同，然而這種範式給予熟悉清國歷史、文化的領導者，許多啟示與借鏡。日據前後間臺灣知名的詩社有：

---

40 惠寵體系（Patronage system），見Billashcorft Gareth Griffith & Helen Tiffin著，劉自荃譯，《逆寫帝國──後殖民文學的理論與實踐》（臺北，駱駝出版社，1998），頁7。

表二

社名	成立年代	地區	主要人物
竹梅吟社	1886	新竹市	蔡啟運、鄭家珍、鄭如蘭、黃如許、林鵬霄、王友竹、王石鵬。
斐亭吟會	1889	臺南市	唐景崧、林鶴年、林景商（林鶴年之子）、施士洁、林仲良、林啟東、郭賓石、黃宗鼎、邱逢甲。
荔譜吟社	1890	彰化縣	蔡德輝、吳德功、傅天于、張希袞、張綱。
牡丹吟社	1891	臺北市	唐景崧、施士洁、丘逢甲、林鶴年。
浪吟詩社	1891	臺南市	許南英、蔡國琳、趙鍾麒、謝石秋、胡殿鵬。
海東吟社	1894	臺北市	林景商。
茗香吟社	1896	嘉義市	賴雨若、蘇朗晨、林臥雲、張秀星、沈瑞辰。
鹿苑吟社	1897	彰化縣	許劍漁、蔡啟運。
櫟社	1902	臺中縣	林痴仙、賴紹堯、傅鶴亭、王石鵬。
詠霓詩社	1905	臺北縣	黃純青、王百祿、劉克明、王少濤、魏清德等。
南社	1906	臺南縣	蔡國琳、趙鍾麒、謝石秋、連雅堂、胡殿鵬、趙鍾麒、楊鵬摶、羅秀惠、連城璧。
瀛社	1909	臺北市	洪以南、謝汝銓、林湘沅、魏清德等。

由上表列，可以看出這些詩社中人都是臺灣社會的上層結構，代表著清領末期的政治、經濟與文化力量。日人據臺之後如何應變，成為一項相當嚴酷考驗。一八九五之後成立的詩社，如上表列有：「茗香吟社」、「鹿苑吟社」、「櫟社」、「詠霓詩社」、「南社」等。這些詩社在日據的十年間陸續出現，詩社成員的行為及詩作，除了表現「山河易幟之悲」與「遺民意識」之外，大多的詩人則以「文化承緒」、「符應時變」、「官紳趨合」的態度對應，逐步的表現出趨附的面貌來。[41]

41 黃美娥，〈日治時代臺灣詩社林立的社會考察．二、日治時代詩社的再興與發展〉，乙未年日本政府入臺，是使用武力之後才取得統治權；而臺民武裝抵抗的情形，並不稍歇。抗拒異族統治的民間力量，旋仆旋起，持續十餘年。對應臺民的抵抗，總督府頒布「臺灣人民軍事犯處分令」、「臺灣刑罰令」、「臺灣住民治罪令」、「匪徒刑罰令」等法令，以嚴厲的方式撲殺敵對民眾，以控制全臺。臺灣人民的武裝抵抗，在第四任兒玉源太郎任總督後得到緩和，兒玉源太郎任用後藤新平作為民政長官，採取較寬容的政策，由本島「協力者」的居間協助下，很快便取得成效。[42]這些「協力者」多半本即為「清代臺灣社會較具資財的豪農紳商」[43]，他們無法如林維源、邱逢甲、林朝棟等內渡大陸；亦不願如吳湯興、徐驤、胡嘉猶、姜秀鑾等人武裝抗日。為了自家生命財產的保障或家族持續發展，被迫選擇與殖民政府妥協。殖民政府掌握這個情勢後，運用了許多示惠的措施，以攏絡民心。例如明治三十一年（1898）由民政長官後藤新平參酌「前清時代鄉飲酒典禮」[44]，策劃「饗老典」，邀請臺北全縣八十歲以上的老人，三百一十四名受邀參加，並頒發扇、杖。次年四月在臺中縣彰化孔廟（時隸臺中縣）舉辦，三百六十名受邀參加，並徵求各地文士撰寫詩文誌慶；同年十月在臺南兩廣會館舉辦，近三百名參加，亦廣發「慶饗老典徵詩文

引《臺灣新報》說，明治二十九年（1896）臺人與日人所寫的漢詩都已出現在該報「文苑欄」，是年九月十三日，二十二日，民政局長水野遵與土香居國等與臺紳陳洛、李秉鈞、劉廷玉、黃茂清等「官紳同宴」，吟詩作對，其樂融融。在這樣的鼓勵下，明治三十年（1897）鹿苑吟社成立，竹梅吟社再開吟會。《古典臺灣——文學史・詩社・作家論》（臺北，國立編繹館，2007），頁185-187。

42 黃秀政，〈抗日運動的性質與影響〉，《臺灣割讓與乙未抗日運動》第六章（臺北，商務印書館出版，1992），頁292。

43 黃秀政，〈抗日運動的性質與影響〉，《臺灣割讓與乙未抗日運動》第六章，頁291-297。

44 井出季和太著，郭輝編譯，〈兒玉總督時期〉，《日據下之臺政——臺灣治績志》第四章（臺北，海峽學術出版社，2003），頁336。

啟」[45]。其後持續辦理共四次。明治三十三年（1900）兒玉源太郎成立「揚文會」[46]，令各縣廳成立支會，支會會員包括前清進士、舉人、貢生、廩生、秀才，計有臺北、臺中、臺南、宜蘭、澎湖（臺東無）八百四十四人。於明治三十三年（1900）三月通知邀請廩生以上一百五十一人，在臺北淡水館開會，會中擬三議題：〈旌表節孝議〉、〈救濟賑恤議〉、〈修保廟宇議〉，請與會者發表意見。[47]這些舉措讓人想起清初順治、康熙、雍正、乾隆等皇帝的做法，一方面以武力鎮壓反抗勢力，一方面進行懷柔政策，來鞏固其領導。「以詩會友」、「風雅交接」，讓前朝精英抒發「治國議論」，讓他們有受到禮遇、參與國政的想像，以這樣的方式彼此接納。

不過，如同滿清之於中國文化上的統治，給予的書寫框限，動輒出現的文字獄，在在威嚇著行文摛藻者。殖民政府的相關箝制政策有：明治三十一年（1896）的「書房義塾規程」，要求書房義塾須受地方官的監督，教科內容以公學校為主，另加設日語與算數。[48]明治三十三年二月（1900）「臺灣出版規則」第二、三條規定出版品出版前，要送地方主管單位或總督府兩份，做事先的檢查；第十一條明訂若有「冒瀆皇室之尊嚴，變壞政體，或紊亂國憲者。」、「妨害秩序之安寧，或敗壞風俗者。」都將受到禁錮或罰鍰。[49]大正六年十二月（1917）「臺灣報紙發行令」，此令共三十四條，十分刻細，對新聞採取「許可制」、「保證金制」、「檢查制」；若有不當的言論，有關單位

---

45 盧嘉興原著，呂興昌編校，〈記臺南府城詩壇領袖趙雲石喬梓〉，《臺灣古典文學作家論集（上）》（臺南，臺南市立藝術中心，2000），頁169、170。

46 語出唐玄宗送王晙巡邊詩，「振武威荒服，揚文肅遠墟。」

47 盧嘉興原著，呂興昌編校，〈記前清舉人蔡國琳與女蔡碧吟〉，《臺灣古典文學作家論集（上）》，頁99、100。

48 黎澤霖、張易纂修，〈初等教育〉，《臺灣省通志稿‧教育志設施篇》第三章（臺北，成文出版社，1983），頁284。

49 黎澤霖纂修，〈新聞事業〉，《臺灣省通志稿‧教育志文化事業篇》第五章，頁284。

可以逕行查禁。[50]其後大正十年（1921）「書房義塾教科書管理辦法」、昭和六年（1931）「禁止官方命令文告附漢文」，都是一種限制、威嚇、去除的行動。日本政府準備正式發動侵華戰爭後，昭和十二年四月（1937）下令各報刊禁止有漢文欄，全面禁絕漢文教育。[51]七月臺灣軍司令公布，臺灣人民不得有任何「非國民之言動」，更加嚴厲監管臺灣人的腦與筆。

在民族大義與政治現實的拉扯之下，具日、臺混血色彩的「瀛社」，則在明治四十二年，清宣統元年（1909）開始運作。日人來臺後，以政策指導及控制的現象出現，服膺政策的瀛社例會明顯帶有這樣的框架。在一九〇九年瀛社成立後的第一、二年，最為明顯：

表三

時　間	《臺灣日日新報》報號	課　題	說　明
明治42年5月3日，1909年	3297、3301	櫻花	1.瀛社第二次例會 2.此日洪以南家庭院櫻花盛開，故以此為題。
明治42年5月30日，1909年	3323、3325	恭讀戊申詔敕	瀛社第三次例會。
明治42年10月28日，1909年	3452、3453	弔伊藤公	1.秋季例會 2.伊藤公爵即伊藤博文

50 同上註，頁403-406。有關檢查制度中最知名的為「食割」，亦即將不妥的地方加以割除或塗抹，不讓「欠妥」的文字出現。「欠妥」部分清除後，乃准許出刊。

51 日政府的禁令並未能徹底執行，漢文作品仍然持續出現在各報章雜誌上，論者以為廢止漢文將造成報社經濟利益、教育文化及溝通民意上的損害，然為顧及政令的權威性，漢文欄出現了融合日語、漢語、臺語的「臺灣式白話文」混雜性語言的現象。見邱雅萍〈從日刊報紙「漢文欄廢止」探究「臺灣式白話文」的面貌．第四章統合中的異端：「臺灣式白話文」〉（臺南，成功大學臺灣文學研究所碩士論文，2006），頁65。

時　間	《臺灣日日新報》報號	課　題	說　明
			3.來賓有櫟社詩人陳槐庭、鄭汝南等。
明治43年10月16日，1910年	3741、3745	祝天長節	1.十月例會 2.天長節本為唐代唐玄宗的生日。日本亦沿用為天皇生日的節慶日。明治3年（1870）下令統一制定，用為天皇生日，明治天皇生日日期為11月3日，大正為10月31日，昭和為4月29日。只要是天皇生日，其治下民眾都要慶祝。

以上所列的課題「櫻花」、「恭讀戊申詔敕」、「弔伊藤公爵」、「祝天長節」，都明顯具有殖民政府的統治意志。瀛社活動亦有許多日僑參與，這些課題日人所作的詩，表現的政治意識，自然是遠高於臺人的。查考瀛社在昭和十二年（1937）殖民政府取消漢文欄之前，大部分課題以純粹的詩作為主，政治性的題目較少。相較於「鹿苑吟社」、「櫟社」、「南社」，「瀛社」等幾個詩社，其組織並不嚴謹，詩人群的政經背景、知識水平，都不如上述三個詩社。文山遺胤說瀛社對社員不加嚴選，「良莠不齊，易生毛病。」[52]然而正是因為這樣的特質，使其有更大的包容性。事實上最初的瀛社以徵詩為主，並無意使之成為有組織、具活動力的社團。據謝汝銓的說法，當時除了一些知識精英外，一般百姓對詩社及其運作並不太了解；而日人統治者組成的詩社，則不免與臺人有所隔閡，他們希望以編輯媒體之便，先成立

52 文山遺胤，〈臺北詩社概觀〉，《臺北文物》四卷四期，文山遺胤另說：「雖有一部分的社員未夠水準，但亦不甚影響大局。」頁3。

一個「紙上」的詩社。[53]瀛社的組成看得出來有向下發展，擴大參與層面的想法。他們以發行量最大，官方出資的有利位置，吸引眾多有志者參與。當時臺民的知識水平普遍不高，生活艱苦，每日勞動之餘，沒有閒暇從事詩文活動。試由明治四十二年到四十五年，三年內見於《臺灣日日新報》詩題來看，總共有七十三題。屬於政治性的詩題有六題，[54]其他題目都甚為簡單易懂、易作，如訪梅、墨梅、品梅、寒梅、春山、春雨、訪春、傷春、冰花、榴花、杏花、秋閨、秋砧、秋風、秋螢、冬菊、簪菊、供菊等等，重複性也很高。這樣的做法可以看得出來，其目的一方面可增加報紙的閱讀量，一方面給創作者發表作品的機會，藉此吸引更多讀者。

事實上以日文印行的《臺灣日日新報》，除了在臺日人以及積極學習日文的臺人外，一般民眾仍對日文缺乏了解，無法直接閱讀吸收。如此一來，執政者便無法真正落實其殖民政令，影響輿論。且臺民反日的情緒始終不減，對執政者的言論甚不認同，不願閱讀侵略者刊物，也是可以想見。[55]為了這個緣故，日人領臺十年後，明治三十八年七月一日（第2480號）開始，《臺灣日日新報》增加了漢文版；擴大了版面與內容，美化編輯，且報費不增加。訂戶若要訂給日本、清國或韓國者，寄費由報社負擔。如此優惠的條件，其欲擴大銷售量的策略是很明顯的。這樣的做法剛開始並不順利，迴響不如預期，報

53 謝汝銓，〈全島詩人大會抽緒〉，見林欽賜編：《瀛洲詩選》（臺北，光明社，昭和8年（1933）2月27日）。瀛社或者可以說是由編輯者，費心策畫下產生的詩社。

54 政治性主題的詩作，即「櫻花」、「恭讀戊申詔敕」、「弔伊藤公爵」、「祝天長節」四題外，明治四十五年（1912）一月二十九日有「鎮南山臨濟護國禪寺創成寄憶藤園將軍」、「懷安蕃通事吳鳳」兩題。瀛社每次課題的數目不一，有一題、二題、三題，有時僅為參加宴會，沒有課題。

55 《臺灣新報》、《臺灣日日新報》內容頗多以征服者的角度看待臺人，炫燿帝國武力，吹捧具有戰功的將領；動輒以土匪、匪首、暴徒稱呼反抗者，用污衊性詞語描述中國。這對大部分臺灣知識階層來說，一時間是難以適應的。

刊於五月三十一日發布消息，預告《漢文臺灣日日新報》將獨立出刊，同時亦刊出徵文訊息及募集各地通訊員的廣告，希望能獲得讀者廣大的響應。[56]由《漢文臺灣日日新報》〈始刊之詞〉來看，執筆者非常高興能從「邦文」（日文）之中獨立出來，不再是日文版的附庸而已。他們期望能募到好的漢文作品，發揮影響力。但不知何故，投稿的人非常少，花了一個月時間不斷刊出徵文消息，來稿卻不夠一星期的刊載。編者見來稿情況欠佳，於是便打出文化同源主義的招牌說：「漢文者。同文之命脈。東亞之國粹也。」希望臺人能接續此一將絕的文字，共同來馳騁文場。〈同胞聽者〉則表明其立場，述說本報在溝通統治者與人民之間，具有很大的力量，既代表官也代表民：

臺灣改隸版圖。於今已星霜十易矣。前此過去時代。官民情意。每有未融。行政機關多窒礙。本報斡旋其間。不過以下情之委屈。達於上開。以柄政之苦衷。宣諸民聽。上下疏通。居然為官民之代表而已。[57]

第一期的文章中便將立場說得很明白，《臺灣日日新報》一方面想維持漢文一脈勿使斷絕，其二是本報具有直達層峰的力量，與最高當局有折衝建言的管道，影響力無人能及。以「維繫漢文」之名出版報紙，鼓勵民眾參與，相當光明正大；與層峰關係佳，正可以誘使有心者加入行列。這兩面旗幟十分光鮮、得體，其效果亦逐步顯現。以下將日據初期瀛社詩人背景簡介如下：

---

56 其後又於六月一號、六月十五號、六月二十三號等刊登消息，「廣蒐漢文寄稿」一則中還附有三個題目，即1.臺灣習俗美醜十則 2.丈田築路後之臺灣生計界 3.日俄戰爭後之日清關係，希望讀者投稿。見明治三十八年（1905）六月十五號《漢文臺灣日日新報》（2035號）附冊第47，頁1。

57 明治三十八年（1905）七月一日，《漢文臺灣日日新報》（2048）附冊第47，頁1、2。

表四

功名	姓名	職業	姓名	說明
舉人	羅秀惠	開設書房	杜天賜、林知義、林纘、謝尊五、李書、沈相其	謝尊五後任公學校教師。
秀才	陳廷植、王采甫、謝汝銓、林湘沅、黃茂清、張清燕、何承恩、丁壽安、陳洛、洪以南、郭境蓉、劉育英、粘舜英、林馨蘭	基層公職人員	吳昌才、黃玉階、林摶秋、黃丹五、許梓桑	基層公職人員所指為：庄長、街長、區長、保正。
獲頒紳章	黃玉階、劉克明、顏雲年、魏清德、許梓桑	報社工作人員	羅秀惠、謝汝銓、林湘沅、魏清德、林佛國、黃贊鈞、黃石衡、李逸濤、黃河清、丁壽安、王自新、高樹木、許寶亭、賴子清、楊仲佐	紳章為桂太郎總督任內舉行的措施，為優遇「有學識資望」者所頒發的動章。大正十五年取消。
		公學校漢文教師	林湘沅、劉育英、陳廷植、劉克明[58]、張希袞、謝尊五、魏清德	魏清德後轉任職報社，又考試及格成為公務人員。 林湘沅後任公學校漢文

58 劉克明編有《國語對譯臺語大全》（臺北，國語對譯臺語大全發行所，1916）、《教科摘要臺語速修》（臺北，新高堂書店，1925）、《實業教科臺灣語及書翰文》（臺北，新高堂書店，1926）等書籍。

功名	姓名	職業	姓名	說明
				教師。 劉克明任職國語學校附屬學校。
		經商	1.相命測字：郭境蓉 2.中藥行（漢醫）：黃玉階、葉練金、張純甫、張清燕、黃朝枝、張瀛洲 3.實業界：顏雲年、李建興、黃純青	

* 本表參酌二○○四年中國文化大學中文研究所張端然碩士論文〈日治時期瀛社之研究〉製成

以上的社員裡，進入日人開辦的「國語學校」學習日語與實學知識的有：謝汝銓、魏清德、林佛國、王少濤、倪炳煌、劉克明等；其中謝汝銓還具有秀才身分。這些人在畢業後大都成為地方公學校的教師，其中魏清德通過公務人員考試，成為日治體制下的官員。這些經過殖民政府「矯歧優遇」（positive discrimination）的人們[59]，受到嚴格的改造，也獲得了優渥的寵惠，成為執行主政者意志的力量。這些社員皆為瀛社的要角，與總督府的關係密切，主要臺籍社員皆任職於《臺灣日日新報》，是日方喜樂願成的群體，其「惠寵標籤」甚為明顯。作為殖民政府與臺灣人民文化構接團體的瀛社，很容易的便成為

59 約翰·雷克斯著，顧駿譯，〈種族主義、制度化的及其他〉，《種族與族類》第六章（臺北，桂冠出版社，1991），頁150。意為在眾人中培訓一些人，使其符合需要，並讓他們獲得較有利的位置。

指標性的社團，成為趨附政權的管道之一。瀛社建構的模式，也廣為全島有心人士模仿的對象。瀛社這樣的做法，不數年間即與中部的「櫟社」、南部的「南社」鼎足而三，成為最具影響力與號召力的詩文社團。

（三）瀛社影響力的擴散

如前節所述，明治年間日本本土的漢詩活動有：一、求贈題字、墨寶、序文。二、同遊賦詩，相互酬贈。三、酒樓別莊詩會。四、定期或不定期詩會。五、迎送詩會。六、節慶詩會等。這樣的模式已然在中國行之多年，清領之後的詩社活動亦大體相似。殖民政府來臺後，這樣的模式再度被引入、複製，各個詩社之間往往藉由上列名目舉辦詩會，藉風雅以為交接。作為與殖民政府關係密切的瀛社，發揮了這樣的功能，成功扮演了媒介者的角色。瀛社的活動與傳統詩社類似，分為定期例會、歡迎會、節慶會、喜慶會等，略舉相關活動如下：

表五

活動性質	活動舉例	時間	說明
定期例會	1.瀛社第二次例會	明治42年5月3日，1909年	1.瀛社第二次例會 2.此日洪以南家庭院櫻花盛開，故以此為題。
	2.春季例會	明治43年3月27日，1910年	1.春季例會 2.祝瀛社一週年 3.來賓有櫟社，林幼春、淡社，尾崎泉等。
	3.秋季例會	明治43年9月18日，1910年	來賓： 淡社，日下峰蓮 竹社，鄭毓臣 瀛東小社，劉克明

活動性質	活動舉例	時間	說明
	4.秋季例會	大正2年11月22日、23日，1913年	來賓： 淡社，伊藤壺溪、尾崎泉 南社，楊鵬摶 竹社，戴還浦、林錦村、張錫六、張純甫 桃社，鄭永南、林子純、黃守謙、黃純青（清）等人。
迎送詩會	1.櫟社歡迎會	明治42年8月，1909年	來賓：謝頌臣、傅錫祺、林癡仙、陳槐庭、林獻堂等。
	2.歡迎會	大正3年3月29日，1914年	歡迎籾山衣洲及中國的謝傅為來臺。舉辦淡社、桃社、瀛社三社聯吟。
	3.歡迎會	大正5年4月28日，1916年	招待江蘇巡按使代理王樹棒、前龍溪知縣許南英、福建議員林輅存、福州農商部顧問施景琛、廈門全閩日報社長江蘊和、同公會長曾坤厚等來臺。
	4.歡迎會	大正13年12月7日，	歡迎辜鴻銘博士。辜鴻銘來臺講學月餘，參加者八十餘人。
	5.歡迎會	昭和3年5月27日	1.閏花朝日，為瀛社成立紀念日。 2.歡迎內地詩人山口郎盧、東船山及屏東陳家駒。
	6.歡迎會	昭和8年10月1日	1.例會 2.中國虞社詩人王良友來臺，受邀蒞會。
	7.歡迎會	昭和9年9月7日	1.例會 2.中國江亢虎博士來臺，受邀蒞會。
節慶詩會[60]	1.祝天長節	明治43年	1.十月例會。

60 另有節慶之作，如大正十一年（1922）十月二十九日「重陽後一日登圓山」，十三年（1924）十月七日「重九登高」等，大正十三年（1924）十月十七日「觀音誕」。

活動性質	活動舉例	時間	說明
		10月16日，1910年	
	2.中秋節	大正3年10月3日	為中秋節前一日，本次例會中桃社簡朗山建議瀛社、桃社合併。
	3.海軍紀念日	昭和3年5月27日	
個人喜慶	1.黃菊如「湯餅會」	明治44年5月2日，1911年	名為敲詩會。
	2.顏雲年環鏡樓新屋落成	大正元年11月22日、23日，1912	桃園吟社、竹社、南社、櫟社皆有代表參加，臺南進士許南英亦參加盛會，會後出刊《環鏡樓唱和集》。
	3.林知義為其母開「祝壽擊缽吟」	大正4年10月17日	廣邀瀛社、竹社、桃社三社詩友及當時聞人出席。
區域聯吟會	1.三社聯吟	大正6年3月6日，1917	瀛社、竹社、桃社三社聯合課題，由本次開始。值東者為竹社，其後至大正13年皆舉行三社聯吟。
	2.北部詩社聯吟會	大正13年7月13日	由天籟、高山吟社值東，參加者有瀛社、星社、潛社、聚奎社、劍樓社、鶴社等。
	3.臺北州春季聯吟大會	昭和9年4月1日	
全島聯吟會	1.全島聯吟會	大正10年10月23日，1921	由瀛社發起首次全臺詩社擊缽吟，全臺詩社參與者共八十餘人，日人有鷹取岳陽、永鳥蘇南、澤谷星僑等，次日下午由田建總督在東門官邸招待。

活動性質	活動舉例	時間	說明
	2.全島聯吟會	大正13年4月25日，1924	為應中南部詩社之請，主倡全島詩社大會，參加者共一百九十餘人，會中決定全島分為北、中、南三區輪流舉辦，次日下午由田建治郎總督在東門官邸招待。
	3.全島聯吟會	昭和2年3月20日，1927	會中由謝汝銓提議，此後詩社大會由五州輪流辦理，臺北洪以南、新竹鄭養齋、臺中吳子瑜、臺南趙雲石、高雄鄭坤五，五人為代表。次日下午由田建總督在東門官邸招待。3月22日，聯吟會參加者二百餘人。
	4.全島聯吟會	昭和6年3月8日，1931	1.決議參加全島聯吟會。 2.為謝汝銓、林博秋祝壽。 3.邀請久保天隨、尾崎秀真、豬口鳳庵、伊藤壺溪、小松吉久為來賓。
	5.全島聯吟會	昭和7年3月20日、21日，1932	聯吟會參加者首日二百八十人，次日二百九十人。

＊本表據《臺灣日日新報》、《漢文臺灣日日新報》及二〇〇四年中國文化大學中文研究所張端然碩士論文〈日治時期瀛社之研究〉相關資料修正增補製成。

作為總督府的喉舌，與執政者的密切關係，使瀛社具有一定的社會階級高度。是以藝文人士樂於趨附，其號召力相當強，在「文化」與「人事」的構接上有著充分的條件。就參與詩社活動者來觀察，瀛社表現很大的開放性與多元性，其社員包括了日本人、本島人與「中國」來的人，有著兼容並存的情形。當時臺灣主要的詩社領導人，竹社：鄭養齋、戴還浦、林錦村、張錫六、張純甫，櫟社：林幼春、謝頌臣、傅錫祺、林癡仙、陳槐庭、林獻堂等，桃社：鄭永南、林子純、黃守謙、黃純青等，南社：楊鵬摶、趙雲石、連雅堂等人，都曾受邀參與活動。或進行聯吟，或擔任詞宗，與瀛社交往熱絡，相互酬唱，表面上並無芥蒂。詩社接待過「中國」來的官員、學者，如王樹榛、江亢虎、林輅存、辜鴻銘等人，亦與中國的詩社「虞社」有往返。其中還包括返回大陸的許南英；許南英甚且曾參與反抗日軍入臺的戰役。日人成立的淡社則有日下峰蓮伊、伊藤壺溪、尾崎泉等；知名的詩人、學者如：籾山衣洲、久保天隨、尾崎秀真、豬口鳳庵、小松吉久等，也參與活動。凡此種種都可看出瀛社的特殊性，其社員雖良莠不齊，品流多樣，然其具有的政治高度與群眾號召力來看，非其他詩社可以比擬。

依表（五）舉出的活動方式來看，與明治時代的日本詩社及本島其他詩社皆十分相似。不過在大正十年（1921）到昭和十二年（1937）這十五、六年間，臺灣詩社表現出空前的熱潮，此後全島詩社聯吟活動陸續展開。一波波連續的活動，使得漢詩創作引起熱烈的迴響，詩社也如雨後春筍般增加。[61]而最早號召全臺詩社聯吟的，便是瀛社。大正十年（1921）十月「全臺詩社聯吟」的活動在臺北召開，參加者共八十六人。大會結束次日下午，總督田健治郎於東門官邸接待全體與會詩人，並親與與會者見面。這樣的禮遇，引起全島詩人們的注目，能與最高統治者見面，讓許多詩人躍躍欲試。大正十三年（1924）四月，在瀛社主導下再度召開吟會，參與的人增加到一百

---

61 此外，臺灣詩社的增加，與統治者實施的教育政策有關。統治者希望舊有書房能逐步消失，由公學校取代。許多塾師為因應這樣的狀況，便將書房改為詩社，如陳廷植的聚奎吟社、趙一山的劍樓吟社等。這種情形也發生在日本幕末時代，幕府的衰弱，新學的興起，失去幕府支持的武士階級，便以開設書房維生，以傳統漢學教導學生。這些塾師也積極加入詩社，參與漢詩創作的活動，造成日本漢詩一度極為盛行。這個年代大約出現在明治三十年代至末葉（1897-1911），其後便逐漸走下坡，失去主流位置。而臺灣的詩社興盛時代，則在大正十年（1921）到昭和十二年（1937）這十五、六年間，而其中許多詩社都是由塾師及其弟子所組成的。

六十餘人，此舉使吟會在全臺引起了風潮。這次大會會中決定：「此後全島詩社大會，分由中、南、北三區輪流，年各值東依次為主導。」[62]會後，參與的人同樣受到總督田健治郎的接待。此外大正十五年（1926）第十一任臺灣總督上山滿之進，邀請日本大師級的詩人國分高胤（號青厓）、勝島翰（號仙坡）來臺，[63]十一月於東門官邸開漢墨宴，邀請林獻堂、陳槐庭、黃欣、鄭家珍、謝汝銓、魏清德、趙鍾麒、洪以南、鄭養齋、張純甫、施梅樵、黃純青、林佛國、羅秀惠、林茂生、蔡蓮舫等三十四人參加；日方則有上山滿之進（號蔗庵）、尾崎秀真、豬口鳳庵、伊藤壺溪、山口透、小松吉久、鷹取峻等十三人。總督作有〈青厓先生來遊乃揮十一月廿八邀三臺名流設宴於東門官邸有作粲正〉七律一首。又有〈東門官邸雅集席上聯句〉（柏梁體），國分高胤則詠有〈東門官邸雅集席上賦呈蔗庵總督並博諸君子一粲〉七律一首。次日又有〈全臺詩人懇親會席上聯句〉，可謂「官紳共榮」、「風雅極盛」，造成的效果十分宏大。此次聯吟活動結集有《東閣唱和集》，流傳甚廣[64]。昭和二年（1927）全島詩人大會後，經由全島各詩社會商決定，往後的詩會由全島五州輪流辦理，以分擔重任的協議。昭和十年（1935）十月由天籟吟社主辦的「臨時全島詩人大會」，共有五百餘人參加，達到了臺灣詩社活動的最高峰。[65]瀛社在這些活動裡扮演相當重要的角色，直接或間接促成詩社的蓬勃發展，形成了當時特有的文化現象。[66]也證明了日本殖民當局文化構

62 大正十三年（1924）《臺灣日日新報》第8601號。

63 沈慶昊著，金培懿譯，〈關於日本漢文學歷史展開之一考察：與韓國漢文學作比較〉一文說：「在明治、大正詩壇，國分青厓被尊為巨匠。……久保天隨、鈴木豹軒、土屋竹雨、今關天彭等亦負盛名。」收錄於張寶三、楊儒賓編，《日本漢學初探》，頁264。

64 盧嘉興原著，呂興昌編校，〈記臺南府城詩壇領袖趙雲石喬梓〉，《臺灣古典文學作家論集（上）》，頁194、201。

65 昭和十年（1935）十月《臺灣日日新報》第12782號。

66 必須指出的是：詩社雖大量增加，但詩的素質並未提升，文山遺胤在〈臺北詩社概

接策略的成功。雖然許多參與者不見得認同日本的殖民統治，也經常藉詩題傳遞中國傳統文化，暗藏民族意識與抵抗思想，但這樣的意識往往是隱性的、幽微的。[67]

日人據臺五十一年間，臺灣可考的詩社有三百個左右，全島各縣市皆有詩社的存在。詩社、詩人之多，活動之盛，雖不如明末清初江浙一帶的幾社、復社舉辦詩會，人數多達三千餘人；但已為臺灣文化活動的空前盛事，亦可視為臺灣知識人口大幅增加的指標。這種吟詩結社的風氣瀰漫全臺灣，當時知名文人，如：賴和、楊守愚、陳虛谷、吳濁流[68]等都曾參加詩社活動，亦有漢詩傳世。各個報章雜誌《臺灣新報》、《臺灣日日新報》、《臺灣新聞》、《臺南新報》、《臺澎日報》、《臺灣文藝叢誌》、《臺灣詩報》、《臺灣詩薈》、《詩報》、《三六九小報》、《臺中新聞》、《藻香文藝》、《風月報》、《南方》等，皆有漢詩的登載，或專門刊載漢詩的版面，可見其重要性。[69]綜觀日據時代的

觀〉一文說大正十一年後：「青年多敬尚浮華，不務實學……自以為了不得，烏煙瘴氣地，冒充斯文，藉會幾句歪詩，大出風頭，荒工廢業，自甘墮落，實繁有徒。」（臺北：《臺北文物》四卷四期〔1956年2月〕），頁4。這樣的批評不可謂不重。同期刊載的「臺北市詩社座談會」，主席問：「省籍詩人，誰較為著名呢？」廖漢臣回答：「省籍詩人較為著名，不如說較為活動的有……」《臺北文物》四卷四期，頁12。其意以為日據時代詩人只有好活動的，沒有真正好的詩人，這樣的說法雖有武斷之嫌，但也指出當時詩壇輕率、膚淺之病。

67 以苗栗縣的栗社（1927-2002）來說，其二十三回詩題「屈原沉江」，探討的是忠君愛國的方式，有藉古諷今的寓意。第三十五回「傀儡」批評的是當時為日本政府扶植支使的御用人物，缺乏自覺，甘受利用。第七十七回「豆萁」命意在中國人與臺灣人本是同根生，卻因日本發動侵略中國的戰爭，被迫兵戎相見。這些詩題都包含深刻的意義，對時局隱含批判之意。見王幼華，《冰心麗藻入夢來——日治時期苗栗縣的詩社》（苗栗，苗栗縣文化局，2001），頁163-172。

68 賴和、楊守愚、陳虛谷皆為彰化「應社」社員，吳濁流則為苗栗「栗社」社員。

69 此外日據時期因報章雜誌的增多，詩話的數量也多了起來。這些詩話據謝崇耀〈論日治時期臺灣「詩話」出版之現象〉（2003年賴和臺灣文學研究論文獎佳作）一文估計，約有三十餘種之多，尚屬可觀。這些詩話刊於《漢文臺灣日日新報》、《臺灣詩報》、《臺灣詩薈》、《詩報》、《三六九小報》等，內容多與詩社與詩作有關，由此亦可見當時作詩風氣的興盛。

臺灣詩社發展、運作與傳播，事實上受日本本土的模式影響較大，在報刊雜誌上呈現的編排、刊印方式，與日本本土十分類似。同時期內，臺灣的詩社與同時期中國詩社直接互動較少，亦乏聯絡。而日本漢詩人在臺發展，日本本土詩文大家來臺交流，也使臺灣詩社夾雜有「漢體和魂」的特殊體味。詩社的活動就算在太平洋戰爭時期，雖已然不再如此活躍，但也沒有間斷。只不過詩社課題配合時政，響應政策的作品多了很多。

五　結語

作為漢文化的依附區域，日本在明治年間漢文詩歌的寫作，是非常蓬勃的，其知識階層普遍具有很高的漢文素養。日本殖民地政府統治臺灣後，鼓勵漢文詩歌寫作，鼓勵詩人結社，是其進行殖民地文化構接行動重要而顯著的成果。在策略上運用饗老典、揚文會、官紳酬唱等的模式，軟化敵意，製造對話的機會與場域。執政者藉由詩會拉攏在地勢力，並親自寫詩、接待詩人、聽取建言以示尊崇；會後出版專輯廣為流傳，強化其效果。如兒玉源太郎《南菜園唱和集》（1899），後藤新平《鳥松閣唱和集》（1905），田健治郎《大雅唱和集》（1921），豬口安喜《東閣唱和集》（1927）等，在在顯示出政治層峰以漢詩構接臺人的用心之處。

扮演日臺之間橋樑的《臺灣日日新報》編者群，以「維持漢文命脈」為旗幟，成立「瀛社」作為號召，在全島最大的媒體上鼓動寫詩風潮，舉辦各類歡迎會，接待日本、中國、本地士紳，刊載個人詩作，發佈詩壇消息，塑造日臺一家的氛圍，效果十分明顯。瀛社由明治末年成立，其後的大正、昭和共三十餘年間，全島詩社運動蓬勃，寫作詩文蔚為風氣，成為普遍化、生活化的大眾文藝。

在族群上是異族，在政治上是少數統治；與滿清入主中國一般，在文化上表現出攏絡、惠寵、壓制、框架等等現象。事實上日人對臺灣的宰制與剝削觀念一直存在，並不認為臺灣的人足夠成為日本國民，仍有著強烈的排拒感。許多作為只是依循著後藤新平「治臺三策」：1.臺灣人怕死——要用高壓的手段威嚇 2.臺灣人愛錢——可以用小利誘惑 3.臺灣人重面子——可以用虛名籠絡，[70]這樣的策略進行，對臺灣民眾蔑視的心態從未改變。直到對中國的戰爭開啟，小林躋造總督開始推行皇民化運動（1936），臺灣的人民才被認真考慮成為日本的準國民。依第一節「欲力湧起的日本帝國」所述，日本的政治策略，在武力上併吞朝鮮、滿洲、臺灣，最後是統一中國，如此才能建立成為亞洲獨強，擺脫西方列強的侵略。配合武力的侵略，文化政策上也進行研究、論述，進而納編的步驟。是以其學術界傾力進行「漢學」研究，要將「中國學術及文化日本化」，將其轉化、詮釋為日本文化的系統。[71]作為日本殖民地的一個島嶼，臺灣日據時代的傳統詩社活動，基本上也是在這樣的「帝國文化霸業」意志下的一環。太平洋戰爭時期（1937-1945），臺灣雖表面禁止漢文的寫作，但實際未能徹底執行，漢文詩社的活動並未止息，甚且出現大量配合時政的詩題，如「祝皇君戰捷」、「南京入城有感」、「大日本建國」、「敕題朝陽映島」[72]、「敕題海上日出」[73]等，臺灣詩人響應的作品數量甚多，

70 黃煌雄，《臺灣抗日史話》（臺北，前衛出版社，1992），頁76、77。

71 町田三郎將明治四十多年的漢學學術思潮，分為四個時期：第一期（明治元年至十年代初期）是漢學衰退而啟蒙思想隆盛期。第二期（明治十年代至二十二、三年）是漢學復興期。第三期（明治二十四年至三十六年）是東西哲學的融合與對日本學術關心的時期。第四期（明治三十七、八年至大正初期）是日中學術綜合而「日本化」學術鼎盛的時期。見町田三郎著、連清吉譯，《明治的漢學家》（臺北，臺灣學生書局，2002），頁1。

72 鄭金柱編，《現代傑作愛國詩選集》（臺北，鷺洲吟社外務部出版，昭和14年〔1939〕4月）。

73 昭和18年（1943）日本天皇出題，參見簡荷生發行，流石編，《南方半月刊・南方詩壇》第188期（臺北，南方雜誌社，昭和19年〔1944年1月〕），頁35。

呈現出日據時期臺人漢詩作者迫於時勢或勇於表態效忠的現象。

作為以漢詩創作的日本國民，瀛社社員扮演了相當成功的角色，溝通官民之間的關係，發揮了媒介者的功能。值得再注意的是日據時期蓬勃發展起來的詩社，在臺灣重回中國統治的時候，又發揮了構接的功能，許多詩社紛紛與大陸來臺人士進行詩文交流，或共組詩社。[74]光復後次年，在臺北市中山堂召開的全國詩人大會，與會者有一千多人，可見其熱絡情況。[75]日據時期詩社「維持漢文命脈」的觀點又被提出，並將其中的民族意識加以放大，加以強化，有意忽略表露效忠殖民政府的區塊，成為國民政府與在臺人士可以互相言說的場域。這是臺灣一直缺乏主體性，不得不被迫隨政權轉移而轉向的可悲之處。就瀛社在日據到光復這段期間的發展來看，不僅在提倡漢詩寫作上有其作用，在政治、社會上亦有不可忽視的影響。

——本文原刊於《臺灣學研究》二〇〇八年六月第七期

74 1963年由大陸來臺人士與臺人組成的瀛洲詩社，曾編有《瀛洲詩選》一書（未見出版社名，應為詩社自行出版），選録的詩人有于右任、成惕軒、伏嘉謨、王嵩昌等人作品，魏清德之作亦列其間。據卷首何武公語，瀛洲詩社前身為六六吟社與玉岑吟社合併而來，社友分布臺中、臺南、高屏等地，社員有二百餘人。這是瀛洲詩社成立三年後的選集。

75 《文訊月刊．傳統詩社的現況與發展》第18期，《詩文之友月刊》總編輯林荊南發言（臺北，1985），頁26。林荊南所指應為民國三十五年由黃純青、李翼中、丘念台召開的第一屆「全省詩人大會」，見〈臺北詩社概觀〉黃純青發言，《臺北文物》四卷四期，頁12。

徵引文獻

林欽賜編　《瀛洲詩選》　臺北　光明社昭和8年（1933）2月27日
鄭金柱編　《現代傑作愛國詩選集》　臺北　鷺洲吟社外務部出版　昭和14年（1939年）4月
文山遺胤　〈臺北詩社概觀〉　《臺北文物》四卷四期　臺北　臺北市政府　1956
井上清　《日本帝國主義の形成》　東京　岩波書店　1968
黎澤霖、張易纂修　《臺灣省通志稿》　臺北　成文出版社　1983
吳宏一　《清代詩學初探》　臺北　臺灣學生書局　1986
井上清著　宿久高等譯　《日本帝國主義的形成》　臺北　華世出版社　1986
約翰·雷克斯著　顧駿譯　《種族與族類》　臺北　桂冠出版社　1991
町田三郎著　連清吉譯　《日本幕末以來漢學家及其著述》　臺北　文史哲出版社　1992
羊子喬編　《南瀛文學家——郭水潭集》　臺南　臺南縣立文化局出版　1994
《臺灣日日新報》　臺北　五南圖書出版公司　1994　影印本
劉世南　《清詩流派史》　臺北　文津出版社　1995
許俊雅　《臺灣寫實詩作之抗日精神研究1895-1945年之古典詩歌》　臺北　國立編譯館　1997
林明德　《日本近代史》　臺北　三民書局　1996
三浦叶　《明治漢文學史》　東京　汲古書院　1998
Billashcorft Gareth Griffith & Helen Tiffin 著　劉自荃譯　《逆寫帝國——後殖民文學的理論與實踐》　臺北　駱駝出版社　1998

宇野哲人著　張學鋒譯　《中國文明記》　北京　光明日報出版社　1999

盧嘉興原著　呂興昌編校　《臺灣古典文學作家論集》　臺南　臺南市立藝術中心　2000

王鍾翰　《清史餘考》　瀋陽　遼寧大學出版社　2001

町田三郎著　連清吉譯　《明治的漢學家》　臺北　臺灣學生書局　2002

劉元滿　《中國的多種民族文字及文獻》　北京　北京大學出版社　2003

錢仲聯主編　《清詩記事》　南京　鳳凰出版社　2003

井出季和太著　郭輝編譯　《日據下之臺政——臺灣治績志》　臺北　海峽學術出版社　2003

魏忠編著　《中國的多種民族文字及文獻》　北京　民族出版社　2004

神田喜一郎　《日本における中國文學I——日本填詞史話》　北京　中華書局　2007

沈慶昊著　金培懿譯　張寶三、楊儒賓編　《日本漢學初探》　臺北　臺灣大學出版中心　2004

黃美娥　《古典臺灣——文學史・詩社・作家論》　臺北　國立編繹館　2007

吳福助主編　《全臺文》　臺中　文昕閣圖書出版社　2007

日本時期漢詩作品的「應時從權」特色

——以栗社詩人鄒子襄為例

一　作者與作品

（一）作者生平

鄒子襄譜名錦福，出生於明治十四年（光緒七年，1881）二月二十日，去世於民國三十六年（1947）七月一日，享年六十七歲。出生地為新竹縣苗栗一堡苗栗街四二四戶，祖父原在文昌祠前擺設飲食攤，父親鄒聯登時累積財富，已有三間店鋪。割臺後日軍苗栗辦務署暫設於文昌祠，因地利之便與鄒家頗有接觸。明治三十一年（1898）家永泰吉郎擔任苗栗辦務署長，賞識鄒子襄的能力，署內許多事務大多向他諮詢，同年四月八日正式任命子襄為該署雇員。根據其「履歷書」上寫到：

> 自七歲入苗栗書房，迄十五歲修業漢學。明治二十九年（1896）起，向憲兵成瀨實太郎修業日本國語。三十年（1897）六月起，應憲兵屯所及苗栗警察署之依囑，偶爾從事通譯。同年十二月起，應新竹地方法院之依囑，出張崁頭屋庄、樟樹林庄、五鶴山庄等地從事通譯。應苗栗街興業會之依囑，時而從事通譯。[1]

1　陳運棟、鄭錦宏編輯，《栗社桂冠詩人——鄒子襄》（上、下冊）（苗栗，苗栗縣政府文化觀光局，2017年6月），頁89。

明治三十五年（1902）臺灣行政單位調整，苗栗縣設廳，家永泰吉郎升任廳長，任用鄒子襄為廳長專屬通譯官。當時鄉賢黃南球擔任廳參事，為整理其廣大山區墾業，須與官廳多所聯絡，相關事務皆委託鄒子襄協助。因此機緣，子襄遂與黃南球諸子，運添、運才、運寶、運和、運元等成為知交。

明治四十三年（1910），家永廳長調任新竹廳長，鄒子襄隨之前往新竹任職，負責稅務方面工作，因此機緣認識新竹各界諸縉紳。大正八年（1919），由於鄒子襄在稅務方面的認真工作，繼任廳長武藤針五郎認定他為「技倆拔群」，繼而向臺灣總督明石元二郎推薦，當年十二月十六日任命子襄為「新竹廳稅務吏」，成為正式官廳八等職員。此項務吏的工作，一直持續到大正十三年（1924）退休為止。

昭和二年（1927）鄒子襄結合地方菁英，將原有位在文昌祠的私塾式的「天香吟社」加以擴大，改組，成立「栗社」。不久後「栗社」成為苗栗地區社員最多、活動力最強的詩社。鄒子襄除了致力推動社務外，也將擊缽吟的方式引進，鼓勵社友積極參加全省各吟社的活動。

鄒子襄於明治三十九年（1906）九月二十五日二十五歲，娶二十六歲之彭氏友妹為妻，生一子德龍。鄒德龍，生於明治三十七年（1904）四月十八日，臺北師範學校畢業，日語能力甚佳。曾任小學、中學教師。昭和十年（1935）應日本人之邀，赴廣東佛山創辦日語學校，並擔任校長，前後達十年之久。昭和二十年（1945）日本戰敗，佛山不便再居，返臺後鄒德龍出任公館鄉私立新民中學校長，該校為今苗栗縣立公館國民中學的前身。[2]民國三十四年臺灣光復，鄒子襄仍積極參與地方活動，鼓吹復興漢學，三十六年發生二二八事件，其子鄒德龍與劉闊才等皆被疑涉入不法活動，遭到拘禁。鄒子襄憂心如焚，為子奔走，幸得無恙。同年七月，因病過世。

---

2 陳運棟、鄭錦宏編輯，《栗社桂冠詩人——鄒子襄》（上冊），頁12-13。

(二)作品類型

鄒子襄一生詩作約兩千首，部分刊載於《詩報》、《東寧擊鉢吟》，以及「天香吟社」、「栗社」手抄本等，另有「鄒子襄手稿」、「魯齋日記」等手寫稿。[3]這些作品近乎一半未曾正式發表，經陳運棟與鄭錦宏整理，將之分為詠史、人際、生活、自然、時令、時局、詩鐘、聯語等八類，加以謄錄。[4]

傳統漢詩作者常使用各種名號，根據陳運棟與鄭錦宏統計，鄒子襄詩作有署名之詩作一二五一首中僅三首以「鄒錦福」本名署名，以其號「子襄」署名的有六二三首，數量最多，其次是「鄒子襄」二五六首，「且閒居士」一一九首、「高山子襄」七十九首。此外尚有魯齋、鈍翁、誤半生（晚年改稱誤一生）、老樵、蔚文、幸雲、嵩生等。昭和十八年（1943）皇民化運動時，因應時勢，曾改姓名為「高山峻秀」。[5]

二　應時從權

(一)日本時期詩社的產生

日本政府領臺後除了軍事壓制、政治磨合、社會控制以外，鼓勵以成立詩社的方式，聚攏在地有力人士，以吟詠詩詞的模式，軟化抵抗意識，形成趨附團體。這種由上而下擴散影響，是日本時期相當成功的「文化構接」模式。[6]

---

3 陳運棟、鄭錦宏編輯，《栗社桂冠詩人——鄒子襄》(上冊)，頁15。

4 陳運棟、鄭錦宏編輯，《栗社桂冠詩人——鄒子襄》(上冊)，15。

5 陳運棟、鄭錦宏編輯，《栗社桂冠詩人——鄒子襄》(上冊)，15。本節資料整理自陳運棟、鄭錦宏編輯，《栗社桂冠詩人——鄒子襄》(上冊)，頁715。

6 王幼華，〈文化構接與應時詩文——日據時期瀛社的例子〉，《臺灣學研究》2008年6月第7期，頁1。

殖民政府在臺五十一年間，臺灣可考的詩社有三百多個，全島各縣市皆有詩社的存在。詩社、詩人之多，活動之盛，已為臺灣文化活動的空前盛事，亦可視為臺灣知識人口大幅增加的指標。詩社成員的行為及詩作，除了表現「山河易幟之悲」與「遺民意識」之外，大多的詩人則以「文化承緒」、「符應時變」、「官紳趨合」的態度對應，表現出趨附的面貌。

太平洋戰爭時期（1937-1945），傳統詩社出現大量配合時政的詩題，如「祝皇君戰捷」、「南京入城有感」、「大日本建國」、「敕題朝陽映島」、「敕題海上日出」等[7]，臺灣詩人響應的作品數量甚多，呈現出臺人漢詩作者迫於時勢或勇於趨合，表態效忠的現象。

臺灣重回中國統治之後，許多詩社紛紛與大陸來臺人士進行詩文交流，或共組詩社。光復後次年，在臺北市中山堂召開的全國詩人大會，與會者有一千多人，可見其熱絡情況。[8]日本時代詩社「維持漢文命脈」的觀點被加以強調，略去曾經表露效忠殖民政府的應時從權之作，成為國民政府與在臺人士可以互相言說的場域。[9]

（二）所謂應時從權詩作

本文所謂「應時」的意義約可分為三種，其一是應對時局的變化，其二是時間上的應對。其三是人情世故方面的應酬。其一是應對時局的變化例如：《韓詩外傳》：「……王壯，周公致政，北面而事之，請然後行，無伐矜之色，可謂臣矣。故一人之身，能三變者，所以應時也。」[10]孔子稱讚周公能夠恭謹事奉父親文王，武王死後，能

7 「敕題朝陽映島」、「敕題海上日出」皆為日本天皇昭和十八年（1943）所出之詩題。

8 《文訊月刊・傳統詩社的現況與發展》第十八期，《詩文之友月刊》總編輯林荊南說民國三十五年由黃純青、李翼中、丘念台召開的第一屆「全省詩人大會」（臺北，1985），頁26。

9 王幼華，〈文化構接與應時詩文——日據時期瀛社的例子〉，頁1。

10 賴炎元譯，《韓詩外傳今註今譯》卷二（臺北，臺灣商務印書館，1994），頁280。

輔佐幼主成王，替他平定逆亂，成王長大後，周公能夠歸還朝政，以臣子之禮服伺國君。孔子讚美周公能做到「應時三變」。唐代呂溫所寫的《凌煙閣勳臣頌・劉夔公・宏基》：「夔公崢嶸，金虎之精，應時而生，與運俱行。」[11]指的是劉宏基順應時機，協助唐太宗在太原起事，與長孫順德共同募兵，在攻克長安城時立了大功，成為開國重要功臣。

其二是時間上的應對，有兩個意思，一個是立刻即時，另一個是符應時節的變化。例如：〔魏〕曹植〈與楊德祖書〉：「僕常好人譏彈其文，有不善者，應時改定。」[12]這裡的應時指的是即時的意思。徐宗幹的〈致王子勤書〉：「臺地暘雨應時，花封當亦豐稔。地僻事簡，與蚩蚩者如家人父子，別有一種樂處。」[13]是指臺灣的雨能夠符合時節，花草和收成都會豐稔。另一首張湄的〈東郊勸農〉：「彌望青蔥蘢，物我同栩栩。平疇漾穀紋，犁鍤應時舉。誰能甘惰農，自貽樂歲苦。」[14]意思相類，農耕需要配合季節，這樣才會有好的收成。

其三是人情世故方面的應酬。這樣的作品在婚喪喜慶，配合政令以及往來酬贈之中最為常見。日本時期的傳統詩社，這類詩作最為普遍。魯迅在《熱風・題記》中曾說：「所以我的應時的淺薄的文字，也應該置之不顧，一任其消滅的。」[15]然而這樣的作品在人際周旋之間，是很難避免的。

所謂「從權」一詞最早見於《逸周書・卷三　酆保第二十一》：

---

11 呂溫，《凌煙閣勳臣頌・劉夔公・宏基》，《全唐文》卷六百二十九》引見「中國哲學書電子化計畫」https://ctext.org/wiki.pl?if=gb&chapter=60884，2018.8.24檢索。

12 趙幼文，《曹植集校注》（臺北，明文書局，1985），頁153。

13 徐宗幹，《斯未信齋文編》，〈致王子勤書〉（臺北，臺灣文獻叢刊八七二，臺灣銀行經濟研究室，1960），頁101。

14 王必昌，《重修臺灣縣志》卷十四〈藝文志二〉（臺北，臺灣文獻叢刊八七二，臺灣銀行經濟研究室，1961），頁505。

15 魯迅，《熱風》，〈題記〉（臺北，唐山出版社，1989），頁9。

「深念之哉，重維之哉！不深乃權不重，從權乃慰，不從乃潰，潰不可復。」[16]這是周公期望周文王的話，要文王深切的、反覆的思維治理天下的困難，若不去深思國家就會出現問題。要去想到權宜變通的可貴，採用權宜變通的方式，百姓就得到安慰，不知變通百姓就會潰散。

《韓詩外傳》卷二：「夫道二：常之謂經，變之謂權。懷其常道，而挾其變權，乃得為賢。」[17]內文「權變」是高子對孟子提出疑問，孟子的回答。高子說衛懿公的女兒想嫁到齊國去，而不願嫁到弱小的許國，這是不合正道的，《詩經》為何把這個女子的詩〈載馳〉編進集子裡。孟子回答，她是為了國家著想，這是可以的。如果不是為了國家著想，就會變成不合禮了。

在臺灣有關從權的詩作，沈光文〈無題〉時間最早，也最具有代表性。〈無題〉：「吾亦愛吾耳，如何欲乞憐。叩閽翻有路，投刺竟無緣。道以孤高重，持當困苦堅。既來學避地，言色且從權。」[18]這首詩的寫作年代不詳，估計是鄭成功過世後，沈光文與繼位的鄭經不合，避走目加溜灣時所寫的。鄭經對「老臣」不友善，甚至有除而去之的念頭，「言色且從權」是一種面對強勢政權，遠災避禍不得不然的做法。

以上的例子可以看出，「從權」具有權宜變通，不拘「正經」的做法，亦有不得不在威權之下表現馴服的意思。

就鄒子襄及其同世代的詩社作品來看，既有應對時局變化，應酬政令所需的作品；亦有權宜變通，表現服從當權者的特色。本論文即以「應時從權」為核心，討論其相關作品。

16 牛鴻恩，《新譯逸周書》卷三〈酆保第二十一〉其內容包括：若不去深思五祥、六衛、七厲、十敗、四葛造成的問題，做好四蠹、五落、六容、七惡的防治（臺北，三民書局，2015），頁132。

17 賴炎元譯，《韓詩外傳今註今譯》卷二，頁41。

18 陳漢光編，《臺灣詩錄》（上冊）（臺北，臺灣省文獻委員會，1984），頁53。

三　鄒子襄應時從權詩作

（一）日本時代

1 鄒子襄的作品

（1）剪髮不改裝

日本政府認為臺灣有三大陋習：「辮子，纏足，吸鴉片」，在取得政權後希望逐步改善，但成效不彰。其中剪除辮子，改變髮型的行動，直至明治四十四年（1911）臺北中醫師黃玉階與《漢文臺灣日日新報》社記者謝汝銓兩人共同推動「斷髮不改裝」大會之後，斷髮運動才開始在臺灣社會蓬勃發展，不過當時亦有「保髮會」、「守髮誼」等組織反對這樣的做法。中國傳統的認知裡身體髮膚受之父母，不可輕易毀傷，髮型服裝亦有「華夷之辨」的特殊意義。時年三十三歲的鄒子襄則呼應了當時「進步」的風氣，除了自身改變髮型、服裝外，也鼓吹人們都能仿效辦理。他寫了祝賀苗栗幾位友人斷髮的詩作，這三首作品發表在大正三年（1914）二月二十三日《漢文臺灣日日新報》第四九二二號。

〈祝劉緝光參事剪髮留鬚誌喜〉
髮落鬚長面目開，若論時勢也應該。雖然頂上裁些去，幸有唇邊漸漸來。

〈祝徐賡秀才剪髮誌喜〉
昨夕逢君猶是昔，今朝顏面一番新。雖然此去衣裳異，不失當年折桂人。

〈祝梁鴻藻剪髮誌喜〉

文明世界尚維新，豁達如君有幾人。從此衣冠顏色改，居然前後兩青春。[19]

他所「誌喜」的三位人士都是地方重要的領袖人物，劉緝光（1853-1921？）為清末到日治時期南庄獅潭的墾拓大戶[20]，光緒十七年賞授五品軍功頂戴，明治二十九年苗栗第一堡堡長，三十年授配紳章，同年任新竹廳主事，大正十年任新竹州協議會員。徐賡秀才，即梁均佐（1856-1919），光緒年中式秀才，梁鴻藻未詳，應為梁均佐姪輩。[21]梁氏居住在苗栗市區，是地方的領袖人物。這三人的剪髮行動，很具有指標性。鄒子襄的詩也表現了苗栗地區頭人，肆應變化符應潮流的情形。

（2）占領者的紀念物

馬關條約中清廷將臺灣割讓給日本，當時臺灣軍民頗多不願接受，組織義軍對抗「侵略者」，因為民眾抵抗激烈，日方不得不派遣軍隊，以強力鎮壓武裝弭平的方式進行接管的行動，明治二十八年（1895）五月北白川宮能久親王被任命為「臺灣駐屯軍司令」，率領近衛師團征討臺灣「匪徒」。在征臺之戰後五個月，因為感染疫疾，病逝於臺南。北白川宮能久是明治天皇的叔輩，是征臺戰爭中死亡的最高將領。領臺的武裝行動經歷十幾年才算平定，日本以其軍事優勢，動輒武力鎮壓，讓臺人不得不降伏，一九三〇年代為強化臺灣日本化的精神象徵，總督府諭令，凡北白川宮能久親王生前行經，休憩，留宿的地方都建立高規格的史蹟紀念物，以彰顯他曾有的功績。

19 陳運棟、鄭錦宏編輯，《栗社桂冠詩人——鄒子襄》（下冊），頁378。

20 陳運棟編纂，《重修苗栗縣志・人物誌》（苗栗，苗栗縣政府，2006），頁89。

21 陳運棟編纂，《重修苗栗縣志・人物誌》，頁279。

其後全臺相關紀念物陸續興建，約有六十處之多。另外一九三四年以後，侵華的目標愈來愈明顯，將臺灣內化為日本人，去除臺灣的「傳統中國」是必要的手段，已使臺灣人能成為「日本國家共同體」，才能夠一致的完成占領中國的目標。日本政府根據「神社中心說」的理念，在臺灣積極推動「一街庄一社」的政策，配合戰時體制的實施，來達到全臺灣動員的目的。在「國有神社，家有神棚」的口號下，清除舊有中國神祇，積極推動家家戶戶奉祀神宮大麻的運動。[22]

苗栗縣在昭和七年（1932）在苗栗市西南山巒，建立了北白川宮能久親王的紀念碑，這個地方據說是他曾經停馬駐留之處，碑記落成之時，栗社的社員曾經以此為題，召開擊缽會，寫了不少詩作。鄒子襄因應這個課題，寫了不少詩作，詩中頗多對這位親王的讚譽之詞。

〈將軍山〉

錦屏西望鬱蔥蔥，上豎豐碑記偉功。形勢雖非天塹險，溪山妙有武陵風。

東南半壁雙峰在，起伏層巒萬壑通。百里莫教輕小邑，將軍名字誦無窮。

〈將軍山〉

山腰石級若雲梯，左接橫岡有鳳棲。東嶽煙霞朝日近，西陵松柏夕陽低

遙看一來溪無際，回顧雙峰天與齊。昔歲將軍曾駐馬，豐碑屹屹仰群黎。[23]

22 徐正武，〈日治時期臺南州神社之研究〉（臺南，臺南大學臺灣文化研究所碩士論文，2006），頁1。

23 陳運棟、鄭錦宏編輯，《栗社桂冠詩人——鄒子襄》（下冊），頁476。

臺灣總督府文教局社會課於一九四三年編印的《臺灣に於ける神社及宗教》[24]記載了全臺共有一九八座神社，現今苗栗縣內的部分共有縣社、無格社、社及末社、遙拜所十二座。苗栗縣最大的神社（縣社），建立於昭和十三年（1938），位置就在貓貍山上，距離北白川宮能久親王碑記不遠之處。鄒子襄為神社落成寫了兩首詩發表於《詩報》第十六冊一八九號。

〈苗栗神社鎮座祭〉

廟貌巍峨氣象雄，千秋栗里表尊崇。祭逢鎮座已詞祝，謹向神前九鞠躬。

巍巍廟宇築高崇，鎮座初行祭典隆。今日苗山誇起色，萬年俎豆祝無窮。[25]

將軍山和神社的興建，都是日本政府強化精神象徵，凝聚向心力的做法，事實上一九三〇年臺灣已進入昭和年代，殖民政府統治已有三十多年，臺灣日本化的情形愈來愈深，抵抗的力量也變得微弱，臺灣士紳努力「成為日本人」，向日本傾斜，「去中國化」的現象已然成社會主流，雖有不以為然的聲音，但終究無法抵擋這樣的潮流。

（3）詠讚皇軍戰果

一九三七年七月七日發生蘆溝橋事變，八月十三日日軍發動第一場侵華大型戰爭「松滬會戰」，接下來十二月初日軍向中華民國首都進攻，很快即攻陷南京，南京城內軍民遭到進城的日軍屠殺，這是國際知名的「南京大屠殺」。然而日本媒體則大肆讚揚日軍的成就，認

---

24 臺灣總督府文教局社會課編，《臺灣に於ける神社及宗教》（臺北，臺灣總督府，1943）。

25 陳運棟、鄭錦宏編輯，《栗社桂冠詩人——鄒子襄》（下冊），頁461。

為已占領首都，中國勢必降伏，成為日本附庸國，臺灣的新聞界與詩文創作團體也配合時局，作詩讚美。栗社在昭和十二年（1937）十二月二十四日在苗栗市青苗里附近的涂家宗祠舉行慶祝日軍攻陷南京的擊缽吟。當時栗社社員有幾位出席，並寫成了詩（詳見下節），後來並在昭和十三年（1938）的《詩報》第十五冊一六九號刊出。

〈祝南京入城〉

旗翻旭日過南京，神勇皇軍舉世驚。真個大和魂莫敵，千秋戰史獨留名。

這首詩的最後一句「千秋戰史獨留名」，確實寫出了這場戰役的重要性，只不過作為日本人和中國人的立場和思考方向截然不同。同年鄒子襄有〈風雪中感皇軍遠征〉兩首，刊於昭和十三年（1938）《詩報》第十五冊一七二號。〈祝皇軍連戰連勝〉一首刊於昭和十三年（1938）《詩報》第十六冊一八七號。

〈風雪中感皇軍遠征〉

陣前勇士披風凜，銃後無人臥枕高。同一國民知義務，精神奮起莫辭勞。

晝荷彈槍夜斗刁，捐軀殲敵報天朝。任他戰地雪盈尺，盡被皇軍勇氣銷。

〈祝皇軍連戰連勝〉

勢成破竹國威張，海陸空軍各顯揚。百萬大和魂一致，天生英傑佐吾皇。

這兩首都是讚美、感佩皇軍的作品。

南京陷落之前，日軍也發動武漢會戰，此戰歷時四個多月，漢口在十月二十五日被攻陷。祝賀攻陷漢口的詩作共三首，發表於昭和十三年（1938）《詩報》第十六冊一八九號。

〈祝漢口陷落〉

皇軍戰略素稱嫻，漢口誰云陷落難。祝捷紫宸開御宴，鈞天樂奏喜天顏。

威聲赫赫震全球，豈獨支那四百州。突突漢陽天塹險，皇軍武勇世無儔。

東亞和平祝奏勳，而今武漢屬皇軍。威加四百餘洲地，伊古以來亦罕聞。[26]

日軍除了中國戰線之外，也發動太平洋戰爭，一九四一年十二月七日日本偷襲美國在太平洋的基地珍珠港，同年也開始攻擊東亞及東南亞各國，菲律賓、馬來西亞、新加坡（新嘉坡、星洲）很快便陷落了。皇軍的輝煌戰果，成為媒體上不斷報導的熱點。鄒子襄在昭和十七年（1942）《詩報》第二十三冊二六九號，發表了兩篇詩作。

〈祝新嘉坡陷落〉

正義皇軍志勝邪，牙城今已換新牙。昭昭南進成功處，天險千秋讓我誇。

新嘉坡是敵咽喉，不破咽喉不放休。計自出軍纔幾日，威聲早已震全球。

先攻要害喜功收，足顯皇軍戰術優。直搗黃龍眉睫事，長鯨已作網中囚。

---

26 陳運棟、鄭錦宏編輯，《栗社桂冠詩人——鄒子襄》（下冊），頁541。

建瓴據險勢方優，我國行軍計慮周，此日新嘉坡已陷，全功只在眼前收。

夏威夷陷敵驚惶，今日新嘉坡又亡，請看太平洋上景，皇軍威振旭旗揚。

皇軍猛擊疾風馳，險地資源到手時，經濟有餘師益壯，管他戰事短長期。

〈星洲陷落有感〉

險誇星港笑頑英，不落難攻亦只名，十億蒼黔齊吐氣，一股魍魎盡消聲。

皇軍戰捷功同慶，帝力建成圈共榮。改換乾坤從此始，佇看東亞現黎明。[27]

這些詩裡稱美（米）國，英國為「邪」，為「魍魎」，皇軍為「正義之師」，且英軍不堪一擊。皇軍戰力強大，戰術周詳，震驚全球，日本建立「東亞共同圈」的期望，將可以實踐。

（4）支援物資

日本軍隊同時發動了幾條戰線，投入了大量的人力、物力，期望在短時間內獲得勝利，並藉由戰領地獲得物資、人力，以補充戰鬥的耗損。然而戰爭並不如預期順利，物資匱乏的情況比原先預期嚴重。因此需要後方的支援，臺灣正是其戰備支援的重要來源，日本政府鼓勵並要求臺灣人民繳交可用的物資，提供戰爭所需。栗社同仁第十一回定期總會擊缽吟會用〈賣金報國〉作為題目，社友們紛紛為此寫了詩作。鄒子襄的作品其後發表在昭和十三年（1938）《詩報》第十六冊一八八號。

---

27 陳運棟、鄭錦宏編輯，《栗社桂冠詩人──鄒子襄》（下冊），頁543。

〈賣金報國〉

燦燦金環脫指尖，非常時局樸（？）何嫌。物雖珍貴甘售去，報國真誠若火炎。[28]

蓖麻是用作航空機的潤滑劑，屬於軍需品的一項物資，殖民政府鼓勵民眾種植，可以說是一種「國策作物」。鄒子襄昭和十四年（1939）在《栗社詩集》第十二冊一〇二回發表了〈蓖麻報國〉詩作兩首。

〈蓖麻報國〉二之二

開花結子夏秋逢，製出清油藥料供。少（？）五（？）軍需君莫笑，精神報國表心胸。[29]

昭和十九年（1944）寫了〈產業戰士〉，鼓勵臺民努力生產，增產報國，支援前線戰事，並認為這樣的行動可以留芳千古。

〈產業戰士〉

陣前發砲殲仇急，銑後揮鎡增產忙。一致丹心同報國，千秋青史共流芳。[30]

在人力方面，因為戰事吃緊，日軍在前線傷亡嚴重，兵源不足，所以決定在臺灣啟動「志願兵」的招募行動，當時臺灣民眾十分熱烈的響應了這個號召，自願參與的人數眾多。昭和十四年（1939）《詩報》第十七冊一九三號鄒子襄發表了〈臺灣徵兵制度實施決定喜賦〉。

28 陳運棟、鄭錦宏編輯，《栗社桂冠詩人——鄒子襄》（下冊），頁553。
29 陳運棟、鄭錦宏編輯，《栗社桂冠詩人——鄒子襄》（下冊），頁555。
30 陳運棟、鄭錦宏編輯，《栗社桂冠詩人——鄒子襄》（下冊），頁546。

〈臺灣徵兵制度實施決定喜賦〉

免嘆無階答聖明，施行制度喜徵兵。力酬皇室初心遂，身列戎行宿望成。

昇格三臺皆慶賀，同仁一視共光榮。天恩感泣無窮極，闔島齊呼萬歲聲。[31]

因為發動戰爭需要大量的人力及物資，已經占領了的國家及區域未必能提供足夠的資源，所以日本政府必須向國內要求提供，這樣的做法其實可以看出，發動戰爭的一方，已經有不堪負荷的現象了。

（5）響應東亞和平政策

一九三八年十一月三日，日本帝國總理大臣近衛文麿發表「第二次近衛聲明」，號召建立「大東亞新秩序」，樹立「日滿中三國相互提攜，建立政治、經濟、文化等方面互助連環的關係」，建立以大日本帝國、東亞及東南亞「共存共榮的新秩序」為目標。近衛的聲明表明日本以此迫使中華國民政府放棄抗戰立場，達到不戰而降服的目的。其目的是要建立一個包括中國乃至東亞的大帝國，並由日本實行獨裁控制。日本軍政府認為面對西方列強的侵略，亞洲各國毫無招架之力，日本應該挺身而出，成為亞洲的領導者，藉此抵禦「白種人」的壓迫。占領積弱不振的中國，是日本成為世界強國的必要條件。在這樣的思想與行動下，殖民地臺灣也有這樣的體認。以下昭和十四年、十五年的作品就是圍繞在這樣的思維之下產生的。

〈戰時有感並早望東亞和平〉四首

日本支那共齒唇，豈容外侮競侵頻。若非東國賢際（？）在，四百餘州白種人。

31 陳運棟、鄭錦宏編輯，《栗社桂冠詩人——鄒子襄》（下冊），頁553。

瓜分未盡賴強鄰，何事支那白種侵。頑蔣專行排日策，恩人顛倒作仇人。

支那政府已更新，彼此欣然結善鄰。東亞平和今日始，千秋萬歲永相親。

深望華人早自新，休隨頑蔣陷迷津。同文同種宜親善，共作昇平東亞民。[32]

昭和十四年（1939）《詩報》第十七冊一九三號

〈時局雜感四首之四〉謀親善

中日提攜望實行，目文同種要同榮。共營東亞平和局，永戢干戈睦弟兄。[33]

昭和十四年（1939）《詩報》第十八冊二〇六號

感時二首

干戈猶未熄烽煙，苦我皇軍歷二年。遭際時艱休退後，擔當義務必爭先。

鄰邦兄弟宜共心，兩國提攜在眼前。但願日華同負責，創成東亞太平天。

時局紛紛感慨長，皇軍久苦戰沙場。待看東亞平和日，纔是吾儕安樂鄉。

除惡支那誇聖戰，救民我國放陽光。但知寢食無忘卻，銃後精神百倍強。[34]

昭和十四年（1939）《詩報》第十八冊二一一號

32 陳運棟、鄭錦宏編輯，《栗社桂冠詩人——鄒子襄》（下冊），頁542。

33 陳運棟、鄭錦宏編輯，《栗社桂冠詩人——鄒子襄》（下冊），頁554。

34 陳運棟、鄭錦宏編輯，《栗社桂冠詩人——鄒子襄》（下冊），頁445。

聖戰三週年

恩威並著示懷柔，忠勇皇軍苦未休。滿望存榮歸一體，卻教年歲歷三週。

堂堂聖業誇歐國，朗朗和聲遍亞洲。誤會真誠終惹戰，不禁回首憶蘆溝。[35]

昭和十五年（1940）《詩報》第二十冊二二九號

上列這些作品大概可以歸納為三個重點：其一日軍發動的戰爭是一種「聖戰」，目的是為了「東亞和平」。其二領導抗日戰爭的「頑蔣」（蔣中正），恩將仇報，不了解日人的用心良苦，日本是為了團結黃種人對抗白種人。其三中日同文同種，如兄如弟，應當互相親善，攜手合作，共創東亞和平。這樣的觀點是符應日本政府的宣傳策略。

（6）鼓舞士氣

日本軍政府的軍事行動剛開始時勢如破竹，如同德軍在歐洲的戰果一般，然而戰線拉長，被侵略者的反撲，占領區的不易控制，都造成短期內難以解決的問題。冒著生命危險，在前線作戰，作為「銃後」的臺灣人民，鼓舞皇軍的士氣，慰勞征討者，是應該盡到的責任。栗社詩友在昭和十四年（1939）舉辦了「栗社歡迎邱社長兆蒸先生代表新竹州往南支皇軍慰問洗塵擊缽會」。

皇軍慰問二首

遠征將士久勞軀，銃後誰甘做懦夫。特到軍前恭慰問，精神義務表區區。

舉國民心共一途，大和魂族好規模。皇軍慰問寧辭苦，識得皇

35 陳運棟、鄭錦宏編輯，《栗社桂冠詩人——鄒子襄》（下冊），頁543。

軍更苦無。[36]

戰爭時期軍民是否同心，精神是否集中，施政者的目標是否得到支持，都是非常重要的項目。鄒子襄發表在昭和十六年（1941）《詩報》第二十二冊二六一號的〈國民精神〉就是在對臺灣民眾精神喊話，要大家不要失去「大和魂」，莫忘「皇恩」，要以「一片丹心」、「滿腔熱血」來翼贊「皇猷」。

國民精神三首

非常時局感應深，銃後勤勞各荷任。休失大和魂本色，精神第一要關心。

勇士陣前多受苦，吾民銃後敢辭勞。諸般義務知尊重，百折精神不屈撓。

皇猷翼贊在皇民，休負皇恩共視仁。一片丹心尊義務，滿腔熱血湧精神。[37]

昭和十六年（1941）十二月七日本偷襲珍珠港，第二天日本天皇隨即向英、美宣戰，並在詔書上指出英、美假和平之美名要稱霸東洋，中華民國的重慶政府憑藉英美的資助不肯合作，拱圖東亞和平。向英、美宣戰是為了剷除禍根，維繫日本帝國的生存。鄒子襄寫了〈恭詠宣戰大詔奉戴日〉一詩發表在昭和十七年（1942）《詩報》第二十四冊二八六號：

恭詠宣戰大詔奉戴日

十二月初八，昭和辛巳冬。決心除寇害，救世絕夷蹤。

36 陳運棟、鄭錦宏編輯，《栗社桂冠詩人——鄒子襄》（下冊），頁542。

37 陳運棟、鄭錦宏編輯，《栗社桂冠詩人——鄒子襄》（下冊），頁555。

聖主綸音降，國民奉戴恭。米英一二輩，罪惡萬千重。
神恐民兼怨，天誅地不容。皇軍知敵愾，將帥看雲從。
擊滅宜嚴速，須臾莫放鬆。為民寬桎梏，保重殄妖兇。
報國精神顯，立功機會逢。頒行宣戰日，牢記勿離胸。[38]

對日軍行動表達支持的詩作，在昭和十八年（1943）《詩報》第二十五冊仍可以見到：

從軍健兒
平生恥作懦夫身，汗血功名自可珍。馬革裹屍男子志，沙場殺敵報君親。[39]

以上這些作品充分顯示了一位日本國民的立場，痛斥「米、英」少數領導者，罪惡深重，天地不容。鄒子襄配合時局所需，服膺國策，表達以詩報國的熱忱。

2 同輩詩友作品

鄒子襄是苗栗地區詩社的倡導者，參與詩社活動的社員們，有非常多是屬於地方上層人士，是具有影響力的「有力者」。在日人以軍事力量及警察制度強權統治下，他們服膺政令，表達對政府的忠誠與支持，是必要的且無可選擇態度。在許多公開印行的詩集，選集，或手抄本的詩集中，可以看到與鄒子襄同輩詩友許多相類的作品。

（1）應徵時政詩題

昭和十四年（1939）新春昭和天皇在宮中御詠會，出了「朝陽映

38 陳運棟、鄭錦宏編輯，《栗社桂冠詩人——鄒子襄》（下冊），頁544。
39 陳運棟、鄭錦宏編輯，《栗社桂冠詩人——鄒子襄》（下冊），頁555。

島」的御勅題，島上許多詩友便依題吟詠，投詩應徵。其中有兩位地方的知名人士，作品受到青睞。張春華（1888-1974），字蕚生，祖父為進士張維垣，父親恩貢生張玉甫，大正九年到昭和十一年擔任南庄庄長，獅頭山總代，光復後任南庄鄉接管鄉長，苗栗縣首屆議員。

劉添貴（1892-1953）字介甫、重甫，臺灣總督府臺北醫學校畢業，在竹南中港開設添生醫院。

張春華　勅題朝陽映島恭賦

喔喔靈雞唱，冬殘守歲中。遙天徐揭白，麗旭漸昇紅。

島嶼東西列，舟船大小通。迴光浮貝闕，倒影照珠宮。

浩蕩恩波暖，氤氳淑氣融。一人欣有慶，兆庶賴無窮。

獻曝輸誠切，迎正拜賀同。梯行朝萬國，海陸共春風。[40]

劉添貴　勅題朝陽映島恭賦

曉起拜東空，扶桑日出紅。春回窮臘底，光映碧波中。

島嶼星辰似，河山錦繡同。當陽天子聖，萬國仰仁風。[41]

這兩位所寫的詩作，可以看得出是對日本天皇表達恭敬、欽服，應時迎合的特性明顯。

昭和十四年（1939）全島輪流主辦的「五州聯吟會」（當時全島行政區劃分為五州），是詩壇盛事。苗栗銅鑼地區著名的詩人謝鐸庵，入選一篇佳作，題目為〈朝日〉。謝鐸庵本名謝長海（1887-1967），世居銅鑼鄉芎蕉灣，日本時代曾任芎蕉灣一保保正，民國三十五至三十九年任第一二屆鄉民代表，民國四十一年任栗社第六任社長。

40 鄭金柱編，《現代傑作愛國詩選集》（臺北，鷺洲吟社外務部，昭和14年〔1939〕），頁69。

41 鄭金柱編，《現代傑作愛國詩選集》，頁72。

謝鐸庵　朝日

扶桑曉出映銀濤，句詠熹微尚憶陶。乍看金烏三足抱，暫昇黃道一輪高。

千山失暗光輝遍，萬國同明氣象豪。四海蒼生齊仰望，葵傾有幸照周遭。[42]

這首詩讚譽早晨升起的太陽，光明普照，令萬民景仰。以太陽為喻，讚美大日本帝國的興盛，強大。

（2）詠讚皇軍戰果

栗社詩集在昭和十三年（1938）二月，第九十五回刊錄了以「祝皇軍南京入城」為題的擊缽吟。此次擊缽聚會在前一年歲末，地點苗栗市的涂家宗祠[43]。栗社詩友也順應「時政」，招請「群鷗」相聚作詩以賀，其中也包括了後來知名的作家吳濁流。

德昭　左元　右避

賈勇爭先志捨生，皇軍威力鬼神驚。古來建業金湯固，早看高飄旭日旌。

子襄　右元　左眼

旗飄旭日遍南京，神勇皇軍舉世驚。真個大和魂莫敵，千秋戰史獨留名。

---

42 鄭金柱編，《現代傑作愛國詩選集》，頁239。

43 涂家宗祠設立於昭和七年（1932），栗社社員涂立興（筆名拋磚）為宗祠的管理者。

慕淹　右眼　左臚

皇軍戰捷入南京，簞食壺漿父老迎。旭日旗飄東亞地，三呼萬歲凱旋聲。

饒畊（吳濁流）　右五　左九

忠勇無雙帝國兵，滬城破後又南京。六街旗鼓提燈隊，老幼歡呼萬歲聲。

慕淹

海陸空軍劍戟明，凱歌高唱入南京。兩都陷落相前後，旭日旗幡大小城。

劉泰坤

萬歲高呼喜出迎，日章旗幟耀南京。枉誇堤壘堅如鐵，怎敵皇軍訓練精。[44]

這次的作品後來收錄在「鷺洲吟社」外務幹部鄭金柱（木村）編的《現代傑作愛國詩選集》一書中，[45]此書於昭和十四年（1939）出版，選錄了趙德昭、鄒子襄、范慕庵（兩首）、顏其昌、劉泰坤的作品，未被挑選到的則存錄在「栗社」手抄詩集中。[46]

昭和十三年（1938）十月，日軍進攻廣州灣地區，中國軍隊無法抵擋很快便撤軍了，日軍順利占領廣州城。何允枝（1900-1975），號隱居，陋庵主人，曾任縣農會理監事，鎮民代表等，曾以何陋庵主人之名，寫了一首詩讚美日軍的軍事力量。

---

44 鄭金柱編，《現代傑作愛國詩選集》，頁179、180。

45 鄭金柱編，《現代傑作愛國詩選集》，頁179。

46 此次聚會以「涂家祠堂雅集」之名，刊於昭和十三年（1938）一月十八日的《詩報》第一六九號，吳濁流之作亦在其中。

廣東城

白耶灣上遠征情，長劍鐵兜雙腕鳴。

雷擊電奔幾十里，一旬攻略廣東城。[47]

這些詩作即時反映了日本皇軍輝煌的戰功，用兵神速，中國守兵不堪一擊，寫作者感到與有榮焉。

（3）鼓舞士氣

以後龍地區人士為主的「龍珠吟社」，曾經以「千人力」詩題徵詩，入選者為竹南、後龍地區的詩人陳如璧、鄭啟賢（兩首）、蔡喬材、蔡圭山、蔡喬木、黃振輝等人的作品。[48]所謂「千人力」指的是集合眾人之力，為征戰的皇軍加油打氣的意思。通常為一幅白布，上面用毛筆書寫大大小小的「力」字，祝福作戰者武運昌隆。其中鄭啟賢（1899-1987），臺北師範學校畢業，曾任公學校教師，竹南鎮公所文化股主任，亦為竹南南洲吟社的健將。

千人力

陳如璧

千家勁筆壯征驍，熱血傾輝藉墨潮。欲助雄威書一一，拔山意氣直衝霄。

鄭啟賢（兩首）

銃前銃後銳心焦，尺帛書教男子招。我亦忠君書一字，拔山振臂氣凌霄。

---

47 何允枝之子何騰鵰獲國民黨提名一九八二年一九八六年曾任苗栗縣頭份鎮長。

48 鄭金柱編：《現代傑作愛國詩選集》，頁180。

赤誠揮灑做龍跳，不是塗鴉筆亂描。尺帛淋漓同一字，拔山楚項氣生驕。

蔡喬材
後援千人力獨超，旭旗捲盡浙江潮。果然眾志成城日，占領中原只暮朝。

蔡圭山
壯軍書字幕連朝，一筆呵成意氣驕。韓信當年雞不縛，胸中英氣自山搖。

蔡喬木
一枝筆把千軍掃，助力人多勇猛超。銃後成城聯眾志，中原到處旭旗飄。

黃振輝
皇軍進擊是今朝，銃後關心藉筆搖。如見日章旗影動，敵人未戰膽先搖。[49]

「千人力」組詩的寫作日期，大約也是在昭和十三年（1938），日軍全面對華進行侵略戰爭的時候。

此外鄭金柱編的《現代傑作愛國詩選集》一書的自序中指出，因此時正處「戰時體制，超非常時局之秋」，島內官民應當「宣揚國威，振興王道」要讓人們起「忠君愛國」的念頭，於是徵求愛國詩稿，藉此以「涵養日本精神」，[50]當時有「苗栗詩仙」之譽的賴江質投了一首詩，獲得刊用。

49 鄭金柱編，《現代傑作愛國詩選集》，頁180。
50 鄭金柱編，《現代傑作愛國詩選集》〈自序〉，頁2。

賴綠水　忠君愛國

掃蕩中原膽氣雄，丹心一片表精忠。馬嘶塞北風雲黑，血染江南草木紅。

壯士忘身能護國，書生投筆始從戎。大和魂魄原無敵，萬里沙場百戰功。[51]

賴江質（1907-1992），號綠水，字閒鷗，昭和四年（1929）加入栗社，民國四十二年當選苗栗縣議員，民國五十七年任栗社社長，詩作，聯語俱有地方盛名。

鄒子襄實際上已在大正十三年（1924）年退休，離開了日本政府機關，然而對日本政府推動的國策，始終保持著配合與響應的態度，在栗社成立之後，除了例行的擊缽吟或婚喪喜慶，人際酬贈，詩社也不時遵循時勢所需，成為一個政令的宣傳團體。另一個例子是「莎秧之鐘」組詩的創作。

昭和十八年（1943年6月）《南方》雜誌（1941年7月1日至1944年1月1日）第一七七期，刊出了岡山郡玉峰一雄的徵詩啟示，題目為「莎秧之鐘」，這是玉峰一雄為《愛國吟草》第二期規劃的主題之一。鄒子襄為這個詩題寫了五十七首同題同韻之作，徵詩的結果無從得知，但五十七首皆以未定稿的方式留存下來。

莎秧之鐘的故事是昭和十三年（1938）蘇澳泰雅族利有亨部落，從事教職的警手田北正紀，接到徵召要到中國華北地區參加戰爭，當時部落女子莎秧．哈勇等人協助教師搬運行李，莎秧．哈勇在中途因為暴風雨在過橋時失足跌落溪中喪命。此事經過殖民政府擴大渲染和宣傳，成為一個理番政策成功的例子，也是皇民化宣傳的範本。昭和十六年（1941）長谷川清接任第十八任臺灣總督，為表揚莎秧．哈勇

51 鄭金柱編，《現代傑作愛國詩選集》，頁4。

的愛國事蹟，送了一個桃型銅鐘給利有亨部落。這個事蹟除了媒體的不斷報導，也拍成電影，編入教科書中，成為一個很具愛國意識的故事。[52]鄒子襄雖然寫了五十七首但文意類似，用語重複，以下為其中兩首。

> 為送師行墜木樑，澳南溪水漾莎秧。鐘聲不息名千古，愛國精神史冊芳。（57-55）
> 送師途上竟身亡，腸斷行人獨木樑。千載鐘聲揚愛國，高砂族裡一莎秧。（57-57）[53]

這組詩作文字淺白，是很典型的政策宣傳詩，為作而作的用意顯豁。

以上詩作皆是以日本國民立場所寫的作品，充分了表現了效忠國家，文章報國的精神。梁明雄在《日據時期臺灣新文學運動研究》一書中說日據末期的「皇民文學」:「是作家在強大的法西斯力量摧殘下，在精神上迫於環境，不得已而屈從、傾斜。」[54]只是表面上認同殖民統治及其侵略戰爭，是屬於妥協性的「時局文學」。

（二）光復之後

一九四五年日本敗戰臺灣光復，鄒子襄及時寫作了許多首慶祝臺灣重回祖國的詩作，迎接新的政權來到。鄒子襄出生於清領末期，在日本時代度過了人生最重要的階段，晚年遇到了第三個政權，這樣的轉換是個相當嚴苛的考驗。日本敗戰的離開，對已改變髮型服飾，改名換姓，日化甚深，再三表達效忠天皇的人們，要如何適應確實是很

52 陳運棟、鄭錦宏編輯，《栗社桂冠詩人——鄒子襄》（上冊），頁271284。

53 陳運棟、鄭錦宏編輯，《栗社桂冠詩人——鄒子襄》（上冊），頁284。

54 梁明雄，《日據時期臺灣新文學運動研究》（臺北，文史哲出版社，1996），頁278。

大的課題。日本政府是異族強權，國民政府來臺，也是另一個威權，然而比較起來，臺民在抗拒異族「入侵」時，表現了更多更強的反抗行動與意志。在臺灣重回「中國」版圖之後，鄒子襄表現出得體且恰切的行動，即時寫出了慶祝臺灣光復的組詩。其中〈祝臺灣光復〉有十六首，〈臺灣光復有感〉五首，〈臺灣光復感作〉三首，這些作品也是「即時反應」、「通權達變」特質的具體呈現。

1 鄒子襄的作品

（1）慶祝臺灣光復（選錄五首）

祝臺灣光復（十六之一）

沖霄喜氣出鯤溟，久旱枯苗得雨青。封復舊疆開讌祝，詩吟新運劾祥蹎。

三民主義沾黎庶，五憲法権仰典型。我願同胞長體訓，永安國父在天靈。

祝臺灣光復（十六之二）

歲經五十一年閱，版籍忻看祖國還。謹表精神迎政府，復興幸運祝臺灣。

三民六合通聲教，白日青天耀宇寰。刼後乾坤今再造，千秋依舊漢江山。

祝臺灣光復（十六之六）

天運仍歸漢族雄，陽光重見浴東瀛。版圖喜祝還中國，黎庶咸知進大同。

得迓賢官施善攻，如沾甘露沐春風。民安境堵神靈佑，謹向蒼空九鞠躬。

祝臺灣光復（十六之十二）

五十年前直到今，瀛臺幸運始來臨。三民五憲承恩重，甘雨和風惠澤深。

復舊版圖待眾望，重興漢族合天心。不嫌學淺充詩史，盛典千秋紀詠吟。

祝臺灣光復（十六之十三）

吾臺幸再見青天，到處歡呼啟祝宴。競唱國歌聲朗朗，遍觀民貌意拳拳。

八年戰鬥纔休歇，四紀乾坤始轉旋。光復但宜忻此日，不平無事許從前。[55]

以上是十六首中的五首，這些都屬「子襄未定稿」，亦即尚未發表的詩作。然而就其內容來看「三民主義」、「五憲法」、「國父」、「白日青天」、「重興漢族合天心」、「版圖喜祝還中國」、「八年抗戰」等用語，可見其轉變之快速與得宜。底下的〈臺灣光復有感〉也類似：

臺灣光復有感（五之一）

祖國收還舊國境，仰承天佑息烽警。抗戰精神八載勞，神州海島纔安靖。

臺灣光復有感（五之二）

昔年國姓許追陪，自祖傳宗幾代來。禍福循環應有數，幸令苦盡復甘回。

55 陳運棟、鄭錦宏編輯，《栗社桂冠詩人——鄒子襄》（下冊），頁546549。

臺灣光復有感（五之三）

瀛洲疆土返中華，得迓賢官治我臺。回思兵燹愍傷痍，彈爆餘生未至差。[56]

臺灣光復感作（三之一）

國境中華復舊封，開筵祝賀酒千鍾。臺灣日月重光耀，喜極焚香告祖宗。[57]

丙戌（1946）元旦民國紀念日感作

丙戌歲更新，栽謗祝福臻。建成民國日，紀念共和辰。治設五權備，恩施一國均。典章重檢點，文物待開甄。……。[58]

〈臺灣光復感作〉則寫出對臺灣能重回中國懷抱，內心非常歡喜，並焚香祝禱報告祖先。〈丙戌（1946）元旦民國紀念日感作〉詩作甚長，文中對臺灣重新使用中華民國紀元感到振奮。

在臺灣光復一年後，鄒子襄作有〈臺灣光復一週年有感〉，〈臺灣光復一週年感作〉三首。

臺灣光復一週年有感

去年今日桎初寬，光復臺灣憶眾歡。當局孜孜方整理，前途亟亟望平安。

民情雖幸離悲境，風俗猶雖說樂觀。報紙大書特書處，猶開（？）百姓心有難。[59]

---

56 陳運棟、鄭錦宏編輯，《栗社桂冠詩人——鄒子襄》（下冊），頁549、550。

57 陳運棟、鄭錦宏編輯，《栗社桂冠詩人——鄒子襄》（下冊），頁550。

58 陳運棟、鄭錦宏編輯，《栗社桂冠詩人——鄒子襄》（下冊），頁551。

59 陳運棟、鄭錦宏編輯，《栗社桂冠詩人——鄒子襄》（下冊），頁552。

這首詩是應《心聲》（1946年7月31日創刊）徵詩之作[60]，是唯一見諸報章的作品。

然而臺灣光復一週年後，社會發生了許多問題，其中政權接管方式欠佳，物資短缺，糾紛不斷等等問題層出不窮，詩人說炸彈聲消失了實在是件可喜的事情，但米價騰貴的現象卻令人擔心。這是忠實反映當時現象的作品。

> 臺灣光復一週年感作（三之三）
>
> 臺灣光復一年週，容易星霜又到秋。爆彈銷聲洵可喜，米糧騰價尚堪憂。[61]

（2）安定傳統神鬼

位在苗栗市的文昌祠始建於清光緒八年（1882），光緒十一年（1885）完工，光緒十五年（1889）苗栗設縣，苗栗知縣林桂芬到任，先借住文昌祠辦公，同年地方官紳謝維岳等人倡議在文昌祠倉頡廳創辦英才書院，此後英才書院成為重要的文教中心。光緒二十一年（1895）臺灣割讓，日軍南下後，此處成為憲兵司令部，之後又改為公學校分教場、支廳宿舍，原來漢文化式的文教性質有所改變。栗社在昭和二年（1927）成立後，文昌祠成為其活動的主要場地。在皇民化運動高峰期的時候，臺灣的民間信仰成為被清除的對象，文昌祠中的神祇也不例外。臺灣光復後，諸神復位，祭祀文昌的信仰再度被信眾迎回，世居鄰處的鄒子襄，為這樣的改變寫了二首祭告詩，也為左門做了一首對聯。

---

60 《心聲》為新竹名漢醫謝森鴻（1869-1961）與新竹聯吟社成員洪曉峰、許軒（光輝）、蘇鏡平等人於新竹共同創辦。

61 陳運棟、鄭錦宏編輯，《栗社桂冠詩人——鄒子襄》（下冊），頁552。

文昌帝君臺灣光復奉告祭（二之一）

抗戰勤勞歷八秩，臺灣光復解民憂。仰承天幸平安賜，奉告八度祭典酬。

隆盛祖邦稱國慶，昌明聖降精神庥。復興漢學從今日，佇看文光射斗牛。[62]

文昌帝君臺灣光復奉告祭

文昌帝君臺灣光復奉告祭文昌祠左門聯一以「光復」冠首，

光臨海島開新運。

復轉乾坤祝太平。[63]

另外與漢人開闢臺灣密切相關的重要人物國姓爺鄭成功，是島上許多地方都立祠祭拜的神祇。日人據臺後鄭成功大小祠、廟也是被去除的對象，臺灣光復後，苗栗市再度迎回了這座神明。

苗栗初祀延平王

漢族不降清，畢生心在明。君恩賜國姓，王爵錫延平。

栗里重新祀，臺疆本舊京。苗民同禱拜，遙慰在天靈。[64]

詩中對鄭成功與臺灣歷史的敘述，是非常明晰，準確的。鄭氏不降異族清朝的堅強作為，是詩中警語。

光復後第二年，栗社的活動重新開始，民國三十五年（1946）秋天，祭祀文昌的活動以「重興漢學」為題目。

62 陳運棟、鄭錦宏編輯，《栗社桂冠詩人——鄒子襄》（下冊），頁550、551。

63 陳運棟、鄭錦宏編輯，《栗社桂冠詩人——鄒子襄》（下冊），頁610。

64 陳運棟、鄭錦宏編輯，《栗社桂冠詩人——鄒子襄》（下冊），頁461。

重興漢學

重興漢學起儒衰，慶若臺灣光復時。聞鐸應兼思抗戰，武功文德賴維持。

天縱思文教復施，長教鐸韻鎮東陲。從今無慮消書種，高起書牆萬仞楣。

忻聞韻鐸響東陲，天道好還聖道施。化雨重流洙水日，春風再沐杏壇時。[65]

民國丙戌（1946）文昌秋祭日栗社擊缽首唱

漢文教育在日本時代末期逐漸地萎縮，也被思想較前進的知識分子視為落伍的象徵，臺灣眾多詩社所表現出來的文學樣貌，也被新文學運動者認為是陳腐不堪的舊文學。然而傳統教育與文學的形式與內容，深入民間，其影響力雖不如鼎盛期，然而並未消失。所謂「漢學」基本上是帶有民族意識的用語，栗社的命題與鄒子襄之作，符合重回中國版圖的情境。

（3）政權轉折

日本敗戰後，局勢改觀，在中國大陸工作的臺灣人，紛紛返回故鄉，鄒子襄在廣東佛山擔任日語學校校長十年的兒子鄒德龍，也只得返回臺灣。因為屬於敗戰國的國民，且日軍侵華時在中國燒殺擄掠，視中國人命如草芥，附隨的臺灣人亦為憎惡的對象，其處境的艱難和沿途的危險可想而知。鄒德龍最後順利的帶領一家老小回臺後，鄒子襄有「喜兒輩回自大陸」一首。

春風吉信到門庭，慰我愁懷枕席寧。水陸平安人健在，長途庇

65 陳運棟、鄭錦宏編輯，《栗社桂冠詩人——鄒子襄》（下冊），頁338。

佑感神靈。[66]

日本殖民政府陸續撤出臺灣，國民政府派遣接收臺灣的人員抵達，在此政權轉換的時刻，曾經與日本政權來往密切或主要的地方頭人，不免感到憂心忡忡，不知新來的執政者會用何種態度和方式對待他們。鄒子襄經由舊友陳少棠認識了張邦傑少將，因為讀了他的「呈蔣主席詩」十分感動，便寫了三首詩來讚美他，期望能建立良好的關係。

訪友因作

聞名久已仰英雄，險難頻遭建大功。能遣臺胞離水火，天因救世特生公。

不憚犧牲屢請纓，多年奮鬥竭精誠。中華民國全光復，豈特瀛臺色倍生。

啟戟臨苗父老迎，區區小邑披光榮，英雄本色人欽仰，恨我無緣拜識荊。[67]

昨訪摯友陳少棠君[68]見其書齋有張邦傑少將[69]呈蔣主席詩並聞陳君述及將軍為臺胞不惜犧牲奮鬥多年因感其熱忱爰作三絕

這樣的作品可能是為結交新的權貴，以求保全身家性命的安全，

66 陳運棟、鄭錦宏編輯，《栗社桂冠詩人──鄒子襄》（下冊），頁13。

67 陳運棟、鄭錦宏編輯，《栗社桂冠詩人──鄒子襄》（下冊），頁302。

68 陳少棠別號兆端，新竹人，日本早稻田大學政治經濟科畢業，曾任臺灣省文獻會委員。

69 張邦傑出生於福建省惠安縣秀塗村，後遷居日治臺灣，並長期居住於高雄旗後等地。一九二一年，張邦傑畢業於日本早稻田大學，並先後參加臺灣文化協會及臺灣民眾黨。一九二八年，他前往上海，又隨後移居福建，是積極抗日的領導人物。一九四三年，曾任臺灣革命同盟會及臺灣革命黨等組織主席。陳儀來臺主政後，與之不合因此離開臺灣。

也或許藉由這樣的人際關係，在新局勢開展時，獲得新的發展。

民國三十六年，臺灣發生了震動全島的二二八事件，混亂的狀態也曾波及苗栗，鄒子襄之子鄒德龍與劉闊才、鍾建英、蘇萬松等十餘名地方菁英同時被捕，後經劉定國之營救而脫險。究竟是什麼原因造成他們的被捕，根據侯坤宏、許進發編《二二八事件檔案彙編》（二）〈劉闊才參加二二八事變有關資料〉一文中載：

> 三、37.12.30臺中地區情報二二八事變時劉闊才率領流氓暴動宣傳趕走內地同胞成立以臺灣人治臺之政府據查〇係獨立派人物……。
>
> 四、40.2.7查公館新民中學校長鄒德隆（龍）係依苗栗土霸劉？（闊）才為支持背景鄒平日言行乖張詆毀政府反對三七五減租控制學生拉攏楊木森（匪嫌）……。[70]

這份手寫的資料出自民國四十二年苗栗縣警察局刑事警察隊，民國三十六年發生的事情到四十二年資料仍這樣寫，其中緣故為何，尚待更多查考。至於中南部暴徒到苗栗來騷擾公家機關，攻擊外省人的事件有幾起，中南部的暴徒所指的是謝雪紅等人領導的團體。鄒德龍應與劉闊才共同參與許多團體及反統治的活動，因此遭到逮捕。[71]為此

---

70 侯坤宏、許進發編，《二二八事件檔案彙編》（二）〈劉闊才參加二二八事變有關資料〉（臺北，國史館，2002），頁478、479。鄒子襄之孫鄒保齡在二二八事件時曾「不守崗位」參加青年團，民國四十一年鄒熹齡參加三義鄉公所文化幹事陳鎮堂召集的活動，以叛亂罪起訴判刑，鄒保齡，鄒熹齡案件見「國家檔案資訊網」https://aa.archives.gov.tw/SearchMore.aspx?SysID=0000014357&pageSize=10&PageNo=5,2018.10.2檢索。

71 劉闊才（1911-1993）之父劉聯科曾參與乙未割臺的抗日戰爭，劉闊才本人一九四八年曾與黃純青、翁鈐等臺灣省參議員十餘人組團赴南京，向新當選中華民國第一任總統的蔣中正獻旗致敬。一九六九年當選臺灣省增補立法委員，一九八九年當選立法院院長。

牢獄之災，鄒子襄驚恐之餘寫了〈感作〉（一）四首，〈感作〉（二）十六首，來記錄並解說當時的情形。以下為〈感作〉（二）數首：

> 治安防患本良籌，為解民憂反作囚。天眼昭昭分黑白，到頭善惡不同流。
>
> 禍福由來總聽天，吾人作事義當先。未邀善報翻招罪，天外飛災更可憐。
>
> 循吏高懸明鏡臺，青天已現黑雲開。從今閒事休多管，只合閉門守拙來。
>
> 世道可憐盡棘荊，身逢災難識人情。最怕知心計尤毒，暗箭傷人更可驚。
>
> 暴徒南部向苗趨，毆打良民罪可誅。懼罪偏能施偽計，竟教移禍過東吳。
>
> 禍福憑天聽自由，願兒從此善加修。消災解厄歸來日，但問人恩莫問仇。[72]

根據詩中的說法是南部有暴徒北上，攻擊地方人士，他參與維持治安穩定社會的活動，但沒想到因此招來災禍，有小人暗害他，今後他不再管地方的閒事了，明哲保身才是對的。另外其中一首，表達了當時在獄中的內心狀態：

> 感作（二）
>
> 被害無辜竟入囹，佛家解厄有真經。果然災退回來日，口唸彌陀最有靈。（十六之十）[73]

---

72 陳運棟、鄭錦宏編輯，《栗社桂冠詩人——鄒子襄》（下冊），頁450-452。

73 陳運棟、鄭錦宏編輯，《栗社桂冠詩人——鄒子襄》（下冊），頁451。

這組詩的最後一首說：

> 釋難歸來日，神恩保佑深。幸兒身健在，甚慰老人心。（十六之十六）[74]

這兩組詩下均有作者的自註，第一首說丁亥（1947）四月中旬，有暴民由中南部上來，造成暴動。鎮民遭到檢舉的不少，「小兒亦遭此難」。第二組詩註大意是說二二八事件發生時苗栗有中南部來的流氓入侵，「無端毆打外省人，劫掠財物」，鎮民盡量加以保護，不致有性命之憂，又將財物要回還給外省人，不料卻有「萬惡之小人」造謠，反說鎮民是暴徒，向官憲檢舉，致使他坐牢，後來幸運的是官吏賢明，才告無事，他很有所感，因此寫了這些詩。[75]

鄒子襄用淺白的詩句描述鄒德龍遭受冤屈的經過，也記錄了當時事件的一個角度，這年七月鄒子襄便因病去世了。

2 同輩詩友作品

乙未割臺後的情勢，不願接受異族統治的臺民，轉而返回大陸原鄉，光復之後，亦有這樣的現象，日化較深的臺民，轉赴日本。選擇留臺者為因應新的政權及局勢，則須有些「應時從權」的做法。例如當時知名的瀛社副社長，《臺灣日日新報》漢文部主任魏清德（潤庵）（1887-1964），是很好的例子。魏清德在日治時期頗多符應時局之作〈恭頌即位大典〉、〈臺灣神社〉、〈奉祝皇太子殿下降誕恭賦〉、〈非常時艱〉、〈千人針〉、〈祝海南島戰捷〉、〈祝新嘉波淪陷〉、〈奉祝皇計二千六百年〉等作品。[76]

---

74 陳運棟、鄭錦宏編輯，《栗社桂冠詩人——鄒子襄》（下冊），頁452。

75 陳運棟、鄭錦宏編輯，《栗社桂冠詩人——鄒子襄》（下冊），頁452。

76 黃美娥編，《魏清德全集》，〈貳 詩卷〉（臺南，臺灣文學館，2013），頁54、130、141、143、194、204、228、242。

臺灣光復後則有〈臺灣光復頌〉、〈五二五中山堂雅集分韻賦詩拈虞字韻〉、〈次滄海先生離臺六首呈丘念台先生正〉、〈還曆書感〉、〈蔣主席六旬華誕介壽詩〉、〈總統蔣公中正七十壽詞〉等作品[77]，其中寫給邱逢甲之子丘念台的六首詩〈次滄海先生離臺六首呈丘念台先生正〉最具代表性：

臺澎割地事驚傳，肯與仇讐共戴天。遺恨狂瀾無力挽，至今遺老尚悽然。（第一首）[78]

明白表示自己是無奈成為仇敵日本國的國民，每當倭國舉行國家慶典時看到日本國旗就到羞愧「最是年年倭國節，舉頭羞見日章旗。」（第三首）他希望臺灣重回中國版圖後，能夠上下一心團結為國效力「願言上下同心德，眾志成城力不單。」（第六首）

苗栗地區的栗社詩友賴江質，也即時表現了這樣的意識。民國三十五年春節賴江質為地方領導人士劉闊才寫了堂號春聯：

鐵心不改河山固漢土重光日月新。[79]

這兩句為嵌名聯，「鐵漢」為劉氏常用的堂號之一，漢土重光則寓意明顯。此外他對國民政府大舉遷臺的時局亦有所感。如：〈政府遷臺〉、〈大陸淪陷〉等詩作：

政府遷臺

漂流海島避狂波，幾變桑田喚奈何。一角蓬萊風靜處，思鄉孤

77 黃美娥編，《魏清德全集》，〈貳 詩卷〉，頁248、250、251、252。

78 黃美娥編，《魏清德全集》，〈貳 詩卷〉，頁250。

79 賴江質著，黃鼎松編，《綠水閒鷗集》（苗栗，苗栗縣立文化中心，1993），頁39。

> 夢淚痕多。[80]

此詩以溫柔敦厚筆調寫國民政府及倉皇渡海者的處境。紀念北白川宮能久親王的將軍山，於民國六十三年改為紀念抗日烈士的羅福星，改稱福星山。在昭和十三年十一月「奉祝苗栗神社鎮座祭」徵詩時，謝景雲為左詞宗，謝鐸庵為右詞宗，如前所述鄒子襄也參加了這次擊缽吟，社友賴江質則以「綠水」的筆名，得到左五及左七的名次。[81]〈春遊福星山〉則表現了相當強的應時從權的特色：

> 春風得意踏村郊，隨步鐘聲淨覺敲。鳳嶺花朝迷霧裡，龍溪曲水繞山坳。
>
> 福星光照詩星聚，栗社盟尋竹社交。忠烈祠前祈復國，探親相思未曾拋。[82]

詩中賴江質稱將軍山為福星山，苗栗神社為忠烈祠，「復國」一詞則為呼應當時反攻大陸，復國建國的政策。

四　結語

鄒子襄是一相當典型納入惠寵體系的人物，因機緣受到日人賞識，在殖民政府統治系統中擔任通譯及稅務的工作，因表現稱職，得到很好的發展。因為職務之便他也廣交當時地方的士紳頭人，不再僅是偈限一隅的生意人，逐步成為社會的上層人士。在政府單位退休

---

80 賴江質著，黃鼎松編，《綠水閒鷗集》，頁119。

81 見昭和十三年（1938）十一月〈栗社手抄本〉。其中左七詩為：「社祠結構享聖崇，濟濟衣冠拜謁中。栗里河山增瑞氣，欣欣草木沐仁風。」

82 賴江質著，黃鼎松編，《綠水閒鷗集》，頁147。

後，憑藉在私塾習得的漢學詩文基礎，轉而致力於詩社發展，這給他另外一個空間。詩社是一個非常好的媒介，作為日本執政者與在地人們中介重要場域。臺灣光復後，鄒子襄的政治態度有了截然不同的轉變，從支持日本政府轉變為中華民國的效忠者，對傳統神祇的態度更為積極，這些行動也是「應時從權」的態度所致。這些作品除了應對時局的變化，也可以看到發表詩作的即時性，對政策、戰爭、社會等事件的反應迅速，殷殷致意。就鄒子襄一生的行誼及其詩作表現來看，在應時方面他能即時應對時局的變化，積極於人情世故方面的應酬。在「從權」方面能夠權宜變通，不拘「正經」，亦有不得不向威權表現恭謹服從的現象。

然而就詩的藝術層面來看，這些作品的應用性，世俗性太強，使用過多的刻板語及熟爛語，例如：消災解厄，明鏡高懸，天塹險，武陵風，萬年俎豆，紫宸開御宴，鈞天樂奏喜，直搗黃龍，心同報國，千秋青史，天誅地不容，馬革裹屍等等，藝術性及創造性皆不足，大大減低了詩作的價值。陳運棟、鄭錦宏所編輯《栗社桂冠詩人——鄒子襄》一書，由於家族後人的協助，可以完整的呈現這位詩人的作品，沒有刪除「不妥適」的詩稿，或者如許多詩人那般只保留「可供閱讀」的部分，這也是拜時代已是多元開放所賜。鄒子襄的生平與詩作，讓後者足以看到一個跨越政權詩人，在高壓的世局中如何以作品從權應世，力求生存與發展。

——第四屆東亞漢詩研討會，二〇一八年十一月二日

徵引文獻

一　古籍文獻（按朝代排序）

牛鴻恩　《新譯逸周書》　臺北　三民書局　2015
賴炎元　《韓詩外傳今註今譯》卷二　臺北　臺灣商務印書館　1994
趙幼文　《曹植集校注》　臺北　明文書局　1985
徐宗幹　《斯未信齋文編》　臺北　臺灣文獻叢刊八七二，臺灣銀行經濟研究室　1960
王必昌　《重修臺灣縣志》　臺北　臺灣文獻叢刊八七二　臺灣銀行經濟研究室　1961
陳漢光編　《臺灣詩錄》（上冊）　臺北　臺灣省文獻委員會　1984

二　近人專著（按作者姓氏筆劃排序）

徐正武　〈日治時期臺南州神社之研究〉　臺南大學臺灣文化研究所碩士論文　2006
侯坤宏、許進發編　《二二八事件檔案彙編》（二）〈劉闊才參加二二八事變有關資料〉　臺北　國史館　2002
梁明雄　《日據時期臺灣新文學運動研究》　臺北　文史哲出版社　1996
黃美娥編　《魏清德全集》　臺南　國立臺灣文學館　2013
陳運棟、鄭錦宏編纂　《栗社桂冠詩人——鄒子襄》（上、下冊）　苗栗　苗栗縣政府文化觀光局　2017年6月
陳運棟編纂　《重修苗栗縣志·人物誌》　苗栗　苗栗縣政府　2006
鄭金柱編　《現代傑作愛國詩選集》　臺北　鷺洲吟社外務部　昭和14年（193年9）4月

賴江質著　黃鼎松編　《綠水閒鷗集》　苗栗　苗栗縣立文化中心　1993

魯　迅　《熱風》〈題記〉　臺北　唐山出版社　1989

臺灣總督府文教局社會課編　《臺灣に於ける神社及宗教》　臺北　臺灣總督府　1943

三　期刊論文（按作者姓氏筆劃排序）

《文訊月刊》第18期　臺北　1985

王幼華　〈文化構接與應時詩文——日據時期瀛社的例子〉　臺北　《臺灣學研究》第七期　中央圖書館臺灣分館・臺灣研究中心出版　2008

四　網路資料

呂　溫　《凌煙閣勳臣頌・劉夔公・宏基》　《全唐文》卷六百二十九》引見「中國哲學書電子化計畫」　https://ctext.org/wiki.pl?if=gb&chapter=60884　2018.8.24檢索。

卷三

劉禹錫〈竹枝詞〉辨析

前言

劉禹錫，字夢得，郡望中山，籍貫洛陽。唐代宗大曆七年（772），出生於蘇州嘉興縣，卒於唐武宗會昌二年（842），為中唐時傑出詩人。祖先為匈奴族，七世祖劉亮隨魏孝文帝遷洛陽，改漢姓，因此隸籍洛陽。父劉緒因避「安史之亂」曾寓居嘉興縣，故劉禹錫少年時代曾居江南。童年時即學詩，曾蒙詩僧皎然指點，詩學觀念頗受《詩式》一書的影響。貞元九年（793）登進士第，唐順宗即位後重用王叔文，進行一連串的政治改革，劉禹錫升任屯田員外郎，協助杜佑、王叔文管理財政。後改革運動失敗，王叔文被殺，劉禹錫被貶為朗州司馬。元和九年（815），因作詩嘲諷新貴，得罪執政者，被外放為連州刺史，後轉任夔州刺史、和州刺史。大和二年（828）返回長安任主客郎中兼集賢院學士，晚年曾任太子賓客，後世亦稱劉賓客。武宗會昌二年（842），臨終前曾撰〈子劉子自傳〉一文，嘆惋政治抱負未曾實現。

本文討論重點為劉氏任官於夔州刺史時所作的〈竹枝詞〉，嘗試釐清〈竹枝詞〉名稱及其體式緣由，歷來對此體名稱由來看法頗多歧異，〈竹枝詞〉究竟為七言絕句、樂府詩或詞之一體，觀點並不一致。本文嘗試綜合諸家說法，做一初步論斷。

一　〈竹枝〉釋名

劉禹錫貶官夔州時寫有兩組〈竹枝詞〉共十一首，這十一首作品據卞孝萱《劉禹錫年譜》的看法，[1]，都作於穆宗長慶二年至四年（822-824）夏天。因為這組作品情詞俱佳，深受人們喜愛，流傳廣遠，近代對〈竹枝詞〉一體考辨最多者為任半塘的〈竹枝考〉一文。[2]任氏言：

> 〈竹枝〉民歌中，七言四句的出於蜀，二句的較早，應為四句之源。另有長短句唐曲子曰〈竹枝子〉，與民歌無關。……民歌就叫〈竹枝〉，無詞字。[3]

這段話的意思是〈竹枝〉源於民間歌謠，與唐代的曲子〈竹枝子〉無關，且這一系列的作品，原應稱為〈竹枝〉，不必加一詞字，〈竹枝詞〉為民歌文字化後才有的名稱。[4]有關〈竹枝〉究竟為何意，說法頗有不同，下舉三例。

任半塘言：

1　卞孝萱校訂，《劉禹錫集》，《劉禹錫集》整理組點校（北京，中華書局，1990）。

2　任半塘，〈竹枝考〉見《歷代竹枝詞》（初集），王利器、王慎之輯（西安，三秦出版社，1991），頁1-29。任氏另有《唐聲詩》（上下編）一書，此書為任氏寫於一九五九年之作，一九八二年由上海古籍出版社印行，兩書雖同有〈竹枝考〉的論述，但內容有部分差異。《唐聲詩》有關〈竹枝考〉內容見（下編）第十三，頁375-400。

3　任半塘，〈竹枝考〉見《歷代竹枝詞》（初集），頁1。

4　敦煌寫本《雲謠集 雜曲子》〈竹枝子〉第二首云：「高卷珠簾垂玉戶，公子孫女。顏容二八小娘，滿頭珠翠影爭光，百步惟聞蘭麝香。口含紅豆相思語，幾度遙相許。修書傳與蕭娘，倘若有意嫁潘娘，休遣潘郎爭斷腸。」由詞的內容及字數看來，與劉禹錫之作有很大差別，兩者之間沒有關係由此可見。見〈中國哲學書電子計畫〉https://ctext.org/wiki.pl?if=gb&chapter=177017，2018.10.13檢索。

〈竹枝〉命名之起因如何，尚不詳。舞者手中或執竹枝，漢代似已有之，在唐代舞，〈柘枝〉、〈柳枝〉，皆其類也。[5]

文中對〈竹枝詞〉何以名為竹枝，沒有結論，有些說法是巴人跳舞時，舞者手執竹枝來舞蹈，來歌唱，所以把唱詞稱作〈竹枝詞〉。但這個說法他沒有把握，所以姑且以巴人歌舞時，手中拿著竹枝，因此得名，以做結論。

明董文渙〈聲調四譜圖說〉：

至竹枝辭一種，雖始自唐人，而實本齊梁江南弄、折楊柳諸曲來，蓋樂府之苗裔，不得以絕句目之。[6]

這是說〈竹枝詞〉源出於齊、梁時代的樂府，〈竹枝〉兩字前朝已有，劉禹錫乃襲用此名，另作新詞；方以智且以為出自晉朝。這種說法不正確，首先劉禹錫明言此作乃於蜀中建平有感而作，與江南地區的歌謠曲調無關，〈折楊柳〉確源於樂府，[7]〈竹枝〉則為蜀地年輕人，吹短笛，擊鼓，一面跳舞一面唱的歌謠，地域色彩濃，與六朝樂府沒有關聯。

楊慎《全蜀・藝文志》說：「因見山頭之竹，興起〈竹枝〉歌聲也。」[8]以歌者見山頭之竹以起興，以為歌謠之起，這個說法為孤證，無相應者。

另外有說法以為名為〈竹枝〉，其實無關乎詠竹，乃是因為各首

5 任半塘，《唐聲詩》（下編）第十三，頁387。

6 任半塘，《唐聲詩》（下編）第十三，頁391。

7 任半塘，《唐聲詩》（下編）第十三：「折楊柳五言八句，乃『兵革苦辛之辭』（宋書五行志語）。」頁391。

8 任半塘，《唐聲詩》（下編）第十三，頁387。

相次，一如竹節之排比而得名，因此，〈竹枝詞〉多為連章之作。這個講法為望文生義，並不可信。

〈竹枝〉之義各家解說不同，但其為四川及湖北一帶的「民歌」，這點各家都無異議，此外歌唱者都使用當地的「方言俚語」，致使外地人難以理解，這也是大多數人共有的記載。所謂「民歌」的意義為何，「方言俚語」所指的又是什麼意思呢？我們先看以下這幾首詩作：

顧況〈竹枝詞〉

帝子蒼梧不復歸，洞庭葉下荊雲飛。巴人夜唱竹枝後，腸斷曉猿聲漸稀。

李益〈送人南歸〉

應知近家喜，還有異鄉悲。無奈孤舟夕，山歌聞竹枝。

于鵠〈巴女謠〉

巴女騎牛唱竹枝，藕絲菱葉傍江時。

白居易〈江樓偶宴贈同座〉

江果嘗盧橘，山歌聽竹枝。

白居易〈聽竹枝，贈李侍御〉

巴童巫女竹枝歌，懊惱何人幽怨多。

這幾位唐人的詩作，說明了一個事實，那就是〈竹枝〉是四川一代「巴人」的「歌謠」，這歌謠是「巴人」隨口歌唱的曲子，在山上、在江邊經常可以聽到他們的歌聲。男男女女，兒童、女巫，一個人或一群人都可以自在的唱這個歌謠。可見這個曲子的普遍性和濃厚的地域色彩。而「巴人」究竟是怎樣的一群人，是漢人嗎？他們唱歌時所用的「方言俚語」，究竟是漢人語言的一種，還是不同於漢人的「少數民族」的語言呢？清代的馬稺青說：

> 〈竹枝〉先本巴渝俚音，夷歌番舞，絕少人注意及之。殆劉、白出，具正法眼，始見其含思婉轉，有〈淇澳〉之艷，乃從而傳寫之，擬製之，於是新詞幾曲，光芒大白，於文學史上另闢境界，其功績誠不可沒焉。[9]

他認為〈竹枝〉本為巴渝一帶少數民族的歌謠舞曲，在劉禹錫、白居易之前很少人注意它，等到他們兩位開始模擬、雅化這些民謠後，〈竹枝〉的特色才被彰顯出來，且成為一種獨特的體裁。

任半塘不同意馬稺青的看法，且以為川東一帶沒有「少數民族」，不認為〈竹枝詞〉是源自於少數民族的歌謠：

> 〈竹枝〉出阡陌里巷，「胡夷」與「里巷」何能無別？夔洲地方並無少數民族。[10]

但根據《四川古代史稿》的探究，[11]四川一代不但有少數民族，且種屬繁多，巴東一帶即有奴、儴、夷、蜑等原住者，三國至魏晉間又有大批僚（獠）人移入，人數多達五、六十萬人。這些與漢文化截然不同的族群，廣泛的分布在四川各地，他們的語言、風俗與漢人有相當大的不同。這些族群喜歡唱歌跳舞，他們的歌聲綿遠流傳，歷代

9 任半塘，《唐聲詩》（下編）第十三，頁393。

10 任半塘，《唐聲詩》（下編）第十三，頁393。

11 蒙默、劉琳、唐光沛等編著，《四川古代史稿》（四川，四川人民出版社，1989）。

傳唱不歇。杜甫大曆元年（766）至夔州時曾有一詩〈示獠奴阿段〉是寫給當時家中童僕阿段的詩，內容是關於引水飲用的問題，夔州取水不易，僕人要多費心力。此詩黃鶴註云：

> 奴，公之隸人，以夔州獠種為家僮耳。《困學記聞》、《北史》云：「獠者，南蠻別種，無名字，以長幼次第呼之，丈夫稱阿謩，阿段，婦人稱阿夷、阿等之類，皆語之次第稱謂也。」[12]

杜甫比劉禹錫早到四川五十幾年，他居於夔州時家裡僱用了一個「獠奴」為僕役，他還寫詩記述他的事。可以看到當時四川少數民族是很多的，但這些少數民族往往成為「漢人」的奴僕。《周書》卷四十九〈異域上〉說：

> 獠者，南蠻別種，自漢中達於邛、笮，川洞之間，在所多有。……太祖平梁、益之後，令所在撫慰。其與華民雜居者，亦頗從賦役。然天性暴亂，旋至擾動。每歲命隨近州鎮出兵討之，獲其口以充賤隸，謂之為壓獠。後有商旅往來者，亦資以為貨，公卿逮於民庶之家，有獠口者多矣。[13]

由此文可以看見四川、湖北一帶獠人是非常多的，但漢人對待他們十分殘忍，經常以武力鎮壓，把他們當作奴僕，當成貨品一樣買賣。

〈竹枝〉很可能為少數民族歌謠的另一證據是劉禹錫〈別夔州官吏〉：「唯有九歌辭數首，里中留與賽蠻神。」[14]劉禹錫是很清楚知道

12 仇兆鰲，《杜詩詳注》（三）（臺北，里仁書局，1980），頁1271。

13 令狐德芬，《周書》卷四十九〈異域上〉（臺北，鼎文書局，1983），頁890-891。

14 郭茂倩，《樂府詩集》卷第八十一〈近代曲辭〉，《四部備要》集部，中華書局據恩杜合刻本校刊。

夔州地區與朗州、連州一樣，住了很多僚（獠）、奴、儴、夷、蜑（或如劉禹錫稱為莫傜、蠻子）等「蠻族」。[15]白居易〈竹枝詞〉:「蠻兒巴女齊聲唱，愁殺將樓病使君。」也說到唱〈竹枝〉的正是當地的「蠻兒巴女」。根據唐代詩人們的詩作，我們可以做一個簡單的結論，〈竹枝〉是巴渝（四川、湖北）一帶流傳廣遠的民歌，唱者所操之語為少數民族的語言，而這些少數民族的歌謠讓外地來的人們難以聽懂。

至於〈竹枝〉命名由來，或許可以由其歌唱方式與內容來分析。馬穉青將它歌唱的方式分為三類：聯歌、酬和、清唱，[16]任半塘則分為「一般野唱例」、「月夜野唱例」、「女妓精唱例」、「文人及假托高僧唱竹枝例」等。[17]馬氏所謂聯歌，即是眾人聚集的大合唱，酬和指的是男女情歌對唱，清唱則為個人的獨歌。任半塘則由詩文載集中歸納出〈竹枝〉的各種唱法。這兩位先生的整理與敘述，說明了〈竹枝〉演唱的多重面貌與變化，它可以是個人在山上、江邊隨口而歌，亦可以多人聚會，進行大合唱，可以做為與異性表達情感的工具，它也成為妓女歌唱娛賓的曲調。由此可見它的曲調活潑自由，可以做非常多的變化。個人以為〈竹枝〉應該是有多種曲調的，不會只有一種唱腔，一種曲調。或者它有一段主要的旋律，唱者只要掌握住這個旋律，可以做多樣的變化。如果〈竹枝〉只是千篇一律的一種唱法，是絕對不可能成為流行廣遠的歌謠，且它既可合唱、又可對唱，甚或成為妓女在歌樓酒宴對客人精唱的歌謠，其面貌必然是多樣的。

在〈竹枝〉為唐代文士所青睞，所「雅化」之後，我們看到一個值得注意的現象，那就是民眾唱此歌謠時，上半句第四個字之後有和聲為〈竹枝〉，後三個字之後和聲為〈女兒〉，二句體或四句體者皆如

15 見卞孝萱校訂，《劉禹錫集》，《劉禹錫集》整理組點校，〈莫傜歌〉、〈蠻子歌〉。

16 任半塘，《唐聲詩》（下編）第十三，頁392。

17 任半塘，《唐聲詩》（下編）第十三，頁382。

此。歷代學者在解釋〈竹枝〉詞義的時候都環繞在「竹枝」二字作解，對「女兒」一詞沒有解釋。那麼「女兒」是什麼意思呢？我們先將諸家所錄的〈竹枝詞〉排列如下，然後再來看看這兩個詞在其中扮演什麼「角色」。

任半塘將四句體的〈竹枝詞〉分為三種體裁。

初體　　顧況

帝子蒼梧不復歸（平韻），洞庭葉下荊雲飛（叶）。

巴人夜唱竹枝後（　句　），腸斷曉猿聲漸稀（叶）。

常體（拗格）　劉禹錫

山桃紅花滿山頭（平韻），蜀江春水拍山流（叶）。

花紅易衰似郎意，水流無限似儂愁（叶）。

別體　孫光憲

門前春水（竹枝）白蘋花，岸上無人小艇斜（叶）（女兒）。

商女經過（竹枝）江欲暮，散拋殘食飼神鴉（叶）（女兒）。[18]

以上所列的初體及常體皆有「竹枝、女兒」的和聲，「為傳本所省略」。[19]其中劉禹錫之作亦復如此。所以原貌應該是這樣：

山桃紅花（竹枝）滿山頭（女兒），蜀江春水（竹枝）拍山流（女兒）。

花紅易衰（竹枝）似郎意（女兒），水流無限（竹枝）似儂愁（女兒）。

18 任半塘，《唐聲詩》（下編）第十三，頁375、376。

19 卞孝萱校訂，《劉禹錫集》，《劉禹錫集》整理組點校，頁6。

唐憲宗時代的皇甫松的二句體〈竹枝〉為二句體的創始者，內容如下：

常體（平聲韻）：

芙蓉並蒂（竹枝）一心蓮（女兒），花侵隔子（竹枝）眼應穿（女兒）。

別體（仄聲韻）

山頭桃花（竹枝）谷底杏（女兒），兩花窈窕（竹枝）遙相映（女兒）。[20]

陳鐘凡《中國韻文通論》舉萬紅友（樹）《詞律》中兩首有和聲的作品，這兩首都標明是皇甫松所作，與任半塘認為是孫光憲所作不同，經過比對可以看出萬樹所引是錯誤的。

〈竹枝〉

門前春水（竹枝）白蘋花（女兒），岸上無人（竹枝）小艇斜（叶）（女兒）。

商女經過（竹枝）江欲暮（女兒），散抛殘食（竹枝）飼神鴉（叶）（女兒）。

〈採蓮子〉

菡萏相連十頃陂（舉棹），小姑貪戲採蓮遲（年少）。

晚來弄水船頭溼（舉棹），更脫紅裙裹鴨兒（年少）。[21]

---

20 任半塘，〈竹枝考〉見《歷代竹枝詞》（初集），頁1、2。

21 陳鐘凡，《中國韻文通論》（臺北，河洛出版社，1979），頁130。

由以上的例子可以看出來，不論「竹枝」或「女兒」在句中只是用作「和聲」而已，與詩句意思無關。且這兩個和聲放的位置可在每一句中，四句體的話「竹枝」在第一、三句第四字之後，二句體在第一句第四個字之後；「女兒」則在四字體二、四句，二句體兩句結尾的地方。《詞律卷一　竹枝詞》說：「『竹枝、女兒』乃歌時群相隨和之聲。……他人集中作詩，故未注此四字。」，陳鐘凡《中國韻文通論》說：「《詞律》所註之竹枝，舉棹，或歌時取與按拍之標識，女兒，年少則群相隨和之散聲也。」[22]他們認為「竹枝」與「舉棹」是唱歌時按拍的節奏聲，「女兒」與「年少」則是相隨和的「散聲」，在歌謠中具有叶韻的作用，但僅作為和聲，本身並沒有特別的意義。由於這樣的特性，令人不禁懷疑，「竹枝」或「女兒」最原始的意義其實是歌謠中的助詞，原來或有其意，但已經不能確知了，傳統以來著意於「竹枝」的解釋，或許並不正確。依前言所述，巴人的語言與漢人大不相同，來自京城的文士們，在轉譯少數民族歌謠時，用了最接近的漢字去模擬了這兩個字的聲音，將這兩個和聲落實，因此有了「竹枝」或「女兒」這兩個詞的產生。這樣的例子在南北朝的樂府民歌中也是有的，如〈企喻歌〉、〈雀勞利歌辭〉，「企喻」與「勞利」皆難以確解，[23]它們都是北方少數民族的口語，當時的人能夠通曉，時代長遠後其義已失，只能用推測的方式稍作解釋。另外流行於江南的〈欸乃曲〉，「欸乃」兩字，是狀聲詞，為划船搖櫓時的聲音，文士以擬音的方式將它寫定下來，這也是歌謠文詞化的方式之一。至於如劉禹錫也曾擬作的〈紇那曲〉，「紇那」是什麼意思，此曲原貌為何，都難以考察，無法知道它是什麼意思了。[24]綜上所論，所謂巴渝一帶的

22 陳鐘凡，《中國韻文通論》，頁130。

23 譚潤生《北朝民歌》：「歌辭虜音，不可曉解」見郭茂倩《樂府詩集》卷二十五〈梁鼓角橫吹曲〉，「此歌……可能原出氐族，先由北魏樂官採集，譯為鮮卑語，以後傳入南方。」（臺北，東大圖書公司，1997），頁55。

24 萬樹，《詞律》卷一〈紇那曲〉引《舊唐書韋堅傳》說紇那之名來自〈得體歌〉，但

民歌〈竹枝〉，曲調不僅只有一種，它的變化多樣。〈竹枝〉一詞的來源應與其特殊的「和聲」，亦即演唱時的聲音有關，巴人歌唱此類型歌謠時，其「竹枝」的和聲特別突出，與人深刻的印象，故因此得名。所謂執竹枝以舞，折竹枝而歌，或因其篇章一段一段如竹節狀，所以命此歌謠為〈竹枝〉，個人以為都有值得商議之處。另一點需要補充的是有純粹的歌謠是比較不需要節奏泛聲的，它可以隨著人的聲音腔調任意變化，若需要配合跳舞，那麼節奏泛聲就非常必要了，因為人們必須按照一定的拍子來齊一步伐，是以〈竹枝〉歌謠與舞蹈的關係至為密切。

此外，頗多論者及詩集編選者認為，劉禹錫是以七言絕句的方式改寫這種歌謠，但我們比對七絕的格律，會出現平仄與不能相合的情形。七絕平起格首句的格式是「平平仄仄仄平平」，仄起的格式是「仄仄平平仄仄平」。而劉作有四平聲的：「山桃紅花滿上頭」，有不符首句平仄的「山上層層桃李花」、「楊柳青青江水平」等。因為劉作的平仄使用方式特殊，任半塘將他的作品歸類為常體（拗格），他說：「以早期辭為初體，以民歌拗格為常體，以七絕為別體。」[25]這樣的歸類很符合了劉氏的「作意」。其實劉作之意是以現成的七言四句模式去改寫〈竹枝〉，並不是要把它寫成七言絕句，也沒有這樣的企圖。所以他的〈竹枝〉是一種不同於七絕的體裁，與原來民謠的特色比較接近。王國維在《唐五代詞校記引》中認為〈竹枝〉本為七言絕句，因唐人詩詞尚未分界之故，[26]此說未妥切。七言絕句在中唐時代已為非常成熟的形式，劉禹錫非常了解七言絕句的做法，對自己的做法也有自覺，應不會混淆才是。

也不明其意，「紇那」很可能亦為和聲之詞。見《四部備要》集部，中華書局據恩杜合刻本校刊。任半塘《唐聲詩》（上編）第二章云：「『紇那』、『紇囊』、『欸乃』均為行舟用力之聲」，頁86。

25 卞孝萱校訂，《劉禹錫集》，《劉禹錫集》整理組點校，頁5。

26 引見翁聖峰，《清代臺灣竹枝詞之研究》（臺北，文津出版社，1996），頁41。

當然這種體裁也非「詞」體，而是劉禹錫的創意。清薛雪的《一瓢詩話》引用張實居的說法，講出了其間的不同，這個說法很具識見：

> 余謂亦有不加〈竹枝〉、〈柳枝〉者，何以為語度無異，音節不分？若果如此，則仍是絕句，何必別其名曰〈竹枝〉、〈柳枝〉耶？要知全在語度音節間分別。[27]

張實居看出了劉禹錫做法上有意與七絕區別，他用「語度音節間」來說明劉氏的「作意」，可惜沒有說得很清楚，令人頗難揣摩。其意應當是說用這種方式去落實歌謠，未必能完全符合原來曲調聲音的情狀，祇能說是近似而已了，當然更不會去符合七絕的規則的。劉禹錫將這一組作品定名為〈竹枝詞〉，他的意思應該是按照〈竹枝〉歌謠，雅化填上的「詞」，這樣的說法比較接近原意吧。

二　劉禹錫〈竹枝詞〉內容分析

〈竹枝詞〉一體不始於劉禹錫，白居易於元和十四年（819）到忠州時，劉禹錫還在連州，距其入夔州還有三年，彼時他就有一篇〈竹枝詞〉，不過這首作品是七言古詩四首，事實上與皇甫松、劉禹錫等人所「擬作」的很不相同。白居易的〈竹枝詞〉四首其詞曰：

> 瞿塘峽口水煙低，白帝城頭月向西。唱到竹枝聲咽處，寒猿暗鳥一時啼。
>
> 竹枝苦怨怨何人，夜靜空山歇又聞。蠻兒巴女齊聲唱，愁殺江南病使君。

27 卞孝萱校訂，《劉禹錫集》，《劉禹錫集》整理組點校，頁28。

> 巴東船舫上巴西，波面風生雨腳齊。水蓼冷花紅簇簇，江蘺濕葉碧萋萋。
>
> 江畔誰人唱竹枝，前聲斷咽後聲遲。怪來調苦緣詞苦，多是通州司馬詩。[28]

依白詩的內容我們可以看出，他僅是以〈竹枝詞〉作為題目名，是相當純粹的依題作詩，將竹枝的特色形諸詩句中，並沒有模擬其聲其體的企圖，這個做法與他提倡的「新樂府」運動相同，他只是將樂府古題之名拿來重新創作新詩，並沒有要求合乎音律，不要求能度曲歌唱，甚且詩的內容與題目無關。且此詩最末提到「通州司馬」元稹，指出他寫了不少模擬〈竹枝〉歌謠的作品。據考元稹於元和十年，被貶至四川通州任官，兩人酬唱之作甚多，元稹借用巴渝一帶的民謠〈竹枝〉入詩，書寫淒苦之音寄給白居易，是以白詩中頗有提及。元稹之作推測亦如白居易一般，僅用其〈竹枝〉之名以為題，實際上與〈竹枝〉歌謠的本質相去甚遠。[29]

劉禹錫所創作的〈竹枝詞〉是一種民謠體的作品，以四句為體，與元稹、白居易做法頗不相同。而他這種寫法，影響當代及後世甚為深遠。顧況為肅宗至德元年（756）進士，所做四句體〈竹枝詞〉早於劉禹錫七十年，其做法為後輩元稹、白居易等所仿效，比較起來劉禹錫最近〈竹枝〉民歌原貌。劉作與前輩或同儕詩人不同的原因，是在寫作的動機與方式，據劉禹錫〈竹枝詞〉九篇之前的自序說：

> 四方之歌，異音而同樂。歲正月，於來建平，里中兒聯歌〈竹

---

28 《白香山詩長慶集》卷十八上（臺北，中華書局四部備要本，1966），頁7。

29 《全唐詩》卷四百十八，元稹〈樂府古題序〉云：「其有雖用古題，全無古義者。若〈出門行〉不言離別，〈將近酒〉特書列女之類是也。」引自世界書局《元氏長慶詩集》，頁4604。

> 枝〉，吹短笛，擊鼓以赴節。歌者揚袂睢舞，以曲多為賢。聆其音，中黃鐘之羽。卒章激訐如吳聲，雖傖儜不可分，而含思婉轉，有〈淇濮〉之艷。昔屈原居沅湘間，其民迎神，辭多鄙陋，乃作為〈九歌〉，到於今荊楚鼓舞之。故余亦作〈竹枝〉九篇，俾善歌者揚之，附於末。後之聆巴歈，知變風之自焉。[30]

文中提到四川的建平郡，最早是三國吳國所置，隋朝廢置，改巫山縣，屬巴東郡，唐代則屬夔州，這個地方正是蜀地。篇末言「巴歈」，明指蜀地民歌而言，夢得時年五十至五十二歲，在夔州刺史任中作。這段話有幾個重點，其一〈竹枝〉的演出形式有歌有舞，同一曲調反覆唱頌，能唱愈多曲者表示愈有才能，歌曲將結束時聲調激昂。其二演奏的樂器為竹笛及皮鼓。其三〈竹枝〉所用的語言是夔州地區的方言俚語，劉禹錫雖聽不懂歌詞，但很受這種曲子的感動，於是他效法屈原改編沅湘間迎神曲的做法，將這些文辭鄙陋的民間歌謠，雅化為詩篇。

這三個重點是了解〈竹枝〉很重要的關鍵。〈竹枝〉本為夔州地區流傳久遠的歌謠，音樂性很強，它的形式簡單，如前所言有獨唱、有對唱、有合唱，表現方法上可以反覆重唱，一疊再疊，可同韻亦可轉韻，歌詞很可能也是即興創作的，能編的愈多唱得愈多，愈能表現歌者的才能，有關這種特性，任半塘引馮贄的《雲仙雜曲》說：「張旭醉後唱（竹枝曲），反復必至九回乃止。」[31]就是很好的證據，張旭是開元年間人，以草書聞名，他能唱〈竹枝〉且要復唱九段才停止，可見這個曲調的特殊風格，這種特性與嶺南地區苗、傜等族的歌謠或

---

30 卞孝萱校訂，《劉禹錫集》，《劉禹錫集》整理組點校（上），頁359。〈淇濮〉《全唐書》寫做〈淇奧〉，應為錯誤。《詩經》衛風〈淇奧〉為讚美衛武公之作，與劉禹錫作竹枝詞的用意不合。

31 任半塘，《唐聲詩》（下編）第十三，頁376。

客家山歌有非常類似的地方。[32]有趣的是，劉禹錫第一次嘗試依其曲調作詞，也是九段，他以漢語轉譯了〈竹枝〉內容，雅化其文辭，用漢語的韻律為韻，以七言絕句的形式，寫作了〈竹枝詞〉。他寫這組作品的用意是給人們唱的，「劉禹錫有感於當時的某些樂府詩『不能足新詞以度曲』《董氏武陵集》」。[33]希望運用流行已久的調子，填出一種新的詞風，讓夔州地區的人們來唱，「俾善歌者揚之」；如果實驗成功了，〈竹枝詞〉自然會流傳到全國各地去，成為人人能唱的新歌謠。根據白居易〈憶夢得〉一詩詩注的記載，劉禹錫自己也會唱〈竹枝〉：

> 幾時紅燭下，唱聞竹枝歌。註云：夢得能唱竹枝，聽者愁絕。[34]

由這幾點看來劉禹錫投入於民歌的世界中，是希望這些歌謠能更美些，文辭能更優雅。他對〈竹枝〉的掌握與體認比較準確，寫作的位置與角度貼近這些唱歌者的生活，表現出了本色，這是其作能打動人們最重要的因素。在他之前的顧況、元稹、白居易，雖都有〈竹枝〉的作品，但很明顯的，他們的作品是與其本色有距離的，他們在詩作中談到唱〈竹枝〉的「那些人」，說這些曲子哀怨悲悽，他們僅是用〈竹枝〉來增添詩的效果，而非深入唱〈竹枝〉者的心靈與情感之中。他們把它當作文學作品來寫，借他來抒發「遊宦」或「貶斥」的哀苦，基本上和這些歌謠是有「隔」的，黃庭堅云：「竹枝歌是去

32 以臺灣流行數百年的客家山歌來看，它可分為「老山歌」、「山歌子」、「平板」等調，一般也是以七言四句的方式書寫，唱法上亦有獨唱、對唱、合唱等方式，其中許多具有歌謠特色的泛聲，在書寫成文字時，都將它加以省略，且這種七言四句的體制與七言絕句有相當大的差異。

33 卞孝萱校訂，《劉禹錫集》，《劉禹錫集》整理組點校（上），頁11。

34 《白香山詩長慶集》卷十八上，頁385。

思謠。」可謂深中其意。[35]而劉禹錫與他們不同是寫給歌者們唱的，詞意是比較貼近巴渝人生活的。

〈竹枝〉在內容上很豐富，顧況、元稹、白居易、李涉[36]等所描述的〈竹枝〉都帶有悲哀的氣氛，寫的是酸楚愁人的味道。但事實上「巴人」之歌，內容非常多樣，寫男女之情，鄉土景色，江岸風光，有很多輕鬆活潑、欣喜愉人之作。元稹、白居易等人之所以特別強調「巴人」之歌中悲哀的成分，事實上是因為自己被貶官到「荒疆異域」，內心感到很不平衡，川東一帶巴人的方言俚語（少數民族的語言），是他們所不了解的，他們的歌謠讓京城來客感到陌生，那些歌謠聲調使他們有悲傷之感，實際上是拿人酒杯澆自己的塊壘。四川一帶的文化，一直是被黃河流域所謂中原文化所輕視的。認為這一帶的民族文化是不開化、欠文明的，而巴人的歌謠雖然流傳甚廣，和者甚多，但不過是「下里巴人」之謠，與「陽春白雪」之韻，有高下、雅俗之別。他們往往以「中原貴族」的眼光與視角，審視眼前的蠻鄙之人，擇錄並改動他們的歌謠，為自己的悲哀添加色彩，實際上對巴人的生活和情感缺乏同理心，也沒有足夠的了解。而這種由《詩經》〈魯頌．閟宮〉「戎狄是膺，荊舒是懲」以來的觀念，一直是獨尊「漢族文化」思想的延續。

我們看劉禹錫前後所做兩組共十一首作品，就比較沒有這個侷限。[37]不過雖說如此，劉禹錫未完全放下自己是個「北方過客」的心態，仍在詞中將自己的身分與想法放入其中。我們看這第一首作品：

---

35 任半塘，《唐聲詩》（下編）第十三，頁393。

36 李涉〈竹枝詞〉：「十二峰頭月欲低，空舲灘上子規啼。孤舟一夜東歸客，泣向東風憶建溪。」引見卞孝萱校訂，《劉禹錫集》，《劉禹錫集》整理組點校《劉禹錫集》，頁4。

37 卞孝萱校訂，《劉禹錫集》，《劉禹錫集》整理組點校，頁359、364。

白帝城頭春草生，白鹽山下蜀江青。南人上來歌一曲，北人陌上動鄉情。

這首作品前兩句為寫景，不避重字，簡白如口語，第三句「南方的人上來唱一曲」，這個南方的人指的應是在地的巴人，巴人唱出了〈竹枝〉歌謠，引起他這「北方來客」思鄉的情懷。這首「詞」應該是下面數首歌謠的「序歌」。這首「序歌」之後的幾首則以夔州的風土民情及男女情愛為主題，如寫風土民情的有：

江上朱樓新雨晴，瀼西春水穀文生。橋東橋西好楊柳，人去人來唱歌行。

兩岸山花開似雪，家家春酒滿銀杯。昭君坊中多女伴，永安宮外踏青來。

山上層層桃李花，雲間煙火是人家。銀釧金釵來負水，長刀短笠去燒畬。

這類以描寫地域人情風俗的作品，影響最為廣大，宋、元、明、清歷代各朝，有非常多的墨人騷客，模仿這樣的寫做法從事創作。這一種拓境增題之作，事實上讓〈竹枝〉詞的功能擴大很多，讓後人足以依此徑作更多的描述。這三首另一特色也是口語化，淺白易懂，讓人易於琅琅上口，如：「橋東橋西好楊柳，人去人來唱歌行」、「兩岸山花開似雪，家家春酒滿銀杯」等都是。「銀釧金釵來負水，長刀短笠去燒畬。」兩句描寫的是夔州地區女性打水、男性耕田的方式，這種燒田刀耕的方式，是相當原始的耕種模式，應該也屬於他知道的「獠、猺、蠻」之族的耕種方式吧。

描寫男女之情的作品是：

> 山桃紅花滿上頭，蜀江春水拍山流。花紅易衰似郎意，水流無限似儂愁。

另外兩首不與前九首同時所做的〈竹枝詞〉，第一首也是寫男女之情的。

> 楊柳青青江水平，聞郎江上踏歌聲。東邊日出西邊雨，道似無晴卻有晴。

前面那首是用譬喻的手法，寫男子對愛情的變心，如盛開之花容易凋謝，女子對男子的不專情愁怨如水。第二首則以雙關的手法，模擬一個聽到江邊男子唱歌的女子心境，這男子對他似有情還無意，以「晴」來雙關「情」字，十分高妙。

與九首竹枝詞不作於同時的兩首詞，其創作年代稍晚，最後一首有收束〈竹枝詞〉連作的意味。

> 楚水巴山江雨多，巴人能唱本鄉歌。今朝北客思歸去，回入紇那披綠羅。

這首詞首先以「楚水巴山」多雨的地理特色為開頭，之後說到此地人愛唱歌的天性，他在此地幾年了，很想北歸回鄉去了。在九首〈竹枝詞〉的第一首中他曾提到竹枝歌引動他思鄉之情，這首歌則再度提到他要回鄉的心情，作為竹枝詞十一首連作的尾聲或結束曲，是非常合適的。

三　結語

綜上所論，述其要點如下：

1.〈竹枝〉原為巴東地區流傳甚廣的民歌，其演唱方式十分多樣，可個人獨唱，男女對唱，眾人合唱，此類民歌與漢、魏、六朝以降的樂府無關。

2. 以〈竹枝〉為基本腔調的演唱旋律，經過不同社會背景人物的改編，唱法及內容亦大不相同。有文人雅化，歌樓舞妓，庶民草野里弄的唱法等，豐富而多變。

3.〈竹枝〉之名應來自此類歌謠歌唱時的特殊和聲，載記之人模擬其音以「竹枝」兩字加以落實，「女兒」的情形亦如此。「竹枝」、「女兒」兩詞與竹枝實物及一般所言的「女兒」之義無關。且「竹枝」、「女兒」或為夔州當地少數民族語言漢譯而來的。[38]

4. 劉禹錫以其所熟悉的七言四句詩體，嘗試將民歌〈竹枝〉文字化，將其「詞」化、「雅」化。他不守七言絕句的規律作詩，一方面是七絕無法規範〈竹枝〉的音調，另一方面是希望接近歌謠原貌，以能夠歌唱為主，而非如白居易等提倡的「新樂府」做法，使民歌成為案頭文章而已，他的〈竹枝詞〉有意與七言絕句區隔另作新體。劉體仁《七頌堂詞繹》〈竹枝柳枝非詞〉條云：「竹枝、柳枝不可徑律作詞，然亦須不似七言絕句，又不似子夜歌，又不可盡脫本意。」[39]這是由做法上說明〈竹枝詞〉與律詩、絕句的不同。

5. 劉禹錫十一篇〈竹枝詞〉是一組相當完整的連作，由序文到首

---

38 段寶林、過偉編《民間詩律》一書中收錄有彭南均的〈土家族歌謠格律窺探〉，文中說到：「著名的詩人劉禹錫因永貞革新失敗，謫居『巴山楚水』間。在這裡，他向善於歌唱〈竹枝〉的土家族先民學習民歌，創造了一種『開一代詩風』的〈竹枝詞〉詩體。」他認為「竹枝」、「女兒」「均為對詞」，是合唱者所唱的「幫腔」（北京，北京大學出版社，1987），頁290-291。

39 見唐圭璋編：《詞話叢編》第一冊（臺北，中華書局，1981），頁621。

章到結束，意念相當完整。其中數首內容頗有述及巴東風土，這種以淺白方式描述地域特色，民俗風情的做法，給後人開啟一類特殊的書寫模式，仿其體制及做法者甚多，蔚為風潮。

劉禹錫為中唐詩文大家，他的〈竹枝詞〉連作，以清新活潑的語言，不拘平仄及用韻方式，描寫地方風土，抒發男女戀情，開創了一種新的書寫方式。將民間創造的歌謠力量，引入文學的世界中，豐富了詩歌的樣貌。清翁方綱《石洲詩話》云：「劉賓客之能事，全在竹枝詞」。[40]此話雖忽略了劉禹錫其他詩文的重要性，卻強調了他十一首〈竹枝詞〉的特殊價值。若以後世仿〈竹枝詞〉之作的數量來看，翁方綱的說法也可為獨具隻眼。

——《育達人文社會學報創刊號》，二○○四年七月

40 轉引自方瑜《沾衣花雨》〈劉夢得的土風樂府與竹枝詞〉一文（臺北，遠景出版社，1982），頁89。

徵引文獻

一　古籍文獻（按出版時間前後排序）

白居易　《白香山詩長慶集》　臺北　中華書局四部備要本　1966

郭茂倩　《樂府詩集》　《四部備要》集部　臺北　中華書局據恩杜合刻本校刊　1966

萬　樹　《詞律》《四部備要》集部　臺北　中華書局據恩杜合刻本校刊　1966

《元氏長慶詩集》　臺北　世界書局　1975

仇兆鰲　《杜詩詳注》　臺北　里仁書局　1980

令狐德芬　《周書》　臺北　鼎文書局　1983

卞孝萱校訂　《劉禹錫集》　《劉禹錫集》整理組點校　北京　中華書局出版　1990

王利器、王慎之輯　《歷代竹枝詞》(初集)　西安　三秦出版社　1991

二　近人專著（按出版時間前後排序）

陳鐘凡　《中國韻文通論》　臺北　河洛出版社　1979

唐圭璋編　《詞話叢編》　臺北　中華書局　1981

方　瑜　《沾衣花雨》　臺北　遠景出版社　1982

任半塘　《唐聲詩》(上下編)　上海　上海古籍出版社　1982

段寶林、過偉編　《民間詩律》　北京　北京大學出版社　1987

蒙默、劉琳、唐光沛等編著　《四川古代史稿》　成都　四川人民出版社　1989

翁聖峰　《清代臺灣竹枝詞之研究》　臺北　文津出版社　1996

譚潤生　《北朝民歌》　臺北　東大圖書公司　1997

三　網路資料

〈中國哲學書電子計畫〉　https://ctext.org/wiki.pl?if=gb&chapter=177017　2018.10.13日檢索。

猫裏字義考釋

前言

苗栗一詞源自於原住民語「猫裏」，光緒十五年（1889）時因首度設縣，縣治即位於猫裏社舊址，故將「猫裏」雅化為「苗栗」。然而「猫裏」之意為何？論者咸以「平原」來做解釋，且幾已成為定論。這個說法源自伊能嘉矩的說法：

> 貓裏は，此方面に於けろ平埔番（族稱タオカス）の社名ヴアリイに，宛てたろ音譯ごし，同番語にて「平原」の義なに。[1]

其後安倍明義《臺灣地名研究》一書，承襲此書，也將貓裏之意解釋為平原。此兩書對臺灣學術界影響甚大，引用其說法以為論證的甚多。然而筆者檢讀清代文獻對原住民語言的「漢字擬音」，發現「猫裏」為平原的說法有值得商榷之處。所謂「猫裏」在道卡斯族或其他族類中並無平原的意思。故將所蒐集到的資料，做一排比、論述，為此字做出新的解釋。

一　文獻中的猫裏

「猫裏」或寫作「貓裏」、「猫里」，「猫」為「貓」的或體字，最

1　伊能嘉矩，《臺灣文化志》（下卷）第十四篇〈拓殖沿革〉第一章〈制限拓殖の一期〉（臺北，南天書局，1994），頁339。

早見於周鍾瑄、陳夢林等所編纂的《諸羅縣志》，在卷一〈封域志．疆界〉記有「猫裏山」一條。卷二〈規制志．社〉則記有猫裏社，〈番俗圖〉則寫作猫里山。山以「猫裏（里）」命名，山附近的番社則寫作「猫裏」，此地其後文獻中陸續有所記載，擇要表列如下：

出處	用語
康熙五十六年（1717）《諸羅縣志》	卷一〈封域志．山川〉：猫裏山。[2] 卷二〈規制志．社〉：猫裏社。[3] 另〈番俗圖〉：猫里山。[4]
乾隆十二年（1747）《重修臺灣府志》	卷一〈封域．山川〉：猫裏山。[5] 卷二〈規制．番社〉：猫裏社。[6] 另（臺灣府總圖）：猫里山。（淡水廳全圖）：猫裡山。[7]
乾隆三十八年（1773）《海東札記》	卷四〈記社屬〉：貓裏社。[8]
同治十年（1871）《淡水廳志》	卷一〈封域志．山川〉：貓里山、貓裏街。[9] 卷三志二〈建置志．倉廒〉：猫裏社。[10] 卷三志二〈建置志．番社〉：猫裏社。[11]

2 周鍾瑄，《諸羅縣志》卷一〈封域志．山川〉（臺北，臺銀本，臺灣文獻叢刊第141種，1962），頁10。

3 周鍾瑄，《諸羅縣志》卷一〈封域志．山川〉，頁31。

4 周鍾瑄，《諸羅縣志》〈番俗圖〉，頁14。

5 六十七、范咸，《重修臺灣府志》卷一〈封域．山川〉（臺北，臺銀本，臺灣文獻叢刊第105種，1961），頁27。

6 六十七、范咸，《重修臺灣府志》卷二〈規制．番社〉，頁72。

7 六十七、范咸，《重修臺灣府志》卷二〈規制．番社〉，頁12。

8 朱景英，《海東札記》（臺北，臺銀本，臺灣文獻叢刊第19種，1958），頁57。

9 陳培桂，《淡水廳志》卷一〈封域志．山川〉（臺北，臺銀本，臺灣文獻叢刊第172種，1963），頁30。

10 陳培桂，《淡水廳志》卷三志二〈建置志．倉廒〉，頁55。

11 陳培桂，《淡水廳志》卷三志二〈建置志．番社〉，頁81。

出處	用語
	另〈淡水廳全圖〉：猫里。[12]
光緒二十年（1894）《苗栗縣志》	卷二〈封域志・沿革〉：猫裏社。[13] 卷二〈封域志・山川〉：猫裏山（在貓裏街西二里）。[14]卷三〈建置志・街市〉：猫裏街。[15] 另〈苗栗一堡圖〉：猫裡街。[16]
光緒二十四年（1898）《新竹縣志初稿》	卷一〈建置志・番社〉：貓裏社。[17]

由上表可知康熙年間「猫裏」即已為官方「命名定位」，其所在地即今日的苗栗市，社址位於勝利里一帶。猫裏社是原住民道卡斯族居住的地方，此社就在「猫裏山」附近。「猫裏山」日據時期因為征臺的近衛師團長北白川宮能久曾登臨此山，故改名為「將軍山」。光復後為紀念抗日志士羅福星改名為「福星山」，民國八十六年，又改名為「貓貍山」，此座小山標高約一百二十公尺。[18]這個番社《海東札記》寫作「貓裏社」，《淡水廳志》則寫作「猫裏社」或「貓裏街」，《苗栗縣志》名稱有「猫裏社」、「猫裏街」、「猫裡街」三個不同的用詞。「猫裏山」與「猫裏社」的距離約一、二公里，符合文獻的記載。由以上的記載可以看出用語混亂的情形，同樣指的是一個地方，

12 陳培桂，《淡水廳志》〈淡水廳全圖〉，頁3。

13 沈茂蔭，《苗栗縣志》卷二〈封域志・沿革〉（臺北，臺銀本，臺灣文獻叢刊第172種，1962），頁17。

14 沈茂蔭，《苗栗縣志》卷二〈封域志・山川〉，頁26。

15 沈茂蔭，《苗栗縣志》卷三〈建置志・街市〉，頁36。

16 沈茂蔭，《苗栗縣志》〈苗栗一堡圖〉，頁4、5。

17 鄭鵬雲等，《新竹縣志初稿》卷一〈建置志〉（臺北，臺銀本，臺灣文獻叢刊第61種，1959），頁42。

18 「貓貍山」之名源自於光緒九年奉敕褒揚的「賴氏貞節孝坊」，此牌坊刻有「臺北府新竹縣貓貍街儒士劉金錫之妻賴氏節孝坊。光緒九年。」因此以「貓貍山」命名。《苗栗市誌》（苗栗，苗栗市公所，1998），頁112、122。

用字卻有「猫」、「貓」、「裏」、「裡」、「里」、「貍」的不同，且「猫」字並不唸成國語「ㄇㄠ」，而應唸成當時以漢字擬音者用閩南語擬的音「ㄇㄚˊ」(痲)，這個唸法可以由猫霧捒族的羅馬拼音 Babuza[19]，猫羅社荷蘭時期稱為 Kakar Barrorck。[20]大貓釐[21]、大貓貍[22]，光復後唸成「太痲里」等，讀音可以看出。至此，「猫裏山」一詞可以初步判斷，既以「猫裏」作為山名，就不可能有「平原」之意。

日人據臺之後，對本地的人文歷史、風俗地理做了不少調查。伊能嘉矩是較早做這方面工作的。他在〈巡臺日乘〉一八九七年六月二十九日（明治三十年）上記載說：

> 苗栗街原是貓裏社蕃人世居之地，後來在乾隆十二、十三年的時候，漢人分別從西方的白沙墩沿岸及新竹南方到這裡拓墾。[23]

七月三日的記錄上引用貓閣社頭目潘和泉的說法說：

> 貓閣社原來叫做貓裏社（Miyori），在康熙年間歸附清廷後，漸漸採用清俗。在嘉慶年間，位於現在苗栗街東北二華里處的 KasikÖk 社（嘉志閣社）因為人口減少，社蕃全部遷到貓裏社合併為一社，取兩社頭尾各一個字，稱為貓閣社。[24]

19 李壬癸：《臺灣平埔族的歷史與互動》（臺北，常民文化出版社，1997），頁40。

20 劉澤民，《平埔百社古文書》（南投，國史館臺灣文獻館，2002），頁320。

21 沈葆禎，《福建臺灣奏摺》〈請獎剿番開山出力人員摺〉（臺北，臺銀本，臺灣文獻叢刊第29種，1959），頁78。

22 夏獻綸，《臺灣輿圖》（臺北，臺灣銀行經濟研究室，臺灣文獻叢刊第45種，1959），頁78。

23 伊能嘉矩，《臺灣踏查日記》（上）（臺北，遠流出版社，1996），頁115。

24 伊能嘉矩，《臺灣踏查日記》（上），頁117。

有關於「猫裏社」與「猫裏街」的問題，來自漢人移民的陸續移入，移入之後便產生依附與混居的情形，混居之後便逐步產生了取代現像。移民入臺的第一步，大多是進入番社尋求生活資源，此即所謂「依附」，在逐步站穩腳步後，取得耕地，人口增加，形成新的勢力，成為此地的新主人，此即「取代」。同治十年（1871）《淡水廳志》已有「猫裏街」、「猫裏社」的分別，然而所記有錯誤，卷三志二〈建置志・街里〉把猫裏社歸為苑裡堡十五莊（距城八十四里），同卷三志二則有「猫裏街」（距城五十里）、「嘉志閣」莊（距城四十九里）[25]，顯有張冠李戴之處。《苗栗縣志》卷三〈建置志・街市〉猫裏街（在縣治南門外一里）[26]，同卷〈建置志・番社〉則有「猫閣社」（距縣南六里）[27]，從以上兩則記載可以看出，同治年間大陸移民的人口已經超出原住者的數目，且形成一個街市。《苗栗縣志》的記載有猫裏街與番社猫閣社，在這個階段，康熙年間即已存在的猫裏社已變成猫裏街，而原有的位於附近的嘉志閣社，則與猫裏社的番眾合併，稱為猫閣社。伊能嘉矩的引錄當地耆老的說法還算正確。有關「猫裏」之意為何？安倍明義擴大及補充了伊能嘉矩的解釋，他在《臺灣地名研究》上說：

> 乾隆十三年（皇紀二四零八年）頃粵人によつて開かれ猫里庄と稱した。これ蕃社名ヴアリイに宛てた近音譯字でヴアリイとは平原のである。……當初蕃社名を猫裏と書き民庄名を猫里と書ぃて區別したやうであるが。後に二者を混用して之を併用した。光緒十二年（皇紀二五四六年）この地に置縣の際近音

25 陳培桂，《淡水廳志》卷三志二，頁63。

26 苗栗縣治所在地位於猫里社北端的「夢花莊」。

27 陳培桂，《淡水廳志》卷三志二，頁36、49。

> の佳字苗栗に改めた。[28]

為閱讀檢讀方便，另將武陵出版社的翻譯附之於下：

> 乾隆十三年左右，粵人開拓此地時稱為「貓里（裏）庄」。這是蕃社「麻里」的諧音。「麻里」是平原的意思。據《臺灣府志》的記載，當初把蕃社名寫成「貓裏」（猫裏），民庄寫成「貓里」（猫里），以茲區別，可是到了後來卻把兩者併用了。光緒十二年此地置縣之際，改為「苗栗」。[29]

由上列的日文原稿與中文譯文比對來看，中譯本顯然疏漏之處不少，( ) 的字為原文誤抄，現加以補充改正。安倍明義原文稱據《臺灣府志》的記載，蕃人所居之地稱為「猫裏」，漢人移民所成的聚落則稱為「猫里」，這樣的說法當然很不可靠，他並未說明所據的《臺灣府志》為那一本。《臺灣府志》最早在康熙二十四年（1685）由蔣毓英、楊芳聲、季麒光等編輯，但未及刊印。康熙三十三至三十四年（1694、1695）高拱乾纂修的《臺灣府志》則在三十五年出刊。乾隆七年（1742）劉良璧等人《重修福建臺灣府志》，乾隆十二年（1747）六十七、范咸《重修臺灣府志》，乾隆三十年（1765），余文儀等人《續修臺灣府志》，這些志書中都未提及這樣的說法。他看到的可能是《淡水廳志》或《苗栗縣志》的記載，《淡水廳志》已將猫裏社和猫裏街做了區分，後者所述則更清楚。安倍明義說曾親到苗栗

---

28 安倍明義，《臺灣地名研究》（臺北，蕃語研究會發行，昭和十三年（1938），頁162。

29 安倍明義，《臺灣地名研究》（臺北，武陵出版社，2003），頁140。本書未列翻譯者姓名，僅以「編者」列名，翻譯較為粗率。此書另一個較大的錯誤是苗栗首度設縣的問題，苗栗首次設縣的時間應該是光緒十五年，非十二年。

來做實查，他解釋「猫裏」應讀作「麻里」，是平原的意思，據其文意應該是出自詢問當地人的結果。這段文字中將「猫」讀成「麻」這是正確的讀法。在清代許多以漢字擬音翻譯原住民語的「猫」字，如前所言其實都應讀成「麻」。安倍明義之後許多後繼的研究者，便承續他的說法，如洪敏麟編著：《臺灣舊地名之沿革》：

> 苗栗原作貓裏或貓裡，係道卡斯平埔族（Taokas）社名之譯音。……道卡斯平埔族語 Miyori 意平原。[30]

黃鼎松：《苗栗的開拓與史蹟》：

> 苗栗昔為平埔族「巴麗社」（一稱麻裡社）的散居地，「巴麗」為平原之意。粵東客家人初墾此地時，稱為「貓裡」，是由巴麗轉譯而來。清光緒十五年（西元一八八九年）設縣時，始改近音之「苗栗」，沿用迄今。[31]

洪敏麟的解說也有參考伊能嘉矩的標音「Miyori」，內容還是以安倍明義之說為主。黃鼎松則增加了兩個名稱「巴麗社」、「麻裡社」，另外在其纂修的《苗栗市誌》第四章〈勝蹟〉，又增加了「巴里（pali）」一個名稱[32]。這三個名稱未見於其他文獻。不過在解釋其意上，仍採取安倍明義的說法，認為是「平原」。以上兩種說法是光復後，比較代表性的著作，其他大部分記述也都沿用這個解釋。

---

30 洪敏麟編著，《臺灣舊地名之沿革》第二冊（上）（南投，臺灣省文獻會，1983），頁242。

31 黃鼎松，《苗栗的開拓與史蹟》（臺北，常民文化出版社，1998），頁35。

32 黃鼎松，《苗栗市誌》（苗栗，苗栗市公所，1998），頁121。「巴里（pali）」應來自於湯慧敏一九九六年對後龍新港社進行實查的工作，社中耆老劉火吉先生稱苗栗為pali。

二　猫裏原意考釋

漢字擬音是中國翻譯「非我族類」語言的傳統做法，做法上是用漢字中接近的語音去模擬對方的聲音，清政府領有臺灣後，因統治的需要，便對這片陌生的土地，進行命名定位的工作。他們派出許多人，去調查原住民、記載山川、風俗、物產，因為臺灣本來所居住的是二三十種南島語系的族類，他們對所居之地，自有其命名，所以政府派去的人們，就其詢問所及，以漢字加以模擬其音，然後寫下來。「猫裏」這兩字便是這樣出現的。不過因為調查的人對音的判斷，選用的字都沒有規範，所以相當粗率，同樣的東西，所擬的字各不相同。如：黃叔璥《臺海使槎錄》〈番俗六考〉中收錄的平埔族歌謠三十四首：「鹿」或「捕鹿」，在新港社別婦歌（臺南市）、二林、馬芝遴、貓兒干、大突納餉歌（彰化北斗）、南社會飲歌（雲林崙背）都寫為：「文蘭」，半線社聚飲歌（彰化市）裡卻寫作「文南」[33]，《諸羅縣志》則稱鹿為「門闌」。[34]位於臺北的番社「毛少翁社」，又寫作「麻少翁社」，「雷裏社」又寫作「雷里社」、「雷裡社」等等[35]，例子不勝枚舉。

「猫（麻）裏」這兩字的意思為何，前已言及，既稱之為「山」，就不太可能是平原的意思。那麼它究竟是什麼意思呢？與「猫（麻）裏」音近的擬音漢字，在清代的文獻中可以找出的是「風」這個意思。「風」這個字，我們發現許多族群都使用相類的發音，時空跨越度甚大，令人驚訝，舉例如下：

---

33 黃叔璥，康熙六十一年（1722）年入臺。《臺海使槎錄》〈番俗六考〉八卷（臺北，臺銀本，臺灣文獻叢刊第4種，1957），頁96-160。

34 周鍾瑄，《諸羅縣志》卷八〈風俗志〉，頁178。

35 劉澤民，《平埔百社古文書》，頁24、31。

出　處	用　語	族　群
《諸羅縣志》	風（麻例）	西拉雅族[36]
《小琉球漫誌》	風（麻哩）	西拉雅族[37]
《臺東州采訪冊》 南路埤南各社番語	風（嗎哩）	卑南族[38]
《新竹縣采訪冊》	風（貓哩）	道卡斯族[39]
《恆春縣志》	風（瓜笠）	排灣族[40]

《諸羅縣志》成書最早，刊刻於康熙五十六年（1717），《新竹縣采訪冊》成書於光緒二十年（1892）左右，前後差距約一百七十五年。《諸羅縣志》、《小琉球漫誌》所記為南臺灣西拉雅族群的語言，《臺東州采訪冊》為東南部卑南族的語言，《新竹縣采訪冊》為道卡斯族的語言，《恆春縣志》為排灣族的語言，記載的時代不同，族群不同，地域不同，而使用的聲音非常類似：「麻例」、「麻哩」、「嗎哩」、「貓哩」、「瓜笠」等漢字擬音，都指的是「風」。尤其是《新竹縣采訪冊》風的擬音為「貓哩」，新竹地區的「熟番」與苗栗地區的

36 周鍾瑄，《諸羅縣志》卷八〈風俗志〉，頁175。

37 朱仕玠，《小琉球漫錄》卷八〈海東賸語〉（下）（臺北，臺銀本，臺灣文獻叢刊第3種，1957），頁87。

38 胡傳，《臺東州採訪冊》，〈風俗附番語〉（臺北，臺灣銀行經濟研究室，臺灣文獻叢刊第81種，1961），頁54。

39 《新竹縣采訪冊》約完成於光緒二十年（1894），因乙未割臺未及刊行。次年，撰稿者陳朝龍攜稿本，內渡中國大陸，光緒二十九年（1903）陳氏卒於福州。新竹紳士鄭如蘭以重金蒐購其遺稿，藏之於家。明治四十年（1907），日本新竹廳長里見義正向鄭如蘭借抄，分為四冊。光復後臺灣銀行經濟研究室依藏於臺灣分館僅存的抄本，將之標點、刊印，但是仍缺書院、祠廟、坊區、風俗及列傳等項。直到近年，臺灣省文獻委員會才發現新竹廳之抄本，乃將之與臺銀刊本以及陳培桂《淡水廳志》合校，輯為乙冊，一九九九年付梓，出版時為與臺銀本區別，其書名增改為《合校足本新竹縣采訪冊》。

40 屠繼善，《恆春縣志》卷八〈風俗〉（臺北，臺銀本，臺灣文獻叢刊75，1960），頁135。

原住民同屬道卡斯族，在語音上雖略有差異，但基本上的一些字詞，是很相類的。除此之外居住於苗栗縣三義鄉鯉魚潭的巴宰族長老潘德彰、潘大和於民國六十三年（1974）編有一篇專門記錄巴宰族語言的〈潘氏語言集〉，書中收錄了三、四百個單字及一百句左右的日常對話，其中「風」這個字讀作「bali」，如用漢字擬音的方式記音，也接近「巴麗」或「痲例」。[41]李壬癸在〈來到福爾摩沙——臺灣平埔族的種類及其相互關係〉一文中，引用了淺井惠倫與波越重之對宜蘭凱達格蘭族亞系哆羅美遠、里腦以及北臺灣巴賽地區的語言做過比對，他們所記的「風」讀作 baci 或 vaci，李壬癸在其後註記說：在古代的西、北南島語言裡，「風」讀作 bali。[42]由這個記錄可見凱達格蘭族「風」字的讀音也非常相類。

日人據臺後，許多人類學者對原住民語言也展開了調查，他們記音的工具是羅馬拼音，對道卡斯語做了很多記錄，湯慧敏《再見道卡斯》一書，在〈附錄一〉將他們的記述做了整理，小川尚義、淺井惠倫、Policeman、馬淵東一這些學者的標音中，道卡斯語中的「風」，與「猫（痲）裏」一音非常近似，排列如下：

道卡斯語單字田野記錄比較一覽表

日北社（埔里）	1905.3	yabali	小川尚義 Ogawa
日北社（埔里）	1909.7	bali	小川尚義 Ogawa
房裡社	1936.8	bari	淺井惠倫 Asai
新港社	1917.5	maari	Policeman
新港社	1931.1	boli[43]	馬淵東一 Miyamoto

41 楊德遠編著，《鯉魚潭開拓史》〈陸、保存古老的語言企圖找尋生命的源頭〉（苗栗，苗栗文化中心，1996），無頁碼。

42 李壬癸《臺灣平埔族的歷史與互動》，頁44。

43 湯慧敏，《再見道卡斯》（苗栗，苗栗縣政府，1998），頁138。

小川尚義在日北社所記的是道光三年（1823）至咸豐十一年（1861），陸續由大甲、苑裡一帶遷到埔里日北社的道卡斯族群，由他所記錄的語音可以看出「風」這個字的讀音「yabali」、「bali」、「bari」、「maari」、「boli」，確實接近「猫（麻）裏」。另一位學者宮本延人，一九三一年曾至後龍新港社調查，事後曾發表一篇報告，報告中也記錄一些單字，而「風」這個字便唸為：bali[44]，與小川尚義所記相同。

湯慧敏在民國八十五年對後龍新港社進行實查的工作，在語言方面他訪問了劉火吉先生，劉火吉先生將苗栗這個地方的語音為：pali[45]。民國八十八年胡家瑜主編的：《道卡斯新港社文書》表一、道卡斯主要聚落社名對照表，將貓裏社標注為 Miyori（Marri）[46]，這是兼用了伊能嘉矩和 Policeman 的記音。

三　結語

根據以上的討論，「猫（麻）裏」一詞最早出現在《諸羅縣志》卷一〈封域志・山川〉：猫裏山，卷二〈規制・社〉：猫裏社，〈番俗圖〉：猫里山。對「猫（麻）裏」沒有做解釋。提出此詞意思為「平原」，是日據時期的伊能嘉矩和安倍明義，不過他們的解釋基本上是孤證，其後並沒有任何人再去做實查的工作，後起的研究也無法證明他們說的是正確的。本文在清代文獻中找出的漢字擬音，以及日人的羅馬拼音，發現「猫（麻）裏」應該是「風」的意思可能性較大，臺灣許多原住民族群對「風」的唸法，有相似之處。其後的日人研究者

44 胡家瑜主編，《道卡斯新港社文書》，引宮本延人原著，宋文薰譯（臺北，臺灣大學人類系，1999），頁216。

45 湯慧敏，《再見道卡斯》，頁13。

46 胡家瑜主編，《道卡斯新港社文書》，頁20。

針對道卡斯族訪談的記音，更可看出「風」這個詞與「猫（麻）裏」非常接近。光復後李仁癸、湯慧敏等人所整理、調查的資料都可以直接、間接證明此詞應該是「風」的意思。《諸羅縣志》中的猫裏山或許原意是「多風的山」、「經常刮著風的山」，而在這座山下的番社，可以說是「多風的番社」或「經常刮著風的番社」吧。

——本文發表於二〇〇五年八月聯合大學主辦《第一屆苗栗學研討會》，二〇一二年十一月，第二次修訂。

徵引文獻

一　古籍文獻（依出版序）

朱仕玠　《小琉球漫錄》　臺北　臺銀本　臺灣文獻叢刊3　1957
黃叔璥　《臺海使槎錄》　臺北　臺銀本　臺灣文獻叢刊4　1957
朱景英　《海東札記》　臺北　臺銀本　臺灣文獻叢刊19　1958
沈葆禎　《福建臺灣奏摺》　臺北　臺銀本　臺灣文獻叢刊29　1959
夏獻綸　《臺灣輿圖》　臺北　臺銀本　臺灣文獻叢刊45　1959
鄭鵬雲等　《新竹縣志初稿》　臺北　臺銀本　臺灣文獻叢刊61　1959
屠繼善　《恆春縣志》　臺北　臺銀本　臺灣文獻叢刊75　1960
胡傳　《臺東州采訪冊》　臺北　臺銀本　臺灣文獻叢刊81　1961
六十七、范咸　《重修臺灣府志》　臺北　臺銀本　臺灣文獻叢刊105　1961
周鍾瑄　《諸羅縣志》　臺北　臺銀本　臺灣文獻叢刊141　1962
陳培桂　《淡水廳志》　臺北　臺銀本　臺灣文獻叢刊172　1963
沈茂蔭　《苗栗縣志》　臺北　臺銀本　臺灣文獻叢刊172　1962

二　近人專著（按出版時間排序）

安倍明義　《臺灣地名研究》　臺北　蕃語研究會發行，昭和十三年（1938）
洪敏麟編著　《臺灣舊地名之沿革》　南投　臺灣省文獻會　1983
伊能嘉矩　《臺灣文化志》　臺北　南天書局　1994
伊能嘉矩　《臺灣踏查日記》　臺北　遠流出版事業公司　1996
楊德遠編著　《鯉魚潭開拓史》　苗栗　苗栗文化中心　1996

李壬癸　《臺灣平埔族的歷史與互動》　臺北　常民文化出版社　1997

黃鼎松　《苗栗的開拓與史蹟》　臺北　常民文化出版社　1998

黃鼎松　《苗栗市誌》　苗栗　苗栗市公所　1998

湯慧敏　《再見道卡斯》　苗栗　苗栗縣政府　1998

胡家瑜主編　《道卡斯新港社文書》　臺北　臺灣大學人類系　1999

陳朝龍　《合校足本新竹縣采訪冊》　南投　臺灣省文獻委員會　1999

劉澤民　《平埔百社古文書》　南投　國史館臺灣文獻館　2002

安倍明義　《臺灣地名研究》　臺北　武陵出版社　2003

臺灣原住民命名的疑與辨

——合番或者合歡[1]

前言

「合番」一詞在清代到日據時期臺灣載籍裡，經常與「合歡」混淆不清，根據相關文獻的記載，這兩詞既是番社名、山名、地名，也是族類名、人名，這兩個詞彼此間有何關係，所代表的意義究竟為何？是很值得探討的。此外「合番」究竟屬於「生番」還是「熟番」？是哪個族類，還是泛稱？也是個還待釐清的問題。本文嘗試循其名定其義，作出初步的結論。然而清代文獻在原住民記述上常有「音義不符」、「詞語混淆」、「雜鈔改述」的現象，繪圖上亦有「空間錯置」、「承襲舊作」等的毛病，是以求證十分困難，許多疑點仍難解決，往往僅能做到「羅列證據，或可圓說」的地步，這是必須說明的。以下先將文獻中的使用分類排列如下：

一　名稱分類

（一）番社名

清代臺灣文獻中有「合番社」與「合歡社」兩個番社不同的用詞。康熙三十五年（1696）高拱乾編修的《臺灣府志》的〈臺灣府總圖〉上有「合坎社」，然而這是「合歡社」的筆誤。在其〈封域志・

1　本文於2018年11月第4次修訂。

山川・諸羅縣〉有說明：「合歡山（在南日山西，此山出灘流入淡水港）。」[2]劉良璧乾隆七年（1742）主持編纂的《重修福建臺灣府志》卷五〈城池〉說：

> ……徵也難懶社、猴猴社（以上為蛤仔難三十六社，皆山後生番）、三朝社、哆囉滿社、合歡社、攸吾乃社（以上四社，乾隆二年歸化生番）。[3]

上文的合歡社位置在竹塹社東方，現在的新竹縣、苗栗縣山區，原來屬於生番，乾隆二年（1737）時歸化，成為向政府納稅、臣服的社群。三朝社或寫成「山朝社」、「三貂社」，位置在現在的臺北市縣雙溪、貢寮一帶。哆囉滿社或寫成「哆羅滿社」，則在花蓮縣。攸吾乃社亦有「祐武乃」、「佑武乃」、「攸武奶」、「右武乃」等漢字擬音的寫法，[4]「祐武乃」、「佑武乃」為山名，出現在《諸羅縣志》上[5]，「攸武奶」見於《臺灣民番界址圖》[6]；「右武乃」則為人名。這個番社推測位置應在苗栗縣、臺中縣交交界處的山區。[7]《臺灣府賦役冊》〈淡防

---

2 高拱乾，《臺灣府志》卷一〈封域志・山川・諸羅縣山〉（臺北，臺銀本，臺灣文獻叢刊65），頁15。

3 劉良璧，《重修福建臺灣府志》卷五〈城池・附番社〉（臺北，臺銀本，臺灣文獻叢刊74），頁80。

4 另有音近的「攸武乃社」，此社位在現在的宜蘭縣，乾隆三十一年，曾遭余文儀清剿，擒殺三百餘人。見《臺灣通紀》卷15〈高宗乾隆31年〉（臺北，臺銀本，臺灣文獻叢刊102），頁128。

5 周鍾瑄，《諸羅縣志》卷一〈封域志・山川・山〉（臺北，臺銀本，臺灣文獻叢刊141），頁10。陳培桂，《淡水廳志》卷二〈志一・封域志・山川・山〉（臺北，臺銀本，臺灣文獻叢刊172），頁26。

6 《臺灣民番界址圖》為清乾隆二十五年（1760）彩繪紙本（臺北，中央研究院歷史語言研究所與南天書局共同出版，2003）。

7 閩浙總督那蘇圖乾隆八年十二月十六日奏，〈為顧車輛之資無虞兵丁番黎恭謝天恩事〉，「據淡防廳所轄德化社土目自徵右武乃……」這裡的德化社是原來的大甲西

廳・附徵雜項餉稅項下〉：

> 乾隆二年合番社生番認輸鹿皮、獐皮各一張，每張徵銀二錢四分，共徵銀四錢八分。[8]

這裡指出「合番社」在乾隆二年（1737）時，隸屬於淡水廳（當時廳治位於彰化），已經開始向政府繳稅。《欽定平定臺灣記略》卷五十三記載了「合歡社」的地名，卷五十三主要是記述林爽文事件的過程，不過這本書所記的內容大部分準確度欠佳。

> 官兵等遂至打鐵寮追捕，由蝦骨社、合歡社、直至炭窯地方，又搜獲零星賊匪百餘名。查炭窯與南港仔山口相通，出山不遠，即係海岸；惟恐林爽文被山內官兵追急，潛行出山向海口逃逸，復派各營官兵由後壟至中港；又自竹塹至桃仔園，沿山密佈。[9]

社，雍正九年（1731）與沙轆社、牛罵社共同起事，反抗官府，被敉平後，改稱德化社。土目名為自徵右武乃，與其山的位置所在應有關係。見臺灣史料集成編輯委員會編（臺北，遠流出版事業公司，明清臺灣史料彙編第二輯，第十八冊，2006年8月），頁362。乾隆年間所繪的《皇清職貢圖》，有淡水右武乃等社「生番及番婦」的圖樣，其模樣為生番，與大甲西社、呑霄、中港社熟番不同，推測此圖應有錯誤（臺北，臺灣銀行經濟研究室，臺灣文獻叢刊180），頁58-60。《臺灣私法債權篇》第一款〈業主權之沿革〉有白番右武乃、右武乃、右武乃子等人名（臺北，臺銀本，臺灣文獻叢刊150），頁368。《清代臺灣大租調查書》第三章〈番大租〉第五節〈番業戶〉裡有右武乃・胡哥的名字（臺北，臺銀本，臺灣文獻叢刊152），頁610。

8 《臺灣府賦役冊》〈淡防廳・附徵雜項餉稅項下〉（臺北，臺銀本，臺灣文獻叢刊139)，頁81。

9 《欽定平定臺灣記略》卷五十三〈二月初一至二月四日〉（臺北，臺銀本，臺灣文獻叢刊102)，頁847。

文中的打鐵寮位於現在桃園縣的復興鄉，打鐵寮古道是當時泰雅族原住民出入的主要道路。南港仔山即現在臺北市南港地區，然而根據平定林爽文事件之後所繪的「大清一統輿圖」桃仔園街有個「南坑港」[10]，這裡是可以直接出海的。此外中港街與後壟街之間，也有一個「南港仔」,「南港仔」為中港溪的支流，鄰近現後龍鎮外埔庄，乾隆年間水流尚大，足以行駛小船。此地距離海岸很近，要由此出海亦有可能，但因記載不清，未知文中所言究竟是哪個港口。[11]依其敘述蝦骨社、合歡社的位置來判斷，應在桃園縣一帶可能性較大。然「蝦骨社」僅出現在這一相關敘述中，除此之外未見於其他記述，推測是筆誤或杜撰之名。

乾隆年間閩浙總督楊廷璋任內所繪的《臺灣民番界址圖》，在現苗栗縣及新竹縣的東方山區，繪出了攸武奶、蛤仔市埔、合歡社三個很明確的位置圖，圖上繪出攸武奶為後龍溪的源頭，地圖未明確標出是山還是社名。合歡社則隱隱出現在中港溪與後龍溪的源頭叢山間。

另《澎湖臺灣記略》一書載：

> 自朱羅山至水里社，皆地之東境。至此，乃折而西行三百里，至大甲社。又西一百四十里，至房裏社。又西一百三十里，至吞韶社。其水之西出者，曰大甲溪（其旁有雙寮社、崩山社、苑里社、茅于社）。自吞韶社折而西北一百三十里，至後籠社。又二十里，至新港仔。水之西出者，曰後籠港（其旁有茄世閣、合歡社）。自新港仔北行四十里，至中港社；中港出焉。又北一百里，至竹塹社；竹塹港出焉。[12]

---

10 夏黎明總論，王存立、胡文青編著，《明清時期臺灣的古地圖》（臺北，遠足文化事業公司，2002），頁164。

11 陳培桂，《淡水廳志》卷一〈圖〉（臺北，臺銀本，臺灣文獻叢刊172），頁15。

12 諸家，《澎湖臺灣記略》（臺北，臺銀本，臺灣文獻叢刊104），頁1。

《澎湖臺灣記略》一書的內容訛誤之處甚多，異體字彼彼皆是，如「朱羅山」應寫為「諸羅山」，「吞韶社」應作「吞霄社」，「後籠社」、「後籠港」應寫作「後壟」，「茄世閣」應寫作「嘉志閣」或「加志閣」，至於「合歡社」則不詳其所指，因為「吞霄社」、「後籠社」、「茄世閣」等皆可查知其所在位置，唯獨「合歡社」難以確定。若此社在「茄世閣」旁，則應隸屬於苗栗縣。由以上資料可知「合番」、「合歡」兩字混淆的情形，這是清代文獻經常出現「詞語混淆」的典型現象。然仔細檢讀所載，應為同一番社。日據之後此詞仍被沿用，然而書寫者對「合番」之意掌握並不清楚。

日人據臺後，明治二十九年（1896）總統府檔案資料〈五指山撫墾署事務成績報告〉七月份的報告中，記有「尖筆山合蕃社」[13]之社名，總頭目名「由淮」，男女人數共約九十四人，[14]此社蕃人與本地人合作，從事製腦工作。十一月〈大湖撫墾署事務成績報告〉提到「轄內合蕃」有：馬月社、大窩社、竹圍坑、崩山下，這裡的番人在歸類上，屬於賽夏族南群，[15]這些人分布在苗栗縣地區。十二月份的報告中有一份雇員福山登的「覆命報告」，文件標題就叫〈合蕃〉。福山登對所謂「合蕃」做了一些考證，不過他態度保守，認為自己僅算是觀察而已，不敢貽笑大方。他指出男子的容貌與服飾無異於生番（泰雅族），明顯不同處在下身穿有短褲，女子外表除了刺青、鑿齒以外與漢人女子相差不大。「合蕃」與生番語言很不相同，但彼此能對話，

13 中文使用「番」字，日文漢字為「蕃」。

14 王學新編譯，《日據時期竹苗地區原住民史料彙編與研究》（上）總督府檔案專題翻譯（十九）原住民系列之三（南投，國史館臺灣文獻館，2003），頁74。日人對原住民用「蕃」字，中國傳統用「番」字。本文原則使用「番」字，若引用日人著作則使用「蕃」字。

15 王學新編譯，《日據時期竹苗地區原住民史料彙編與研究》（上）總督府檔案專題翻譯（十九）原住民系列之三，頁454。

了解彼此的話語。福山登並做了一些簡單的語言調查記錄。[16]明治三十一年（1898）五月，囑託丸田寫了一份〈大湖撫墾署事務成績報告〉，題目名為〈合蕃與熟蕃〉。他說：「合蕃係由當地人所命名者。合有一半的意思。」意即這裡的番人只算是「半個番人」。他舉了南庄賽夏族的日阿拐為例。他說日阿拐南庄漢人稱之為「熟蕃」，「但目前不能算是熟蕃。」而所謂熟蕃，丸田舉後壠新港社為例，新港社的番人幾乎都已漢化了，因為如此，才稱作「熟蕃」。明治三十年（1897）〈新竹縣轄各撫墾署事務成績報告〉有〈尖筆山合蕃社〉的調查報告，文中敘述其種族本為「化蕃」，因為他們與生番、「支那人」通婚，與「土民」（漢移民）關係良好。其首領精通「廣東話」（客家話），他說這位首領「性狡猾佞柔，有貪慾，最愛財貨，其可謂是受到支那民族感化而成的標本」[17]，敘述裡帶著習見的歧視性。這族類的人員居住在燥樹排山及大湖山一帶，因不堪「土民」的侵略而移居至此。文中所謂的「尖筆山合蕃社」位置在現在新竹縣橫山鄉南境尖筆窩一帶，與北埔鄉的上坪，五峰鄉的五峰都非常接近。燥樹排山及大湖山則在竹東鎮軟轎及北埔鄉東境，寶山鄉東南境一帶。[18]伊能嘉矩的《臺灣文化志》（下卷）第十五篇〈番政沿革〉說，居住在苗栗縣南庄鄉東河一帶的賽夏族自稱「合蕃」：「現在北部の中港溪支源なる大東河上流山地に分布する蕃群自稱サイシエット即ち合蕃。」[19]這是他的調查所得，並稱合歡與合番兩字音義相通：「合歡は

16 王學新編譯，《日據時期竹苗地區原住民史料彙編與研究》（上）總督府檔案專題翻譯（十九）原住民系列之三，頁473。

17 王學新編譯，《日據時期竹苗地區原住民史料彙編與研究》（中）總督府檔案專題翻譯（十九）原住民系列之三，頁690。

18 苗栗縣竹南鎮北方，亦有名為尖筆山者，標高102.45公尺，有二等三角點，（見竹南鎮公所編，《竹南鎮志》，1982），頁6。光緒二十一年（1895）八月八、九兩日，曾發生地方義軍抗日的「尖筆山戰役」。

19 伊能嘉矩，《臺灣文化志》（下卷）第十五篇〈番政沿革〉第六章〈征番事略〉（臺北，南天書局，1994），頁822。

與合蕃の通音とす」[20]，所以「合歡」即「合蕃」。伊能嘉矩的報告大約作於一九〇〇年到一九〇四年之間，他認為賽夏族屬於道卡斯族的一枝，這樣的看法缺乏語音、姓名的比較與綜合分析，因此作出的結論並不周全。[21]經由日據初期這些人的調查及定名之後，此後幾乎都以「合蕃」一詞來稱呼南北賽夏族類。這點由大正年間的戶口居地可以看出，當時住在苗栗縣獅潭鄉馬陵、圳頭及崩山下山社的住戶，就被命名為「大湖郡合蕃〇〇蕃戶」。[22]此外，大正十二年（1923）佐山融吉與大西吉壽所編撰的《生蕃傳說集》採錄有一則〈合歡蕃〉族類來源的口碑，故事甚長，內容亦頗為曲折，然所指的族類應為南投縣合歡山地區的泰雅族類，[23]與前述的「合蕃」，是有區隔的。

就以上番社社名的記述來看，其大概位置都在現在的桃園縣、新竹縣、苗栗縣山區一帶。尤其是竹、苗兩縣的最多，可以推知所指的「合番」、「合歡」或者「合蕃」番社，就是散居在這兩縣的社群。

（二）山名

清代文獻中記載有「合歡山」，無「合番山」一詞，合歡山的位置在現在的苗栗縣、新竹縣東方山區，與現在人們習知的南投縣的合

---

20 伊能嘉矩，《臺灣文化志》（下卷）第十五篇〈番政沿革〉第五章〈防番機關〉，頁789。

21 除了伊能嘉矩的調查研究之外，其他日籍人類學者如，鳥居龍藏於一九八七、森丑之助於一九一二年的著作中未提及賽夏族，鈴木作太郎於一九一六年把賽夏族歸為「化蕃」，藤崎濟之助於一九三二年歸為生蕃，移川子之藏於一九三五年歸為高砂族生番，鹿野忠雄於一九三九年歸為高砂族生番。可見賽夏族一直是比較缺乏完整研究的族群，對其知解也不算全面。引見林修澈，《臺灣原住民史賽夏族史篇》第五章（南投，臺灣省文獻會，2000），頁6。

22 苗栗新故鄉協會，〈賽夏氏族的山林經營〉，《苗栗文獻》第二十一期，2002年10月，頁14。

23 佐山融吉、大西吉壽編撰，《生番傳說集》（臺北，1923杉田重藏書店初版，1996年南天出版社二版），頁40-46。

歡山不同。合歡山在清領初期即已出現在官方的志書上，其後的記述略有出入，然大致位置相差不多。

高拱乾《臺灣府志》卷一〈封域志〉：

> 南日山（在崩山社界小龜崙山西．中港在此山北發源）、合歡山（在南日山西，此山出灘流入淡水港）。又北而雞籠鼻頭山（在山朝山西北，山形見「府山分界志」內）、奇獨龜崙山（在雞籠鼻頭山西、淡水城東，山後磺山、圭州山）、干豆門山（干豆門山有二，一在淡水港西，二山夾港如門柱然，故名）[24]……一曰中港潮至中港社分派，從社南東過合歡山，受南日山、武勞澳二流，西歸於海。[25]

同卷〈臺灣府水道．諸羅縣水道〉：

> 一曰淡水港從西北大潮過淡水城，入干豆門，轉而東南，受合歡山灘流；又東過外八投，南受里末社一水；又東過麻里則孝社，東南受龜崙山灘、東北受雞籠頭山灘，從西北會歸於海。

另周元文《重修臺灣府志》卷一〈封域志．山川．諸羅縣水道〉記述與此相同。

《諸羅縣志》卷一〈封域．山〉：

> ……交眉山（在佑武乃山之東）。蹲舉崚嶒，飄緲乎煙霞者，為眩眩山（下為竹塹埔，漢人耕種其中）。眩眩之北為小龜崙

24 高拱乾，《臺灣府志》卷一〈封域志．形勝〉（臺北，臺銀本，臺灣文獻叢刊65），頁14。

25 高拱乾，《臺灣府志》卷一〈封域志．山川（附海道）〉，頁24。

> 山（內社三：山下為龜崙、西為坑仔、南霄裏）。又東而巃嵸盤礴，並障乎南日諸山之後者，為祐武乃山（在小鳳山、交眉山之東，極高大）、合歡大山．遙接乎干豆門諸社者，為查內山（山麓有查內社）。自干豆門穿港以西，雄偉傑出於淡水港之東南者，曰八里坌山。[26]

此文中「佑武乃山」與「祐武乃山」是同一座山，合歡山寫作「合歡大山」。其卷首的地圖，將合歡山畫在竹塹社上方，位置尚稱正確。[27]范咸的《重修臺灣府志》卷一〈封域志．山川．淡水廳〉說：「合歡山：在廳治東南六十里，生番所居。」[28]比照其位置與距離，范咸所述是較為正確的位置，然而卷首〈福建臺灣全圖．淡水廳圖〉所畫的三台山、祐武乃山應該在合歡山南側，錯誤則非常明顯。[29]《清一統臺灣府志》〈山川〉：

> 山：在彰化縣北竹塹社之南。通志：相近為小鳳山，與眩眩山形勢相屬，下為竹塹埔，漢人耕種其中。東為祐武乃山，極高大，與合歡大山障蔽南日諸山之後，遙接干豆門諸社及查內山。[30]

這段文字可見是由《諸羅縣志》卷一〈封域．山〉「重述改寫」而來的。另一「重述改寫」或名之為「雜鈔改述」的方志是劉良壁《重修福建府臺灣府志》卷三〈山川．彰化縣〉：

---

26 周鍾瑄，《諸羅縣志》卷一〈封域．山〉（臺北，臺銀本，臺灣文獻叢刊141)，頁10。

27 周鍾瑄，《諸羅縣志》卷首〈山川總圖之四〉（臺北，臺銀本，臺灣文獻叢刊141)，頁5。

28 范咸，《重修臺灣府志》卷一〈封域志．山川．淡水廳〉（臺北，臺銀本，臺灣文獻叢刊105)，頁27。

29 范咸，《重修臺灣府志》卷一〈封域志．山川．淡水廳〉，頁12。

30 《清一統臺灣府志》〈山川〉（臺灣文獻叢刊68)，頁7。

祐武乃山：在小鳳山、交眉山東。山極高大，並合歡山障南日諸山之後。巃嵸盤岪，遙接關杜門諸社及查內山。

合歡山：在祐武乃山北。[31]

《重修福建府臺灣府志》的〈福建臺灣全圖·淡水圖〉合歡山在淡防廳的左上方，攸武乃山則在其正東方，這個位置不正確。[32]

有關這座山的位置，藏於臺灣故宮博物院雍正中葉（1723-1735）所繪的《臺灣輿圖》，非常清楚的畫出了「合歡山」的樣貌，在山下則標有「合歡路頭」之名。所謂路頭，指的是往此前去，便是番人所居之處了。[33]製作於乾隆二十四年（1759）的《乾隆臺灣輿圖》在竹塹社、後壟社的東方也繪有「合歡山」。[34]纂修於同治十年（1871）的《淡水廳志》，對其轄區內的山川記述，已相當正確。各山川的位置都沒有太大的誤差。卷二志一〈封域志·山川〉：

……貓裏山、大坪山、牛屎崎、嘉志閣西山、㻞嵌山、烏眉崎、銅鑼灣山、打那叭山、白沙墩山、呑霄內湖山、火炎山、蓬山、苑裏山、石壁山、錢（鐵？）砧山、南日山、貓盂山、交眉山、合歡山（俱詳下）。[35]

自火炎山過角口溪十餘里，曰石壁山。西十餘里曰鐵砧山，一

31 劉良壁，《重修福建府臺灣府志》卷三〈山川·彰化縣〉（臺北，臺銀本，臺灣文獻叢刊74），頁61。

32 劉良壁，《重修福建府臺灣府志》卷三〈山川·彰化縣〉，頁12。

33 雍正《臺灣輿圖》見張炎憲編著，《竹塹古文書》〈古地圖〉（新竹，新竹市文化局，1998）。

34 洪英聖編著，《乾隆臺灣輿圖》，圖版11-6（南投，行政院文建會中部辦公室，臺灣區域發展研究院，鄉土文化研究所，1999）。

35 陳培桂，《淡水廳志》卷二志一〈封域志·山川〉，頁27。

> 名銀錠山。自大甲視之不高，然欲泊船大安，既見鐵砧，半日方到。又為治東南之鎮山，踰溪屬彰化縣界。又「府志」云：距治東南九十四里曰南日山，九十里曰貓盂山，七十里曰交眉山，六十里曰合歡山。交眉、合歡多生番所居．[36]

> 中港溪，在香山口，南距城三十里。其源出合歡山，歷五指山下，自大埔南流，直至三灣，折而西，經斗換坪，受土牛莊上埔之水，至鰻魚屈頭，復折而南，受南港仔之水。再迤而西，受馬龍潭之水，北受後莊山寮莊、中港街之水，四十餘里匯西入海。[37]

書中多次提到「合歡山」。與《淡水廳志》纂修時間差不多的《重纂福建通志》在卷十五〈山川．淡水廳〉有如下的記錄：

> 中港在廳治南三十里，源出東南合歡山，歷五指山，自大埔南流至三灣山，折而西，經對換坪山，受土牛上坪水（未詳），至鰻魚窟頭折而南，受南港子山水（源出南港山），迤而西，受馬龍潭山水，而莊山寮水（未詳）、中港社水自北來匯，西入於海。[38]

根據以上的文獻排比，可以確定「合歡山」是在現在苗栗縣、新竹縣東方的山區。另外在乾隆十二年（1747）范咸《重修臺灣府志》的〈臺灣府總圖〉，乾隆五十三年的〈大清一統輿圖〉，乾隆末年的〈「七省沿海圖〉，都明確的標明「合歡山」在「淡防廳」的東方，其

---

36 陳培桂，《淡水廳志》卷二志一〈封域志．山川〉，頁30。

37 陳培桂，《淡水廳志》卷二志一〈封域志．山川〉，頁38。

38 《福建通志》卷十五〈山川．淡水廳〉（臺北，臺銀本，臺灣文獻叢刊84)，頁85。

北為三台山，南為貓里山，後則為交眉山。[39]除了以上的圖文資料，一張藏於中央研究院歷史語言研究所乾隆年間的《臺番圖說·東社采風圖題解》，將合歡山畫在日南社、大甲東社、大甲西社的上方，並清楚的畫出大甲溪原出於合歡山。[40]這是少見的與眾多圖畫不同的圖示，這張圖畫合歡山的位置與現在南投縣合歡山的位置接近。然而大甲東社、大甲西社位在大安溪與大甲溪之間，蓬山的位置與大甲東、西社的位置也有錯誤，這是清領中期以前許多圖示常見的「空間錯置」現象。[41]

清代在對番社定名時，通常會將山的名字、番社名或人名結合在一起，如：

山　名	社　名	人　名
猫里山	猫里社	猫老尉
猫盂山	猫盂社	盂蘭馨
宛里山	宛里社	宛興財
右武乃山	右武乃社	自徵右武乃、白番右武乃、右武乃胡哥
吞霄社		吞碧海
	大甲東社	東福生、東啟明、東援英、

39 夏黎明總論，王存立、胡文青編著，《明清時期臺灣的古地圖》，頁30、164、170。

40 引見《苑裡鎮志》第二篇〈開拓史〉（苗栗，苑裡鎮公所，2002），頁172。在圖畫的說明上指出這幅出自六十七《番社采風圖考》一書。

41 洪敏麟認為大甲西社在現在大甲鎮的義和里，大甲東社在鄰近外埔鄉的大東村，潘英海、陳水木則認為在外埔鄉中山村中山路，這兩個番社都在水尾溪附近，兩社距離大安溪、大甲溪都很近。如由臺灣南部北上的觀點來看，渡過大甲溪後一段距離後就來到這兩個番社，如由南下的觀點來看，則是渡過大安溪之後先到日南社，接著就是大甲東、西社。劉澤民則認為大甲東、西社位置經過多次遷移與分化，不可一概而論，洪敏麟、潘英海、陳水木的說法不夠周全。雖如此，這兩社及其分化的小社位置，有大安鄉、大甲鎮、外埔鄉等，距離相差亦不太遠。見劉澤民編著，《大甲東西社古文書》（上冊）（南投，國史館臺灣文獻館，2003），頁479-486。

山　名	社　名	人　名
		東合和
	日南社	南日昌
	大武壟頭社	大扉、大甲劉、大雅離、大邦

等等[42]。所以上節出現的「合番社」，有可能即為「合歡社」；亦即「合番社」是在合歡山附近的番社。而以「合歡」為名的熟番「道卡斯族人」非常多，如劉合歡、潘合歡、廖合歡、林合歡、「合番・蓋末」、「合番・佛抵」、「合番・巴納」等等（詳見五、姓名一節）。

（三）地名

在地名方面「合番」與「合歡」兩詞又出現混淆的現象，就以下引述的文獻資料可以看出，所指的地方大概在新竹、苗栗一帶。《臺海使槎錄》卷八〈番俗雜記・番界〉中寫道，為防止漢人入侵番人的領域，也為了保護番人，康熙六十一年（1722）在臺灣西部各地立界石，作為彼此之間的界線。其中苗栗縣的立在南日山腳、呑霄、後壟、貓裏山下，新竹縣的其中一塊界石，立在「合歡路頭」：

> 貓霧捒之張鎮莊、崩山之南日山腳、吞霄、後壟、貓裏各山下及合歡路頭、竹塹之斗罩山腳、澹水之大山頂、山前並石頭溪、峰仔嶼社口，亦俱立石為界。[43]

「合歡路頭」的名稱與「番人」有關，這是非常清楚的，「合歡路頭」所在地指的是現在的新竹縣寶山鄉（竹北一堡寶斗仁庄）一

42 整理自劉澤民編著，《平埔百社古文書》（南投，國史館臺灣文獻館，2002）。

43 黃叔璥，《臺海使槎錄》卷八〈番俗雜記〉（臺北，臺銀本，臺灣文獻叢刊4），頁167。

帶。根據《臺海使槎錄》卷六〈番俗六考・北路諸羅番九〉引〈海上記略〉說，康熙壬戌（1682）鄭克壞守雞籠的軍隊，因北風強大，船隻不能運貨，便強迫番人老少搬運軍需，如有不從或「偷懶」就加以鞭撻，番人不堪勞役集體反抗，相率作亂。竹塹社、新港社的番眾附和，鄭克壞派協理陳絳前往圍勦，番人不敵紛紛逃竄。[44]竹塹社人一部分即逃往寶山鄉寶斗仁，未逃離的就遷移到新竹市舊社里（滿雅庄）。[45]新港社的人則往三灣、南庄、公館、大湖、獅潭等山區避難。兩社之人遷徙之地皆為賽夏族的居地，這些原本已漢化很深的「熟番」道卡斯族人，被迫遷移至此處，便與原住者（生番）混居。這裡的記述出現了很值得注意的地方，因為陳絳軍隊的壓迫，竹塹社、新港社的社眾逃入山中，造成熟番、生番兩個族類混合的現象，而這些混居的原住民，可能在五十餘年後，乾隆二年（1737）以「合歡社」之名，成為新的歸化清廷的番民。

以「合番」為地名的，在後龍溪上游有幾筆記載，《淡水廳志》卷三志二〈水利〉說：

> 蛤仔市圳，在後壟堡，距廳北六十里。乾隆五十二年，眾佃派丁冒險在河頭攔築大陂，分開水路。其水發源於合番坪，灌溉田六〇二甲。道光元年，眾佃議設陂長專管。每甲年納水租四斗。

> 貓裏莊圳，在後壟堡，距廳南五十二里，乾隆三十四年，

44 黃叔璥，《臺海使槎錄》卷八〈番俗雜記〉，頁129。康熙壬戌即二十一年（1682），清廷攻臺的徵兆已十分明顯，在臺鄭軍為加強戰備，對番人進行更多勞役的驅使。

45 洪敏麟，《臺灣舊地名之沿革》第二冊〈第五節竹北鄉〉（南投，臺灣省文獻委員會，1999），頁167、168。這個說法參考了伊能嘉矩，《臺灣文化志》（下卷）第十五篇〈番政沿革〉相關敘述。

眾佃按甲科派所置。其水發源於合番坪，在龜山頭築石壆以潴之。由林秀俊分開圳道，灌溉田四百四十八甲。每甲年納陂長水租穀一斗為工資。

嘉志閣圳，在後壠堡，距廳南五十二里。乾隆三十二年，眾佃派丁攔築。其水發源於合番坪，灌溉田一百四十甲。每甲年納陂長水租穀一斗五升為工資。[46]

這三筆記載所述的都在現在的苗栗市、公館鄉轄內，前兩個「合番坪」指的應該是公館鄉河頭、上坪、下坪、番仔埔一帶。這裡原來為道卡斯族貓里社、加志閣社的勢力範圍，這兩社與新港社屬同一族類，社址在後龍溪兩岸，相距亦不過三、四公里。漢人向道卡斯族贌地入墾後，泰雅族在此地展開土地的保衛戰。嘉慶二十二年（1817）廣東梅縣人吳琳芳為墾首，率領八十一股，由銅鑼地區入墾，逐步拓展範圍，築「石圍牆」保障成果，泰雅族無法阻擋，勢力衰微，退入內山。乾隆三十二年（1767）所築的「嘉志閣圳」應為頭屋鄉曲洞村二崗坪的「合番坪」。此地緊鄰後龍溪，自古以來即屬於加志閣社的領地。[47]乾隆三十五年（1770）猫裏社人將原居地讓售給漢人移民，與加志閣社合併，稱為「貓閣社」。這三筆記錄的地點相差有四、五公里遠，然皆稱為「合番」，應該是個籠統的泛稱，指的是道卡斯人的領域。另苗栗縣後壟社海邊捕魚的幾個石滬之一名為「合番」，為

46 陳培桂，《淡水廳志》卷三志二〈水利〉，臺灣文獻叢刊172，頁78。伊能嘉矩，《臺灣文化志》（下卷）第十五篇第一章〈理番施設〉引了一篇〈苗栗縣平埔番貓閣社文書〉其中有「合歡坪」的文字，見其書頁484。此「合歡坪」應為「合番坪」，其地點在公館鄉河頭、上坪、下坪、番仔埔一帶。

47 黃勝德、黃瑞全等重修《黃氏族譜》（自刊本，苗栗，1991年9月），頁62。「十四世祖公諱祿興妣楊氏，……卒於乾隆庚子年（1740）十月初四未時，葬於竹塹后壟加志閣下合番坪大橫崗背。」

當地道卡斯族頭人的產業，且傳承數百年之久。[48]由種種名稱看來，新港社、後壠社、貓里社、加志閣社等都與「合番」兩字的關係密切。

(四) 族類名

「合番子」一詞出現在陳朝龍等編纂的《新竹縣采訪冊》卷七〈番話〉:「合番子者，在縣東南一路竹塹堡油羅一帶各社，延及竹南堡獅禮興一帶各社。」[49]指的是新竹五峰鄉到苗栗南庄、獅潭一帶的原住民,「番共有十餘姓，曰錢，曰豆，曰朱，曰夏，曰高，曰禪，曰洪，曰絲，曰蛇，曰樟等姓，皆同一種類，俗皆統名謂之合番子，話皆相同。」這些記述中所謂「合番子」指的是賽夏族,「子」為語尾詞。這些姓也是賽夏族特有的姓氏。另《新竹縣采訪冊》對「合番子」有這樣的描述：

> 尖筆山在縣東五十餘里，其山在五指山之東北，於新甲壢山窩中特地聳起，高五十餘丈，奇麗莫匹，秀比毫尖；為縣治右肩，與竹南堡之獅頭山遙遙相對。……山窩名尖筆窩，墾佃與合番子雜處，各有數戶。[50]

文中指出尖筆山在五指山的東北方，新甲壢山窩處這個地方，是墾民與「合番子」雜處之地。「尖筆窩」也稱「尖筆大窩」，現屬新竹縣橫山鄉，此處鄰近北埔鄉的上坪與五峰鄉的比來，在清中葉以後，

48 《後龍鎮志》第二章〈漁業〉第四節〈石滬〉(苗栗，後龍鎮公所，2002年2月)，頁274。

49 《合校足本新竹縣采訪冊》卷七〈番話〉(臺北，臺銀本，臺灣文獻叢刊145)，頁26。

50 《新竹縣采訪冊》卷一〈山川〉(臺北，臺銀本，臺灣文獻叢刊145)，頁26。

是所謂北賽夏族聚居之處。其實賽夏族原先的居處應該包括還竹東鎮、寶山鄉、北埔鄉、峨眉鄉。《新竹縣采訪冊》對「合番子」的遷移有一些概括性的記述：

> 又查竹塹堡番之未歸化者，皆散入內山。其初歸化之時，番性未馴，有番丁潛入竹北堡之新埔山設伏殺人，因名其地為殺人窩（後改名為太平窩）。漢人知之，群問土目理較；該番等亡入五指山，復為生番。今竹塹堡五指山一帶及竹南堡獅裏興一帶之番，俗稱合番子者；蓋皆其種類云。……竹塹社番被化已久，散居竹塹、竹北兩堡各莊・其飲食、衣服、嫁娶、喪葬，皆與齊民無別；謹據實登載。此外，如五指山前之合番子各社，山後之西鼇、十八兒石、嘉祿、巴喇包等社，油羅溪南之大油羅、小油羅，溪北之木樹仁等社，名目甚多，皆在竹塹堡界內。[51]

所謂竹塹社番其中包含有道卡斯族和賽夏族，只是當時的人並不很清楚兩族的差別，這兩族混居許久彼此關係很密切；而賽夏族人有部分與泰雅族也很接近，互有影響。上文云光緒年間竹塹社番已大部分漢化，與一般人沒有差別，然而有些族類卻仍然固守本性，逃入深山，變成生番。這裡所謂逃入深山，指的應該是賽夏族並非道卡斯族。不過如前所述，可能也有一些道卡斯族人，不服漢人的壓迫，遷徙入深山與賽夏族人混居，再度成為「生番」。五指山前的「合番子」各社，就是現在仍聚居此處的北賽夏族類。然而「合番」這兩個字如何產生的？這附近的番人為何被稱為「合番」？《新竹縣采訪冊》的撰述者是不太清楚，所以有混淆的情形。依前節〈地名〉所

51 《新竹縣采訪冊》卷一〈莊社〉，頁99。

述，應該是與竹塹社道卡斯族較有關係。這裡須加補充的是賽夏族原來分布的範圍很廣，在道光十四年（1834）「金廣福」墾拓集團成立後，成立隘墾總部，向賽夏族及泰雅族的部落逐步進攻，「與蕃血戰數十陣，隘丁戰歿無數，費資億萬，股內傾囊」[52]，使得賽夏族不斷撤退，番社減少很多，居住地也萎縮了很多。然而在這個衝突過程中，有許多賽夏族與墾民；尤其是客家墾民，也產生了許多包括婚姻在內的互動，很多接受了客家移民的影響，說起了客語，甚至同化於客家人族類之中，參與了墾民的事務。這與在苗栗縣南庄鄉、獅潭鄉南賽夏群的情形類似。[53]因為如此，「合番子」容易和客家人產生聯繫，以至於有賽夏族是客家化的番人這樣的看法。但其族類中仍有比較堅強的抵抗者，持續保存其原有特質，是以在清末日據初年，仍具有「生番」的樣貌。

（五）己名

「合歡」、「合番」被用作名字的情形，主要集中在苗栗縣與新竹縣。先看以「合歡」命名者如：《臺灣私法債權篇》第二篇〈債權各論〉有甲首名為「劉合歡」：「四至界址，面踏分明，原帶大坡圳水分汴通流共同灌溉。當日三面言定，眾夥（劉）合歡，面踏出埔地一塊，以補辛勞之資。」[54]《臺灣私法物權篇》第一項〈田園之業主權・第一一七鬮約字〉：「公立鬮約字中港社副通事南茅、甲首劉合

---

52 《樹杞林志》〈志餘・記地〉（臺北，臺銀本，臺灣文獻叢刊63），頁126。當時竹塹社人應皆已漢化，甚至已成為具有墾拓能力的「番頭家」，不再是與漢移民武裝對抗的族類。

53 吳學明，〈「金廣福」墾隘與新竹東南山區的開發（1834-1895）〉臺灣師大碩士論文，頁152-155。其中附錄光緒十二年（1886）金廣福隘丁清冊，此清冊中的番隘丁有不少屬於賽夏族。這些番隘丁與墾民合作，一起防堵「生番」的出草。這裡的生番指的主要是泰雅族。

54 《臺灣私法債權篇》第二篇〈債權各論〉（臺北，臺銀本，臺灣文獻叢刊79），頁79。

歡，同眾番胡得生、番桂生、劉雅、夏哲生、林天福、劉九仔、林誰仔等。竊番向化以來，叨蒙皇仁憲德，格外優施，將各社界管埔業，例免稅賦，歸番口糧。是社番奉公服役或賴口糧度資；而口糧租數正當，分給得宜。」[55]《臺灣私法物權篇》第一款〈業主權之沿革〉有後壟五社通事名為「合歡」：「立佃批後壟等五社通事合歡，土目假已、貓大尉、馬力、虎豹氂、愛女、雜班、右貳乃、加眩或、瓦氂等，緣歡有埔地一所，……一概淹壓無存，各佃以墾本無歸，不肯再行墾耕。」[56]另外中港社也有名為「合歡」者：《清代臺灣大租調查書》第五章〈地基租〉第一節〈給地基字〉：「立給賣地基字人中港社合歡、瓚生等，有同管曠地一所，坐在中港海口莊頂面，東、西、北接連林胡生墻頭踏出三尺二寸石釘為界，下面東至西石釘二丈一尺接連林二大圳為界。」[57]伊能嘉矩《臺灣文化志》下卷第十五篇〈番政沿革〉提到，乾隆年間中港社乾隆土目名為林合歡，非常熱心社學教育。[58]《新竹鄭利源號典藏古文書》〈嘉慶十六年中港社合歡九骨立杜賣盡根園契〉[59]，寫明中港社人合歡．九骨，將土地賣給漢人。伊能嘉矩所著《臺灣踏查日記》（上）一書，記載明治三十年（1897）七月一日，他到苗栗街訪問貓閣社頭目潘合泉，採訪到歸附清朝的祖先

55 《臺灣私法物權篇》第一項〈田園之業主權．第一一七闔約字〉，臺灣文獻叢刊150，頁340。

56 《臺灣私法物權篇》第一款〈業主權之沿革〉第一項〈田園之業主權．第一一二佃批〉，頁348。

57 《清代臺灣大租調查書》第五章〈地基租〉第一節〈給地基字〉，頁831。此契約定於嘉慶十六年（1811）十二月。

58 伊能嘉矩，《臺灣文化志》下卷第十五篇〈番政沿革〉曾記載乾隆二十三年（1758）中港社番土目名為林合歡，林合歡因配合政府易俗諭令，且致力社學，曾獲臺灣道蔣允焄頒「國學鍾英」匾額，頁611。

59 鄭華生口述，鄭炯輝整理，《新竹鄭利源號典藏古文書》〈道光二年竹塹社錢榮選等立給永遠墾耕字〉（南投，國史館臺灣文獻館，2005），頁121。

名為「潘合歡」。[60]新竹竹塹社乾隆五十九年的通事名為：「廖．合歡．加禮」[61]。另大甲西社道光年間亦有名為「四老合歡」者[62]，但目前所見僅此一例。

以「合番」為名者如：閩浙總督那蘇圖乾隆八年十二月十六日奏〈為顧車輛之資無虞兵丁番黎恭謝天恩事〉：「據淡防廳所轄德化社土目自徵右武乃、蓬山社土目弟其屢六觀、後壟社土目烏牌歐臘加己打老曰合番……」[63]，《臺灣私法物權篇》第一款〈業主權之沿革〉第一項〈田園之業主權．第一三四佃批〉：「乾隆十二年八月　日……合番．蓋末、大人老尉、雜班、武葛．獅鼻、加吰喊。」[64]《清代臺灣大租調查書》第三章〈番大租〉第二節〈番社給墾字〉：「立給杜賣契新港社土目貓老尉，甲頭歹均、什班、武葛，合番．佛抵等，今有新港社屬下埔山一帶，東至西山莊背山腳為界，西至打那叭後壟番埔山分水為界……」。[65]同書：（六九）嘉慶二十一年五月□日，「合番巴納」[66]，第三章〈番大租〉第十一節〈其他契約〉：「再批明：田內合番及妹水共三分，社番得一分，妹官同自己得二分，內照田額均。」[67]《新竹鄭利源號典藏古文書》〈道光二年竹塹社錢榮選等立給永遠墾

---

60 伊能嘉矩，《臺灣踏查日記》（上）（臺北，遠流出版事業公司，1996），頁115。

61 《平埔百社古文書》三〈道卡斯族〉（南投，國史館臺灣文獻館，2002），頁137。

62 見劉澤民編著，《大甲東西社古文書》（上冊），頁119。

63 閩浙總督那蘇圖乾隆八年十二月十六日奏，〈為顧車輛之資無虞兵丁番黎恭謝天恩事〉，頁362。「自徵」兩字應與番社自行徵收稅收，而非經過社商有關，德化社通事叫自徵的還有乾隆二十三年的巧自徵。見劉澤民編著，《大甲東西社古文書》（上冊），頁88。巧為漢姓，出現於乾隆十九年之後，「自徵」兩字表示這個社是由番社土目或通事自行收稅的，通事也常常是番社中人擔任。

64 《臺灣私法物權篇》第一款〈業主權之沿革〉第一項〈田園之業主權．第一二二佃批〉，頁367。

65 《清代臺灣大租調查書》第三章〈番大租〉第二節〈番社給墾字〉（臺北，臺銀本，臺灣文獻叢刊152），頁831。

66 《清代臺灣大租調查書》第三章〈番大租〉第二節〈番社給墾字〉，頁407。

67 《清代臺灣大租調查書》第三章〈番大租〉十一節〈其他契約〉，頁187。

耕字〉有「柒房　三・合番・乃」的名字，[68]《後壟社群的古文書與印戳》第四節〈鬮分合約・道光五年後壟社通事等仝立合約字〉在場人有：「大合番、合番」兩人[69]，第二節〈典租賃借契・道光十一年新港東社番管事癸生等立借銀字〉有「合番、合番・連妹」。[70]《臺灣平埔族文獻選──竹塹社》（上）〈嘉慶十年閏六月荳仔埔竹塹社白番三虎豹厘比抵立杜賣盡絕根契字〉有在場人名為「三・合番・比抵」[71]。出現最多的是〈嘉慶十六年新港東西兩社眾番立收領口糧租粟字〉，共有合番・毛毛、合番・蓋末、合番・阿包、合番・勝姨等[72]。鄭喜夫曾統計蓬山社（八社）、後壟社（五社）、竹塹社群名為合番者共有三十三名，後壟社最多，蓬山社僅有一人。[73]

由以上的資料可以看出「合歡」、「合番」也被用作名字，這樣的情形頗為特殊。將漢人指稱的族類名，加在姓名中，自稱為「合番」，是非常少見的現象。必須指出的是，這個泛稱為道卡斯的族類，其社中的人名在康熙二十八年（1689）以後才出現漢字擬音的名字，當時僅有名還無姓，加上漢姓是到乾隆十二年（1747）之後[74]。

---

68 鄭華生口述，鄭炯輝整理，《新竹鄭利源號典藏古文書》〈道光二年竹塹社錢榮選等立給永遠墾耕字〉（南投，國史館臺灣文獻館，2004），頁137。

69 陳水木、潘英海，《道卡斯後壟社群古文書輯》第四節〈鬮分合約・道光五年後壟社通事等仝立合約字〉（苗栗，苗栗縣文化局，2002），頁313。

70 陳水木、潘英海，《道卡斯後壟社群古文書輯》第二節〈典租賃借契・道光十一年新港東社番管事癸生等立借銀字〉，頁135。

71 張炎憲、王世慶、李季樺主編，《臺灣平埔族文獻選──竹塹社》（臺北，中央研究院臺灣史田野研究室史料叢刊系列之一，1993），頁168。

72 胡家瑜主編，《道卡斯新港社古文書》（臺北，臺灣大學類學系，1999），頁195。

73 參見鄭喜夫，〈清代道卡斯族姓名初探〉《臺灣文獻》五十一卷第四期（南投，臺灣省文獻會，2000年12月），頁69。

74 同上註，頁101。鄭喜夫，〈清代道卡斯族姓名初探〉一文中說道卡斯族最早命名方式應是只有漢字擬音，第二階段為混合式漢字擬音，即漢姓加番名的漢字擬音，鄭喜夫認為這是嘉慶到道光末年竹塹社命名方式。到了第三階段則是完全以漢人方式命名。

「合歡」、「合番」這兩個詞在使用上，可以看出有幾個規律。其一是領導階級很多都用「合歡」一詞，如：「劉合歡」、「潘合歡」、「廖·合歡·加禮」、「林合歡」。其二竹塹社命名的方式為「漢姓」、「己名」、「親族識別名」[75]，如「三·合番·比抵」、「廖·合歡·加禮」，苗栗縣一帶的「烏牌歐臘加已打老曰合番」、「合番·蓋末」、「合番·佛抵」、「合番·巴納」，則未加漢姓。「合番」是日常簡稱自己的名字，正式稱呼時則後面連接一親屬名[76]。至於「大合番、合番」則應為同時在場的兩人，依年紀大小或體型大小加以區辨，「合番·連妹」應該是位女性，「妹」則是客家婦女常有的命名方式。這位「合番·連妹」或是原漢通婚後的結果，也可能是學習到客家人對女子命名的方式。[77]必須強調的是，「合歡」或「合番」是道卡斯族專有的名字，賽夏族則否。其實賽夏族的姓名來自何處，雖前賢有所論述，然皆不能很清楚的證明，因為他們始終掩蓋在人數較多，較早漢化的道卡斯族之中，不被知曉。[78]清領中期以前時，他們還處於漢名與原族類名的混用情況；賽夏族的漢姓、漢名，應該在光緒年間才比較明確出現，如知名的日阿拐、絲大尾、絲有眉等。同時期我們看到「馬祿頭、鞋底、踏尾、色溫、貓食、蛙哨、加禮」[79]、「由淮、雪茅泥、盧

75 同上註。

76 胡家瑜主編，《道卡斯新港社古文書》，頁32。

77 「妹」字是客家婦女常用的名字，然而亦有男性使用「妹」字作為名字的最後一個字。如竹塹社的衛煥和先生的父親即名為衛阿妹。見陳俊光〈尋訪竹塹社——紀麻咾吻·直雷〉，《采田福地竹塹社文史專輯》（竹北，新竹縣立文化中心，1996），頁140。廖志軒二〇一一年中央大學碩士論文《熟番客家化之研究，以竹塹社錢皆至派下為中心》，記錄錢氏家族中有錢元妹，見論文頁23。墾拓竹塹社的客家人鍾石妹等，頁40。

78 林修澈，《臺灣原住民史賽夏族史篇》第三章〈氏族運作下的民族〉（南投，臺灣省文獻會，2000年5月），頁63-65。書中所引用的資料如溫吉編譯的《臺灣番政志》、菅野秀雄《新竹縣志》等文獻，不能很明確的指出清代賽夏族的姓名。

79 陳運棟，〈十九世紀苗栗內山的族群關係〉，《苗栗文獻》第二十三期，2005年9月，頁27。

目、鞋底、薯元」[80]等賽夏族的漢字擬音姓名，而日阿拐、絲大尾實際是被收養的漢人後裔。這個族類的漢字姓名，到了日據時期才出現比較確定的形式。由目前文獻所見的名字中，是沒有看到「合歡」或「合番」字眼的。雖然賽夏族的居處被日人福山登、丸田、伊能嘉矩等稱為「合蕃」，然而並不合乎實情。

二　循名定義

綜合以上的資料排列，以下將循其名定其義，進一步探討「合歡」與「合番」相關記述之間的關係。

（一）山名、地名與社名

「合歡山」此詞出現甚早，康熙年間即有「合歡山」標示，這座山位置就在現在新竹縣、苗栗縣的東方。這座山由最早出現於康熙三十五（1696）高拱乾的《臺灣府志》，其後有康熙五十一年（1712）周元文《重修臺灣府志》、康熙五十六年（1717）周鍾瑄的《諸羅縣志》、乾隆七年（1742）劉良壁《重修福建臺灣府志》、乾隆十二年（1747）范咸的《重修臺灣府志》，以及雍正中葉所繪的《臺灣輿圖》、乾隆二十三年（1758）《臺灣民番界址圖》、乾隆二十四年（1759）《乾隆臺灣輿圖》、乾隆五十三年（1788）的〈大清一統輿圖〉、乾隆末年的〈七省沿海圖〉到同治年間的《淡水廳志》都有標示。據《淡水廳志》引《府志》:「距治東南九十四里曰南日山，九十里曰貓盂山，七十里曰交眉山，六十里曰合歡山。交眉、合歡多生番所居。」《淡水廳志》對「合歡山」的位置不能說清楚，引的是范咸

80 王學新編譯，《日據時期竹苗地區原住民史料彙編與研究》（上）總督府檔案專題翻譯（十九）原住民系列之三，頁74。

的說法，另說：「中港溪，在香山口，南距城三十里．其源出合歡山，歷五指山下，自大埔南流，直至三灣，折而西。」指的是中港溪北方的水源來自新竹縣五指山之後的「合歡山」。光緒十五年（1889）出版的《苗栗縣志》則完全未提到合歡山。《臺番圖說．東社采風圖題解》圖上將合歡山畫在日南社、大甲東社、大甲西社的上方，並清楚的畫出大甲溪源出於合歡山。夏獻綸光緒六年（1880）編的《臺灣輿圖》則明確的將合歡山，標示在離新竹縣、苗栗縣很遠的中央山脈區，即今日歸屬南投縣的山系，此合歡山即今日人們熟知的合歡山位置。然而此山與新竹縣、苗栗縣的人文及地理並無關係。如頭前溪水源、中港溪水源、後龍溪水源均與其無關。[81]

綜合以上資料可知，由清初到同治年間所謂的「合歡山」，指的應該是位在現在新竹縣寶山鄉附近的山區，這點雍正中葉所繪的《臺灣輿圖》是最重要的證據。而目前為人所知的「合歡山」，則在同治年間到光緒初年才被「命名定位」，如前所述只有乾隆年間《臺番圖說．東社采風圖題解》是唯一的例外。新竹縣寶山鄉是道卡斯族領域的東北境，並在此與賽夏族、泰雅族做個分界。所以將「合歡山」定位於此，應該是合理的推測。那麼中港溪、後龍溪、頭前溪等溪流的發源山脈，究竟是哪些山呢，根據現在資料，應該是雪山山脈的鹿場大山、加里山等山系。與「合歡山」相近的山，文獻中可以查知的應該是：「三台山」。據《苗栗縣志》說：「三台山俗名嘉璃山。距城東五、六十里。」[82]「嘉璃」原意應為「傀儡」，是當地人對「生番」的稱呼。「傀儡山」清領初期指是屏東縣北大武山一帶，而居住在彼處的番人就被稱為「傀儡番」[83]。「三台山」應即為現在的加里山山系

81 夏獻綸編，《臺灣輿圖》，《重修臺灣省通志》卷三〈住民志．地名沿革篇〉（南投，臺灣省文獻會，1995），頁69、70。

82 沈茂蔭，《苗栗縣志》卷二〈封域志〉（臺北，臺銀本，臺灣文獻叢刊159），頁22。

83 黃叔璥，《臺海使槎錄》卷七〈南路鳳山傀儡二〉，頁150-155。

（加里山、樂山），所居的番人為泰雅族及賽夏族，命名方式是以俗名加以雅化。至於為何南臺灣的稱呼，會被移置到此處，推測是這個區域的民眾稱其為生番所居之處，亦以「傀儡」來稱呼，久而久之也被稱為「傀儡山」。然而必須注意的是，在范咸的《重修臺灣府志》〈淡水廳圖〉上三台山是和合歡山並列的，這也是三台山第一次出現在圖籍上，而光緒二十年（約1894）《苗栗縣志》上合歡山則消失了，不在縣內的山脈中。

交眉山也頗多變動，或即《苗栗縣志》所云位於大甲三堡的「月眉山」[84]，月眉山位在臺中縣后里鄉。日南山，或即現在大甲鎮的日南，日南位於大安溪旁，《苗栗縣志》說日南山距苗栗縣城四十八里，在火焰山之南，鐵砧山之北，位置相差不多。[85]貓盂山應該位在苗栗縣苑裡鎮中正里，此處為道卡斯貓盂社舊址。苑裡鎮中正里沒有山，鎮的東邊有印斗山，南方有枕頭山。兩座山皆不高。[86]另一待解決的山名是「祐武乃山」，此山依《諸羅縣志》位在後龍溪的上方，流經加志閣山，合歡山在其北方。[87]《臺番圖說．東社采風圖題解》把它標示在合歡山的東北方，與《諸羅縣志》所畫位置接近，范咸《重修臺灣府志》的〈臺灣府總圖〉三台山在合歡山的東北，祐武乃山又在三台山的東北，鄰近小龜崙山。[88]《淡水廳志》則把它歸為「北路山」，位置在桃園縣一帶，與小龜崙山鄰近。[89]根據以上資料很難判斷其確定位置，不過依「山名」、「番社名」、「人名」往往相關的規律來看，閩浙總督那蘇圖乾隆八年十二月十六日奏：〈為顧車輛之

---

84 「月眉山，在三堡，距城南五十里。」沈茂蔭，《苗栗縣志》卷二〈封域志〉，頁25。

85 沈茂蔭，《苗栗縣志》卷二〈封域志〉，頁24。

86 「印斗山，在二堡苑裏東，距城南四十二里。枕頭山，在二堡苑裏東，距城南四十四里。」沈茂蔭，《苗栗縣志》卷二〈封域志〉，頁24。

87 周鍾瑄，《諸羅縣志》〈地圖〉，頁15。

88 夏黎明總論，王存立、胡文青編著，《明清時期臺灣的古地圖》，頁148。

89 陳培桂，《淡水廳志》，卷一〈封域志〉，頁27。

資無虞兵丁番黎恭謝天恩事〉:「據淡防廳所轄德化社土目自徵右武乃……」這裡的德化社是原來的大甲西社,雍正九年(1731)與沙轆社、牛罵社共同起事,反抗官府,被敉平後,改稱德化社。土目名為自徵右武乃,與其山的位置所在應有關係。乾隆年間所繪的《皇清職貢圖》,有淡水右武乃等社「生番及番婦」的圖樣,《臺灣私法債權篇》第一款〈業主權之沿革・佃批〉新港社(苗栗縣後龍)有白番右武乃、右武乃、右武乃子等人名,《清代大租調查書》第三章〈番大租〉第五節〈番業戶〉裡有後壟四社右武乃・胡哥的之名。[90]推估此山在現在的苗栗縣南端(現公館鄉、大湖、卓蘭鎮)、臺中縣(大安鄉、大甲鎮)北端的東方,可能為現在的加里山山脈或雪山山脈(中雪山、小雪山)。[91]這兩座山脈為後龍溪、大安溪、大甲溪的上游。這幾條溪的中下游,居住的番人主要是道卡斯族類。

「合歡社」一詞出現在《臺灣府志》、《重修福建臺灣府志》、《臺灣府賦役冊》、《欽定平定臺灣記略》等書中。記載於《臺海使槎錄》卷八〈番俗雜記・番界〉「合歡路頭」指的是現在的新竹縣寶山鄉,《淡水廳志》卷三志二〈水利〉所載的「合番坪」,則位在苗栗縣公館鄉河頭、上坪、下坪、番仔埔一帶。竹塹社人在荷蘭人時代即與之有所互動,並有贌耕納稅的行為。清領之後,他們持續與領政者維持隸屬關係,成為治下「熟番」的一支。康熙年間所立的「合歡路頭」位於新竹縣寶山鄉,推測這時居住在這裡的番人也屬於道卡斯族,已脫離漁獵生活,具有耕種能力,與統治者維持一定的關係,和不服統領經常出獵人首的賽夏族、泰雅族有所不同。《重修福建臺灣府志》、《臺灣府賦役冊》所言「合歡社」於乾隆二年(1737)由生番成為熟番,應該說是這一帶的番人(包含了竹塹社與新港社逃入山區的社眾

90 《臺灣通紀》卷15〈高宗乾隆31年〉,頁128。

91 中港溪、後龍溪均發源於鹿場大山,大安溪發源於大霸尖山及雪山,大甲溪發源於大霸尖山、雪山山群。

與一部分賽夏族人），在這個時候才正式歸化朝廷，成為納稅、服勞役的族類。至於《淡水廳志》卷三所載的「合番坪」，則是此處曾為道卡斯族貓里社、加志閣社原有領域的證據。

（二）姓名與族類

在姓名與族類方面，由新竹的竹塹社、苗栗的後壠社等社人的名字，可以看到名字稱為「合番」或「合歡」的非常多。合歡多為頭人（後壠社土目烏牌歐臘加己打老曰合番為少見的例外），合番多為社眾，而取此名者多為道卡斯族，臺灣其餘平埔族就沒有以此為名者。就此可以推論，「合歡」或「合番」為漢字擬音，北起自新竹的竹塹社、苗栗的中港社、猫裏社、後壠社到最南端的蓬山八社一帶，是道卡斯族類常見的名字。鄭喜夫認為「合番」是己名，也有連親名的例子。[92]「合歡社」最早見於康熙三十五年（1696）高拱乾的《臺灣府志》，「合歡山」之所以得名，應該即來自被命名為「合歡」的道卡斯族類。然而另一個問題是「合番」或者「合歡」，在命名之初應該不是如漢字字面上的「與漢人相合的番人」，也非「凡欲開墾者，必先和番。」[93]因為由荷鄭到清領的康、雍、乾近百年間，漢番的衝突時起時滅。這個詞或如「猫裏」、「大甲」、「北投」、「蔴豆」、「右武乃」等社名、地名，都有其原本的意義。

因為這兩詞經常混淆，「合番」在清光緒年間文獻撰述者已無法掌握其意，所以這個詞在光緒二十年（1894）左右的《新竹縣采訪冊》以「合番子」來稱呼居於五峰鄉及苗栗縣南庄鄉的賽夏族人。日人據臺後所做的記錄與觀察報告，如：明治二十九年（1896）總統府檔案資料〈五指山撫墾署事務成績報告〉七月份的報告中有「尖筆山

92 鄭喜夫，〈清代道卡斯族姓名初探〉，頁77。

93 《合校足本新竹縣采訪冊》卷七〈生番風俗〉，頁396。

合蕃社」之名，〈大湖撫墾署事務成績報告〉提到「轄內合蕃」，[94]十二月份福山登的覆命報告〈合蕃〉，明治三十年（1897）〈新竹縣轄各撫墾署事務成績報告〉有〈尖筆山合蕃社〉的調查報告，明治三十一年（1898）五月〈大湖撫墾署事務成績報告〉囑託丸田的〈合蕃與熟蕃〉的報告，都沿用了「合蕃」之名來認定散居於新竹縣及苗栗縣東方的賽夏族類。雖然他們知道賽夏族類與泰雅族不同，但不知道「合蕃」一詞的來源，也不知道應該如何將他們歸類。丸田的調查報告將賽夏族認定是介於生番與熟番之間的一種番人，但較接近生番，[95]如此便依《新竹縣采訪冊》的名稱，逕以「合蕃」來稱賽夏族。使得「合蕃」一詞變成賽夏族專有的族名。且賽夏族長期與客家人往來、通婚，幾乎都會講客語，衍化成「合」也有「客」的意思在內。客語的「客」字讀為「ha」，與閩南語「合作」的合讀音為「ha」，兩者幾無差別，也是容易造成混淆的原因。丸田的說「合番」包括了兩個族類，其一是道卡斯族，其二是賽夏族。然而這兩個族來源不同，語言不同，不過因為所居之地鄰近，文化上彼此影響甚大，也多所互動、通婚，所以常易使人產生混淆。根據清代較早期的記載，其實竹塹社、後壟諸社、猫裏諸社屬於熟番，賽夏族屬於生番是很清楚的。且賽夏族一直到光緒年間還維持相當原始的部落生活型態，與道卡斯族主要社群幾已完全漢化很不相同。丸田說「合蕃」的「合」有一半的意思，意即賽夏族是半開化的番人，應該是不正確的推測之詞。伊能嘉矩說居住在苗栗縣南庄鄉東河一帶的賽夏族自稱合蕃，並稱合歡與合蕃兩字音義相通，這樣的看法可以說前者是誤解，後者還算正確。

---

94 王學新編譯，《日據時期竹苗地區原住民史料彙編與研究》（上）總督府檔案專題翻譯（十九）原住民系列之三，頁454。

95 另見林修澈，《臺灣原住民史賽夏族史篇》第五章（南投，臺灣省文獻會，2000），頁197。

三　結語

個人的博士論文《清代臺灣漢語文獻原住民記述研究》第四章〈清代文獻中漢字擬音的運用〉曾提及，以漢字擬音來標記異族語言的做法，基本上有幾個特點：其一音與義有所距離。其二顯示弱勢文化的掙扎。其三用字的歧異。其四詞語的混雜。其五棄用（abrogation）、挪用（appropriation）或轉構[96]。其中第三點說到清領時期，許多記述與原住民相關的漢字，都缺乏標準化，異體字、或體字、訛字特別多，甚至刻意製造歧視性的文字，用來區別漢番。「合歡」與「合番」這兩個詞便具有這個現象。不過如前所述「合歡」應多為首領階級的專用詞，「合番」則為一般番眾，是存在著某種規律性的。且以「歡」代替「番」，基本上有避免使用歧視性字眼的用意在。清代文獻記述者，大多為來自福建的閩南籍人士，在閩南語中「歡」與「番」發音幾乎沒有分別，以國語羅馬字來注都唸成「huan」，若以「國語」來唸「歡」為「huan」，「番」則為「fan」，發音有所差異，將「番」寫成「歡」推測這是當初記述者選字時，曾特別有所斟酌的。論文的第四點：詞語的混雜。所謂混雜，其中一項即是漢語與番人原有語言混雜使用的現象，如竹塹社人的姓名「三・合番・比抵」、「廖・合歡・加禮」、新港社「合番・連妹」、「合番・佛抵」的記述方式就是很好的例子。這個現象表現了原住民漢化的過渡歷程。至於在同治、光緒年間以後，番人的「姓名」就與漢人差異不大，混雜的現象減少很多，這便是棄用（abrogation）原來命名系統，進而挪用（appropriation）或轉構中國的傳統模式。

雖然仍無法確切查知「合番」命名的初意為何，大部分的推論也

96 論文收錄於王幼華，《族群論述與歷史反思》（苗栗，苗栗縣文化局。2005），頁113、114。

僅是由文獻排比、考證而來，清代文獻或圖示，都免不了有「空間誤置」、「音義不符」、「雜鈔改述」、「詞語混淆」等問題。然而經由以上的討論，大概可以獲致這樣的結論，其一基本上創造這個詞語的人，其原意應是期望漢人與番人能夠和平相處，彼此合作。番人接受漢化後，不會危害移入的民眾。[97]其二「合歡」、「合番」都是新竹縣、苗栗縣一帶道卡斯族常見的名字，這些名字的出現就臺灣原住民的慣例而言，是與社名、地名相關，賽夏族則沒有這個名字。其三「合歡山」位在新竹縣寶山鄉一帶，其山下的番社就稱為「合歡社」，是「合番」居住的地方；與現在隸屬南投縣的「合歡山」無關。

因不了解其中規律，及命名緣由，這兩個詞被混用的情形甚為常見。乾隆年間的《臺番圖說・東社采風圖題解》雖然將合歡山的位置畫在大甲溪的上游，然而其下游經過的仍為大甲社與蓬山社的道卡斯族類。清代相關文獻中有「合歡」、「合番」這樣字眼的都與新竹縣、苗栗縣一帶道卡斯族有關，而賽夏族因為與其關係密切，許多記述中容易將之歸為「合番」、「合蕃」一類。如果我們擴大其範圍來說的話，廣義的「合番」、「合蕃」主要是以道卡斯族為主，也包括人數較少的賽夏族類在內。狹義的「合番」指的應該只有道卡斯族，賽夏族在清代屬於「生番」一類，在清領末期日據初期，根據福山、丸田的記錄，都還不能算是「熟番」，族人亦無以「合番」或「合歡」為名者。

——本文原名〈合番或者合歡〉，刊於《臺灣史料研究》第27號，二〇〇六年八月。於二〇一八年十一月第四次修訂。

97 苗栗縣後龍鎮校椅里，後龍溪畔的新蓮寺內，供奉有漢代和番的「昭君娘娘」神像，據其廟前碑文「新蓮寺沿革暨地理環境」（撰稿人余雲弘〔1977〕，立碑人釋真敏、余文秀、江燃富〔1988〕）記載，本廟供奉此神的緣故即在清代乾隆末葉經常有番人襲擊漢人，造成傷亡，希望以此神來保佑「行旅免遭番害」，可以為此做一證據。此神祇應為來臺漢人與附近新港社人化解衝突的重要象徵。

徵引文獻

一　古籍文獻（依出版序）

黃叔璥　《臺海使槎錄》　臺北　臺銀本　臺灣文獻叢刊4
《樹杞林志》　臺北　臺銀本　臺灣文獻叢刊63
高拱乾　《臺灣府志》　臺北　臺銀本　臺灣文獻叢刊65
劉良璧　《重修福建臺灣府志》　臺北　臺銀本　臺灣文獻叢刊74
《臺灣私法債權篇》　臺北　臺銀本　臺灣文獻叢刊79
《臺灣通紀》　臺北　臺銀本　臺灣文獻叢刊102
諸家　《澎湖臺灣記略》　臺北　臺銀本　臺灣文獻叢刊104
范咸　《重修臺灣府志》　臺北　臺銀本　臺灣文獻叢刊105
《臺灣府賦役冊》　臺北　臺銀本　臺灣文獻叢刊139
周鍾瑄　《諸羅縣志》　臺北　臺銀本　臺灣文獻叢刊141
《臺灣私法債權篇》　臺北　臺銀本　臺灣文獻叢刊150
《清代臺灣大租調查書》　臺北　臺銀本　臺灣文獻叢刊152
陳培桂　《淡水廳志》　臺北　臺銀本　臺灣文獻叢刊172
《皇清職貢圖》　臺北　臺灣銀行經濟研究室　臺灣文獻叢刊180

二　相關出版品

夏獻綸編　《臺灣輿圖》　《重修臺灣省通志》　南投　臺灣省文獻會　1995
《臺灣民番界址圖》清乾隆二十五年（1760）彩繪紙本　臺北　中央研究院歷史語言研究所與南天書局共同出版　2003
臺灣史料集成編輯委員會編　臺北市　遠流出版事業公司　明清臺灣史料彙編第二輯　第十八冊　2006

二　近人專著（按出版時間排序）

張炎憲、王世慶、李季樺主編　《臺灣平埔族文獻選——竹塹社》　臺北　中央研究院臺灣史田野研究室史料叢刊系列之一　1993
伊能嘉矩　《臺灣文化志》　臺北　南天書局　1994
佐山融吉、大西吉壽編撰　《生番傳說集》　臺北　1923杉田重藏書店初版　1996南天出版社二版
伊能嘉矩　《臺灣踏查日記》　臺北　遠流出版事業公司　1996
張炎憲編著　《竹塹古文書》〈古地圖〉　新竹　新竹市文化局　1998
洪英聖編著　《乾隆臺灣輿圖》　（南投　行政院文建會中部辦公室　臺灣區域發展研究院　鄉土文化研究所　1999
胡家瑜主編　《道卡斯新港社古文書》　臺北　臺灣大學類學系　1999
洪敏麟　《臺灣舊地名之沿革》　南投　臺灣省文獻委員會　1999年3版
林修澈　《臺灣原住民史賽夏族史篇》　南投　臺灣省文獻會　2000
夏黎明總論　王存立、胡文青編著　《明清時期臺灣的古地圖》　臺北　遠足文化事業公司　2002
《苑裡鎮志》　苗栗　苑裡鎮公所　2002
劉澤民編著　《平埔百社古文書》　南投　國史館臺灣文獻館　2002
陳水木、潘英海　《道卡斯後壠社群古文書輯》　苗栗　苗栗縣文化局　2002
王學新編譯　《日據時期竹苗地區原住民史料彙編與研究》　南投　國史館臺灣文獻館　2003
劉澤民編著　《大甲東西社古文書》　南投　國史館臺灣文獻館　200

鄭華生口述　鄭炯輝整理　《新竹鄭利源號典藏古文書》　南投　國史館臺灣文獻館　2004
王幼華　《族群論述與歷史反思》　苗栗　苗栗縣文化局　2005

三　期刊論文

吳學明　〈「金廣福」墾隘與新竹東南山區的開發（1834-1895）〉臺灣師大碩士論文　1984
陳俊光　〈尋訪竹塹社──紀麻咾吻．直雷〉　《采田福地竹塹社文史專輯》　竹北　新竹縣立文化中心　1996
鄭喜夫　〈清代道卡斯族姓名初探〉《臺灣文獻》五十一卷第四期　南投　臺灣省文獻會　2000
苗栗新故鄉協會　〈賽夏氏族的山林經營〉　《苗栗文獻》第二十一期　2002年10月
陳運棟　〈十九世紀苗栗內山的族群關係〉　《苗栗文獻》第二十三期　2005年9月

非我族類「生與熟」用語辨析

一　我與非我族類的建構及區別

（一）族類用語辨析

「族類」一詞出自於《左傳・成公四年》：「史佚之志有之曰：『非我族類，其心必異。』楚雖大，非吾族也，其肯字我乎？公乃止。」[1]文中引周文王史官史佚的說法，楚國雖大，畢竟是異姓，不可能同心一德。「族類」指的是與周天子同姓之族，亦即具有親屬血緣者。後世承襲其用法，而意義有所擴大，稱自己的宗族、國族等都可使用如：《漢書・王莽列傳》：「莽曰：『宗屬為皇孫，爵為上公，知寬等叛逆族類，而與交通……。』。」[2]《後漢書・袁紹列傳》：「況忘先人之讎，親戚之好，……蠻夷戎狄將有誚讓之言，況我族類，而不痛心邪！」[3]同書〈載記第十四・符堅下〉：「陛下寵育鮮卑、羌、羯，布諸畿甸，舊人族類，斥徙遐方。」[4]以上各條「族類」用語包含了宗族、國族、種族等之意。然而這個詞大部分所指的是種族如：

1 竹添進一郎，《左傳會箋・第十二成四》（上）（臺北，鳳凰出版社，1978），頁41。本文採用「族類」作為論述關鍵詞，此詞與近年廣泛使用的「族群（Ethnic group或Ethnicity）」相較，更為合乎傳統文獻語義。此外race一詞，與中文種、種族意思相近。

2 〔漢〕班固，《漢書・王莽傳六十九下》卷九十九下（臺北，鼎文出版社，1979），頁4153。

3 〔南朝宋〕，范曄，《後漢書・列傳六十四下袁紹》（臺北，鼎文出版社，1979），頁2412。

4 〔南朝宋〕范曄，《後漢書・載記第十四符堅下》，頁2913。

《魏書・列傳・蠻》:「自劉石亂後，諸蠻無所忌憚，故其族類，漸得北遷，陸渾以南，滿於山谷。」[5]、《晉書・江統列傳》:「馮翊、河東空地，而與華人雜處。數歲之後，族類蕃息，既恃其肥強，且苦漢人侵之。」[6]《新唐書・李軌列傳》:「無險固自守。又濱接戎狄，戎狄，豺狼也，非我族類。」[7]、《新唐書・歌舒翰列傳》:「……謂翰曰:『父胡，母突厥；公父突厥，母胡。族類本同，安得不親愛？』……」[8]《宋史・列傳・蠻夷三》:「明年，世念等遂與諸蠻峒首領族類四千五百人出降。」[9]等等，所指與種族之意相同。此外「族類」亦可稱外國人如:《明史・外國一朝鮮》:「實同新造，振凋起敝，為力倍艱。倭雖遁歸，族類尚在。」[10]這裏的用法，也近於種族。

此外傳統文獻中「族類」一詞與「種族」同義的頗為多見。如:《魏書・列傳・高車・越勒倍泥部》:「漢之匈奴，其作害中國固亦久矣。魏晉之世，種族瓜分，去來沙漠之陲，窺擾鄣塞之際。」[11]《新唐書・李軌列傳》:「碩有算略，眾憚之，嘗見故西域胡種族盛，勸軌備之，因與戶部尚書安脩仁交怨。」[12]《宋史・列傳・蠻夷四・西南諸夷》:「權南寧州事兼蕃落使，遣牂牁諸州酋長趙文橋率種族百餘人來獻方物、名馬，并上蜀孟氏所給符印。」[13]《明史・列傳・西域

---

5 〔晉〕陳壽,《魏書・列傳八十九・蠻》(臺北，鼎文出版社，1979)，頁2246。

6 〔唐〕房玄齡,《晉書・列傳二十六江統》(臺北，鼎文出版社，1980)，頁1531。

7 〔宋〕宋祁、歐陽修,《新唐書・列傳十一李軌》(臺北，鼎文出版社，1981)，頁3710。

8 〔宋〕宋祁、歐陽修,《新唐書・列傳六十歌舒翰》，頁4571。

9 〔元〕脫克脫,《宋史・列傳二百五十四・蠻夷三》(臺北，鼎文出版社，1980)，頁14208。

10 〔清〕張廷玉,《明史・列傳二百八外國一・朝鮮》(臺北，鼎文出版社，1975)，頁8299。

11 〔晉〕陳壽,《魏書・列傳第九十一・高車・越勒倍泥部》，頁2319。

12 〔宋〕宋祁、歐陽修,《新唐書・列傳第十一李軌》，頁3709。

13 〔元〕脫克脫,《宋史・列傳第二百五十五・蠻夷四・西南諸夷》，頁14224。

二・罕東左衛》:「初,罕東部人奄章與種族不相能,數讐殺,乃率其眾逃居沙州境。」[14]以上諸詞「種族」與「族類」替換,意義相類。[15]

(二)華夏的擬構與他族指稱

對「他國異族」的記述,在《詩經》、《尚書》、《禮》、《春秋》、《國語》等先秦文獻裡多有記載。「華夏」、「中國」這個國族觀念的形成,迄今已有三、四千年的歷史,徐旭生《中國古史的傳說時代》一書中認為古代中國有三個主要集團:華夏、東夷、苗蠻。這個自稱為「華夏」、「夏」、「華」、「諸夏」的集團,在春秋戰國後成為中國的統稱。[16]「夏」是因為禹建國於夏,或稱夏伯而得名;是當時最大的國家。[17]而商、周兩朝,繼承了政權同時也承接了這個「共名」。[18]所謂「夏」、「華」《左傳・定公十年》說「中國有禮儀之大,故稱夏。有章服之美。謂之華。」[19]這這兩個詞,可分稱亦可合稱,既是一個國族的名稱,也是政治、文化奠基與統攝的源頭。繼承華夏的後起之國,雖然名號不同,主政者亦非「華夏」、「中國」或「漢族」的成員,曾被指稱為蠻、夷、戎、狄的各族類,既已「入主」,大部分仍願意接受自己是中國之主,樂於繼承已成固定脈絡的傳統文化。[20]

---

14 〔清〕張廷玉《明史・列傳第二百十八・西域二・罕東左衛》,頁8564。

15 〔漢〕司馬遷,《史記・高祖本紀第八》卷八有「蕭、曹等皆文吏,自愛,恐事不就,後秦種族其家,盡讓劉季。」(臺北,鼎文出版社,1983)頁350。這裡的「種族」做動詞使用,是殺盡其種族之意。

16 徐旭生,〈我國古代部族三集團考〉,《中國古史的傳說時代》第二(桂林,廣西師範大學,2001),頁42-147。李學勤主編的《中國古代文明與國家形成研究》下編論及夏、商、周三朝的建立與文明,詳盡說明了由諸夏的存在,商、周兩代建立的國家規模與文化特色(臺北,知書房出版社,2004),頁263-596。

17 田繼周,〈我國古代部族三集團考〉,《中國歷代民族史》第二章(北京,社會科學文獻出版社,2007),頁135-136。

18 田繼周,〈商朝的社會與民族〉,《中國歷代民族史》第四章,頁182。

19 〔晉〕杜預注,〔唐〕孔穎達等正義,《春秋左傳正義・定公十年》,頁2511。

20 先秦文獻中「蠻夷戎狄」之後不加「族」字;這也是傳統文獻的寫法。而「夷夏之中原一帶在史前時期，基本上是各族類混居的地方，大小邦國甚多。事實上，傳說中的聖賢也非僅「華夏」之人，《孟子．離婁下》：「舜生於諸馮，遷於負夏，卒於鳴條；舜為東夷之人。文王生於岐周，卒於畢郢；文王為西夷之人，曾何損於聖德乎？」[21]舜是東夷人，周文王是西夷人，並非華夏中人。周處《風土記》：「舜東夷人，生姚丘。」[22]司馬遷《史記．六國年表序》有「禹興於西羌」之說，《集解》「皇甫謐曰：『孟子稱禹生石紐，西夷人也。傳曰『禹生自西羌是也。』」[23]《華陽國志》及《十三州志》：說黃帝為其子昌意娶「蜀山氏」。[24]《史記正義》稱禹「本西夷人也。」[25]舜、禹都不是華夏集團的一員。根據目前出土材料及文獻記載，在當時東夷與華夏的文化各有所長。

以「華夏」集團為主的國家政治，有了高度的發展，與周邊異國、異族發生差別的意識，或交往或爭鬥，始終不曾停止。在不斷的征戰中、比較中，「我族」與「他族」的意識不斷增強，逐漸凝聚了一個共同國體，形成了既抽象又實際的族類觀念。既已自定為「居天下之中」的大國，也將我族界定在最高的位階；接著便劃出地理區域、文化特徵、祖先源流等來強化自我定位。「我」的位置既定，那麼其他之國便是所謂「類人」（類我）或「非人」的南蠻、北狄、東

辨」在文化與禮儀的差別，華夏與蠻夷之間是可以流動的，只要接受教化及影響即可進入「中國」的集團。見馬戎〈中國傳統「族類觀」與先秦文獻「族」字使用淺析〉，喬健等編，《文化、族類與社會的反思》（高雄，麗文文化事業股份有限公司，2005），頁189-224。然而，傳統文獻雖不用「族」字，但大部分用的是「種」字，見《三國志．魏書》卷三十、《晉書．四夷》卷九十七等。

21 〔漢〕趙岐注，〔宋〕孫奭疏，《孟子注釋解經．離婁篇下》卷第八上（臺北，新文豐出版社，2001），頁344。

22 引見〔漢〕司馬遷，《史記．五帝本紀第一》，頁31。

23 〔漢〕司馬遷，《史記．六國年表序》，頁686。

24 引見〔漢〕司馬遷，《史記．五帝本紀第一》，頁10。

25 引見〔漢〕司馬遷，《史記．夏本紀第一》，頁49。

夷、西戎了。這種定位模式被商、周兩朝繼承，且發揚光大。秦、漢之際，另一個擬構的名稱「漢族」逐漸形成，取代了華夏，成為另一個中國的代稱。至於漢族的構成源自何處？翦伯贊《中國史綱——秦漢之部》說：

> 這樣看來，所謂漢族者，並不是中國這塊歷史地盤上天生的一個支配族類，而是自有史以前迄於秦族徙入，中原的諸族類之混合的構成。[26]

他認為漢族基本上就是一個虛擬的新興族類，文化有著混雜與交融現象，就族類來說，也是多樣與混血的。然而這個「新興族類」表現了很強的自我性與排他性，《爾雅．釋地》說：

> 東至於泰遠，西至於邠國，南至於濮鈆，北至於祝栗，謂之四極。觚竹、北戶、西王母、日下，謂之四荒。九夷、八狄、七戎、六蠻，謂之四海。[27]

這段話很可以看出是以漢族中心，建構了一個自以為是的世界版圖，在這中心之外的，即是一些非我的族類。就敘述者來說，這些「蠻夷之邦」，在文化上遠不及禮儀之國，在武力上遠非中國的對手，在血統是與禽獸相近的。以下就春秋以迄秦、漢的觀點擬製一圖如下：

26 翦伯贊，《中國史綱——秦漢之部》，原書出版於一九四三年，臺灣於一九七九年由「大學用書編輯部」出版，本書引用為臺灣版，頁11。

27 〔晉〕郭璞注，邢昺疏，李學勤主編，《爾雅注疏．釋地》(臺北，臺灣古籍出版公司，2001)，頁221。

表一

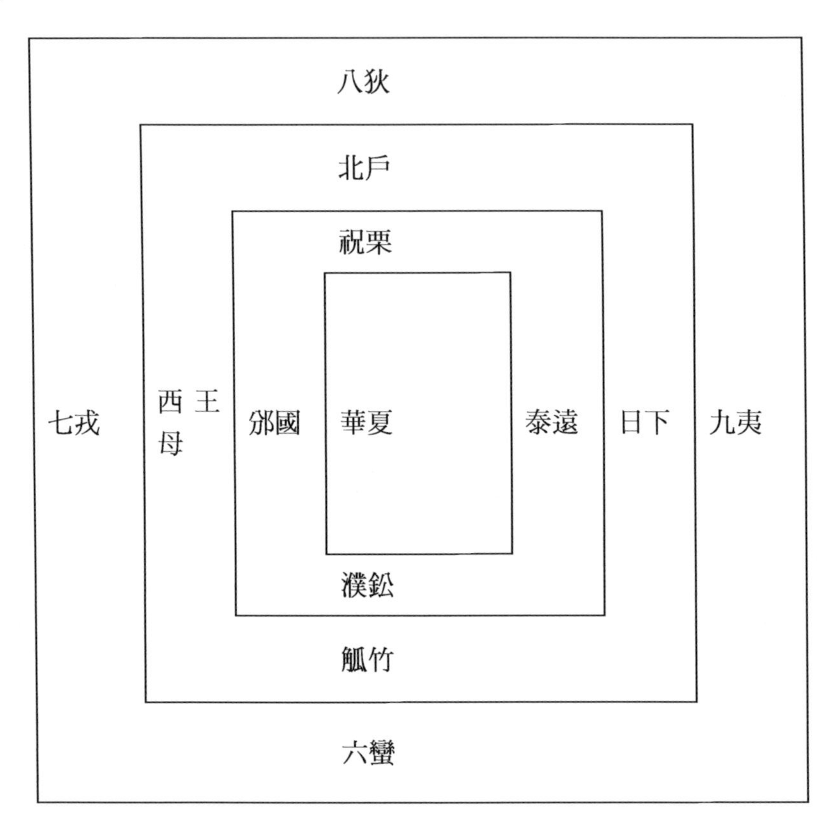

所謂的「華夏」與「蠻夷」之別，是建立在領土、文明與自認優異的血統上的。[28]而中國與他族爭取生存、發展的抗爭，可以由「蠻夷猾夏」(《尚書・舜典》)。「戎狄是膺，荊舒是懲。」(《詩經・魯頌》)「蠢爾荊蠻，大邦為仇。」(《詩經・采芑》) 等用語看出。這種文獻上醜詆的語詞，因始終不斷的族類衝突，各朝歷代都有記述。劉錫蕃《嶺表紀蠻》說漢人用鳥、獸、蟲、魚之類稱非我族類，從犬如玁狁，從虫如蠻、蜑，從豸如貛、貘、貘，從艸如苗、蒲，從馬如驪

28 本表一、二參酌韋慶遠主編，《中國政治制度史》(北京，中國人民大學出版社，1991)，頁331-353。

戎，從牛如牟、牢姐，從虫如蠻、蜑等，將之與禽獸類比，是具有歧視性、排他性的：

> 漢人自稱為華族（貴盛之義）夏族（夏朝名，又說文大也）亦為一種戰勝民族誇大狂之表示，亦決非族類之名。[29]

如前所述，華夏及漢族本身即是一個混血族裔，是被建構出來的名詞。以不雅難堪的稱呼，指稱他族的目地是：「以喚起國人同仇敵愾之熱念，而暗示敵人之愚頑苟賤，絕不可與之妥協，以動搖本族。」[30]是團結被書寫者「框入」的人群，打擊框線之外的「異我」的政治策略用語。[31]這些論證，跨越了華夏意識、漢族意識中心，指出了族類論述邏輯上的矛盾。傳統文獻中，對非我族類的記述，有一組具有區別意義的詞語：「生」、「熟」，這兩個詞，基本上是以我族的文明及利益為量尺，對「他族」進行分類與區別，是在「蠻夷」指稱中的再劃分。其標示的原則為何？意義何在？是一個尚缺乏討論的命題，其涵蓋範圍為何，是本文探討的重點。

29 劉錫蕃，《嶺表紀蠻》（臺北，南天書局，亞洲民族考古叢刊第五輯，1987年景印），頁275。原書一九三四年由上海商務印書館出版。

30 同上註。

31 正如清末民初人物梁啟操、章太炎、孫中山等人，為推翻滿清統治，擬造了中華民族、中國民族等名詞，其用意在凝聚革命共識。操作人口眾多的漢族，被少數族類統治的宣傳策略，以攘取政權。擬造中華民族、中國民族的相關論述參見王明珂，〈羌族史，典範與解構典範〉，《羌在漢藏之間，川西羌族的歷史人類學研究》第五章（臺北，聯經出版社，2003），頁156。及孫秋雲，《核心與邊緣——18世紀漢苗文明的傳播與碰撞・導論》（北京，人民出版社，2007），頁22、23。臺灣1981年許信良等成立「臺灣民族民主革命同盟」及一九九五年出版《新興民族》等書，其作用亦為以「臺灣民族」為口號，倡導融合臺灣各族類，作為取得政權的策略之一。

二　非我族類中的生與熟用語

傳統文獻中對非我族類的記述，使用「生」與「熟」標識的詞語，在蠻、苗、黎、傜、夷、僚、胡、番等皆可見到。這個意念的形成在《禮記・王制》篇即有所見：

> 東方曰夷，被髮文身，有不火食者矣。南方曰蠻，雕題交趾，有不火食者矣。西方曰戎，被髮衣皮，有不粒食者矣。北方曰狄，衣羽毛穴居，有不粒食者矣。[32]

夷、蠻、戎、狄種類繁多，其中文明程度各有不同。[33]「不火食者」、「不粒食者」，指的是仍處在未充分用火煮食，以及缺乏植五穀技術的族類。火的運用，在人類發展過程中，是非常重要的指標。表示人們脫離茹毛飲血的階段，不再以「生」為食。刀耕火種收獲量少，必須遊動不居。耕種技術成熟後，才能進定居某處，人口才能穩定繁衍。[34]「不粒食者」指的則是農耕收穫甚少，以肉食為主的北方遊牧民族，《禮記・王制》對當時族類的差異，有很準確的觀察，雖未使用「生」、「熟」兩字，卻已能敘述出其間的差異。遊動不居的群體，人口不多，生產力差，難以形成層級化的社會，無法建立邦國君主制度。同屬夷、蠻、戎、狄族類，彼此之間的發展有所不同，與

---

32 見孫希旦，《禮記集解・王制》（臺北，文史哲出版社，1976年再版），頁326。傳統文獻裡對夷、蠻、戎、狄的記載頗多混淆不清的地方，族類界線不清，戰國時代對北方民族又有「胡」的名稱出現。

33 有關傜、僚、僮、仡、佬等在文獻上通常寫成犬部，本文在引用文獻時保存原來書寫方式，正文部分則以人部取代。

34 「不火食者」的說法，並非完全不知用火來烤、煮食物，而是大部分食物未使用火來處理，各種漁獵、採集到的動植物，以生食為主。而直到今日，熟知運用火來烹調的族類，仍有很多生食的食物。

「我族」之間的互動亦有差別。列舉如下：

1. 蠻[35]，(1) 生蠻，《北齊書》：「招慰生蠻輸租賦者數萬戶」[36]、《隋書》：「乃遣使說誘江外生蠻向武陽。」[37]、《元史》：「四川行省招諭懷德府驢谷什用等四洞，及生蠻十二洞。」[38] (2) 熟蠻，《隋書》：「寧計彼熟蠻租調，足供城防倉儲。」[39]、《宋史》：「又遣楊鼎、張謙往辰、沅、靖三州，同守倅曉諭熟蠻。」[40]、《明史》：「總督陳大科以元鎮熟蠻事，仍移廣西。」[41]

在蠻字前冠有生、熟的如以上所記，分布的範圍包括了現在湖南、湖北、四川、雲南、貴州、廣西等地區。以黃河流域為主的所謂華夏民族所立足的觀點來看，蠻確實是以南方為主的族類。為了分辨族類間的差異，在南北朝時的載籍裡，開始有了生、熟之別。

2. 僚（獠、婁），(1) 生僚，《北史》：「時渠、蓬二州生獠積年侵暴，至州綏撫，並來歸附。」[42]、《舊唐書》：「招慰生獠王元殊、多質等歸國。」[43]、《新唐書》：「智州刺史謝法成招慰生獠昆明、北樓等七千餘落。」[44]、《宋史》：「數以其徒偽為生獠劫邊民。」[45] (2) 熟僚，

---

35 蠻的族類分類，在唐代以後較為清楚，其標示法有以地名、衣飾、膚色、自稱、文化特色等連結族名者，具有較清楚的辨別作用，載籍上的泛稱便較少使用。何光岳，《南蠻源流史》說，「到明代以後，蠻人的稱謂逐漸消失，至今只有瑤族中一部分人自稱為蠻、荊蠻和興門族、芒族、孟族、門巴族。」見〈蠻人的來源和遷徙〉，《南蠻源流史》第一章（南昌，江西教育出版社，1988），頁1。

36 〔唐〕李百藥，《北齊書．元景安列傳》（臺北，鼎文出版社，1983），頁543。

37 〔唐〕魏徵，《隋書．趙煚列傳》（臺北，鼎文出版社，1983），頁1250。

38 〔明〕宋濂，《元史．文宗 圖帖睦爾本紀》（臺北，鼎文出版社，1981），頁773。

39 〔唐〕魏徵，《隋書．孟珙列傳》，頁1126。

40 〔元〕脫克脫，《宋史．孟珙列傳》（臺北，鼎文出版社，1983），頁12377。

41 〔清〕張廷玉，《明史．李應祥 童元鎮列傳》（臺北，鼎文出版社，1982），頁6401。

42 〔唐〕李延壽，《北史．李弼等列傳》（臺北，鼎文出版社，1985），頁2131。

43 〔後晉〕劉昫，《舊唐書．志第二十》（臺北，鼎文出版社，1985），頁1659。

44 〔宋〕宋祁、歐陽修，《新唐書．志第三十三 地理七上》，頁1114。

《宋史》:「時有從軍熟獠，多與恆稜親識。」[46]、《隋書》:「又調熟獠，令出奴婢。」[47]、《宋史》:「初，熟獠王仁貴以木斗親繫獄。」[48]

據何光岳的說法僚人（婁人）。是不願歸附於商朝的一個族類，由山東南方遷到長江中下游，再進入川、黔、滇、桂等，吸收了濮、苗、傜、揚越、巴、漢等，形成了犵婁、犵獠、仫佬、毛難、哀牢、老撾、老龍等，但大部分融入了漢族。[49]這個論述是蒐集、排比傳統文獻後，所做的概略性的連結。

3. 黎。樂史《太平寰宇記》:「俗呼山嶺為黎，人居其間，號曰生黎。」[50]，趙汝适《諸蕃志》:「黎獠蟠踞其中，有生黎、熟黎之別。」[51]，《宋史》:「其服屬州縣者為熟黎，其居山洞無征傜者為生黎。」[52]，周去非《嶺外代答》:「萬安、昌化、吉陽軍中有黎母山，環山有熟黎、生黎。」[53]

上述的黎族，主要是指生活在海南島的族類，早期文獻上被定名為「黎」的，與這個島的居住者不同。[54]海南島在唐代以後才與「中

45 〔元〕脫克脫，《宋史・蠻夷四列傳》，頁14240。

46 〔唐〕令狐德棻，《周書・異域上 獠列傳》（臺北，鼎文出版社，1983），頁890、891。

47 〔唐〕魏徵，《隋書・蘇孝慈兄子沙羅列傳》，頁1260。

48 〔元〕脫克脫，《宋史・熊本列傳》，頁10731。

49 見何光岳，〈僚人的來源和遷徙〉，《南蠻源流史》第十六章，頁266。另芮逸夫，〈僚人考〉認為犵狫即僚（獠）人（臺北，國立中央研究院《歷史語言研究所集刊》第二十八本下冊，1957）。

50 〔宋〕樂史撰，王文楚等校，《太平寰宇記・嶺南道十三・儋州》（北京，中華書局，2007），頁3233。

51 〔宋〕趙汝适，《諸蕃志》附〈海南〉（臺北，臺灣銀行經濟研究室，臺灣文獻叢刊第119種，1961），頁57。

52 〔元〕脫克脫，《宋史・蠻夷三黎峒列傳》，頁14219。

53 〔宋〕周去非，《嶺外代答・地理門・竝邊》卷一（臺北，叢書集成新編，第九十四冊，史地類，新文豐出版社，1985），頁137。

54 「九黎」一詞據《史記・五帝本記第一》，孔安國註說「九黎君號蚩尤」見〔漢〕司馬遷，《史記・五帝本記第一》，孔安國註，頁1。記載的是中國具有某些共同特

原」來往較多，島上的人才被稱為黎。這個黎字源於「九黎」一詞，但後世也經常與「俚」、「僚」、「夷」等字混用。[55]

4. 苗，《明史》：「軍至邛水江，諸熟苗驚，欲竄。」[56]，《貴州通志》：「至有與兵民、熟苗關涉之案件，隸交官者仍聽文官辦理。」[57]，陸次雲《峒谿纖志》：「苗人盤瓠之種也，……近為熟苗，遠為生苗。熟苗勞同牛馬，不勝徭役之苦。」[58]，《清史稿》：「貴州境內多與苗疆相接，生苗在南，漢人在北，而熟苗居中。」黎與苗在中國進入信史的前後，為許多不同族類的泛稱，如《國語．周語（下）》說：「王亦無鑑於黎、苗之王。」[59]早期的史書對他們記載十分混淆，也與蠻、厘、貍等夾雜，無法做準確的居處定位與族類區分。如《詩經．小雅》說：「如蠻如髦。」毛傳：「蠻，南蠻也。」指的是苗蠻，而苗與蠻乃一聲之轉[60]，《山海經．大荒北經》：「犬戎以西，黑水之北，有人有翼，名曰苗民。」[61]

色的族類，曾與被建構起來的「華夏」在中原地區，有過爭戰與融合的過程。何光岳《南蠻源流史》說九黎未離開中原的與漢族同化，成為華夏集團的一分子，其餘則離散到南方。有一部分遷入海南島的，與越人融合為黎族。見同書第三章〈祝融和九黎的來源與遷徙〉，頁63。何光岳對海南島部分的解說，較為粗疏，不符實情。

55 《黎族簡史》修訂本編寫組，《黎族簡史》（北京，民族出版社，2009），頁6。何光岳，《南蠻源流史》〈祝融和九黎的來源與遷徙〉第三章，頁63。

56 〔清〕張廷玉等，《明史．彭倫列傳》，頁4494。

57 〔清〕靖道謨等撰，《貴州通志》（臺北，中國省志彙編之八，臺灣華文書局，乾隆六年（1741）刊印），頁651。

58 〔清〕陸次雲，《峒谿纖志．苗人》（臺北，叢書集成新編，第九十一冊，史地類，新文豐出版社，1985），頁223。

59 《國語．周語 下》（臺北，里仁書局，1980），頁111。

60 引見何光岳，〈三危、三苗和蚩尤的來源、遷徙語融合〉，《南蠻源流史》第二章，頁36。

61 〔晉〕郭璞，〔清〕郝懿行箋疏，《山海經．大荒北經》（臺北，中華書局，四部備要．史部，1966）第十七，頁7。翦伯贊認為「南蠻」之族，應該是南太平洋系的人種，在舊石器時代末期進入中國東南沿海及西南山嶽地帶，新石器代初期西南山苗族在唐、宋之後被歸類、辨識的愈加確切，人口集中在貴州、湖南、雲南、四川、廣西、湖北等地。許多苗族會以地名或服飾自我命名，或被他者命名。他們的自我認知，族類定位是很清楚的。

5. 傜（傜、猺、瑤）[62]，《梁書．張纘傳》說湘州零陵、衡陽等郡，住有「莫傜蠻」。[63]《隋書．地理志下》：「長沙郡又雜有夷蜒，名曰莫傜，自云其先祖有功，常免傜役，故以為名。」[64]《梁書》以「傜」來定義在零陵、衡陽等郡的族類，顯示這些人是必須向「漢」族服勞役、供賦稅的群體。其後「傜」這個詞，變成某些相對弱勢族類的泛稱。傜字前冠有生、熟的如：

> 閔敘《粵述》：「猺有數種，有熟猺、生猺、白猺、黑猺，生猺在窮谷中，不與華通，熟猺與士民雜處，或通婚姻，白猺大類熟猺，黑猺大類生猺，此其大較也。……獞亦有生獞、熟獞，與生猺、熟猺相類。」[65]、「猺獞各部山谷，處處有之，熟者耕田納賦與漢人同。」[66]，陸祚蕃《粵西偶記》：「其耕田亦輸賦，亦應役者熟猺也。間有輸賦而不應役者，生猺也。」[67]

嶽地帶的一支深入黃河流域，與諸夏的族類有了接觸。推衍其意是南太平洋系的人種與來自中亞的人種，在「中原」一帶發生了戰爭、融合、流散的過程。見翦伯贊，《中國史綱——秦漢之部》，頁19。

62 〔唐〕樊綽，向達校注，〈名類第四〉，《蠻書校注》（北京，中華書局，1962），頁99。

63 〔唐〕魏徵等，《梁書．張纘列傳》，「纘至州，停遣十郡慰勞，解放老疾吏役，及關市戍邏先所防人，一皆省併。州界零陵、衡陽等郡，有莫傜蠻者，依山險為居，歷政不賓服，因此向化。益陽縣人作田二頃，皆異畝同穎。纘在政四年，流人自歸，戶口增益十餘萬，州境大安。」（臺北，鼎文出版社，1983），頁494。

64 〔唐〕魏徵，《隋書．地理志下》，頁898。

65 〔清〕閔敘，《粵述》（臺北，叢書集成新編，第九十四冊，史地類，新文豐出版社，1985），頁205。

66 同上註，頁206。

67 〔清〕陸祚蕃，《粵西偶記》（臺北，叢書集成新編，第九十四冊，史地類，新文豐出版社，1985），頁9。

清代的閔敘《粵述》用生熟、黑白來記錄傜、僮。陸祚蕃《粵西偶記》用輸賦應役者為熟傜，輸賦不應役者為生傜。

6. 夷（彝），《宋史》：「施州蠻者，夔路徼外熟夷。」[68]，「二酋浸強大，擅劫晏州山外六姓及納溪二十四姓生夷。」[69]，《清史稿》：「生夷黑骨頭為貴種，白骨頭者曰熟夷，執賤役。」[70]，「十二姓熟夷皆降，山內倮夷亦就撫。」[71]

《宋史》與《清史稿》所記的夷分布在湖北、四川、貴州等地。所謂「施州蠻者，夔路徼外熟夷。」蠻、夷兩字同屬一個族類，用語不同而已，《清史稿》「生夷黑骨頭為貴種」及「白骨頭者曰熟夷，執賤役。」兩句接近巷語街談，並非實錄。

《國語・周語（上）》提到了「蠻夷要服，戎狄荒服」、「於是乎有蠻夷之國」[72]等語，《禮・王制》：「東方曰夷。」指的是商周時代異於華夏的族類，地理位置上屬於東方。這個詞的範圍最早擴大，許多非我族類都被稱為夷。田繼周《中國歷代民族史》說：「夷，是夏族對其他民族的總稱」[73]，《後漢書》〈東夷列傳第七十五〉敘述了在中國最早的九種夷如畎夷、于夷、方夷、黃夷等，其後列舉了扶餘、挹婁、高句驪、東沃沮、倭等，〈南蠻西南夷列傳第七十六〉包括西南夷、夜郎、滇、哀牢等等。[74]其中所謂夷所在的區域有的後來屬於中

68 〔元〕脫克脫，《宋史・蠻夷四列傳》，頁1424。

69 同上註，頁14242。

70 趙爾巽，《清史稿・土司二 四川》（臺北，鼎文出版社，1981），頁14226。

71 同上註，頁11578。

72 《國語・周語上》（臺北，里仁書局，1980），頁4、37。

73 田繼周，〈夏潮的建立發展及其社會制度與民族〉第三章，《中國歷代民族史》，頁139。

74 〔北齊〕魏收，《魏書》卷九十七列傳第八十五以「島夷」之稱冠於敵國首領，〈島夷桓玄〉、〈海夷馮跋〉、〈島夷劉裕〉，卷九十八列傳第八十六〈島夷蕭道成〉、〈島夷蕭衍〉。以島夷稱中原東南方的民族，《南齊書》等則以「索虜」稱北方民族。

國的一部分，有的則是現在的「外國」韓國、越南等地。[75]

7. 番（蕃）。「番」在傳統文獻所指有兩個主要區域，其一是四川西部盆地，此地《禹貢》即有記載，屬於氐、羌所居之處，元代設有天全六番招討司，文獻稱此地人為彝、蠻、番等，而以番為多；而「番」或寫作「蕃」。據《古今圖書集成》〈天全六番宣慰使司諸番考・三十六種〉一節，記述了每年熟番幾百人揹著豬隻，在水落之時「逕巖州絡繹而至，或自崖底關出」，來到司長前奉獻，司長則會用大批茶葉犒賞、慰勞他們。[76]〈天全六番宣慰使司風俗考〉說此處「番漢淆居」，因此「治化漸摩，禮義日生」。[77]

其二則是明、清兩代對臺灣原住民的稱述。在兩百餘年間的載籍中，在番字前冠有生、熟的如：

劉良璧《重修福建臺灣府志》：「臺灣僻處海外……遂有生、熟之別。生番遠住內山，近亦漸服教化；熟番則納糧應差，等於齊民。」[78]

鄧傳安《蠡測彙鈔》：「界內番或在平地、或在近山，皆熟番也；界外番或歸化、或未歸化，皆生番也。」[79]

劉良璧對納入版圖之後的臺灣「番人」，沿襲前人的模式做了分類，鄧傳安則以政府劃定的「界線」來分辨生、熟番。

此外對北方的異族如羌、氐、胡，也有生、熟的冠語。如生羌：《北史・劉璠列傳》：「璠善於撫御，莅職未期，生羌降附者五百餘家。」[80]、《宋史・王博文列傳》：「其禽生羌，則以錦袍、銀帶、茶絹

---

75 見〔南朝 宋〕范曄，《後漢書》〈東夷列傳第七十五〉、〈南蠻西南夷列傳第七十六〉（臺北，鼎文出版社，1979），頁2807-2868。

76 〔清〕陳夢家，〈職方典・天全六番宣慰使司諸番考・三十六種〉，《古今圖書集成》第六百四十六卷（臺北，鼎文出版社，1977），頁5887。

77 同上註，頁5882。

78 〔清〕劉良璧，〈城池附番社〉，《重修福建臺灣府志》卷五（臺北，臺灣銀行經濟研究室，臺灣文獻叢刊第74種，1962年3月），頁80。

79 〔清〕鄧傳安，《蠡測彙鈔・臺灣番社紀略》（臺北，臺灣銀行經濟研究室，臺灣文獻叢刊第9種，1958年1月），頁1。

80 〔唐〕李延壽，《北史・劉璠列傳第五十八》（臺北，鼎文出版社，1985），頁2438。

賞之。」[81]熟羌：《宋史・神宗趙頊本紀》：「首領結彪謀叛，熟羌日腳族青廝扒斬其首來獻，補下班殿侍。」[82]另有生氐：《宋史・劉文質列傳》：「韓琦、范仲淹薦授閤門祇候。又破穆寧生氐。」[83]生胡：《周書・韋孝寬列傳》：「汾州之北，離石以南，悉是生胡，抄掠居人，阻斷河路。孝寬深患之。」[84]等等。

上述傜、徭、猺、瑤四個字，傜與徭通用，其原字應為「徭役」的徭。猺與獠、犵狫、犵獠、狄、畎夷等皆有犬部，其中部分可能源自於以多蓄犬類或以犬為貴，加犬部是反映實際情況。在華夏觀念成型後，則或可說是具有歧視性的書寫。對少數族類加犬部的寫法，民國二十九年國民政府渝文字第八五五號訓令「改正西南少數民族命名表」通令改為人部，故此後寫為「仡」、「佬」、「僚」等，以表示對這些族類的尊重。[85]

我族對他族觀察與記述中，「生與熟」是一種常見的冠語，這兩個詞有其特定的意義及使用原則，具有分類與辨識的作用。然而其涵義頗不一致，如何界定，是下一節討論的重點。

三　如何辨別生與熟

因為我族與他族是同時並存的，彼此間的「區分」、「差異」往往是相互觀察的重點。兩者之間透過自我發展的經驗，歸納出階段與排序的原則，以對照出可見的差距。這些記述，除了與我族之間的往來、強弱、主從、爭戰關係外，通常以物質文化與社會組織為主。物

81 〔元〕脫克脫，《宋史・王博文列傳第五十》，頁9745。

82 〔元〕脫克脫，《宋史・神宗趙頊本紀第十五，頁289。

83 〔元〕脫克脫，《宋史・劉文質列傳第八十三》，頁10494。

84 〔唐〕令狐德棻，《周書・韋孝寬列傳》（臺北，鼎文出版社，1983），頁539。

85 引見芮逸夫，〈僚為仡佬試證〉（臺北，國立中央研究院《歷史語言研究所集刊》第二十本上冊，1948），頁727。

質文化包括火的使用、飲食、衣服、住所、器用、產物等，社會組織以政治、婚姻、家族構成、階級、法律、財產、倫理等為重點。[86]載籍中對非我族類的名稱，冠上生與熟的語詞，基本上可以歸納出下幾個原則：

1 距離遠近與是否服勞役納稅

較早出現這樣記述的見於《南史》:「荊、雍州蠻，盤瓠之後也，種落布在諸郡縣。……蠻之順附者，一戶輸穀數斛，其餘無雜調。」[87]荊、雍州兩個地區的蠻人是盤瓠的子民，分布在各郡縣居住。歸順朝廷受到管束的，每戶都要繳稅給政府。而宜都、天門、巴東、建平、江北諸郡的蠻人，因「……居皆深山重阻，人跡罕至焉。前世以來，屢為人患。」[88]他們居住在「人」跡罕至的深山中，未與漢人多做接觸，未受先進文化的薰陶，屢屢造成「人」的災禍。這段文字還未用生、熟兩個字做區分，然而其內容已包含了與漢人居住遠近，是否順附並納糧繳稅等基本條件，作為生蠻或熟蠻的判斷用語，《隋書・地理志下》:「長沙郡又雜有夷蜒，名曰莫傜，自云其先祖有功，常免傜役，故以為名。」[89]居住在長沙郡的「夷蜒」因為有功於朝廷，本來需要服勞役、繳稅的就免除了，因此稱為莫傜。周去非《嶺外代答・猺人》則直接定義何謂傜人:「猺人者，言其執傜役於中國也。」[90]這段話很清楚的說明兩個現象，一是犬部的「猺」人是非我族類，第二個彳部的「傜」，指的是這個族類是為「中國」人服勞役的。

朱輔《溪蠻叢笑・犵狫》:「犵狫之受犒者，如熟戶之猺。既納款

---

86 本段參酌林惠祥，《文化人類學》一至四篇，並有所修正（臺北，臺灣商務印書館，1993，臺一版第八次印刷）。

87 〔唐〕李延壽，《南史・夷貊列傳》卷七十九，頁1980。

88 同上註。

89 其說應始於《梁書・張纘列傳》，見註63。

90 〔宋〕周去非，《嶺外代答・猺人》，頁145。

聽命，縱其出入省地州縣，差人管轄。」[91]、同書〈生界〉：「去州縣堡寨遠，不屬王化者名生界。」朱輔說犵狫族類中，有些是受到官府照顧、犒賞的，算是熟的犵狫。只要納稅聽命，就讓他們出入漢人的領域。距離「州縣」遠的，未接受教化的區域，就稱為「生界」。居住彼處的「未馴者」，就不能讓他們隨便的進出。

趙汝适《諸蕃志》說海南島「四郡凡十一縣，悉隸廣西西路，環拱黎母山，黎獠蟠踞其中，有生黎、熟黎之別。」生黎、熟黎的分別在於居住的區域，「去省地遠者為生黎，近者為熟黎，各以所邇隸於四軍州。」[92]離省地遠的便是生，近的便屬熟。另《宋史》說海南島儋崖、萬安的黎人：「其服屬州縣者為熟黎，其居山洞無征徭者為生黎，時出與郡人互市。」[93]服屬州縣管治的就屬熟黎，居住在山洞地區，不服勞役沒有繳稅的就稱為生黎。

吳省蘭《楚峒志略》：「蠻猺居山谷中，以其不事賦役謂之猺人。」而傜人又可分為山傜、民傜二種。山傜因少與漢人往來，所以「與中華言語不通」。[94]閔敘《粵述》說百粵的人種甚多，但大體就屬傜、僮這兩類：

> 猺有數種，有熟猺、生猺、白猺、黑猺。生猺在窮谷中，不與華通，熟猺與士民雜處，或通婚姻。白猺大類熟猺，黑猺大類生猺，此其大較也。……獞亦有生獞、熟獞，與生猺、熟猺相類。[95]

---

91 〔宋〕朱輔《溪蠻叢笑》葉錢〈序〉（臺北，叢書集成新編，第九十一冊，史地類，新文豐出版社，1985），頁191。

92 〔宋〕趙汝适，附〈海南〉，《諸蕃志》，頁57。

93 〔元〕脫克脫，《宋史・蠻夷三 黎洞》，頁14219。

94 〔清〕吳省蘭，《楚峒志略》（臺北，叢書集成新編，第九十一冊，史地類，新文豐出版社，1985），頁235。不事賦役謂之猺人的說法，指的應是山猺。

95 〔清〕閔敘輯，《粵述》，頁205。

生傜因居住在窮山深谷中，所以沒有和華人往來。熟傜則和漢人的官民雜居，也互通婚姻，生僮、熟僮的狀況和傜相類。又說：「猺獞各部山谷，處處有之，熟者耕田納賦與漢人同。」[96]傜、僮分散居住在各山谷中，到處都有，熟傜、熟僮耕田納賦和漢人相同。陸祚蕃《粵西偶記》：「粵西猺人服化最早，……其耕田亦輸賦，亦應役者熟猺也。間有輸賦而不應役者，生猺也。」[97]此書所傳述對生、熟的定義及概念都頗為相同。就上述的觀點，試擬一圖，以說明其間的關係：

表二

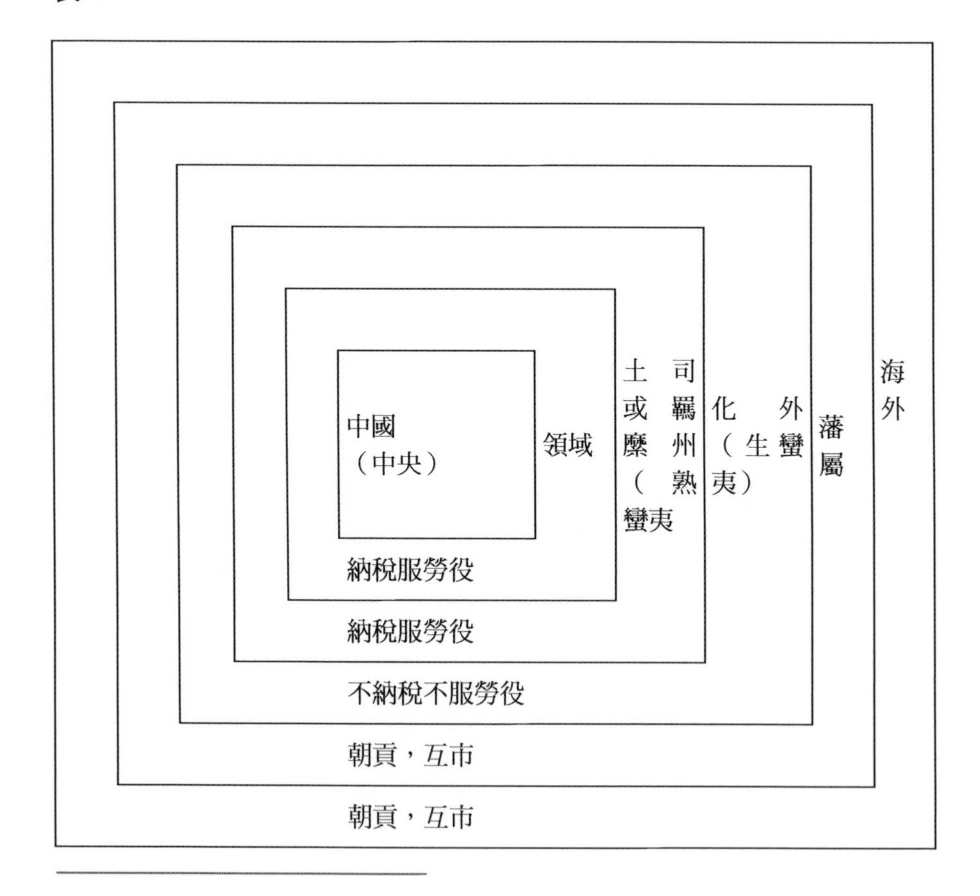

96 同上註，頁206。

97 〔清〕陸祚蕃，《粵西偶記》，頁211。此處「生猺」指納稅，但不服勞役。

2 文明發展的程度

令狐德棻等撰述的《周書》說，北周武帝宇文邕建德初年（572-578）。李暉擔任梁州總管，梁州諸僚表面上聽命歸屬。然而非僅一類，種屬繁多，有部分生活在山林巖壑間，深居野處，很難確實的控制他們「雖屢加兵，弗可窮討。性又無知，殆同禽獸，諸夷之中，最難以道義招懷者也。」[98]那些僚人因為「無知」的像禽獸一般，不知「道德禮儀」為何物，以武力鎮壓或用道義安撫，效果都不好。其後魏徵等人奉敕撰寫的《隋書》裡，對「南蠻」的整體描述，掌握了主要面貌，這些族類與漢人相較，還處在蒙昧階段：

> 南蠻雜類，與華人錯居，曰蜒，曰獽，曰俚，曰獠，曰頠，俱無君長，隨山洞而居，古先所謂百越是也。

這些蠻的種類繁多，和「華人」混雜的居住。他們尚未發展出君長的制度，大多住在深山洞穴裏，仍有「斷髮文身」的風俗，習性「好相攻討」。因為勢力微弱，隸屬於中國的就「皆列為郡縣」[99]，成為受中國「羈縻」的附屬部族。「羈縻」是漢代即有的政策，唐代累積前朝的經驗，在各州府廣加設置，目的就在管控國土四周的夷狄戎蠻，使其依從「宗主」的意志，《宋史》曾解釋對這些「蠻夷」的治理態度是「禽獸畜之，務在羈縻，不深治也。」[100]運用以蠻（夷）治蠻（夷）或漢蠻（夷）共治的方式，鬆散的「牽制」住這些近乎禽獸

98 〔唐〕令狐德棻，《周書．異域上．獠》，頁892。

99 〔唐〕魏徵等，《隋書．南蠻列傳》，頁1831。

100 〔元〕脫克脫，《宋史．蠻夷三列傳》，頁14209。歷朝的政策有以蠻夷君長、漢夷共治、犒賞制、冊封制等，方法上有因俗而治，軍事剿撫，和親懷柔等，參見姚兆余，〈論唐宋元王朝對西北地區少數民族的羈縻政策〉（《甘肅社會科學》，第5期，1997），頁72-76。羅康隆，〈唐宋時期西南少數民族羈縻制度數評〉（《懷化師專學報》，第18卷第1期，1999），頁37-38。

的人類。與華人混居後，有些族類受到較大的影響，服裝、飲食、習俗、制度等與華人逐步相類。另有不少族類，則仍維持其原有的生活型態，是否「受中國影響」，是否脫離遊牧、漁獵的狀態，成為撰述者判定生、熟的標準。[101]

閔敘《粵述》指出傜人中的生傜說：「生猺皆棲止山巖，每無定居，種芋而食，種豆易布，今歲此山，明年又別嶺矣。」[102]他們的生產模式仍很原始，主食是芋頭，種的豆子用以物易物的方式和人交換布匹，居所不固定。李調元《南越筆記》〈黎人〉：說海南島「黎母山高大而險，中有五指、七指之峰，生黎獸居其中，熟黎環之。」[103]生黎如獸類一般居住在山嶺之間，熟黎才懂得漢語，會來到市集與人交易。同書〈黎人〉說海南島五指山中，有一枝稱作「歧人」的族類，亦有生熟兩類。「生歧」不受管轄，所以對外來者很有攻擊性；「熟歧」比較馴善，與漢人頗有往返。還有一種「巢居火種者」稱為「乾腳歧」，他們風俗和熟黎相似。介於開化與不開化之間的，有一種「半生半熟者」的歧人。[104]李調元的分法很概略的指出「生熟」之間文明的發展程度。

檀萃輯錄的《滇海虞衡志》記述了一個力些族，此族也稱為 �蘇、粟粟、一名 猓 猕，有生、熟二類。這個族類還很原始，外貌不知修飾：「囚首跣足，麻衣氈衫，毳帶束腰，婦女裹白麻布。」[105]服裝簡陋，光腳囚首，擅長的是射箭。卡瓦族則面貌醜陋，本性凶惡「貌

101 對異我族類「不深治」、「因其俗而治」的策略，源遠流長，在夏朝即已如此，見田繼周，〈夏潮的建立發展及其社會制度與民族〉第三章，《中國歷代民族史》，頁140。

102 〔清〕閔敘輯，《粵述》，頁206。

103 同上註，頁104。

104 〔清〕李調元，〈黎人〉，《南越筆記》卷七，頁104。生歧、乾腳歧等皆為黎族的一支，見《黎族簡史》修訂本編寫組，《黎族簡史》（北京，民族出版社，2009），頁89。

105 〔清〕檀萃輯，〈志蠻〉《滇海虞衡志》第十三，頁171。

醜性惡，紅藤束髮纏腰，披麻布，持利刃。」這族的人常常拿著標槍，躲在重要路口，伺機搶奪過路商人。雖然如此，因有生、熟兩類，行為也有所不同「生者劫掠，熟者保路。」[106]生卡瓦因未開化，不受拘束，所以會劫掠，熟卡瓦則因與漢人多所接觸，所以會保護路人。

對文明落後未受中國影響的族類，傳統文獻中常用「生」、「野」、「裸」、「土」的詞語來定位，對其原始的狀況也有很多記述。如樊綽《蠻書》〈名類第四〉：「裸形蠻在尋傳城西三百里，為窠穴，謂之為野蠻。」[107]說他們還處在穴居的狀態裡，《新唐書》對「尋傳蠻」、「裸形蠻」的記述更詳盡：「尋傳蠻者，俗無絲纊，跣履榛棘不苦也。」尋傳蠻不懂紡織絲綢，赤腳踩在荊棘上不以為苦。「射豪豬，生食其肉。戰，以竹籠頭如兜鍪。」射殺野豬後「生食其肉」，不懂烹煮、烤炙而食。尋傳蠻者的西邊有裸蠻，也稱野蠻「漫散山中，無君長，作檻舍以居。」[108]這群裸蠻很原始，相較於中國來說連君長制度都未建立，居處簡陋。郁永河《裨海紀遊》將臺灣諸羅、鳳山的番分為「土番」、「野番」兩種：「野番在深山中，疊嶂如屏，……野番巢居穴處，血飲毛茹，種類實繁。」[109]野番的居處仍為巢居穴處，飲食仍在茹毛飲血，不知熟食的階段。朱景英《海東札記》：「郡境南北路番，有熟番，一曰土番，有生番，一曰野番。」[110]則說臺灣番人依漢化程度，分為生熟兩類。吳省蘭《峒谿纖志》：「獞人居五嶺之南，冬綴鵝毛木葉為衣，能用毒矢，中之者肌骨立盡，雖

106 同上註，頁172。

107 〔唐〕樊綽，向達校注，〈名類〉，《蠻書校注》第四（北京，中華書局，1962），頁99。

108 〔宋〕宋祁、歐陽修，《新唐書．南蠻上南詔上列傳》（臺北，鼎文出版社，1998），頁6267。

109 〔清〕郁永河，《裨海紀遊》卷下，頁32。

110 〔清〕朱景英，〈記社屬〉，《海東札記》（臺北，臺灣銀行經濟研究室，臺灣文獻叢刊第19種，1959年8月），頁57。

猺人亦且畏之。」[111]僮人冬天穿鵝毛和木葉混編的衣服，勉強禦寒。同書：「狑人生廣西谷中，狀如猩狒，不室而處，飢食橡薯。」[112]廣西山谷中的狑人，面貌像猩猩狒狒一般，粗具人形而已，連住處都沒有，過著採集果實維生。

根據上述的記述，可以將其命意做這樣的排序與分類：

表三

具體表徵 發展層次	屬性	地理	階級	食物	建築	衣飾
華夏	人	中央	宗主	熟食	城池樓臺	絲綢
熟	類人	周圍	奴隸	生熟食	茅舍干欄	麻與布
半生熟	類人	周圍	奴隸	生熟食	茅舍干欄	麻與布
生	非人	邊陲	禽獸	大半生食	巢居穴處	獸皮羽毛

由上表的整理可以看出，是以文明發展程度來做非我族類差異的比較。表內的詞語較為概括與寬泛，並非嚴謹的界定。這也是傳統書寫方法的侷限，僅就其外顯形象做刻板式、印象式描述，在族類的分類與歸納上較不明確。

四　生熟之間的變動

所謂「漢人」與非漢人本即不是嚴格的定義，如前所述其界線有很多模糊之處。許多漢人會與「蠻人」混居，生、熟之間也是流動的。漢人因不堪苛政而避走他鄉，進入「蠻區」，很早便已出現在載

111 〔清〕陸次雲，《峒谿纖志》（臺北，叢書集成新編，第九十一冊，史地類，新文豐出版社），頁225。

112 〔清〕陸次雲，《峒谿纖志》，頁226。

籍中，《南史》：「而宋人賦役嚴苦，貧者不復堪命，多逃亡入蠻。」因為南朝劉宋（420-479）賦稅太重，貧弱者只好逃入蠻人聚居之處。而當時的某些蠻族人口甚多，具有一定的力量，既不受官府控管，也不一定納稅服勞役。甚且經常聚攏族類「殺人劫掠」，成為官府眼中的「盜賊」：「蠻無徭役，強者又不供官稅。結黨連郡，動有數百千人，州郡力弱，則起為盜賊。」[113]在漢人社會無法生存的人，轉而投向蠻人，依附其族，成為與漢人抗拮的力量，《南史》另記載了蠻人攻擊漢官的事件，其中也有投蠻的「漢官」加入，宋元嘉二十八年（451）：「西陽蠻殺南川令劉臺。二十九年，新蔡蠻破大雷戍，略公私船入湖。有亡命司馬黑石逃在蠻中，共為寇。」[114]「亡命司馬黑石」叛逃後輾轉進入蠻區，與蠻人共謀，襲奪漢人的財貨。這個現象宋代也有，周去非《嶺外代答》說海南島地區的生黎本性質直獷悍，不與人接觸，不受人欺侮。因較單純不會造成禍害，然而其中的熟黎「多湖廣福建之姦民」。他們「外雖供賦於官，而陰結生黎以侵省地邀掠行旅。」[115]這些「熟黎」本即為漢人社會的邊緣人，入蠻後與本地人混居，結合成一股新的勢力，侵擾漢人領土，劫掠來往行人。

「蠻區」位處權力鞭長莫及之處，官兵難到，很容易形成反朝廷的力量，《明史》記載了另一個例子：「熟黎之產，半為湖廣、福建奸民亡命，及南、恩、藤、梧、高、化之征夫，利其土，占居之，各稱酋首。」[116]廣西地區所謂的「熟黎」中有很多來自湖廣、福建及廣西各縣的亡命之徒及「征夫」（隨軍隊征討的民夫）[117]。冒險進入其

113 〔唐〕李延壽，《南史．蠻貊下列傳》，頁1980。

114 〔唐〕李延壽，《南史．蠻貊下列傳》，頁1982。

115 〔宋〕周去非，《嶺外代答．外國門．海外黎蠻》卷二，頁141。

116 〔清〕張廷玉，《明史．土司十．廣西土司三列傳》，頁8277。

117 〔唐〕長孫無忌，《唐律疏議．擅興》三，解釋征夫為軍隊征討時「征人，謂非衛士，臨時募行者。」然而後世也稱強徵為士兵者，或自願隨軍為軍伕，由軍伕編列為基層兵士者也稱為征人（臺北，臺灣商務印書館，1966），頁28。

中，在無法可管，「民智未開」的區域，尋求發展牟取利益。「征夫」則跟隨軍隊「平定叛亂」；事平之後，藉由軍政力量留在原地，與在地人混居。這些人憑藉軍政優勢，變身成為黎化的漢人；進一步占據了土地，冒稱酋首，儼然成為當地一方的領導者。外人不了解其間的轉化過程，因為地域標籤化的直覺，將他們歸為「熟化的黎人」。

李調元《南越筆記》〈猺人〉一則，對漢人移民「潛竄」其間，有十分詳細的記述：

> 以盤古為始祖，盤瓠為大宗，其非姓盤者，初本漢人，以避賦役，潛竄其中習與性成，遂為真猺。……曲江猺惟盤姓八十餘戶為真猺，其別姓趙、馮、鄧、唐九十餘戶，皆為偽猺。[118]

李調元說許多漢人為了逃避賦役，去到蠻人所居之處，受環境影響久了便也成為傜人。不過由其姓氏可以看出，除了盤姓外，趙、馮、鄧、唐這些人都不是真傜而是「偽猺」。事實上在傜人地區落地生根，要維持漢人血統的「純正」是很困難的，通婚的情況很多，文化習俗也互相影響。閔敘《粵述》：「……生猺在窮谷中，不與華通，熟猺與士民雜處，或通婚姻，白猺大類熟猺，黑猺大類生猺，此其大較也。」[119]熟傜與漢人混居相處或通婚姻，來往頻繁。白傜受到熟傜影響，各方面也與熟傜相似。而黑傜不與華人往來，所以狀況如同生傜那般，與漢人大不相類。

朱仕玠《小琉球漫誌》引沈光文的《臺灣雜記》說臺灣土番，種類甚多：「有土產者，有自海舶飄來者，有宋時丁零洋之敗遁亡至此者。故番語處處不同。」[120]郁永河《裨海紀遊》說：相傳臺灣本來空

---

118 〔清〕李調元，〈猺人〉，《南越筆記》卷七，頁101。

119 〔清〕閔敘，《粵述》，頁205。

120 〔清〕朱仕玠，《小琉球漫誌》卷十，頁97。

無一人，南宋時元人滅金「金人有浮海避元者，為颶風飄至，各擇所居，耕鑿自贍。」[121]沈光文認為臺灣之人有三個來源，一是本土所產，二是在海上漂泊而來的，三是南宋覆滅時的移民入臺的。來源不同，種類語言自然不同。隔海的漢人，輾轉來到臺灣的可能性很大。[122]入「番」而「化於番」是合乎經驗法則的。郁永河臺灣本來無人的說法，為元人所敗的金人為番人之源，則有可商榷之處。沈、郁兩人都指出「臺灣人」中，有部分是來自中國政治動亂的殘遺者、流亡者。就臺灣位處偏遠，境內荒野的狀況來說，是很有可能的。[123]

漢人進入異族居住的區域，雖有官府的支撐，然而畢竟人數較少，且原住者對這些挾著軍事、經濟、文化優勢力量而來的移民，自然會有防衛與抵抗的意識，《宋史・蠻夷四列傳》記載了一個夔州地區漢、夷、僚錯綜複雜的關係，夔州熟夷李光吉、梁秀等是地方大族，擁眾數千家，經常威逼利誘漢人，若不聽從就加以屠殺，沒入土地：「治平中，熟夷李光吉、梁秀等三族據其地，各有眾數千家。間以威勢脅誘漢戶，有不從者屠之，沒入土田。」李光吉、梁秀等人又「藏匿亡命」招納流氓，還讓徒眾偽裝為「生獠」，打劫在邊疆墾荒的人民，有官軍追捕就通風報信，還建築城堡，自備武器，他們的作為「遠近患之」。[124]夔州熟夷本有自己的勢力範圍，他們不見得願意接受所謂「漢化」，對侵墾土地的外來者，政經控制者，進行各種騷擾，以維護原有利益是可以想見的。

---

121 〔清〕郁永河，《裨海紀遊》卷下，頁29。

122 沈光文自己的遭遇便是如此，他原本渡海想前往泉州，船隻半途遇颶風，飄盪到現在的宜蘭地區才上岸，後來才輾轉到臺南地區生活。

123 由史料來看，元、明、清三代由對岸來到臺灣的許多人，事實上也和「入蠻區」的現象相類。參見王幼華，二〇〇五年博士論文，《清代臺灣漢語文獻原住民記述研究・第二章　原住民名稱釋義》，對臺灣原住民的用語有完整的論述。論文收錄於《族群論述與歷史反思》一書（苗栗，苗栗縣文化局，2005年12月），頁13-36。

124 〔元〕脫克脫，《宋史・蠻夷四列傳》，頁14240。另見《宋史・孫構列傳》，「夔州部夷梁承秀、李光吉、王兗導生獠入寇，轉運判官張詵請誅之。」頁10648。

至於周邊四夷經由化與熟的過程，亦可逐步融入漢民族的集團中，《唐律疏議》、《唐六典》等記載了這樣的過程。唐政府將蠻、蕃、夷、狄劃分為「化外人」與「化內人」，化外人又以其居住地區分為「在蕃者」、「入附者」。[125]這些非我族類設有羈縻府、州加以管制。「入附者」是遷入住漢人所居之處，政府按其來居時間長短，分為「熟戶」與「新降」。凡是「入附」之後所生的子孫，便屬於「熟戶」，所謂「熟戶」《唐六典》〈尚書戶部〉卷三：「凡內附後所生子，即同百姓，不得為蕃戶也。」在法律上視同平民百姓了。[126]在國家強盛之時，以羈縻府州的方式聚攏或管理他族，當時尚稱合宜。在朝政出現危機，權力分散，無法有效統治之後，被羈縻的族類便會脫離控制，尋求自我的發展，又成為化外之人。[127]

清代臺灣的番人「受撫」之後，在「仁義」教化之下，逐漸脫離野蠻的階段，由生番變成「熟番」，成為熟番之後，進一步改姓氏、服飾、受教育，逐漸融入百姓之中，沒有什麼分別了。然而也有原為熟番的，因為不堪勞役或侵擾、占墾，逃離原有領域，進入山區不久又成為「生番」。〔清〕雍正年間淡水同知王汧之〈臺灣田良利弊疏〉就記載了這個情形：「熟番場地，向由社棍認餉開墾。若任其日被侵削，眾番因無業可依，必至退居山地，漸淪為生番。」[128]由熟番變回

125 周紹良總主編，《全唐文》唐元宗，〈安置降藩詔〉，「今諸蕃歸降，色類非一。在蕃者則漢官押領，入附者或邊陲安置。」卷0027（長春，吉林文史出版社，2000），頁341。長孫無忌，《唐律疏議．名例》二說，「『化外人』，謂蕃夷之國別立君長者。」頁40。

126 〔唐〕李林甫等撰，陳仲添點校，〈尚書戶部〉，《唐六典》卷三（北京，中華書局，1992），頁77。另參見樊文禮，〈「華夷之辨」與唐末五代士人的華夷觀──士人群體對沙陀鄭全的認同〉（《煙臺師範學院學報》，第21卷第3期，2004），頁29。

127 樊文禮，〈「華夷之辨」與唐末五代士人的華夷觀──士人群體對沙陀鄭全的認同〉，頁30。

128 雍正五年（1727）劃定原漢界線，巡臺御史尹泰依據淡水同知王汧之〈臺灣田良利弊疏〉。

生番這樣的情形，常常發生。至於漢人結合番人，造成紛亂的也不乏其例，如道光六年的「黃斗乃」事件等。[129]對進入番界與之結合，為害漢人的人物，孫爾準〈番刈〉一詩副題就稱之為「漢奸」[130]。同樣的用語陸次雲《峒谿纖志‧漢奸》一則說：「漢人潛入苗峒者，謂之漢奸。」[131]「漢奸」原意指漢人中之奸惡者，後來意義擴大，包含有出賣、背叛漢人與異族合作之人。

然而進入蠻區的，不盡然是亡命之徒，除了避稅者、征夫、墾戶之外，也有貶斥官員的後代、知名世家的後裔及朝廷命官等等。明代王元禎《漱石閒談》記載一個案例：「李贊皇之南遷也，卒於崖州，子孫遂為僚族，數百人，自相婚配。」[132]李贊皇即唐代的李德裕，李德裕在牛李黨爭失敗後，被貶斥到海南島，其後有些子孫便居留下來。明正德年間（1506-1521）顧朝楚任儋州同知，聞知了這個訊息，便要人到崖州召見他的子孫，接見之後看到其人「狀與苗僚無異，耳綴銀環，索垂至地，言語不通。」[133]已經全然的「熟黎化」，言語也不通，看不出漢人的面貌。

陸次雲《峒谿纖志‧宋家、蔡家》說在蠻苗地區的人群中，有漢人的移民混居在其中：「宋家、蔡家春秋宋、蔡二國之裔也，流而為蠻。……為椎髻當前，衣冠盡廢，宛然苗類矣。」[134]長久之後，已全然苗化了。同書〈谿洞異聞四則〉也記載蠻區有韓信、徐敬業、李德裕、陳有諒的後裔。[135]

---

129 詳見王幼華，〈孫爾準的來臺詩作──以〈臺陽籌筆集〉為討論中心〉，《考辨與詮說──清代臺灣論述》（臺北，文津出版社，2008），頁173-205。

130 〔清〕孫爾準，《泰雲堂集‧臺陽籌筆集》卷十四（上海，中國科學院圖書館藏清道光刻本，上海古籍出版社，2002），頁621。

131 〔清〕陸次雲，《峒谿纖志》，頁229。

132 《黎族簡史》修訂本編寫組，《黎族簡史》，頁42。

133 《黎族簡史》修訂本編寫組，《黎族簡史》，頁42。。

134 〔清〕陸次雲，《峒谿纖志》，頁223。

135 〔清〕陸次雲，《峒谿纖志》，頁226。

劉錫蕃的《嶺表紀蠻》談到雲貴地區僮人漢化的情形，他說廣西土官在宋代受封，由中原奉派來此任職的「土官」中，以山東人最多，世系斑斑可考，後代枝繁葉茂。然而因為初來時人數少，不得不服蠻服說蠻語，婚喪禮儀亦同化於僮人，這是所謂「老漢人」。明清之後移來的人，則因人數較多，自成一個群體，居住地很集中，沒有完全僮化的必要，這是所謂「新漢人」。[136]

綜上所述，生熟之間的變動可以歸納出數種現象，（1）生可成熟。不論是夷、蠻、僚、黎、番等在漢人的影響下，皆可逐漸變生為熟，（2）熟可變生。熟的族類可能因不堪奴役、徵稅等，逃離官府控管，再度變成生的族類，（3）漢人與「熟」的夷、蠻、僚、黎、番等都有混居、通婚的情形，（4）進入他族中的漢人，往往與其結合，成為反漢人統治的力量，（5）漢人可能「異化」為他族，而標識為他族的人群，很多其實是漢人，（6）移入他族領域的，有官宦世家後裔、朝廷命官及墾戶、駐軍，這些人自然的或不得已的在地化，成為其中的一員。

五　結語

華夏民族或漢族，基本上便是一個擬構的、混血的族類；「中國文化」本為融匯多元文明而成的統稱。在這個「我族」符號建立之後，便以「他者」的、「俯視」的角度觀察與記錄非我族類。這種概念由先秦到當代，往往以婉曲的寫法敘述其「非漢」族類的淵源，其餘大部分承襲了以「華夏」、「漢族」為中心的書寫模式。「生」與「熟」則是對次等的、可支配的群體的特殊用語。葉錢在朱輔《溪蠻

136 劉錫蕃，《嶺表紀蠻》第二十三章，頁318。明代移來的漢人多居住在廣西省田南、鎮南、南寧各道縣邑，以山東人最多。

叢笑・序》說:「苗、猺、獠、獞、犵狫」語言、服食都很相類，認為他們「率異乎人」與「人」不同。由「中州」來的人，剛開始見到十分驚訝，其後不免譏笑他們的落後。但這些五溪的蠻人卻很不以為意，不覺有何可怪。[137]方鳳《夷俗考・序》說夷俗本來是不足錄的，「但憫其均是人也」基於都算是人的同情上，還是記錄了下來。這些人出生於夷人間，所以壞了習俗，難以教化。不過生於其間「亦有好詩書，守節義，終三年之喪，無淫妬之女。」的人，就人性善的一面來看「無間夷夏。」[138]陸次雲《峒谿纖志・序》同樣說:「或曰峒谿可不志也。」然而他認為「禮失而求諸野，太古之風猶然在彼。」不可以如宋代朱輔的《溪蠻叢笑》一般,「徒姗(訕)其陋也。」而且只要有方法，統治得當，便可以「以夏變夷」，所以「何陋之有，故為志。」[139]方鳳以同屬人的立場，陸次雲以禮失求之野的觀點，對之進行記述。在《南史》、《隋書》、《新唐書》、《宋史》、《明史》、《清史稿》等正史上，往往用「叛」、「勦」、「撫」、「患」、「服」等字，來敘述彼此之間的矛盾、爭鬥過程，用「化」、「懷」、「導」、「感」、「變」等字以敘述教化、提升他們的功績。用「質」、「寇」、「獷」、「悍」等來形容這些族類的行為特質。至於用犬部、虫部、馬部、牛部、艸部的字做則是用來凸顯這些族類的「野」性以及與我族的差異性。

冠於他族之前的生與熟這兩個詞彙，大致起始於南北朝，一直到清末民初都持續被使用。在文獻中可以看到族類畫界與文明的階層排序；畫界與排序之間包括距離州縣位置的遠近，是否成為可供勞役的群體，是否繳交稅賦，物質水平高低，是否接受中國文化教誨等等。若合乎這些條件，便可稱為成熟的、受教化的群體，足以成為隸屬的族類。這些蠻夷在不久的將來，放棄原有的文化，不著痕跡的融入漢

137 〔宋〕朱輔,《溪蠻叢笑・葉錢序》，頁191。

138 〔清〕方鳳,《夷俗考・序》，頁195。

139 〔清〕陸次雲,《峒谿纖志・序》，頁223。

人之中。如若不然，便是徒具人形，難以教化，實類禽獸的「生」的族類。事實上撰述者的寫作動機或為「凝聚國族」、「經世備治」，或為「獵奇賞異」，那些被敘述者，大部分並未真正降服，未必願意接納所謂華夏（漢）文化。就傳寫二、三千年的歷史文獻看來，那些周圍的、邊陲的「異族」，其抵抗意識從未真正消失過。而所謂的華夏文化，不論是語言、文字、服飾、建築、飲食等也持續的變動，有融合、刪減、增加。一直以來，再由魏晉南北朝、五代十國以迄元、清的歷史來看，所謂中原或中國，從來都不是單一民族主導的舞臺；文明的高度與國力強大並非正比。蒙古人、女真人是北方少數民族，沒有多少文明的顯現，這些被描述為洞居穴處，茹毛飲血的族類，卻建立了比漢人更強大的帝國。被奴役者，經由不斷的反抗與成長，也可能由周圍、邊陲成為中央，成為主流。長久以來，被「中心書寫」審視與分類的族類書寫，自然有反思與辨讀的必要。

——本文發表於《聯合大學學報》第八卷二期，二〇一一年十二月

徵引文獻

一 古籍文獻（按朝代排序）

左丘明 竹添進一郎 《左傳會箋》 臺北 鳳凰出版社 1978
《國語》 臺北 里仁書局 1980
司馬遷 《史記》 臺北 鼎文出版社 1979
郭璞傳 郝懿行箋疏 《山海經》 臺北 中華書局 四部備要．史部 1966
郭璞注 邢昺疏 李學勤主編 《爾雅注疏》 臺北 臺灣古籍出版公司 2001
范 曄 《後漢書》 臺北 鼎文出版社 1979
令狐德棻 《周書》 臺北 鼎文出版社 1983
李百藥 《北齊書》 臺北 鼎文出版社 1983
魏 徵 《隋書》 臺北 鼎文出版社 1983
李延壽 《北史》 臺北 鼎文出版社 1985
劉昫等 《舊唐書》 臺北 鼎文出版社 1985
趙汝适 《諸蕃志》 臺北 臺銀本 臺灣文獻叢刊119 1961
宋祁、歐陽修等 《新唐書》 臺北 鼎文出版社 1983
周去非 《嶺外代答》 臺北 叢書集成新編 第九十四冊 史地類 新文豐出版社 1985
朱 輔 《溪蠻叢笑》 臺北 叢書集成新編 第九十一冊 史地類 新文豐出版社 1985
樂史撰 王文楚等校 《太平寰宇記》 北京 中華書局 2007
宋 濂 《元史》 臺北 鼎文出版社 1981
靖道謨等撰 《貴州通志》 臺北 中國省志彙編之八 臺灣華文書局 乾隆六年（1741）

趙爾巽　《清史稿》　臺北　鼎文出版社　1981
張廷玉等　《明史》　臺北　鼎文出版社　1982
脫克脫　《宋史》　臺北　鼎文出版社　1983
陸次雲　《峒谿纖志》　臺北　叢書集成新編　第九十一冊　史地類　新文豐出版社　1985
陸祚蕃　《粵西偶記》　臺北　叢書集成新編　第九十四冊　史地類　新文豐出版社　1985
吳省蘭　《楚峒志略》　臺北　叢書集成新編　第九十一冊　史地類　新文豐出版社　1985

二　近人專著（按出版時間排序）

樊綽著　向達校注　《蠻書校注》　北京　中華書局　1962
劉錫蕃　《嶺表紀蠻》　臺北　南天書局　亞洲民族考古叢刊第五輯　1987景印
翦伯贊　《中國史綱——秦漢之部》　臺灣一九七九年由「大學用書編輯部出版」，本書引用為臺灣版
孫希旦　《禮記集解》　臺北　文史哲出版社　1976再版
何光岳　《南蠻源流史》　南昌　江西教育出版社　1988
韋慶遠主編　《中國政治制度史》　北京　中國人民大學出版社　1991
林惠祥　《文化人類學》　臺北　臺灣商務印書館　1993　臺一版第八次印刷。
徐旭生　《中國古史的傳說時代》　桂林　廣西師範大學出版　2001
王明珂　《羌在漢藏之間：川西羌族的歷史人類學研究》　臺北　聯經出版社　2003
李學勤主編　中國古代文明與國家形成研究》　臺北　知書房出版社　2004

田繼周　《中國歷代民族史》　北京　社會科學文獻出版社　2007
孫秋雲　《核心與邊緣——18世紀漢苗文明的傳播與碰撞》　北京　人民出版社　2007
《黎族簡史》修訂本編寫組　《黎族簡史》　北京　民族出版社　2009

三　期刊論文

芮逸夫　〈僚為仡佬試證〉　臺北　國立中央研究院《歷史語言研究所集刊》第二十本上冊　1948
芮逸夫　〈僚人考〉　臺北　國立中央研究院《歷史語言研究所集刊》第二十八本下冊　1957
姚兆余　〈論唐宋元王朝對西北地區少數民族的羈縻政策〉　《甘肅社會科學》第5期　1997
羅康隆　〈唐宋時期西南少數民族羈縻制度數評〉　（《懷化師專學報》　第18卷第1期　1999）
樊文禮　〈「華夷之辨」與唐末五代士人的華夷觀——士人群體對沙陀鄭全的認同〉　（《煙臺師範學院學報》　第21卷第3期　2004

附錄

論文發表日期一覽表（依發表時間排序）

	題　目	發表刊物
1	劉禹錫〈竹枝詞〉辨析	《育達人文社會學報創刊號》2004年7月
2	猫裏字義考釋	國立聯合大學主辦《第一屆苗栗學研討會》2005年8月
3	臺灣原住民命名的疑與辨——合番或者合歡	《臺灣史料研究》2006年8月第27期
4	毛批三國感知敘述論析	《新竹教育大學語文學報》2009年12月第15期
5	應試文章的準則與疵病——以《古文關鍵》為例	《聯大學報》2009年6月第6卷第1期
6	日本帝國與殖民地臺灣的文化構接——以瀛社為例	《臺灣學研究》2009年6月第7期
7	中村忠誠臺灣漢文作品論析	《臺灣學研究》2012年12月第14期
8	清代竹塹流寓文人查元鼎考述	《聯大學報》2014年6月第11卷第1期
9	非我族類「生與熟」用語辨析	《聯大學報》2011年12月第8卷第2期
10	元代陳繹曾「用事」修辭研究	《臺北大學中文學報》2017年3月第21期
11	日本時期漢詩作品的「應時從權」特色——以栗社詩人鄒子襄為例	中正大學臺灣文學與創意應用研究所主辦《第四屆東亞漢詩研討會》2018年11月2日

文學研究叢書·辭章修辭叢刊 0812010

修辭與考辨

作　　者　王幼華
責任編輯　廖宜家
特約校稿　林秋芬

發 行 人　陳滿銘
總 經 理　梁錦興
總 編 輯　陳滿銘
副總編輯　張晏瑞
編 輯 所　萬卷樓圖書股份有限公司
排　　版　林曉敏
印　　刷　百通科技股份有限公司
封面設計　斐類設計工作室

發　　行　萬卷樓圖書股份有限公司
臺北市羅斯福路二段 41 號 6 樓之 3
電話 (02)23216565
傳真 (02)23218698
電郵 SERVICE@WANJUAN.COM.TW
香港經銷　香港聯合書刊物流有限公司
電話 (852)21502100
傳真 (852)23560735

ISBN 978-986-478-276-5
2019 年 3 月初版一刷
定價：新臺幣 540 元

如何購買本書：
1. 劃撥購書，請透過以下郵政劃撥帳號：
帳號：15624015
戶名：萬卷樓圖書股份有限公司
2. 轉帳購書，請透過以下帳戶
合作金庫銀行 古亭分行
戶名：萬卷樓圖書股份有限公司
帳號：0877717092596
3. 網路購書，請透過萬卷樓網站
網址 WWW.WANJUAN.COM.TW
大量購書，請直接聯繫我們，將有專人為您服務。客服：(02)23216565 分機 610

國家圖書館出版品預行編目資料

修辭與考辨 / 王幼華著. -- 初版. -- 臺北市 : 萬卷樓, 2019.03　面 ;　公分

ISBN 978-986-478-276-5(平裝)

1.漢語 2.修辭學 3.寫作法

802.75　108002396